rowohlt
POLARIS

M. O'Keefe

BROKEN DARKNESS

So verführerisch

Roman

Aus dem Englischen von
Angela Koonen

Rowohlt Polaris

Die Originalausgabe erschien 2015 unter dem Titel
«Everything I Left Unsaid» bei
Bantam Books / Penguin Random House LLC, New York.

Deutsche Erstausgabe
Veröffentlicht im Rowohlt Taschenbuch Verlag,
Reinbek bei Hamburg, Februar 2019

This translation published by arrangement with Ballantine Books,
an imprint of Random House, a division of Penguin Random House LLC
Redaktion Antonia Zauner, Olching

Umschlaggestaltung und Illustration bürosüd, München
Satz aus der DTL Documenta bei Pinkuin Satz und Datentechnik, Berlin
Druck und Bindung CPI books GmbH, Leck, Germany
ISBN 978 3 499 27521 0

FSC
www.fsc.org
MIX
Papier aus verantwortungsvollen Quellen
FSC® C083411

Das für dieses Buch verwendete Papier ist FSC®-zertifiziert.

Für Adam. Für alles.

ERSTER TEIL

1

Annie

Flucht roch wie abgestandener Zigarettenrauch, großzügig übernebelt mit Raumerfrischer.

Ich ließ meine Reisetasche auf das Stück Linoleum vor dem Herd des Wohnwagens fallen und zog die dünne Blechtür hinter mir zu. Sie rastete nicht gleich ein, sodass ich sie zuknallen musste.

Der Wohnwagen wackelte.

Ich werde ein besseres Schloss brauchen.

Nicht dass ich durch Schlösser bisher sicher gewesen wäre. Schlösser hatten mich genauso wenig schützen können, wie ganz still zu sitzen und mich klein zu machen.

Hier kümmert sich jeder um seinen eigenen Kram. Bleibt für sich. Das hatte Kevin, der Parkmanager, gesagt, als ich das Geld für den Wohnwagen hinlegte. *Es ist sicher, und es ist ruhig, und wir dulden hier keinen Blödsinn.*

Sicher, ruhig und kein Blödsinn, damit war dieses Fleckchen Morast genau der richtige Ort für mich, um diese Woche panischen Herumreisens zu beenden. Richtungswechsel, ein Ticket nach Westen kaufen, um nach Osten zu fahren. Busse. Züge.

Draußen vor meinem Wohnwagen stand ein gebrauchter

Toyota mit schlechten Bremsen und defektem Radio. Den hatte ich einem Highschool-Footballer in Virginia abgekauft, dessen Hoffnungen die Karre nicht hatte erfüllen können, und war zuerst nach Norden gefahren, um dann nach Süden abzuschwenken. Aber ich musste irgendwo anhalten. Ich konnte nicht unaufhörlich Auto fahren.

Sieben Tage und Hunderte Meilen später war ich also hier. An diesem Ort, der auf keiner Landkarte von North Carolina verzeichnet war.

«Trautes Heim», seufzte ich. Die Hände in die Hüften gestemmt, sah ich mich in meinem neuen Reich um.

Kevin bezeichnete es als Mobilheim, aber eigentlich war es ein alter Wohnwagen, der im Flowered Manor Trailerpark und Campingplatz angehalten und die Weiterfahrt verweigert hatte. Jemand hatte die Räder abmontiert und den Wagen auf Zementblöcke gestellt, und vielleicht hatte derselbe Mensch auch behutsam, liebevoll Prunkwinden gepflanzt, um die Blöcke zu kaschieren.

Die Blüten verliehen dem Ganzen eine hübsche Note, es war fast schon beeindruckend, welchen Effekt sie hatten, aber am Ende war es eben immer noch ein Wohnmobil.

Ein heruntergekommenes. In einem heruntergekommenen Trailerpark, der völlig abgelegen und praktisch unmöglich zu finden war.

Genau richtig für mich. Genau richtig.

Schaudernd atmete ich tief durch, und die Angst, mit der ich ständig lebte, hob sich von mir wie ein Schwarm Krähen, aufgescheucht von einem winterlichen Acker. Normalerweise holte ich sie zurück, denn sie schützte mich.

Sie war mir vertraut.

Aber in dem verrückten kleinen Wohnwagen war sie nicht nötig.

Wir dulden hier keinen Blödsinn.

Gut, ich nämlich auch nicht, dachte ich und lächelte nach langer Zeit zum ersten Mal. Das Gefühl ließ mich beinahe schwindeln.

Ich duldete auch den Geruch hier nicht.

Es waren zwei Schritte von der Küche zum Essbereich, und ich beugte mich über den Resopaltisch und die beige Polsterbank, um die Vorhänge beiseitezuziehen und die Fenster aufzureißen. Ein stinkender Luftzug wehte herein, der mir über den Hals und unter den Kragen meines weißen Baumwollhemds strich.

Ich schloss die Augen, weil ich todmüde war und ... weil er guttat. Der Luftzug auf der Haut ... er fühlte sich gut an. Anders.

Und für anders war ich derzeit sehr zu haben.

Mein ganzes Leben hatte ich lange Haare gehabt und einen schweren Pferdeschwanz getragen, von dem mir der Kopf weh tat. Meine Haare waren von Natur aus rot, lockig und dick. Sehr dick.

Erdrückend.

Mom sagte früher oft, sie seien das Hübscheste an mir. Was eines jener Komplimente ist, die eigentlich keine sind, weil sie so viel gedanklichen Raum für Schlechtes lassen. Trotzdem war dies das Nette, das sie über mich sagte. Darum nahm ich es mir zu Herzen, denn sie war meine Mom.

Meine Haare abzuschneiden hatte mich enorm befreit.

Nicht nur von Kopfschmerzen und Wärme, die verunstaltete Frisur ließ mich auch die Luft wie noch nie zuvor spüren. Die Sonne im Nacken war eine Offenbarung.

Der Wind hob meine kurzen Haare an und löste einen Schauder aus, der sich den Rücken hinunter fortsetzte und alle Nervenenden erfasste.

Das gefiel mir. Sehr.

Die Stille wurde gestört durch das ferne, gedämpfte Klingeln eines Telefons.

Es war nicht meines. Das hatte ich nämlich in einer Mülltonne am Busbahnhof von Tulsa zurückgelassen. Die anderen Wohnwagen standen nah, aber nicht so nah, dass ich ein Handy in einer Handtasche klingeln hören konnte. Und genauso hörte es sich an.

Die Schränke meiner kleinen Küche waren leer. Auf den Fahrer- und Beifahrersitzen, die man umgedreht hatte, um einen Sitzbereich zu schaffen, lag nichts.

Keine vom Vormieter vergessenen Taschen.

Ich betrachtete den Stoffbezug der Polsterbank.

Will ich wirklich die Hand dazwischenstecken? Trotz seiner Schäbigkeit sah er einigermaßen sauber aus, aber … zwischen Sitz und Rückenlehne waren oft ekelhafte Dinge zu finden. Tatsache.

Das Telefon klingelte erneut und löste in mir den Impuls aus, den Anruf anzunehmen. Ich schob die Hand in die Polsterritze und strich darin entlang, ohne auf etwas zu stoßen, nicht mal auf Kekskrümel oder ein Spielzeugauto. Dann jedoch ertastete ich das Plastikgehäuse eines Handys. Ich zog es heraus und schaute auf das Display.

Dylan.

Annehmen. Ablehnen.

Mit einem kleinen Daumenwischer nahm ich an.

Was für eine unscheinbare Handlung. Wirklich. Nach all dem irren Scheiß, den ich im Lauf der Woche getan hatte, war es ein Klacks, diesen Anruf anzunehmen.

Tja, da sieht man's mal wieder.

«Hallo?»

«Mensch, Megan, wo hast du denn gesteckt?», sagte eine männliche Stimme. Er klang eher entnervt als verärgert. Beinahe erleichtert.

«Es tut mir leid.» Ich griff noch einmal in die Polsterritze, um vielleicht noch etwas zu finden. Geld. Geld wäre schön. «Hier ist nicht Megan.»

Na also! Ich pulte drei Vierteldollarstücke heraus.

Der Kerl seufzte. Auf eine Art, an die ich furchtbar gewöhnt war. Das war der Missfallens-Seufzer. Der Ärger-Seufzer. Der Du-bist-schuld-Seufzer.

Und ich reagierte auf jene instinktive Art, die mir in den letzten fünf Jahren in Fleisch und Blut übergegangen war: Ich wollte alles mir Mögliche und mitunter auch völlig Unmögliche tun, um die Wut hinter jenen Seufzern zu besänftigen. Um alles wiedergutzumachen.

Doch diese fünf Jahre waren endgültig vorbei.

Tut mir leid, Dylan. Mich seufzt keiner mehr so an. Nicht mehr. Nie wieder.

Ich nahm das Handy vom Ohr und war im Begriff, aufzulegen, aber seine Stimme ließ mich innehalten, kurz bevor ich den Bildschirm berührte.

«Entschuldigung», sagte er. «Sie können nichts dafür. Ist Megan da?»

«Nein.» Okay, ich ließ mich von einer Entschuldigung aufhalten. Denn Entschuldigungen waren nett und außerdem selten. Und dieser Typ klang ehrlich besorgt. Megan könnte seine Frau sein. Oder seine Freundin. Oder Tochter. «Sie ist vor ein paar Tagen ausgezogen. Sie muss das Handy vergessen haben.»

Sein Lachen war tief und sehr männlich, und ich dachte dabei, dass ich in meinem Leben noch nicht viele Männer hatte lachen hören. Und das war sehr schade. Es klang nämlich nett.

Und ein bisschen ironisch, so als gälte das Lachen gar nicht mir, sondern vielleicht dem Universum, das sich gegen ihn gewendet hatte, als diese Megan ihn verließ.

«Das muss sie wohl», pflichtete er mir bei. «Sind Sie in den Wohnwagen eingezogen?»

Mein Schutzinstinkt war noch neu und schwach, aber vorhanden, und er erhob sich auf wackligen Beinen, um die unüberlegte Antwort aufzuhalten, die mir auf der Zunge lag.

Ich kenne den Mann nicht. Ich weiß gar nichts über ihn.

«Ich mache hier gerade sauber», sagte ich. «Ich wohne nicht hier.»

«Hoffe, die Arbeit ist nicht so übel, wie sie sich anhört.»

«Nein. Sie ist in Ordnung. Megan hat ihn wohl gut sauber gehalten.» Ich rollte die Augen über mich selbst.

«Wie heißen Sie?»

Wieder erfüllte der Schutzinstinkt seine Aufgabe.

Das ist ein Mann, dachte ich albernerweise. Kein Junge. Kein Typ. Sondern ein Mann. Seine Stimme klang tief, brummend, rau, als hätte er heute noch kaum gesprochen. Oder als ob er generell nicht viel redete. Oder als ob er ein Päckchen Zigaretten pro Tag rauchte – womit er eigentlich nicht so gut klingen dürfte. Aber das tat er. Er hatte einen Akzent aus einem der Südstaaten. Und er hatte sich zwar entschuldigt, wirkte aber ... hart.

Mit meinem Puls passierte etwas Eigenartiges.

«Wie ich heiße, wissen Sie», sagte er.

Der dunkle Klang sandte mir Schauder über den Rücken wie ein Windhauch, und ich senkte ein wenig die Lider.

«Dylan», sagte ich. «Das steht im Display.»

«Genau. Tja, also, Sie müssen nicht ...»

«Layla.» Das kam mir gerade in den Sinn. Layla war meine Cousine, eine hemmungslose junge Frau, der ich nur einmal begegnet war. Aber ihr Name fiel ständig, wenn meine Mom mich ermahnte und Geschichten über zu viel Nachsicht erzählte. «Du willst nicht enden wie Layla, oder?»

Das war urkomisch, denn wie ich zuletzt gehört hatte, war Layla jetzt eine extrem gefragte Maskenbildnerin in Hollywood und führte ein glückliches Leben.

Tja, Moms Horrorgeschichten hatten gewirkt, und nein, aus mir war keine zweite Layla geworden.

Aber in meinem neuen Leben ... würde ich mich vielleicht bemühen, ein bisschen zu werden wie sie.

Layla war kühn. Und voller Selbstvertrauen. Peinlich sexy für jemand so biederen und verklemmten wie mich, Annie McKay.

«Alles in Ordnung bei Ihnen?», fragte Dylan und lenkte mich von meiner Cousine ab.

«Wieso denken Sie, dass etwas nicht in Ordnung sein könnte?»

«Man landet nicht im Flowered Manor Trailerpark, weil im Leben alles großartig läuft.»

«Ha! Was Sie nicht sagen», erwiderte ich lachend. Die Erleichterung, ruhig dazusitzen, nicht mehr so viel Angst haben zu müssen und … das Sonderbare dieses Telefongesprächs machten mich übermütig. Ich kam mir vor wie ein Kieselstein, den jemand den Hang hinuntergetreten hatte. Der immer schneller auf etwas zu rollte.

Der schäbige Trailerpark war offenbar prädestiniert für die letzte, verzweifelte Anstrengung. Alles und jeder, von Kevin bis zu der Prunkwinde vor den Radkästen, hielt sich krampfhaft an etwas fest.

«Wissen Sie, die Broschüre hat modernen Komfort versprochen, aber ich bin noch nicht auf den Spa-Bereich gestoßen», witzelte ich. «Und ein zugewachsener Badeteich zählt nicht.»

Danach herrschte Schweigen. Und mit Schweigen kannte ich mich genauso gut aus wie mit Seufzern. Mit allen Varianten, mit den kalten Untertönen und mit den heißen.

Mit dem beißenden Schweigen vor *Du hast ein loses Mundwerk, Mädchen.*

Mit dem laut hallenden Schweigen vor dem Schlag mit dem Handrücken.

Ein dummer Witz. Es war nur ein dummer Witz. Ich bestehe aus dummen Witzen.

«Man kann sich auf Werbebroschüren nicht mehr verlassen, oder?», sagte er.

«Schon gar nicht auf die an der Waschraumwand in Fernfahrerkneipen.»

Wir lachten beide, und das war auf jeden Fall mehr Spaß, als ich seit Jahren gehabt hatte.

«Sind Sie dort sicher?», fragte er.

Die Frage mit der angedeuteten Sorge ätzte sich ein, fegte mein Lachen beiseite, als würde jemand mit dem Arm die Teller vom Esstisch fegen. Tränen brannten mir in den Augen.

Niemand sorgte sich um mich. Schon sehr lange nicht mehr.

«Layla?»

«Ja.» Es klang unwirsch, und meine Stimme schwankte. «Ich bin sicher.»

«Wirklich?»

Wenn ich jetzt nein sagte, wenn ich mich bedroht oder ängstlich zeigte, würde er etwas dagegen tun? In Kürze vor meiner Blechtür stehen, um mir zu helfen?

Die Versuchung, ihm zu trauen, war groß.

Aber dafür war ich nicht so weit geflohen.

Ich ließ mich auf den Sitz fallen und nahm mein neues Zuhause in seiner ganzen Pracht in mich auf. Die Holzimitatschränke, den winzigen Flur mit dem Trennvorhang zwischen Schlaf- und Wohnbereich, die Falttür zum Bad, von der ich nur die Kante sah.

Meins, dachte ich, und etwas Ungestümes, Bitteres stieg in mir hoch.

«Ja.» Ich fühlte mich sicher. Hunderte und Aberhunderte Meilen von meinem alten Leben entfernt. «Wirklich.»

«Gut», sagte Dylan, als wüsste er, was ich verschwieg. Und tja, vielleicht wusste er das tatsächlich. Vielleicht war die Geschichte einer Annie McKay in dem Trailerpark etwas ganz Gewöhnliches.

«Wissen Sie, wo Megan hin ist?», fragte ich. «Dann schicke ich ihr das Handy nach.»

«Nein. Es gehört ihr nicht. Es ist meins. Sie hat für mich gearbeitet.»

«Soll ich's Ihnen schicken?»

Sein Schweigen wirkte bedeutsam, aber nicht gefährlich. «Sind Sie immer so nett?»

Ich lachte, denn das war nichts verglichen damit, wie nett ich bisher gewesen war, um mich anderen anzupassen. Vor lauter Anpassung war von mir selbst nichts übrig geblieben.

Aber die Besorgnis dieses Mannes machte mich dankbar.

«Das Handy gehört doch Ihnen. Da scheint es mir nur richtig, es Ihnen zukommen zu lassen.»

«Die meisten Leute nehmen für einen fremden Menschen keine Mühe auf sich.»

«Würde es Ihnen weniger ausmachen, wenn Sie mir etwas über sich erzählten?»

Ich hatte das einfach so dahingesagt, aber sein Schweigen danach war seltsam schwer, als hätte ich eine Möglichkeit eröffnet, mit der er nicht gerechnet hatte.

«Ich werde Ihnen erzählen, wieso Megan das Handy bei sich hatte.»

Da war etwas in seinem Tonfall, das plötzliche Ausbleiben seines Lachens, ein neuer Ernst, bei dem ich mich kerzengerade aufrichtete.

Das ist der Moment, um aufzulegen, dachte ich, weil ich spürte, dass wir die Banalitäten gerade hinter uns ließen. Ich war nicht geübt darin, mich mit fremden Männern am Telefon zu unterhalten.

Hoyt würde ...

Der Gedanke an ihn und was er wegen meines Verhaltens täte und nicht täte – wie ein Geschwür in meiner neuen, nach Raumerfrischer riechenden Welt –, brannte sich durch mich, härtete mein Rückgrat mit altem Stahl.

Ich bin nicht Annie. Ich bin Layla. Zum Teufel mit Hoyt.

«Wieso?», fragte ich und bemerkte, dass sich auch mein Tonfall verändert hatte. Als gäbe es Vertrautheit zwischen mir und dem fremden Mann, der sich, nach all den gleichgültigen Menschen in meinem Leben, bei mir erkundigte, ob ich mich sicher fühlte.

«Da steht ein Wohnwagen, von Ihrem aus der übernächste. In nördlicher Richtung. Sie können ihn durchs Fenster sehen.»

Ich drehte mich um und schob die Gardine vor dem Nordfenster beiseite.

«Haben Sie geguckt?»

«Ja.»

Ich hörte ihn atmen, und das löste in mir ein Kribbeln aus. Ein ursprünglicher Instinkt richtete mir die Nackenhaare auf.

«In dem Wohnwagen lebt ein alter Mann», sagte er. «Megan hat ihn für mich im Auge behalten.»

«Ist er krank?»

«Nicht dass ich wüsste.»

«Braucht er Hilfe?»

Wieder das tiefe, brummende Lachen, wieder die eigentümliche Reaktion meines Pulsschlags. «Nein. Braucht er nicht. Im Gegenteil, ich habe Megan klar und deutlich angewiesen, keinen Kontakt zu ihm aufzunehmen.»

«Also hat sie ihn nur beobachtet?»

«So ist es. Und ich habe sie gut dafür bezahlt.»

«Hat sie noch was anderes für Sie getan?», wollte ich wissen. Das schien mir keine Arbeit zu sein, für die man Geld verlangen konnte.

Bei seinem Schweigen wurde mir klar, was er jetzt vielleicht dachte, und vor Verlegenheit bekam ich Herzklopfen.

«Was meinen Sie damit, Layla?»

Oh, seine Stimme klang plötzlich äußerst intim, und jetzt konnte ich das nicht mehr übergehen. Irgendwie war es sexuell geworden. Schuld war die Layla-Sache, die hatte das in Gang gesetzt, und es war dumm, so etwas in Gang zu setzen. Denn ich spielte dieses Spiel nicht. Ich beherrschte es nicht. Es machte mich total verlegen.

Plötzlich unruhig geworden, stand ich auf. Ich spürte meine Kleidung viel zu deutlich auf der Haut.

«Nichts», sagte ich rasch. «Mir scheint das nur etwas zu sein, was man ohne Bezahlung tut.»

«Bieten Sie mir an, ihn für mich im Auge zu behalten?»

«Klar.» Ich nahm meine Tasche und ging nach hinten zu dem winzigen Schlafraum. Das Doppelbett war nicht bezogen. Ein Stapel sauberer Bettwäsche lag am Fußende der verschlissenen, geblümten Matratze.

«Einfach so?»

«Einfach so.»

«Wann haben Sie zuletzt nein zu jemandem gesagt?», fragte er.

«Welche Rolle spielt das?»

«Ich habe den Eindruck, dass Sie gedankenlos ja sagen, Layla.»

Oh, da hatte er recht. Verdammt recht.

«Und Sie wollen von mir ein Nein hören?»

«Ich will etwas, das Sie nicht gedankenlos hergeben.»

Meine Knie wurden weich, und ich lehnte mich an die holzverkleidete Wand, weil mir schwindlig war. Wie ... wie waren wir hierhin gelangt? Was war mit mir los?

«Sagen Sie nein zu mir, Layla», murmelte er.

In meinem alten Leben war ein Nein gefährlich gewesen. Ein rotes Tuch vor einem mordlustigen Stier.

Ich war nicht mutig genug.

«Nein.» Das war nicht mal ein Flüstern. Nur ein Hauch. Aber eine Rebellion, die in mir brüllte. Ein Gefangenenchor in meiner Brust.

«Wissen Sie noch, wie ich heiße?»

Intuitiv begriff ich, worum er mich bat: Sagen Sie meinen Namen.

«Nein, Dylan.»

Das Geräusch, das er von sich gab, halb Seufzen, halb Stöhnen, war das Erotischste, was ich je gehört hatte, und auf einmal war die Sache völlig eindeutig. Er fragte mich nicht, was ich anhatte, aber die Wirkung war dieselbe. Die Absicht war dieselbe.

Das ist ... das ist Telefonsex. Ich habe Telefonsex mit einem fremden Mann in einem beschissenen Wohnwagen mitten in der Pampa!

Mit geballten Fäusten löste ich mich von der Wand.

«Rufen Sie mich nicht noch mal an.» Das klang entschiedener als erwartet. So entschieden hatte ich noch nie geklungen, und ich war stolz auf mich.

«Werde ich nicht.»

«Versprechen Sie es.» Wieso ich glaubte, er würde so ein Versprechen halten, wusste ich auch nicht, aber nachdem ich mich so dumm angestellt hatte, wollte ich wenigstens versuchen, mich klug zu verhalten. Meine Lüge, dass ich den Wohnwagen putzte, war leicht durchschaubar gewesen. Er wusste, wo ich war. Er konnte mich selbst im Dunkeln finden, das schwache Schloss aufbrechen ...

«Ich verspreche es. Sie sind in Sicherheit. Leben Sie wohl, Layla.» Und damit legte er auf.

Einen Moment später starrte ich das Handy an, als hätte ich so ein Gerät noch nie gesehen.

Das ist bloß ein Telefon, dachte ich, obwohl es in meiner Hand nahezu pulsierte, sonderbar lebendig wirkte. Etwas hallte in mir nach, ein fremdartiges Naturell, das nicht ganz mein eigenes war. Etwas Heißblütiges, Impulsives.

Sei nicht dumm. Oder hör auf, dich dumm zu verhalten. Oder ... was auch immer.

Ich ging zurück in die Küche, schaltete das Handy aus und warf es in einen der Oberschränke. In einem Notfall wäre es praktisch, und wenn er die Rechnungen nicht mehr bezahlte, würde ich eine Möglichkeit finden, mir einen eigenen Vertrag zu besorgen.

Mir zitterten die Hände. Ich bebte am ganzen Leib wie Espenlaub. Ich trat in das winzige Bad und drehte den Wasserhahn auf. Kaltes Wasser schoss hervor, spritzte aus dem Becken hoch und durchnässte meine weiße Baumwollbluse.

Erschrocken schnappte ich nach Luft.

«Verdammt», murmelte ich und drehte den Hahn zu.

Ich drückte mir die kalten Hände an die Augen und Wangen, und dann blickte ich die Frau im Spiegel an. Wegen der Nässe war meine Bluse durchscheinend geworden, und ich konnte meine Haut darunter sehen. Den weißen BH. Meine Brustwarzen ... da. Schmerzhaft deutlich, *da.*

Langsam wickelte ich den dünnen, geblümten Schal ab.

Die Blutergüsse unterm Kinn und seitlich am Hals wurden in der Mitte allmählich gelb. Am Rand grün.

Der am Mundwinkel war noch dunkel und hässlich und rot.

Das ist mein Körper. Das sind meine Blutergüsse.

Die zitternden Hände auf dem Waschbeckenrand, das sind meine.

Was ich zu dem Mann gesagt habe.

Zu Dylan.

Das waren meine Worte. Meine.

Das bin ich.

Ich holte tief Luft, überwältigt von dem leeren Raum ringsherum, der gewöhnlich mit so viel Angst angefüllt war. Ohne die Angst, ohne die Vorschriften – die ausgesprochenen und unausgesprochenen, impliziten und expliziten – fühlte ich mich an den Anfang zurückgeworfen. Unfertig. Als wäre ich zurückgestutzt worden und dürfte jetzt – Gott, bitte, bitte ja – neu wachsen.

Mit meinen Haaren – die dicken, hübschen roten Locken waren einem schiefen Kurzhaarschnitt gewichen, den ich mir im Busbahnhof in Tulsa selbst verpasst und dann schwarz gefärbt hatte – erkannte ich mich selbst nicht wieder.

«So», sagte ich laut zu dem Spiegelbild, zu der Fremden, die mich anblickte. «Wer bist du?»

2

Dylan

Eines stand fest: Dylan Daniels war das Biest. Er war der Bösewicht aus den Geschichten. Ein anderer Blödmann konnte gerne den Helden spielen und die Situation retten oder das Mädchen aus der Klemme holen.

Allein und abstoßend, wie er war, blieb er oben auf seinem Berg mit seinem Geld und seiner Arbeit, möglichst weit weg von den Menschen, denn so gefiel es ihm.

Es war besser so. Für alle.

Aber ab und zu machte er sich Sorgen wegen der Ungeheuer, die in der Nähe des Berges lebten, und er rief an, um sich nach Ben zu erkundigen.

Behutsam, als wäre es eine Bombe mit brennender Zündschnur, legte Dylan das Telefon auf die Werkbank.

Bleistifte rollten herunter und fielen auf den Boden, aber das beachtete er kaum.

Seit fünf Jahren ließ er den alten Mann bereits beobachten. Von sechs verschiedenen Leuten. Vier Frauen, zwei Männern.

Die erste Frage war immer gewesen, was für sie dabei heraussprang.

Und das fand Dylan in Ordnung. Die Stimmen am anderen Handy hatten Leuten gehört, die gleichgültig waren und sich nur für die Unsummen interessierten, die er ihnen zahlte. Diese sechs waren unbeteiligt geblieben. Der alte Mann und Dylans Gründe, ihn beobachten zu lassen, waren ihnen am Arsch vorbeigegangen. Und Dylan hatte sich keine Sorgen machen müssen, ob etwas schiefgehen könnte. Oder ob sie sang- und klanglos abhauten, was in dem heruntergekommenen Trailerpark häufiger vorkam.

Fünf Jahre lang. Sechs Leute, die für ihn nur Augen und Ohren gewesen waren. Austauschbar. Mehr nicht.

So war das bisher gewesen.

Und jetzt Layla.

Was sollte das werden?

Ihre Mädchen-vom-Lande-Freundlichkeit war etwas ganz Neues für ihn, aber das allein war es nicht. Das Angebot, ihm das Telefon zuzuschicken? Du lieber Himmel! In dem Trailerpark würde sich solche Nettigkeit nicht auszahlen, das wusste er genau.

Das hatte er in dem Moment begriffen, als sie auflegen wollte und als sie beschloss, mutig zu sein und weiterzureden. Und ... als sie den Atem anhielt und dann seufzte, als ihre schleppende Sprechweise einen rauchigen Klang bekam ... als es sie erregte.

Dieses kleine Preisgeben einer kolossalen inneren Veränderung. Von Gleichgültigkeit zu sexueller Erregung.

Wann hatte ihm zuletzt jemand etwas so Persönliches gezeigt? Etwas so Intimes?

Vielleicht noch nie.

Und er hatte ihre Erregung wie eine Berührung empfunden.

Na ja, wie sich eine Berührung seiner Erinnerung nach anfühlte. Es war eine Weile her. Tatsächlich so lange, dass er vergessen hatte, was Begierde war.

Aber ein zehnminütiges Gespräch mit einer Fremden, und er war stahlhart, sein Körper scharfgemacht, bereit für den Schuss.

Und er lechzte nach mehr.

Dylan hatte einen sechsten Sinn für Unausweichliches. Ein Gespür für die Vorgänge draußen in der Dunkelheit, das er nicht abschalten konnte. Für sich häufende Ereignisse, für Pfade, die dabei waren, sich zu bahnen, deren Resultat jedoch noch jahrelang nicht zu sehen sein würde. Gewöhnlich waren diese unausweichlichen Dinge schlecht. Für ihn jedenfalls.

Layla erschien ihm anders.

Scheiße. Schluss damit, dachte er. Sie war eine Frau mit einer netten Stimme, die der Gedanke an Telefonsex anmachte. *Lass es.*

Ringsherum stapelte sich die Arbeit. Termine rückten näher, und sein Team wurde allmählich unruhig. Nicht dass ihn einer von ihnen in seinem Zuhause belästigte. Aber er konnte sie spüren, nebenan in der Lagerhalle. Er witterte ihre Nervosität, ihre wachsenden Zweifel. Am Ende würde Blake, sein Geschäftspartner, noch aufkreuzen, um herauszufinden, warum sie so lange brauchten.

Darum schlug er sich das Telefongespräch aus dem Kopf und wandte sich wieder dem Bauplan zu, der auf der Werkbank ausgebreitet lag. Sie arbeiteten an einem angepassten Planetengetriebe für Handschaltung. Und es war eine

Schönheit. Einfach ausgedrückt, bestand es aus Zahnrädern, einem großen Sonnenrad, umgeben von den kleineren Planetenrädern. Und sie alle waren umgeben von einem größeren Hohlrad, das alles zusammenhielt.

So funktionierte seine Welt am besten, alle Teile synchron. Er war das Sonnenrad, die Leute um ihn herum die Planetenräder, die Regeln, nach denen er lebte, hielten alles in der Spur. Unter Kontrolle. Wenn ein Teil schmutzig war oder nicht an der richtigen Stelle, wenn der Stahl den kleinsten Makel aufwies, funktionierte nichts.

Da gab es keinen Spielraum für Ablenkungen. Seltsame Obsessionen. Süße Mädchen am Telefon.

Darum schob er jene Gedanken beiseite.

Vier Stunden später jedoch dachte er noch immer an sie.

Layla.

3

Annie

In meinem Traum führte ich eine Gruppe Teenager zu einem Maisfeld, wo sie die Blütenrispen kappen sollten. Sie waren nur ein, zwei Jahre jünger als ich, wirkten aber mit ihrem Sommerjob und den Lunchpaketen viel kindlicher, und die frühe Uhrzeit machte sie mürrisch. Trotz der Anweisung, lange Ärmel und lange Hosen zu tragen, um Maisausschlag zu vermeiden, stand ein Mädchen in abgeschnittener Jeans und Bikinitop da.

«Du wirst dich an den Blättern schneiden», sagte ich. Dabei hob ich mehrmals meine rote Schirmmütze mit dem Logo einer Konservenfirma und setzte sie wieder auf. Ein nervöser Tick.

Das Mädchen blickte zur Seite zu einem Jungen, der sich seine Lunchtüte vor den Hosenstall hielt und sehr angestrengt tat, als bemerkte er ihr Interesse nicht, so angestrengt, dass die Maisstauden unter der Wucht seines Unbehagens und seiner Begierde ihre Blütenrispen förmlich von selbst verloren.

«Ich komme schon klar», sagte das Mädchen und warf dem Jungen ein schüchternes Lächeln zu.

«Red keinen Blödsinn», schrie ich, und alle zuckten zusammen. Normalerweise schrie ich niemanden an. Das war mir ausgetrieben worden. Ich fluchte wie ein Kesselflicker, aber ich schrie nicht.

Ich nahm mein Klemmbrett mit den Listen der Helfer und der Felder, auf die sie gehen mussten, und schlug damit bei jedem Wort auf die Motorhaube meines Trucks.

Rede verdammt noch mal keinen Blödsinn!

Du wirst überhaupt nicht klarkommen.

Keiner von uns wird klarkommen!

Ich wachte auf und spürte die Anspannung noch in den Armen, in den schmerzhaft geballten Fäusten. Das Herz schlug mir bis zum Hals.

Habe ich geschrien? Gequält wartete ich auf das Knarren des Bettes, wenn Hoyt sich herumdrehte. Aber er war nicht da. Seine Betthälfte war leer.

Lieber Himmel, wo ist er? Habe ich verschlafen?

Hastig erfasste ich die Einzelheiten: die überraschend breite Matratze, den Sonnenschein zwischen beigefarbenen Vorhängen, den Geruch nach Raumerfrischer.

Der Wohnwagen.

Hoyt ist nicht hier.

Noch wichtiger: Ich war nicht *dort*.

Ich hätte heulen können.

Plötzlich hämmerte jemand laut an die Tür, und ich hatte das Gefühl, mir würde der Kopf platzen. Das waren die lauten Schläge aus meinem Traum. Da stand jemand vor meiner Tür. Vorsichtig zog ich die oberste Schublade des Nachttischs zwischen Bett und Wand auf.

Der schwarze Gummigriff der 22er fühlte sich schrecklich an. Unhandlich. Kalt und gleichzeitig zu groß und zu klein.

«Annie McKay?», fragte ein Mann mit Südstaatenakzent.

Desorientiert, wie ich gerade war, dauerte es einen Moment, aber schließlich erkannte ich die Stimme. *Wir dulden hier keinen Blödsinn.* Das hatte der dadraußen zu mir gesagt. Es war Kevin, der Typ aus dem Büro, der an meine Tür klopfte.

Mir war schwindlig vor Aufregung und Erleichterung.

Und weil ich seit Tagen weder geschlafen noch gegessen hatte.

Gott, alles drehte sich.

«Sie haben mir keine Handynummer gegeben, konnte nicht anrufen», sagte er durch die Blechtür mit dem windigen Schloss. «Und es ist halb neun. Sie meinten, Sie würden um acht mit der Arbeit anfangen.»

«Du meine Güte.» Ich krabbelte vom Bett. Ich hatte in Klamotten geschlafen, trotz der Hitze, um notfalls abhauen zu können. Ich war mir nicht sicher, ob das noch nötig war, aber ich konnte mich nicht überwinden, es sein zu lassen. Ich legte die Knarre in die Schublade und schlüpfte in die Schuhe. «Sekunde noch», schrie ich.

Ich putzte mir die Zähne zu fest und zu hastig und riss mir die Lippe wieder auf.

«Scheiße», zischte ich und drückte ein Stück Klopapier darauf.

«Kommen Sie, oder was?»

«Entschuldigung!», brüllte ich.

Das Klopapier klebte an der blutigen Stelle, und ich ließ es da, sodass ich aussah wie ein Typ, der sich sonntags vor der Kirche beim Rasieren geschnitten hat. Im Spiegel wirkten meine Blutergüsse grüner als gestern. Ich wickelte mir den Schal um den Hals, obwohl das zu meinem T-Shirt und den abgeschnittenen Jeans dämlich aussah, und dann setzte ich meine große Filmstarsonnenbrille auf.

Geht es noch auffälliger?, fragte ich mich und zog behutsam das Klopapier von der Lippe.

Aber bei dem Gedanken, auf den Schal und die Sonnenbrille zu verzichten, fühlte ich mich nackt.

Dann lieber auffällig.

Kevin war groß. Groß und breit, großer Bauch, breite Schultern. Sein Bauch guckte unter dem riesigen roten T-Shirt hervor, das wegen der Augusthitze North Carolinas schon nassgeschwitzt war. Er hatte große Füße, die er in Flipflops gezwängt hatte, die aussahen, als wären sie angewachsen. Er trug seine langen grauschwarzen Haare im Nacken zu einem Zopf gebunden, mit Haargummis in regelmäßigen Abständen.

«Morgen», sagte er ohne ein Lächeln. Lächeln schien nicht so in seinem Naturell zu liegen.

Kevin war ein stilles Wasser. Oder vielleicht war ihm alles scheißegal.

«Es tut mir wahnsinnig leid», sagte ich und zog den Schal höher. «Ich habe verschlafen. Normalerweise schlafe ich nicht so lange.»

Am vergangenen Abend hatte ich Stunden gebraucht, um einzuschlafen. Bei jedem Geräusch war ich zusammengezuckt, und davon gab es in dem Trailerpark viele. Leute schrien, knallten Türen. Wind, Bäume. Ein Autoalarm.

Nach zwei Uhr früh döste ich schließlich weg, und normalerweise wachte ich im Morgengrauen auf, aber seit meiner Flucht aus Oklahoma hatte ich immer nur kurz und unruhig geschlafen.

Und ehrlich, wer hätte gedacht, dass die Matratze so bequem sein würde?

«Sie sind es, die gesagt hat, Sie wollen heute schon anfangen.» Er machte große Augen unter seinen buschigen Brauen. «Ich dachte, Sie sind verrückt.»

«Nö, nur pleite.» Als ich am Vortag die Formulare für das Wohnmobil ausgefüllt und ihn dabei gefragt hatte, ob es in der Gegend Arbeit gebe, hatte er gemeint, dass er jemanden suche, der das Gelände sauber hält, also hatte ich die Gelegenheit beim Schopf gepackt.

Körperliche Arbeit, direkt vor meiner Tür. Ich müsste nicht in die Stadt fahren. Niemandem begegnen.

Mein Bauchgefühl, das mein ganzes Leben lang still gewesen war – ernsthaft, keinen Piep in vierundzwanzig Jahren –, schrie mich unaufhörlich an, seit ich vor zwei Wochen auf dem Küchenboden zu mir gekommen war. Und es schien zu denken, dass ich mir den Job nicht durch die Lappen gehen lassen sollte.

«Habe ich Ihnen schon gesagt, was Sie zu tun haben?», fragte Kevin und führte mich zwischen meinem und dem benachbarten Wohnwagen hindurch.

«Nein. Nur was von Rasenmähen.»

Kevin lachte, aber ich fand das nicht beruhigend. Ich hatte

den starken Eindruck, dass er mich auslachte. «Tja, das war clever von mir», meinte er ominös.

Der Nachbarwohnwagen sah fast genauso aus wie meiner, war aber ein neueres Modell. Weiß, wogegen meiner im Beige der Siebziger gehalten war und einen dunkelbraunen Rallyestreifen an der Seite hatte. «American Dreamer» stand in altertümlicher Westernschrift an der Seite.

Jep, eine Schönheit.

Der weiße Wohnwagen hatte dagegen eine Holzterrasse davor, mit einem Stuhl, einem Tisch und einem Aschenbecher.

Luxus.

Ich litt an Wohnwagenneid.

«Wohnt da jemand?» Ich deutete mit dem Daumen über die Schulter.

«Joan. Ist gern allein. Nicht allzu freundlich. Wenn Sie klug sind, halten Sie sich fern. Sie ist ein gemeines Luder.»

Als ich an dem Wohnwagen vorbeiging, kribbelte mir der Nacken, als ob mich jemand durch die Lamellen der Jalousie beobachtete. Aber als ich zurückschaute, war nichts zu sehen.

Die meiste Zeit meines Lebens hatte ich aufmerksame Blicke fürchten müssen – das konnte ich nicht plötzlich abstellen.

«Ben, auf der anderen Seite.» Er zeigte an Joans Wohnwagen vorbei auf den, den ich für meinen Anrufer, Dylan, im Auge behalten sollte.

Bei dem Gedanken an seinen Namen glomm etwas in mir auf, wie der Wolframfaden in einer Glühbirne.

Nicht. Denk nicht an ihn.

«Ein netter Kerl. Ruhig, aber dabei nicht unhöflich. Hat sich einen tollen Garten angelegt.» Er zeigte zum hinteren Ende des Grundstücks, wo ich einen Zaun und Gemüsepflanzen sehen konnte.

Klingt nicht nach einem, den man im Auge behalten müsste, dachte ich und fragte mich, ob Dylan etwa den Falschen beobachten ließ.

«Auf der anderen Seite der Anlage», sagte Kevin und deutete auf die Wohnwagen hinter einem hohen Rhododendronstrauch, von denen nur die Dächer zu sehen waren, «da leben die Familien. Einige sind prima. Manche sind Schreihälse und Säufer, die ständig eine Szene machen. Deshalb lasse ich die Leute ohne Kinder auf dieser Seite wohnen.»

«Sie isolieren die? Oder uns?», fragte ich.

Er sah mich mit hochgezogener Braue an. «Sie werden mir schon bald dankbar dafür sein.»

Da hatte er wahrscheinlich recht.

Wir gingen hintereinander über eine Holzbrücke und einen Wassergraben, in dem es nach dem Unwetter von neulich mächtig plätscherte.

Schwarzäugige Susanne und Vergissmeinnicht und jede Menge Wiesenkerbel wuchsen an den Ufern. Grillen zirpten laut und sprangen mir gegen die Beine. Der Highway war etliche Meilen weit weg, aber ich spürte in dem sumpfigen Untergrund unter meinen Sohlen die Vibration von Lkws auf Asphalt.

«Es ist hübsch», sagte ich.

«Was ist hübsch?»

«Alles hier.» Ich schwenkte den Arm zu den Blumen, dem Bach. Eine Grille prallte gegen mein Bein und hüpfte weiter.

Kevins Blick sagte deutlich, dass er an meinem Verstand zweifelte. «Wenn Sie das hübsch finden, kommen Sie wohl aus einem ziemlich miesen Loch.»

Oh Kevin, du hast ja keine Ahnung.

Denn die Wahrheit war, ich hatte außer dem miesen Loch, aus dem ich kam, noch nichts anderes gesehen.

Mom hatte praktisch seit meiner Geburt eine Kampagne geführt, die mich überzeugen sollte, dass jenseits unserer Farm eine gottlose, schreckliche Welt lag. Voller selbstsüchtiger Leute, die sich entsprechend selbstsüchtig verhielten. Voller Männer, die mir nur weh tun wollten, und Frauen, die dabei wegschauten.

Wenn einem das tagein, tagaus erzählt wird, glaubt man es irgendwann.

Wahrscheinlich war ich deshalb so lange bei Hoyt geblieben. Weil das Unbekannte Angst macht.

Aber da stand ich nun, mitten im Unbekannten, und bisher war mein neues Leben tausendmal besser als das alte.

Also, ja, es war hübsch.

«Und da ist es», sagte er und blieb vor einer Wiese mit hohem Gras stehen. Alles war voller schwarzer Müllsäcke, die von Tieren aufgerissen und durchwühlt worden waren. Konservendosen, schmutzige Windeln und Zeitungspapier lagen im hüfthohen Gras verstreut. Wegen des Summens der vielen Fliegen musste er lauter reden.

Und der Gestank …

Du lieber Gott, von wegen hübsch, ich nehme alles zurück.

Hinter dem Graswald ragte eine hohe Eiche auf, an der ein altes Seil hing.

«Wofür ist das Seil?», fragte ich, denn umgeben von all dem Müll erinnerte mich das hier an den Tatort eines schrecklichen Verbrechens. An das Titelbild eines Horrorromans.

«Hinter der Wiese gibt es einen wirklich hübschen Teich.»

«Das ist der Badeteich?» Gestern Abend hatte ich mich am Telefon darüber lustig gemacht, aber das war lächerlich.

«Die Kinder planschen da den ganzen Sommer über, aber jetzt ist es still, weil sie wieder zur Schule müssen.»

«Aha ... und was ist das da?» Ich schaute über die Wiese. Sie war riesig. Das war mindestens ein Morgen Land.

«Der Campingplatz», sagte er.

«Sie scherzen.»

«Gar nicht.» Kevin wirkte nur geringfügig gekränkt über meine offensichtliche Verblüffung.

«Hier zelten tatsächlich Leute?»

«Das werden sie tun, nachdem Sie mit der Arbeit fertig sind.» Er stupste mich mit seiner massigen Schulter an, und ich verlor fast das Gleichgewicht.

«Man darf wirklich nicht glauben, was man an Waschraumwänden liest», murmelte ich.

Dylan würde lachen. Der Gedanke ließ mich unwillkürlich lächeln, und meine Lippe platzte wieder auf. Ich leckte das warme, nach Kupfer schmeckende Blut weg.

Dylan.

Und als hätten die Erinnerungen nur gewartet, die Gedanken nur hinter der Tür gelauert, bis jemand sie aufstieß, hörte ich sein stöhnendes Lachen. Tief und explizit. Anzüglich eigentlich. Eines der anzüglichsten, die ich je gehört hatte.

Gestern Abend, als ich an die genoppte Kunststoffdecke des Wohnwagens starrte, hatte ich mir eingeredet, die Unterhaltung sei die Folge meiner Erschöpfung gewesen. Als ich den Wohnwagen zum ersten Mal betreten hatte, war meine Angst in zaghafte Erleichterung übergegangen, und ich war für ein paar Minuten ... nicht ganz ich selbst gewesen.

Es schien nur logisch, dass ich nach dem Stress und der Anspannung der vergangenen Woche ein bisschen daneben war.

Und genau so war das Gespräch gewesen: daneben.

Darum werde ich nicht mehr mit ihm reden.

Denn in dem wilden, irren Moment – dem Moment, als ich nicht ich selbst war – hatte sich etwas verändert. War etwas umgeschlagen.

Ich hatte mit ihm reden wollen.

Wollte es immer noch.

Was befremdlich war, wenn nicht sogar beängstigend, denn das Bikinimädchen aus meinem Traum, das zu dem Jungen hinüberblickte und behauptete, klarzukommen, obwohl sie sich die Haut aufreißen würde, das war ich gewesen.

Nur dass ich in Wirklichkeit ein Hochzeitskleid getragen hatte.

«Kommen Sie mit», sagte Kevin. «Ich zeige Ihnen die Arbeitsgeräte.»

Gut. Klar. Geräte. Kevin ging mit mir zu einem Schuppen

und öffnete das Vorhängeschloss. «Ich werde Ihnen einen Schlüssel geben», versprach er. «Sobald ich sicher bin, dass Sie nichts stehlen.»

«Stehlen?» Ich war noch nie in meinem Leben des Diebstahls bezichtigt worden.

«Nichts für ungut», sagte er. «Aber wir hatten ein paar wirklich zwielichtige Typen hier, die den Job machen wollten.»

In dem Schuppen schien es alles zu geben, was ich zur Säuberung des Zeltplatzes brauchte – einen Rasenmähertraktor, eine Motorsense, Harken, Schaufeln. Garantiert waren die alle älter als ich, aber man konnte damit arbeiten. Neben der Tür standen sogar Stiefel, und Handschuhe gab es auch.

«Sind Sie sicher, dass Sie das machen wollen?» Kevin blickte mich von der Seite an, und ich fragte mich, was er sah. Welche Geschichte mein Schal in der Augusthitze, meine schwarzen Haare, die das Licht schluckten, meine beängstigende Magerkeit erzählten.

Wahrscheinlich keine gute. Eine, die der Wahrheit vielleicht zu nahe kam.

Schließlich trage ich die typische Verkleidung einer Frau, die von zu Hause abgehauen ist.

«Ich meine ... Sie sind noch ein Teenager, oder?»

Bin ich das?

«Nein.» Meine Kindheit war gleich ins Erwachsenendasein übergegangen, und dazwischen hatte nichts stattgefunden. Wie ein Regenbogen, bei dem das Gelb gleich neben dem Indigo liegt. «Und ich bin mir total sicher, dass ich das machen will.» Von der Farm war ich an körperliche Arbeit gewöhnt. Ich mochte sie. Und nach einer Woche auf der Straße fühlte ich mich träge. Auch im Kopf.

Und in dem sah es beschissen aus.

«Wie Sie wollen. Achten Sie auf Schlangen.»

«Was?», quiekte ich.

«Und Bären.»

«Sie machen Witze, oder?»

Er zuckte die Achseln.

«Das ist nicht komisch, Kevin.»

«Ich weiß nicht, irgendwie schon.»

Kevin zwinkerte – was an und für sich sonderbar war –, bevor er davonstapfte und mich im Unklaren ließ, ob er das im Scherz gesagt hatte oder nicht.

Ich für mein Teil entschied mich für Scherz. Körperliche Arbeit – ja.

Schlangen? Nein.

Bären? Um Himmels willen.

Ich tauschte meine Tennisschuhe gegen die Stiefel und zog mir Handschuhe über. Da stand ein Kasten mit schwarzen Müllsäcken, und ich stopfte mir fünf in den hinteren Hosenbund, nahm Schaufel und Harke und lief zu der vermüllten Wiese.

Zuerst den Müll wegräumen. Danach würde ich besser einschätzen können, was an Arbeit vor mir lag.

In den zu großen Stiefeln rutschten meine Füße hin und her, aber ich war dankbar für sie, als ich ins hohe Gras ging, denn ich trat auf etwas Glitschiges, von dem ein Schwarm Fliegen aufstieg.

Der Gestank brachte mich zum Würgen.

Oh Gott, dachte ich und zog mir den Schal über die Nase. Das ist so eklig.

Aber immer noch besser als das, was ich hinter mir gelassen hatte.

Daheim auf dem flachen Land Oklahomas hatte ich meilenweit sehen können. Und am Anfang meiner Ehe – nicht gleich zu Beginn, sondern als mir klarwurde, dass der Vorfall mit dem Chicken Pot Pie nicht der einzige bleiben würde – war mir die offene Landschaft wie ein Schutz erschienen.

Wie ein Burggraben.

Hoyt konnte sich nicht anschleichen. Ich konnte überall auf unserem Land sein und die Staubwolke hinter seinem Lkw sehen, lange bevor der Lkw erkennbar wurde. Und in diesem weiten Raum, im Freien, unter dem blauen Himmel und den hohen Wolken, da war meine Angst wie ein Radarsignal, das nie irgendwo ankam. Es flog und flog immer weiter über die Prärie, wo es sich verlor.

Und irgendwann in jenen Tagen, am Anfang jedenfalls, konnte ich mich der Angst entledigen. Nur für ein paar Minuten. Als ob der Staub und die Arbeit und die Leere sie aus mir heraussaugten.

Nicht dass es ein großes, alles veränderndes Ereignis gewesen wäre. Als hätte ich für ein paar Minuten die Kleider ausgezogen und dem Mais Broadway-Melodien vorgesungen oder so was.

Wohl kaum.

Ich war nur für ein Weilchen ohne Angst.

Und das war genug.

Aber hier in Carolina war ich umgeben von Wald und einer irren Menge Kudzu. In meinen Augen war das die gruseligste Pflanze überhaupt. Wie sie kletterte und alles überwucherte, das sich nicht vom Fleck bewegte, und dabei die Gestalt des Dings darunter bewahrte und es gleichzeitig tötete. Eine Mumienpflanze quasi.

Verdammt unheimlich.

In dem Wald lebten sonderbare Tiere. Fremde Käfer summten mir um die Ohren. Bei jedem Geräusch erschrak ich, und jeder Schatten schien mich zu beobachten.

Hier kam meine Angst mit zehnfacher Stärke zurück.

Als ob ich Zweifel ausstrahlte und er als Schrecken zurückkäme.

Nach der zweiten Stunde Arbeit war ich am ganzen Leib schweißnass und begann zu zweifeln, ob ich weit genug gefahren war, um von Hoyt wegzukommen. Denn manchmal war ich fest davon überzeugt, dass er mich aus dem Schilf am Teich beobachtete.

«Scheint mir kein Job für ein Mädchen zu sein», sagte jemand leise.

Ungestüm fuhr ich herum, die Schaufel erhoben wie eine Waffe.

4

Hoppla», sagte ein alter Mann und hob schützend einen Arm. In der anderen Hand hielt er einen Teller. «Ich nehme es zurück. Das ist der richtige Job für ein Mädchen.»

Mein Herz raste, während ich die Schaufel senkte. «Entschuldigung.» Ich lächelte, so gut es ging. «Sie haben mich erschreckt.»

«Das sehe ich.» Der Mann hatte einen grauen Stoppelhaarschnitt und trug ein makellos weißes T-Shirt und Jeans. Auf seinem Unterarm wand sich eine tätowierte Schlange um den Ellbogen, und ein Adler stieß mit ausgestreckten Klauen vom Oberarm herab, um sie zu packen.

«Bitte.» Er hielt mir den Teller hin. «Ich hatte plötzlich Hunger, als ich dich arbeiten sah, und da dachte ich, dann musst du erst recht hungrig sein.»

Auf dem Teller lagen zwei Scheiben Brot mit Mayonnaise und Tomatenscheiben, die so zerfleddert waren, als hätte er sie mit einem Löffel geschnitten. Aber sie waren so rot, so schön, sie sahen aus wie Edelsteine. Der Saft wie Blut.

Mir knurrte der Magen.

Die Mundwinkel des alten Mannes zuckten. «Nur zu», sagte er, wobei er eine auffordernde Geste mit dem Teller machte.

«Danke, ich komme zurecht.» Ich schloss die Hand um den splittrigen Holzstiel der Schaufel. Mir war schwindlig vor Hunger.

Er warf mir einen verwirrten Blick zu.

«Wirklich. Nicht nötig.»

«Na, dann lasse ich es dir da.» Er stellte den alten Plastikteller auf einen Stein.

«Sie brauchen nicht ...»

«Ich habe um die siebenhundert Pfund Tomaten. Die kann ich nicht alle selbst essen.»

Mich überkam eine halb klare, halb verschwommene Erinnerung an meinen letzten Kirchenbesuch mit Mom, als ihr wahrscheinlich jeder ansehen konnte, dass sie krank war. Die verschiedenen Gemeindekreise und ihre rührigen Damen überschwemmten uns mit beispielloser Nächstenliebe. Wir wurden förmlich überschüttet mit Kartoffelaufläufen, Blechkuchen, einem Dutzend verschiedener Chilis, Kleidung und handgestrickten Decken. Es war so viel, dass wir es nicht tragen konnten. Man drückte ihr die Hände und versprach flüsternd und unter Tränen, man werde sich um mich kümmern, wenn sie nicht mehr da sei.

Ich war erleichtert, sogar glücklich. Meine Angst vor dem, was käme, wenn meine Mom stürbe, wurde von der Fürsorgeflut weggeschwemmt. Ich hatte Freunde, ich gehörte zu einer Gemeinschaft. Ich war nicht völlig allein. Brauchte nachts nicht vor Angst wach zu liegen und zu hören, wie Mom den Flur auf und ab schlurfte, weil sie vor Schmerzen nicht schlafen konnte und sich fragte, was aus mir werden würde.

Wer würde sich um mich kümmern?

Diese Leute würden es tun!

Mom lächelte die Gemeindefrauen an, meine potenziellen neuen Familien, nickte, ging zwei Mal zum Auto, um alles heimzuschaffen, aber sobald wir zu Hause waren, sicher und allein, wurde sie fuchsteufelswild. Warf all das geschenkte, köstliche Essen in den Müll.

Wir brauchen ihr Mitleid nicht, sagte sie.

Aber ich, wollte ich weinen. *Ich brauche ihr Mitleid. Und ihr gottverdammtes Chili!*

Danach gingen wir nicht mehr zur Kirche, und Mom starb wenige Monate später.

«Ehrlich, du tust mir damit einen Gefallen», log der alte Mann, aber ohne mit der Wimper zu zucken oder zu schmunzeln.

Ach, um Himmels willen, nimm das blöde Sandwich, sagte ich mir, den Blick auf die saftigen Tomaten gerichtet, die in ihrem Bett aus cremiger Mayonnaise lagen. *Etwas zu wollen, macht es nicht schlecht.*

«Danke», sagte ich. «Ich esse es nachher.»

Ich würde das Almosen annehmen, ich konnte es nur nicht vor seinen Augen essen. Schien mir akzeptabel.

Er nickte, als ob er meine Bedingungen akzeptierte. «Wie alt bist du, Mädchen? Wenn ich fragen darf.»

«Vierundzwanzig.» In zwei Monaten fünfundzwanzig.

Ich wartete auf die oft gehörte Bemerkung, ich sei eine «alte Seele». *Alte Seele* stand für vieles, und das meiste hatte nichts mit meiner Seele zu tun, sondern mit dem Umstand, dass ich bei meiner Mutter groß geworden war.

Er nickte und sagte nichts über meine Seele oder mein Alter, weder so noch so. «Wenn ich dir einen kleinen Rat zu der Arbeit geben dürfte?»

«Sicher.»

«Fang früher an. Wenn es noch nicht heiß ist. Hör gegen Mittag auf. Es kommt nichts dabei heraus, wenn man im August bis zum Nachmittag draußen arbeitet, außer einem Hitzschlag. Und trink mehr Wasser.»

All das wusste ich, aber ich hatte mich Hals über Kopf an die Arbeit gemacht, weil ich verschlafen hatte. Es wäre jedoch unfreundlich gewesen, «Ich weiß» zu sagen, während er nichts weiter als höflich war. Und offen gestanden begegnete er mir in den zwei Minuten so freundlich wie schon lange keiner mehr.

Daher sagte ich: «Danke für den Rat. Und für die Tomatenbrote.»

Zur Antwort zog er den Kopf ein und ging. Unter dem dünnen Stoff seines weißen T-Shirts sah ich ein ungewöhnliches schwarzes Tattoo durchschimmern, ein großes Quadrat.

«Es tut mir leid», rief ich und war mir ziemlich sicher, die Antwort auf meine Frage schon zu kennen. «Wie heißen Sie?»

«Ben», sagte er. «Und du?»

«Annie.»

«Sehr erfreut, Annie.»

«Gleichfalls, Ben.»

Er ging zu seinem Wohnwagen. Von meinem aus gesehen war es der übernächste in nördlicher Richtung.

Ben war der Mann, den Dylan beobachten ließ.

Warum?

Sobald er außer Sicht war, ließ ich die Schaufel fallen, nahm den Teller und biss gierig in eines der belegten Brote.

«Oh Gott», stöhnte ich mit vollem Mund. Und dann noch einmal, denn wirklich … Tomaten und Mayo und billiges Weißbrot hatte ich schon gegessen, aber diese Kombination an diesem Tag – schmeckte unvergleichlich gut.

Kräftige und zarte und würzige Geschmacksnuancen entfalteten sich auf meiner Zunge.

Ich verschlang auch das zweite Brot und pickte mit dem Finger die Krümel von dem alten Teller.

Hätten noch ein Dutzend Brote daraufgelegen, ich hätte sie auch gegessen.

Die Sonne brannte herab, meine Kleidung war schweißnass und meine Füße hundert Pfund schwer.

Mein Magen war gefüllt, mein Hunger gestillt.

Genug für heute. Zehn volle Müllsäcke hatte ich neben dem Schuppen gestapelt. Was noch auf der Wiese lag, würde vermutlich noch einmal zehn füllen, aber das musste bis morgen warten.

Ich packte das Arbeitszeug weg und schloss den Schuppen ab. Bens Teller nahm ich mit und wusch ihn ab. Na ja, ich spülte ihn mit klarem Wasser, weil ich kein Spülmittel hatte.

Aus dem Notizbuch, das ich von zu Hause mitgenommen hatte, riss ich eine Seite heraus und schrieb Ben ein rasches Danke, um den praktisch sauberen Teller zu seinem Wohnwagen zu bringen. Ich stellte ihn auf die Metallstufe und legte einen Stein auf den Zettel, damit er nicht wegfliegen konnte.

Plötzlich wünschte ich, ich könnte meiner Mom sagen, dass man vor Mitgefühl, Mitleid oder Anteilnahme – was immer es war, das man mit den Tomaten oder den Kartoffelaufläufen bekam – keine Angst zu haben brauchte. Man brauchte deswegen auch nicht wütend zu werden. Sie waren keine Beleidigung für unseren Stolz oder unsere Selbständigkeit.

In Wirklichkeit waren sie köstlich.

Und wenn man Hunger hatte, machten sie satt.

Dylan

Es war spät geworden. So spät, dass es bald hell werden würde. Die Konstruktionspläne waren fertig, sein Team damit beschäftigt, den Prototyp herzustellen, und Dylan hätte eigentlich ins Bett fallen und zwei Tage durchschlafen sollen.

Stattdessen stand er am Fenster und sah in die Nacht hinaus.

Am Berg auf der anderen Seite des Tals brannte ein Lagerfeuer, es war zwischen den dunklen Bäumen schwach zu sehen.

Früher war er oft mit seinem Bruder zelten gewesen. Na ja, sie zelteten eigentlich nicht, sondern schliefen im Freien, wenn es bei seinen Eltern wieder unerträglich wurde. Aber Max ließ es immer wie ein Abenteuer erscheinen.

Max. Er presste die Stirn gegen die Scheibe. *Warum denke ich gerade jetzt an Max?*

Er verdrängte diese Erinnerungen, diese Gedanken sonst. Weil sie schmerzten. Weil sie ihn zornig machten. Traurig. An Max zu denken führte dazu, dass er ihn vermisste. Und das wiederum führte zu nichts.

Er war müde. Erschöpft. Deshalb dachte er an Max.

Er dachte auch an Layla. Die Gedanken an sie glühten wie Kohlen im Zentrum seines Gehirns.

War sie noch in dem Trailerpark? Ging es ihr gut?

Er kam von dem Gedanken, ihr könnte etwas passiert sein, nicht los. Auch nicht von seinem Verlangen, ihre Stimme noch einmal zu hören. Den kurzen, seltsamen Moment von Intimität noch einmal zu erleben. Noch einmal. Und noch einmal.

Der gewohnte Chor an Einwänden war zu müde, um sich einzumischen. Er kannte alle Gründe, warum Layla anzurufen eine schlechte Idee wäre. Nur kümmerte ihn das nicht mehr.

Das ist so was von idiotisch, dachte er und griff endlich zum Telefon, weil er sich selbst nicht mehr ertragen konnte. *Ruf sie doch einfach an.*

Den Daumen schon über ihrer Nummer im Display, hielt er noch einmal inne.

Es war kurz vor Tagesanbruch. Anrufe um diese Zeit rissen Leute aus dem Schlaf.

Und ich habe ihr ein Versprechen gegeben.

Er musste warten, bis sie ihn anrief. Nur so würde es funktionieren.

Resigniert steckte er das Handy wieder ein. Margaret hatte ihm, bevor sie ging, Abendessen gemacht, das auf dem Herd vor sich hin köchelte.

Margaret war die Mutter seines Geschäftspartners Blake. Irgendwie hatte sich die Verantwortung für sein Haus und sein Essen in ihren Kompetenzbereich eingeschlichen. Sie war halb Köchin, halb Haushälterin und ganz Nervensäge. Wie eine Mutter vermutlich, eine gute jedenfalls.

Aber so gut es auch roch, er hatte keinen Hunger. Nicht auf Essen.

Zwei Jahre war es her, seit er mit Jennifer Schluss gemacht hatte. Er war neunundzwanzig Jahre alt und lebte wie ein Mönch. Weil er ein Problem mit Vertrauen hatte, sagte Margaret. Er widersprach ihr nicht. Obwohl Margaret wahrscheinlich meinte, dass er anderen nicht traute.

Was in gewisser Hinsicht stimmte.

In Wirklichkeit traute er sich selbst nicht.

Was würde er einem unschuldigen Menschen wie Layla antun? Wie würden sich das Blut und der Schmutz an seinen Händen auf sie auswirken?

Aber Layla wusste nichts über ihn. Den Unfall. Seine Vergangenheit. Sein Geld.

Sie wusste gar nichts. Und trotzdem hatte ihre Stimme vor Neugier und Erregung geschwankt.

Das war es, was ihn permanent beschäftigte.

Ganz offensichtlich hatte sie ihn belogen, als sie behauptete, dass sie nicht im Trailerpark lebte. Wahrscheinlich stimmte auch der Name nicht. Also würde er ihr vielleicht auch nichts über sich erzählen. Über das, was keiner wissen sollte. Er würde nicht lügen, aber verschweigen.

Wenn sie vorgab, jemand anderer zu sein, dann würde er das auch tun.

Solange sie seinen Nachnamen nicht herausfand, konnte er *jeder* sein.

Plötzlich war die Sehnsucht wieder da. In seinem Körper, seinem Blut.

Er dachte über sie nach – wer sie sein könnte, wer er selbst ihr gegenüber sein könnte – und war wieder hart.

Seufzend senkte er den Kopf auf seine Faust an der Fensterscheibe. Es war dunkel dadraußen, bis auf den hellen Fleck des Lagerfeuers in der Ferne. Und es war dunkel in seinem Haus.

Es war dunkel in ihm. Schon immer.

Wie einfach wäre es, über seine Hand zu lecken, sie in die Hose zu schieben und die Sehnsucht zu stillen. Hart und schnell, bis er sich wenigstens für einen kurzen Moment gehenlassen konnte. Alles loslassen konnte.

Aber das Einfache mochte er nicht besonders.

Er fragte sich nicht, woher er es wusste, aber Layla würde ihn anrufen.

Und darauf wartete er.

Aber vielleicht würde er ihr auch etwas schicken. Nur damit es schneller ging.

Annie

Am folgenden Nachmittag lagen sechzehn volle Müllsäcke am Schuppen aufgestapelt, und ich wankte mit Sonnenbrand und Blasen an den Händen zum Wohnwagen, wo ich auf der Treppe drei riesige Tomaten vorfand, jede so groß wie meine Faust, und ein kleines Glas Mayonnaise.

Oh.

Ich schaute mich nach Ben um. In der Stille des späten Nachmittags war jedoch niemand im Freien zu sehen. In seinem Garten war er nicht. Die Tomaten und die Mayo auf dem Arm, schloss ich meine Tür auf und ging hinein, ein lächelndes Eichhörnchen mit verbotenen Nüssen.

Obwohl ich ekelhaft schmutzig war und dringend eine Dusche nötig hatte, toastete ich den letzten der Bagels, die ich in einer Fernfahrerkneipe gekauft hatte, und belegte ihn dick mit Mayo und Tomatenscheiben. Und dann verspeiste ich mein verspätetes Mittagessen im Stehen.

Fernfahrerkneipen waren etwas Erstaunliches.

Nachdem ich das Auto gekauft hatte, lernte ich sie kennen, von Pennsylvania bis hinunter nach North Carolina. Und in den meisten hatte ich duschen und frisches Obst und Milch kaufen können. Außerdem Autoteile, weil der Toyota Öl verlor wie ein Sieb. Einmal schlug ich sogar über die Stränge und ließ mir ein Club Sandwich zu meinem Parkplatz bringen. Für ein paar Vierteldollar konnte ich ins Internet. Wo ich gewissenhaft die Onlineausgaben der Zeitungen Oklahomas las, um Neuigkeiten zu meinem Verschwinden zu erfahren.

Vor Fernfahrerkneipen schlief jeder in seinem Wagen, sodass niemand im Morgengrauen an mein Fenster klopfte, um mich zu vertreiben.

Ich hätte auch ein neues Handy kaufen können. Ein Hündchen. Einen Anteil an einer Ferienwohnung in Florida. Eine Knarre. Und Kameldörrfleisch.

Aber das war nichts verglichen mit dem, was ich nachts hätte bekommen können.

Bei Nacht schaute ich durchs Autofenster zu, wie die jungen Mädchen dort aufkreuzten, in kurzen Röcken und mit hohen Absätzen, auf denen sie kaum laufen konnten. Und die Jungen in engen Hosen, die durch ihre Netzhemden an ihren Brustwarzen spielten und sich mit Fernfahrern unterhielten, die sie begafften, als würden sie sich am liebsten den Kiefer aushängen und sie im Ganzen verschlingen.

Diese Mädchen und Jungen stiegen in die Lkws, sie lächelten und leckten sich die Lippen, und eine Stunde später kamen sie ohne Lächeln wieder heraus und verstauten das Geld in ihren Taschen.

Und ich kapierte es: Sie spielten ihre Rolle. Darüber wusste ich aus eigener Erfahrung bestens Bescheid. Aber sie waren dabei so überzeugend. So verboten und wissend. Verboten und selbstbewusst. Der Parkplatz stank nach Sex.

Ich beobachtete sie verwundert und dachte darüber nach, was in den Lkws vor sich ging.

Was ich über Sex wusste, passte in einen Schuhkarton. Einen schrecklich kleinen Schuhkarton. Und ich wusste, was in den Lkws passierte, war illegal, bestenfalls gefühllos und meistens entwürdigend.

Aber was, wenn es nicht immer so war? Was, wenn einer der Fernfahrer und einer dieser jungen Leute freundlich miteinander umgingen? Vielleicht waren sie erregt. Und behutsam. Was, wenn sie die Gabe hatten, etwas, das schrecklich, schmerzhaft und beängstigend sein konnte … nett zu machen? Oder mehr als nett?

Nicht dass ich dachte, in den Lkws spiele sich eine Liebesgeschichte ab, so naiv war ich nicht. Ich war nur … hoffnungsvoll.

Und wenn ich Hoffnung für sie hatte … konnte ich dann nicht auch Hoffnung für mich selbst haben?

Und daran dachte ich in meinem Wagen vor den Fernfahrerkneipen, bis ich … Hunger bekam.

Und das war ein Hunger, von dem ich nicht wusste, wie ich ihn stillen sollte.

Eine halbe Stunde später, als ich selbst nach der kältesten Dusche aller Zeiten noch schwitzte, stand ich im Schlafzimmer meines Wohnwagens und überlegte, etwas zu tun, was ich noch nie getan hatte: Was wäre, wenn ich das Handtuch fallen lassen und mich nackt aufs Bett legen würde, damit der Wind, der durch die Jalousien wehte, über meinen erhitzten Körper strich.

Meinen nackten Körper.

Denn das durfte ich tun. Niemand würde sich daran stören oder mich davon abhalten.

Ich legte die Finger an den Hals. Das war eine blöde Angewohnheit, aber ich ertappte mich dabei, den Daumen auf den schlimmsten Bluterguss zu drücken, gerade so stark, bis es weh tat.

Eine Erinnerung. Ein Halt … *beweg dich nicht zu schnell, Annie. Bedenke, woher du stammst.*

Leicht geduckt schaute ich nach draußen, als der Wind durchs Fenster wehte. *Und wenn jemand dort steht? Wenn der Luftzug die Jalousie bewegt und derjenige mich hier nackt auf dem Bett liegen sieht?*

Die Chance war verschwindend gering. Die Idee lächerlich, da ich von Blechwänden umgeben war. Von dünnen Blechwänden, aber immerhin.

Die Wahrheit war, allein war ich unsicherer als in Gegenwart anderer.

Am Ende siegte die vierundzwanzig Jahre lange Konditionierung. Ein wenig beschämt zog ich mich an.

Annie McKay, du bist keine, die sich mitten am Tag nackt auf ihr Bett legt.

In dem Oberschrank in der Küche lag noch immer das Handy mit der einzigen eingespeicherten Nummer. Dylans. Neuerdings nahm ich die Welt anders wahr. Seit ich mich vom Küchenboden aufgerafft und mein Leben hinter mir gelassen hatte. Ich war ein neuer Mensch.

Und ich wollte Dylan anrufen.

Und das erschreckte mich. Was das bedeutete, erschreckte mich. Ich war erschrocken über mich und wie ich meine Entscheidungen traf. Über den ganzen Vorfall. Dylan schien mir in jeder Hinsicht ein Risiko zu sein.

Ihn anzurufen hieß, die Gefahr heraufzubeschwören.

Noch nicht, hörte ich meine innere Stimme sagen, jenes dunkle Säuseln. *Aber bald.*

Es klopfte an meiner Tür, und ich machte einen Satz wie eine Katze, die sich versengt hat, da es mich aus meinen unkeuschen Gedanken riss.

«Hey, Annie. Da ist ein Päckchen für Sie gekommen.» Vor meiner Tür stand Kevin. Nur Kevin. Ich fasste mir an die Kehle. Mir schlug das Herz bis zum Hals.

«Das muss ein Irrtum sein», sagte ich beim Öffnen. «Es gibt niemanden, der mir was schicken würde.»

«Tja», sagte er und blickte auf die kleine Schachtel hinab, die in gewöhnliches Packpapier eingewickelt war. «Es ist adressiert an ‹Layla, Schrägstrich, die neue Putzdame›. Und Sie sind hier die Einzige, die man als solche bezeichnen könnte.»

Layla.

Das Päckchen war von Dylan.

Kevin hielt es mir hin, aber ich konnte die Hände nicht bewegen. Ich konnte kaum meine Lungen aktivieren. Dylan hatte mir etwas geschickt.

«Soll ich es wegwerfen?», fragte er und ließ die Hand achselzuckend sinken.

«Nein!», rief ich. «Nein, ich … ich nehme es.»

Natürlich wollte ich es haben.

Es war ein Päckchen von einem Mann, an den ich ständig denken musste. Eine schlechte Idee, das hatte ich begriffen, aber was war schon eine schlechte Idee mehr? Ich hatte derzeit quasi einen Lauf.

«Bitte sehr.» Er gab es mir und ging den Weg entlang in den anderen Teil des Trailerparks.

Ich schloss die Tür, stellte das Päckchen auf den Tisch und schob mich auf die Polsterbank. Die Schrift war die einer Frau. Seltsam. Aber eigentlich auch egal.

Ich riss das Papier ab und öffnete die Pappschachtel.

Darin lag ein Ladegerät. Und ein Zettel.

Für das Handy. Für den Notfall.

Das stand da in einer ganz anderen Handschrift. Das hatte ein Mann geschrieben. Spitze, schräge Buchstaben mit dunkler Tinte auf das weiße Papier geworfen.

Ich hoffe, es geht Ihnen gut.

Ein Ladegerät. Für den Notfall. Der Atem, den ich angehalten hatte, brach unter starkem Schaudern aus mir hervor. Ich hatte keine Ahnung, was ich in dem Päckchen vermutet hatte, aber ein Ladegerät ganz bestimmt nicht. Ich nahm es mitsamt dem Zettel, holte das Handy aus dem Oberschrank und ging in mein Schlafzimmer.

Dort drückte ich den Stecker in die Steckdose und legte das Handy auf das Gerät.

Die guten Manieren schrieben vor, sich zu bedanken. Ich musste ihn anrufen.

Wegen der guten Manieren selbstverständlich.

Mich durchlief eine dunkle Erregung, eine atemberaubende Ahnung.

Ich suchte seine Nummer heraus, aber statt ihn anzurufen, schrieb ich eine Nachricht.

Ich habe das Ladegerät bekommen. Danke. Vielen Dank.

Ich löschte das «vielen Dank». Kein Grund, es zu übertreiben.

Gern geschehen, schrieb er zurück.

Ich zog die Unterlippe zwischen die Zähne und wartete, ob noch etwas von ihm kommen würde. Aber das Display blieb unverändert.

Schreib was oder leg es weg, befahl ich mir. Denn das war lächerlich.

Schließlich legte ich das Handy in die Schublade und schob sie zu.

Aber den ganzen Abend dachte ich daran. An Dylan.

5

Hey, Kevin», sagte ich, als ich eine Woche später sein Büro betrat. Kevin saß vor dem Gebläse des ratternden Klimagerätes im Fenster und spielte am Computer Solitär. «Ich werde mehr Müllsäcke und eine neue Harke brauchen.»

«Im Schuppen steht keine Harke?»

«Doch, aber die ist jetzt kaputt.»

«Lässt sie sich nicht reparieren?»

Und ich dachte, ich sei geizig.

«Nö.»

«Eine Schaufel tut's nicht auch?»

Ich seufzte. «Nein, Kevin. Ich brauche wirklich eine Harke. Und eine Heckenschere. Eine robuste.»

«Warum das?»

«Ich will dem Kudzu zu Leibe rücken.»

Kevin nickte, vielleicht beeindruckt von meinem Kampfgeist gegen die gruselige Mumienpflanze.

«Ich werde Ihnen das morgen besorgen. Sie haben wirklich gute Arbeit geleistet. Die meisten Leute haben nur die Fliegen und den Müll gesehen und gleich aufgegeben.»

«Na ja, ich denke, der Müll war wohl der schlimmste Teil.» Es war wirklich abstoßend gewesen, aber ich hatte es erledigt. Ihn in Säcke geschaufelt und weggeräumt.

«So ist es», pflichtete Kevin bei. «Und hier.»

Er schob mir den Schlüssel zum Schuppen über den Tresen.

«Das heißt, ich bin nicht zwielichtig?», fragte ich lächelnd.

«Genau das. Und nehmen Sie sich heute frei. Es ist zu heiß zum Arbeiten.»

«Aber ...» *Wir reden nicht über Geld.* Das war eine von Hoyts Vorschriften gewesen. *Wie viel wir haben. Oder was wir brauchen. Wir sprechen kein Wort darüber. Das ist gewöhnlich. Vulgär.*

Aber diese Vorschriften würden mich hier draußen nicht weit bringen. Ich würde verhungern, wenn ich versuchte, nicht vulgär zu sein.

«Ich brauche das Geld.»

Kevin lehnte sich in seinen Bürosessel zurück, der unter seinem Gewicht ächzte.

«Ich zahle Ihnen Gehalt. Warten Sie noch einen Tag.»

Ich hatte mein ganzes Leben auf der Farm gearbeitet und dafür keinen einzigen Penny bekommen. Um Geld hatte ich immer bitten müssen, zuerst meine Mom, dann Hoyt.

Bis ich die drei Riesen aus Hoyts Tresor nahm.

Rückwirkend gezahlter Lohn, hatte ich mir gesagt.

«Und jetzt gehen Sie.» Kevin scheuchte mich zur Tür hinaus. «Machen Sie frei.»

«Ganz sicher?», fragte ich. «Denn wenn es sonst noch etwas zu erledigen gibt ...»

«Nein. Nichts weiter. Gehen Sie.»

Trotzdem zögerte ich in der Tür. Nicht dass ich nicht tausend Dinge hätte tun können, aber dafür hätte ich den

Trailerpark verlassen müssen. Die kleine Insel, wo ich mich sicher fühlte und arbeiten konnte.

Mein altes Leben hatte ich mit den Wurzeln ausgerissen, und jetzt war ich zu ängstlich, um mein neues zu leben.

«Ist noch ein Päckchen für mich gekommen?», fragte ich.

Jeden Abend schaute ich auf das Handy und überlegte, Dylan anzurufen. Ihm zu schreiben. Jeden Abend kniff ich. Oder widerstand, als wäre das eine Tugend.

«Nee. Wollen Sie den ganzen Tag da stehen?»

«Nein.» Ich drückte die Tür auf, und die Glocke bimmelte. «Ich gehe.»

Ich hatte mir vorgenommen, die zwanzig Meilen in die Stadt zu fahren und Lebensmittel einzukaufen, denn das taten normale Leute, wenn ihnen die Tankstellensnacks und das Spülmittel ausgegangen waren. Und dann wollte ich sehen, ob es eine Bibliothek mit frei zugänglichen Computern gab, wo ich die Meldungen aus Oklahoma lesen konnte.

Frau abgehauen, stellte ich mir als Überschrift vor. Doch in Anbetracht von Hoyts Charakter würde sie zweifellos lauten: *Verlogene Frau läuft Ehemann davon, der nun keinen mehr ohrfeigen kann, wenn es fünf Tage lang nicht geregnet hat.*

Auf dem Weg zum Wohnwagen sah ich Ben in seinem Garten. Er wickelte die zarten Halteranken von Erbsenpflanzen um Schnüre, die am Zaun gespannt waren.

«Zuckerschoten?», fragte ich beim Näherkommen.

«Nein», antwortete er lachend, ohne aufzublicken, was mich offen gestanden erleichterte. Blickkontakt lag mir nicht. «Nichts so Tolles. Ich versuche mich mal an Feuerbohnen.»

«Ich wollte mich bedanken für die Tomaten und die Mayo.»

«Hast du doch. Ich habe den Zettel gefunden. Beide Zettel. Willst du mir etwa noch einen Brief schreiben?»

Ich lächelte über die ungeschickte Art, mit der er versuchte, mich aufzuziehen. Smith hat mich früher auch auf diese Art geneckt. Vor langer Zeit.

Oh Gott, Smith.

Bei mir zu Hause hatten wir ein Klo im vorderen Flur, gleich neben der Haustür, das niemand je benutzt hat. Aber alles, von dem wir nicht wussten, wohin damit, packten wir dort hinein. Weihnachtsschmuck. Die alten Mäntel meines Großvaters. Das feine Kleid meiner Großmutter in einem Kleidersack, den ich als Kind gern öffnete, um mir die Pailletten und die Pfauenbrosche am Ausschnitt anzusehen.

Solch eine Rumpelkammer hatte ich im Kopf. Und dahin packte ich all meine Erinnerungen an Smith. All meine Schuldgefühle wegen dem, was passiert war. Was … ich ihm angetan hatte. Ich hatte seit Jahren nicht mehr an ihn gedacht, aber aus irgendeinem Grund öffnete Ben diese Tür, und die Erinnerung kullerte heraus.

«Na ja, ich wollte mich noch mal persönlich bedanken», sagte ich, um mich davon abzulenken.

«War mir ein Vergnügen. Ich habe noch fünfzig Tomaten, die ich dir vor die Tür legen kann.»

Mir kamen plötzlich Visionen von selbstgekochter Nudelsoße aus Hackfleisch und Bens Tomaten. Schlecht kochen hatte ich von meiner Mom gelernt, der schlechtesten Köchin überhaupt. Aber in einem Jahr – bevor es mit Smith so seltsam wurde und der neue Pfarrer kam und Mom krank wurde – kam sie auf die Idee, sie könnte doch mal die Fleischsoße für das Spaghettiessen der Gemeinde kochen. Sie hatte das Rezept auf einer Dose Tomaten gefunden, und es wurde ein derartiger Erfolg, dass sie noch jahrelang die Spaghettisoße für die Gemeinde kochte.

Die war das Einzige, was wir zubereiten konnten, ohne dass wir dazu eine Folie abziehen und den Herd vorheizen mussten.

Und ich würde Ben Spaghettisoße kochen können. Der Gedanke, ihm etwas zurückgeben zu können, gefiel mir.

«Ich werde gern nehmen, was du mir gibst.»

In seinem Garten gab es alles, Paprikaschoten, Gurken, sogar Rüben. Entlang des hinteren Zaunes standen die Kräuter. Ich sah Basilikum und Oregano, die sehr gut zu der Nudelsoße passen würden.

«Wenn du was willst, solltest du fragen, Mädchen.»

«Ich wollte nicht … das sollte nicht …»

«Was möchtest du?» Seine Augen waren fast schwarz, und als er mich ansah, fühlte ich mich wie an den Boden genagelt.

Huh. Blickkontakt.

«Nichts.»

«Geh, Mädchen. Ich habe keine Zeit für so was.»

Seine Abweisung tat weh. «Basilikum», sagte ich.

«Gehört dir. Noch was?»

Ich schüttelte den Kopf, fühlte mich zu unbehaglich, um zu antworten.

Als ich einmal Hilfe gebraucht hatte, wirklich darauf angewiesen gewesen war, weil es quasi um Leben und Tod ging, da hatte ich den Mund nicht aufgekriegt. Ich konnte unmöglich um noch etwas aus seinem Garten bitten.

«Ich muss in die Stadt fahren», sagte ich. «Brauchst du etwas?»

«Nein.» Seine dicken, knotigen Finger waren mit der fisseligen Aufgabe beschäftigt, seine Bohnen zum Wuchs entlang der Schnur zu bewegen.

Seine Knöchel waren auch tätowiert. Mit einem Wort. An jedem Finger ein Buchstabe, den ich nicht ganz erkennen konnte.

«Okay», sagte ich. «Entschuldigung.»

«Entschuldigung? Wofür?»

Ich schaute ihn groß an. *Weil ich nicht bitten kann, wenn ich etwas möchte. Weil ich dir nichts aus der Stadt mitbringen kann. Weil ich hier bin ...* Mann, was war mit mir los? Sich entschuldigen war eine alte Angewohnheit.

«Ich weiß nicht.»

«Ich auch nicht. Also lass es.»

Richtig. Also lass es. Ganz einfach. Ich lebte zwar nicht mehr auf der Farm, aber die Farm war in mir teils noch sehr lebendig.

Auf dem Weg zu meinem Wohnwagen, den Blick auf die staubige Lehmstraße gerichtet, machte ich mir im Kopf eine Einkaufsliste.

«Hallo, Nachbarin», sagte eine Frau, und da sah ich Joan in einem Gartenstuhl auf der kleinen improvisierten Terrasse neben ihrem Camper sitzen. Sie trug einen kurzen, grün seidenen Morgenrock und den Ausdruck milder Geringschätzung.

«Hi.» Angesichts Joans unbegreiflicher Trailerpark-Eleganz fühlte ich mich schmuddelig. Wie sie dort saß, erschien sie mir sogar majestätisch. Vielleicht lag es an dem Strass an ihren Zehen. Oder an ihrer kerzengeraden Haltung, an ihrer lässigen Art, die Zigarette zu halten.

Denn an ihrer schmutzig blonden Hochsteckfrisur oder an ihren hellblauen Augen oder den alten Aknenarben konnte es nicht liegen.

Aber unter dem grünen Morgenrock hatte sie endlos lange Beine.

«Ich heiße Annie», sagte ich in das Schweigen hinein.

«Joan.»

Ihre Tür ging auf, und ein Mann kam heraus, der sich ein T-Shirt überzog. Er war kräftig, muskulös, stark behaart, nicht nur an der Brust. Sogar am Bauch. Als sein Kopf aus dem T-Shirt hervorkam, lächelte er Joan an. Im Gesicht hatte er einen dichten, schwarzen Bartschatten. «Bis dann, Babe», sagte er und beugte sich über das Geländer, wie um sie zu küssen. Joan zog an ihrer Zigarette und blies ihm den Rauch entgegen. Er zog sich nach der Abfuhr zurück, schien jedoch nicht beleidigt zu sein.

«Ich habe dir eine zusätzliche Kleinigkeit auf die Küchentheke gelegt», sagte er zu Joan, bevor er sich abwandte. Er zwinkerte mir lächelnd zu, was ich so ekelhaft fand, dass ich am liebsten in Klamotten geduscht hätte.

Ich konnte nicht noch mal zu Joan hinübersehen, ums Verrecken nicht.

Eine Prostituierte? Ich wohne Tür an Tür mit einer Prostituierten?

«Ein bisschen heiß für einen Schal, meinst du nicht?», sagte Joan.

Ich fasste hin und zuckte ein bisschen zusammen, als ich die Blutergüsse berührte. Joan grinste höhnisch, als wüsste sie, was sich hinter dem Seerosenmuster verbarg. Als wäre sie an dem Abend in meiner Küche gewesen. Als hätte sie in den zehn Sekunden, die wir uns gesehen hatten, alles über mich erfahren.

Und als wäre alles gesagt.

Wortlos, mit glühenden Wangen wandte ich mich ab.

Dylan lag völlig falsch. Ben war so bedrohlich wie eine Maus.

Es war Joan, vor der ich mich in Acht nehmen musste.

Es gab kein Handbuch für die Flucht vor gewalttätigen Ehemännern. In neun von zehn Fällen musste ich mich auf mein Bauchgefühl verlassen, und das konnte Kleinstädte nicht ausstehen.

In den meisten Kneipen lief den ganzen Tag CNN. Zeitschriften drängten sich mit schockierenden, lüsternen Schlagzeilen auf. *Ehefrau vermisst! Mann in Trauer!* In jedem Lebensmittelladen.

Internetzugang gab es überall.

Die Chance, erkannt – entdeckt – zu werden, erschien mir viel größer als in einer Großstadt.

Aber um Lebensmittel zu kaufen, musste ich nun mal dorthin.

In diesem Fall nach Cherokee, North Carolina. Nah bei der Stadt gab es ein Indianerreservat, und das erkannte man vor allem an den Souvenirläden, vor denen Frauen und Männer mit Kopfputz saßen und sich für fünf Dollar fotografieren ließen.

Alle Restaurants führten das Wort Häuptling im Namen.

Es war ein eigentümlicher Ort.

Der Appalachian-Trail-Wanderweg führte ebenfalls hindurch oder in der Nähe vorbei. Entlang der Straße liefen Männer und Frauen mit großen Rucksäcken, Shorts und schmutzigen Beinen und streckten den Daumen zur Fahrbahn hin.

Per Anhalter? Wirklich?

Wer war denn noch dermaßen naiv? Dermaßen vertrauensselig? Die forderten ihr Unglück geradezu heraus.

Doch als ich im Rückspiegel ihre Gesichter sah, wurde mir klar, dass sie ungefähr in meinem Alter waren, vielleicht gerade das College hinter sich hatten. Ein kleines Abenteuer unternahmen, bevor sie sich eine Stelle suchten oder weiterstudierten.

Ich hörte auf, sie mir anzusehen. Ich war wütend, weil sie so viele Möglichkeiten hatten. Weil sie eine ganz andere Jugend verbracht hatten als ich.

An einer Ecke gab es einen Supermarkt. Ich bog auf den Parkplatz ein und parkte im Schatten nahe den Müllcontainern. Nachdem ich den Motor abgestellt hatte, saß ich in meinem stillen Auto und dachte über mein Vorgehen nach.

Schnell rein und wieder raus, keinen ansehen, unscheinbar bleiben.

Das war meine Methode während meiner Fluchtwoche gewesen.

Unscheinbar, das konnte ich. Das hatte ich perfektioniert.

Sowie ich drinnen war, eilte ich durch die Gänge und griff nach denselben Dingen wie seit Jahren, bis ich mit einer Schachtel Frühstücksflocken in der Hand innehielt. Die hatte Hoyt gemocht.

Ich bin nicht ... ich muss die nicht nehmen. Ich stellte die süßen Getreideringe zurück ins Regal und wandte mich denen mit Fruchtaroma zu, die ich am liebsten mochte. Beim Blick in den Einkaufswagen fiel mir auf, dass ich nur das hineingepackt hatte, was Hoyt mochte.

Hüttenkäse.

Den konnte ich nicht ausstehen.

Anstatt mich zu beeilen, ließ ich mir Zeit und stellte alles zurück, was ich nicht gern aß. Traf eine neue Auswahl. Eine emanzipierte, egoistische.

Während ich durch den Gang mit den Milchprodukten ging, spürte ich, dass mich jemand beobachtete, und sah aus dem Augenwinkel eine junge Frau mit drei Kindern, die an ihrem Einkaufswagen hingen. Alle starrten mich an.

Ich ignorierte sie und bog um die Ecke.

Tampons sind so verdammt teuer, dachte ich, als ich die billigste Sorte in meinen Wagen warf. Das ist so unfair.

Die Frau mit den Kindern bog in denselben Gang ein, um Windeln zu kaufen. Diesmal nahm ich bewusst Blickkontakt auf, und sie lächelte mich an.

«Kenne ich Sie?», fragte sie. «Sie kommen mir bekannt vor.»

Ich erschrak.

«Wahrscheinlich nicht.» Ich widerstand dem Drang, die

Sonnenbrille aufzusetzen, den Wagen stehen zu lassen und abzuhauen.

«Sie arbeiten im Flowered Manor, nicht wahr?», sagte sie. «Wir wohnen dort.»

Ich schaute sie wieder an und bemerkte die dunklen Ringe unter ihren großen braunen Augen. Sie sah aus wie ein Teenager, der mit ein paar Kleinkindern überlastet war. Eines davon, ein kleiner Junge, zog am Saum ihres schäbigen T-Shirts, bis an ihrer Schulter der Rand eines dunklen Blutergusses zum Vorschein kam.

Die Frau zerrte dem Kleinen den Stoff aus den Händen. «Lass das, Danny», zischte sie. Sie lächelte in meine Richtung, den Blick auf irgendeinen Punkt am Boden geheftet. «Wir müssen los», murmelte sie und schob ihren Wagen in die andere Richtung.

Schnell.

Ich stand vor dem Toilettenpapier und zitterte. *Wie oft habe ich das getan? Ohne Kinder und Windeln im Wagen, aber wie oft bin ich davongerannt, die Augen zu Boden gerichtet?* Mit dem starken, grässlichen Geschmack von Scham im Mund.

Sollte ich ihr nachlaufen? Mit ihr reden?

Nein, bloß nicht, sagte mein Bauch. *Kauf ein, was du brauchst, und dann ab nach Hause.*

Rein und wieder raus.

Das war wirklich das Klügste.

Mein Einkaufswagen war beileibe nicht voll, aber befriedigenderweise mit allem gefüllt, was ich mochte. Ich gönnte mir sogar eine große Tüte Schokoladentropfen. Die würde ich ins Gefrierfach legen und mir jeden Abend ein paar gönnen.

Mom würde das nicht billigen, aber genau das war der Sinn der Sache.

Die junge Frau mit den Kindern hatte das Geschäft verlassen. Ihr voller Einkaufswagen stand neben dem Tresen des Filialleiters, die große Windelpackung klemmte neben einer Packung Milch und einem Beutel Äpfel.

Sie hatte alles stehen lassen. Alles, weshalb sie in die Stadt gefahren war.

Ich fragte den Kassierer nach dem Weg zur Bibliothek. Den Einkaufswagen mit den Waren für eine junge Familie ignorierte ich, so gut es ging.

6

In der Bibliothek war es still, sie war leer und roch nach alten Büchern und der Klimaanlage.

Ohne die freundlich wirkende Frau am Empfang genauer anzusehen, ging ich direkt zu dem langen Tisch mit den Computern an der hinteren Wand.

«Entschuldigen Sie, Miss», sagte die Frau. Sie verfügte über diese typische Bibliothekarinnenstimme, die leise war und dennoch durch den ganzen Raum trug. Ich fragte mich, ob es am College einen Kurs dafür gab.

«Ja?»

«Sie müssen sich eintragen, um die Computer benutzen zu dürfen.»

«Wie bitte?» Ich schaute mich nach allen Seiten um.

«Wir möchten, dass Sie sich eintragen, damit wir nachweisen können, dass die Computer benutzt werden. Dass sie für die Gemeinde wichtig sind.»

«Ich gehöre nicht zur Gemeinde, ich bin nur auf der Durchreise.»

«Sie müssen sich trotzdem eintragen», erwiderte sie lächelnd.

Ich benehme mich albern, dachte ich, während ich zu ihrem Schreibtisch hinüberging. Dort lag ein Klemmbrett, der rote Kugelschreiber war mit einer Schnur und Malerkrepp daran befestigt. In meinem Bauch flatterte Angst. Ich war keine gute Lügnerin, und in der vorigen Woche hatte ich überall einen falschen Namen angegeben.

Was, wenn sie auch noch den Ausweis verlangte?

«Haben Sie Ihren Namen vergessen, Liebes?», fragte die Frau mit funkelndem Blick.

Schön wär's.

Nach einem hastigen Atemzug, als ob ich im Begriff wäre, unter Wasser zu tauchen, nahm ich den Kuli und schrieb Layla McKay auf das Formular, und das rief die Erinnerung an Dylan wieder wach.

Die ganze Zeit über lauerte er in meinem Hinterkopf. Wenn ich aufhörte, an etwas anderes zu denken, trat er sofort in den Vordergrund. Füllte meinen Kopf mit Gedanken, die mir Unbehagen bereiteten.

«Danke», sagte die Bibliothekarin.

«Kein Problem.»

Ich setzte mich an den Computer und überflog die Schlagzeilen der Zeitungen Oklahomas. Keine Erwähnung in Tulsa. Keine in Oklahoma City. Auch nicht in der *Bassett Gazette,* die in der Kleinstadt nahe unserer Farm erschien. Die hatte ich seit meiner Flucht sorgfältig durchsucht. Ich gab meinen Namen in die Suchmaske ein, und als Einziges erschienen meine Heiratsannonce, die Todesanzeige meiner Mutter und die Bekanntgabe, dass Hoyt Land an einen Energiekonzern verkauft hatte, der Windräder aufstellen wollte.

Nichts. *Oh lieber Gott. Nichts.*

Es war zwölf Tage her. Und wie es schien, war er nicht mal zur Polizei gegangen.

Ich blieb noch ein bisschen länger sitzen, denn ich hatte Pudding in den Beinen, und meine Arme waren so schlaff wie gekochte Spaghetti. Da fand keine große Suche nach mir statt.

Ich hatte kein Testament gemacht, und er würde mit dem Land vielleicht tun können, was er wollte, wenn er den Behörden versichern konnte, dass ich die Farm freiwillig aufgegeben hatte oder etwas in der Art. Ich hatte keine Ahnung, wie so etwas gehandhabt wurde. Schließlich war er mein Ehemann. Niemand würde ihm widersprechen.

Dies war der bestmögliche Ausgang meiner Flucht. Es würde keinen Wirbel geben. Keine Szene vor Journalisten und Kameras, bei der er Tränen hervorquetschte und den liebenden Ehemann spielte.

Das hieß jedoch, dass es mich nicht mehr gab ... alles, was ich gewesen war. Vierundzwanzig Jahre Leben, in denen ich Tochter, Schülerin, Gemeindemitglied gewesen war. In denen ich als Annie McKay gearbeitet, geschwitzt, geweint, gelacht hatte. Alles weg.

Niemand vermisste mich. Oder sorgte sich. Oder wunderte sich. Ich war verschwunden, und die Welt drehte sich weiter.

Und hinter der Erleichterung ... gab es noch etwas. Etwas, das ich mir noch nicht genauer ansehen wollte.

Erleichterung war fürs Erste genug. Mehr als das konnte ich jetzt nicht verkraften.

«Sie sind zwar nicht von hier, aber wir haben diese Woche einen Bücherverkauf», sagte die Bibliothekarin. «Taschenbücher kosten einen Dollar, gebundene drei.»

Ich stand auf, stützte mich aber einen Moment lang auf den Tisch, weil mir die Knie schlotterten.

Die Bibliothekarin zeigte auf ein Regal neben dem Ausgang, in dem lauter abgegriffene alte Bestseller, Lehrbücher und literarische Romane standen.

Ich mochte Bücher. Ich las gern. Nicht nur weil ich dabei meiner eigenen Welt entkam, sondern auch weil es mir Türen in andere Welten öffnete. Es erlaubte mir am Anfang meiner Ehe, mit ein wenig Anmut zu leiden. Solange ich mich in eine andere Welt begeben konnte, was kümmerte mich dann, wie unbedeutend und sonderbar und erschreckend mein eigenes Leben geworden war?

Dann nahm Hoyt mir die Bücher weg. Warf sie direkt auf den Haufen Zeug, das er gerade verbrannte, und der Gestank war schlimmer als alles andere. Als würden meine Träume in Rauch aufgehen. Ich hatte mir einige in der Bibliothek ausgeliehen und sagte ihm, dass ihn das gar nichts kostete. Trotzdem hatte er etwas dagegen.

Und dann schmuggelte ich einige Flohmarktbücher in die Scheune.

Hoyt fand sie.

Und das war nicht gut für mich ausgegangen.

«Danke, ich komme zurecht», sagte ich zu der Frau und fühlte mich, als befände ich mich außerhalb meines Körpers. Als schwebte ich unter der Decke und betrachtete meine dünnen Arme und Beine, die vom Arbeiten zerkratzt waren. Meine schlecht gefärbten Haare.

Den Schal.

Hör verdammt noch mal auf, das zu sagen!

Jeder sieht, dass du nicht zurechtkommst.

«Aber», ich blieb vor dem Regal stehen, «ich kann mir ja mal ansehen, was Sie dahaben.»

Am Ende kaufte ich zehn Taschenbücher. Darunter auch ein Exemplar von *Fifty Shades of Grey*, das schon fast auseinanderfiel. Die Seiten drohten, sich in dicken Blöcken vom Rücken zu lösen.

«Das mussten wir dreimal ersetzen», sagte die Bibliothekarin schmunzelnd.

«Ich habe es noch nicht gelesen.» Unvorstellbar, welcher Zorn über mich hereingebrochen wäre, wenn ich das Buch mit nach Hause gebracht hätte. Was darüber gesagt wurde, gelangte sogar unter den Stein, unter dem ich lebte. Es hatte eine kleine Revolution verursacht.

Und ich war bereit, mich revolutionieren zu lassen.

Die Plastiktüte voller Bücher an mich gedrückt, lief ich zu meinem Auto. Mir zitterten so sehr die Hände, ich konnte kaum den Schlüssel ins Schloss stecken, kaum einsteigen und die Tür zuziehen.

Es war heiß und roch nach den Pfirsichen aus dem Ausverkaufsregal des Supermarktes, die auf dem Rücksitz lagen.

Ich legte den Kopf aufs Lenkrad.

Er suchte nicht nach mir.

Ich hatte mir Schokoladentropfen gekauft.

Und einen schmutzigen Roman.

Ich schlug mir die Hand vor den Mund, unsicher, ob ich lachen oder weinen sollte. Bis ich beides gleichzeitig tat. Laut. Wie eine Irre.

Jemand klopfte an die Fensterscheibe der Fahrertür. Ich erschrak dermaßen, dass mir die Büchertüte vom Schoß kippte und die obersten herausfielen.

Da stand ein Cop. Ich muss ihm wohl einen finsteren Blick zugeworfen haben, denn er trat einen Schritt zurück und schob sich die Sonnenbrille auf den Kopf. Er lächelte.

Ich bin ein netter Kerl, hieß das Lächeln. *Ich schwöre.*

Ich kurbelte die Scheibe herunter, während ich mir mit der anderen Hand die Tränen wegwischte.

«Ich wollte Sie nicht erschrecken», sagte er. Er hatte ein nettes Gesicht, ein rundes, und einen kleinen blonden Stoppelbart am Kinn. Einen unentschlossenen Bart.

«Ist schon gut», sagte ich mit dünner Stimme.

«Ich habe ... Sie gesehen und wollte mich vergewissern, ob bei Ihnen alles in Ordnung ist.»

Er sah mich gerade mitten beim Durchdrehen. Bei einer Panikattacke. In dem breiten Abgrund zwischen dem, was ich gehabt hatte, und dem, was ich hätte haben können. Wie mein Leben gewesen war und wie ich es gern gelebt hätte. Und jeder Schritt, jeder immense Schritt, der mich von dem, was ich kannte, weg- und hinein ins Unbekannte trug, kam mir furchterregend vor.

«Ich komme zurecht.» Ich schenkte ihm mein schönstes Lächeln, das ihn offenbar nicht überzeugte, denn er fragte mich: «Sind Sie sicher?»

Nein. Bin ich nicht, aber ich gebe mir Mühe. Ich gebe mir mehr Mühe denn je, und es ist so verflucht schwer.

«Jep. Ich komme zurecht.»

Komisch, aber diesmal kam es mir nicht komplett gelogen vor.

In der Dämmerung, Stunden später, war die Hitze abgeklungen, und der Luftzug, der durch die Fenster hereinkam, war kühl. Mein kleiner Wohnwagen war erfüllt vom satten, köstlichen, anheimelnden Geruch der Nudelsoße, die auf einer der beiden Herdplatten brodelte.

Aber mein Körper war ruhelos. Sehnte sich.

Ich richtete mich auf der Polsterbank auf und legte das Buch auf den Tisch.

Oh Gott.

Im Ernst.

Zwischen meinen Beinen pochte es. Es pochte tatsächlich. Es war geschwollen und nass und … pochte.

Ehrlich gesagt hatte ich das noch nie erlebt. Als wäre meine Haut zu eng und ich bräuchte etwas … etwas, das mich öffnete, um den Druck abzulassen.

Kein Wunder, dass das Buch so beliebt war.

Ich drückte mir die Hände an den Mund, schloss die Augen und versuchte, das Gefühl wegzudrängen, aber je mehr ich daran dachte, desto schlimmer wurde die Sehnsucht, bis ich sie in den Knochen spürte.

Ich drehte den Kopf zum Schlafzimmer.

Dort lag das Handy.

Dylan.

Ich rufe ihn an und … was? Habe Telefonsex mit ihm? Ehrlich, Annie McKay, daran denkst du? Du weißt gar nicht, wie man das anfängt. Wie das überhaupt geht.

Aber ich hätte meine letzten siebzehn Dollar gewettet, dass er es wusste.

Ehe ich es mir ausreden konnte, lief ich hinüber, nahm das Handy und ging damit in die Küche zurück.

Weg vom Bett.

Siehst du, wie verrückt du bist?

Das Display war dunkel und meine Absichten ungewiss.

Ich bin vierundzwanzig. Andere Mädchen in meinem Alter tun diesen Scheiß ständig, und sie treiben es schlimmer! Warum soll ich das nicht dürfen?

Dylan will über Ben Bescheid wissen, dachte ich, da ich nach einem akzeptablen Grund suchte, den Mann anzurufen. Wieder etwas mehr … ich selbst. Passiver und duldsamer. Ben, ein Mann mit einer Vorliebe für Tätowierungen und Tomaten. Ein harmloser Typ. Was konnte es also schaden, Dylan anzurufen und ihn wissen zu lassen, dass es dem alten Mann gutging?

Denn nicht Ben war die Bedrohung.

Sondern Dylan.

Nein, nicht mal das war die Wahrheit.

Ich bin die Bedrohung.

Am Busbahnhof von Tulsa hatte ich mir fest vorgenommen, mich nicht mehr selbst zu belügen. Mit der Selbsttäuschung aufzuhören. Denn damit hatte ich in gewissem Maße zu meiner Misshandlung beigetragen.

Alle verheirateten Paare streiten. Das war so ein Satz, den ich mir ziemlich oft entgegengehalten hatte.

Hoyt steht nur enorm unter Druck – der war erste Sahne gewesen.

Ich werde schon klarkommen.

Das war der schlimmste von allen.

Darum wollte ich mir jetzt nichts vormachen.

Das Handy hatte ich in der Hand, weil ich ihn anrufen wollte. Weil mein Bauch voll und meine Regale gefüllt waren mit Lebensmitteln, die mir schmeckten. Weil meine Hände wund waren von ehrlicher Arbeit, weil ich seit einer Woche in Sicherheit lebte in dieser Welt, die ich mir erkämpft hatte.

Weil ich zwischen den Beinen wund war vor ... Verlangen, vor Lust.

Gott. Das waren so fremde Ausdrücke. Fremd in meinem Leben.

Weil ich sehen wollte, was passieren würde, wenn ich wieder mit Dylan telefonierte.

Was ich tun würde, wenn er mich um etwas bat.

Sagen Sie nein zu mir.

Weil ich gebeten werden wollte, etwas zu tun, zu dem ich mich selbst noch nicht überwinden konnte.

Ich drückte auf die Einschalttaste, und das Display leuchtete auf.

7

Gleich nach dem ersten Klingeln nahm er ab, aber statt seiner Stimme hörte ich das Dröhnen eines Motors. Oder vieler Motoren. Ich hielt das Handy vom Ohr weg.

«Sekunde», schrie Dylan, und dann hörte ich, wie er jemandem gedämpft zurief: «Ich gehe in mein Büro.»

Einen Moment später war das Dröhnen der Motoren verstummt. «Hallo», sagte er.

Oh.

Seine Stimme fachte meine Sehnsucht an. Ich setzte mich auf die Bank und schlug die Beine übereinander, drückte sie zusammen, bis Funken durch meine Nervenbahnen schossen.

«Ist da Layla?»

Halb verlegen, halb erleichtert schloss ich die Augen, denn er hörte sich an, als ob er lächelte. «Ja.»

«Alles gut?»

Nein. Ich lese gerade einen schmutzigen Roman, der seine Wirkung hinterlassen hat, und ich weiß nicht, was ich mit mir machen soll, und ich dachte, wenn ich Sie anrufe, könnten Sie es mir sagen.

«Ja.» Meine Stimme zitterte. Alles an mir war so zittrig. «Alles gut.»

Lüge! Verlogene Lügnerin!

«Ich bin wirklich froh, dass Sie anrufen.»

«Wirklich?»

«Ich dachte, ich hätte Sie vielleicht erschreckt, und das gefiel mir nicht.»

Schluss mit der Lügerei. Stattdessen entschied ich mich für die nackte Wahrheit. «Ehrlich gesagt war ich über mich selbst erschrocken.»

Er brummte fragend, und der Laut verursachte mir Gänsehaut am Rücken, und das Schweigen nach meinen Worten war angefüllt mit Fragen, auf die ich noch keine Antwort hatte. «Sie ... arbeiten noch?»

«Ich arbeite immer.»

«In einer Autowerkstatt?»

«Warum wollen Sie das wissen?» Ein kalter Unterton, in dem etwas Abweisendes mitschwang. Oder eine Anklage. Misstrauen. Als hätte ich kein Recht, mir über ihn Gedanken zu machen. Oder zu fragen.

«Weil es sich eben, als Sie rangegangen sind, im Hintergrund nach Motoren anhörte», erklärte ich hastig.

«Richtig. Ja, man könnte sagen, ich arbeite in einer Autowerkstatt.»

Das leise Misstrauen in seiner Stimme kühlte mich ein wenig ab und ließ mich von neuem daran zweifeln, was ich hier tat. *Himmel, was weiß ich denn über diesen Mann? Er könnte noch schlimmer sein als Hoyt.*

«Also, ich wollte Ihnen nur sagen, dass es Ben gutgeht ...»

«Sie haben mit ihm gesprochen?»

«Klar. War nicht genau das der Punkt?»

«Nein. Gerade nicht. Sie sollen ihn beobachten, nicht mit ihm reden.»

«Was denn?» Ich lachte, weil ich mir vorstellte, wie ich durch die Jalousienschlitze spähte. «Wie eine Spionin?»

«Sie müssen Abstand halten. Er ist kein netter Kerl.»

«Dann reden wir wohl nicht über dieselbe Person», erwiderte ich. «Ein älterer Herr mit hellgrauen Stoppelhaaren …»

«Auf den Knöcheln der rechten Hand steht FREE, auf denen der linken DEAD?»

Das stand da also. «Na ja … ich konnte es nicht lesen … aber …»

«Wir reden von demselben. Ich weiß, er wirkt unschuldig und wahrscheinlich sehr sympathisch, aber das täuscht. So ist er nicht.»

«Er hat mir einen Haufen Tomaten geschenkt. Ich habe ihm Nudelsoße gekocht.»

Er schnaubte und schlug einen harten Ton an, den ich von ihm noch nicht kannte. Hätte er gleich zu Anfang so gesprochen, hätte ich ihn nicht wieder angerufen. Dann wäre ich zu erschrocken gewesen. Vor ihm, nicht vor mir. «Layla, ich weiß, Sie haben keinen Grund, mir zu vertrauen, aber bitte … bitte, lassen Sie sich nicht mit ihm ein.»

«Okay», sagte ich, um ihn zu beschwichtigen. Ich hatte mir vorgenommen, mit der Selbsttäuschung aufzuhören, und nicht, keine fremden Leute am Telefon anzulügen.

«Vertrauen Sie mir?», fragte er zweifelnd. «Denn das müssen Sie.»

«Ich kenne Sie nicht.»

Sein leises Lachen spürte ich wie eine Hand an der zarten Haut meines Nackens. Die daran nicht gewöhnt war. Nicht an freundliche Berührung.

Und ich wusste nicht, ob Dylans Stimme freundlich war. Oder ob er freundlich war. Nur dass mein Körper auf ihn reagierte.

«Das ist wohl wahr.»

«Sind Sie ein Axtmörder?»

«Nein. Sie?»

«Nö. Na wenigstens das hätten wir geklärt», meinte ich lachend. «Obwohl es lustig wäre, wenn wir beide einer wären, also ein Axtmörder. Das wäre ein übles Zusammentreffen. Oder vielleicht ein wahr gewordener Traum, denn ich nehme an, dass Axtmörder keine Dates …»

«Sie klingen nervös.»

Mein Mund war heiß und trocken. Trockner als das Bachbett auf unserer Farm im August. «Ich … äh … ein bisschen. Schätze ich. Ja.»

«Versuchen Sie gerade, mutig zu sein?» Sein Ton kippte in die Vertraulichkeit, die beim letzten Mal entstanden war. Er ließ mich wissen, dass er noch über etwas anderes reden wollte. Unter dem Lachen und den Banalitäten gab es einen dunkleren Ort, an den wir uns begeben konnten.

«Ich war noch nie mutig», sagte ich voller Sehnsucht danach. Wenn mich der Besitz eines schmutzigen Romans schon in Schwierigkeiten gebracht hätte, dann erst recht der Wunsch nach etwas derart Verbotenem.

Aber nicht hier.

Nicht bei ihm, dem Fremden am Telefon.

Deshalb rufe ich an: weil ich nicht weiß, wie ich die dunklen, verbotenen Orte allein finden soll.

«Sie reden mit mir, oder etwa nicht?»

«Wollen Sie damit sagen, dass ich das nicht tun sollte?»

«Nein, aber Sie sagten eben, sie wären über sich selbst erschrocken gewesen.»

Der Wohnwagen war klein, und es war dunkel darin geworden, sodass es mir vorkam, als gäbe es auf der weiten Welt nur uns beide.

«Ja», flüsterte ich und fühlte mich nahezu kraftlos. Aber auf gute Weise. So als gäbe ich die Kraft auf, anstatt sie mir nehmen zu lassen. Die freiwillige Unterwerfung machte den entscheidenden Unterschied.

Machte es okay.

«Dann ist es mutig, mit mir zu reden.»

«Scheint so.» Ich gab mir ein paar Pluspunkte, obwohl ich sonst verdammt knausrig damit war.

«Wobei möchten Sie noch mutig sein?»

Bei allem. Meinem Leben. Meinem Körper.

«Ich habe mir heute einen schmutzigen Roman gekauft.» Ich schloss die Augen und fasste mir an die Stirn. Ehrlich, ging es noch uncooler? Ich kam mir vor wie ein Teenager.

Er lachte leise. Tief. Rau. «Wirklich? Ist er gut?»

«Ich habe ihn noch nicht zu Ende gelesen. Aber ja … er ist heiß.»

«War das mutig?»

«Sehr. Erzählen Sie mir von einer mutigen Tat», sagte ich beschämt und gereizt.

Sein Seufzer war von der Art, wie man sie nach einem langen, harten Tag von sich gab, an dem man sich allein gegen den Rest der Welt glaubte. Den Seufzer kannte ich ziemlich gut. «Ich habe heute einen Mann gefeuert. Den Bruder eines Freundes. Ich habe zu lange zugeschaut, weil ich meinem Freund viel verdanke. Aber am Ende musste ich den Jungen entlassen.»

«Das tut mir leid. So was ist hart.»

«Haben Sie schon mal jemanden gefeuert?» Er klang überrascht.

«Ein Mal.» Ich wollte mich nicht daran erinnern. «Es war schrecklich.»

«Ja, der Tag war scheiße. Sie sind dran.»

«Etwas Mutiges?»

«Ja.»

Ich konnte ihm unmöglich von den Frühstücksflocken und den Schokoladentropfen erzählen. Schon wegen des Romans stand ich blöde da.

«Gestern war es so heiß, dass ich mich mitten am Tag nackt aufs Bett legen und den Wind auf meiner Haut spüren wollte.»

Ich biss mir auf die Lippe, während er langsam durch die Nase ausatmete. Damit hatte ich ihn wohl geschockt. Oder erregt. Ich war jedenfalls geschockt und erregt. Aber es war endlich so weit. Ich hatte es gesagt und mich zusammengekrümmt, war heiß und ängstlich. Rastlos und verlegen und empfand eine Sehnsucht, die schmerzte.

Sex. Lust. Orgasmus. Oralsex. Rote Zimmer mit Peitschen. Augenbinden und Handschellen. Küsse im Aufzug, die das Leben eines Menschen verändern.

Dinge, die andere Frauen selbstverständlich fanden und die mir versagt geblieben waren.

Ich wollte meinen Körper spüren wie noch nie zuvor.

«Haben Sie es getan?»

«Ich habe gekniffen.»

«Warum?»

«Zu gehemmt, schätze ich. Zu hell draußen.»

«Jetzt ist es dunkel.»

Kurz hielt ich das Handy weg und atmete tief durch. «Ja.»

«Tun Sie es doch jetzt. Öffnen Sie die Fenster, ziehen Sie sich aus und strecken Sie sich auf dem Bett aus, und dann können Sie mir erzählen, wobei Sie noch mutig sein wollen.»

Deshalb habe ich angerufen. Genau deshalb. Jetzt kann ich nicht mehr kneifen.

Ich stand von der Bank auf und ging ins Schlafzimmer. Unterwegs öffnete ich meine Shorts, und als sie hinuntergerutscht waren, stieg ich heraus und ging weiter. Ich zog mir das Trägerhemd über den Kopf. Wegen der Hitze hatte ich auf einen BH verzichtet, und ich hatte obenherum sowieso nicht viel.

Den Slip behielt ich an. Schließlich war ich noch immer Annie McKay.

Die Fenster standen offen, die beigefarbenen Vorhänge wehten im Wind.

In meinem abgetragenen rosa Höschen legte ich mich auf das gemachte Bett.

Der Wind strich über meinen Bauch, über meine Brustwarzen, die sich in harte Kügelchen verwandelten. Fast berührte ich eine. Fast.

Es war wie beim Abschneiden der Haare, als ich zum ersten Mal Luft im Nacken spürte. Ich fühlte mich entblößt und unerfahren.

Brandneu.

«Wie fühlt es sich an?», fragte er, seine Stimme irgendwo zwischen einem Flüstern und einem Murmeln.

«Gut.» Einen Moment lang überließ ich mich der Kühle und der Erregung. Dem sonderbar verletzlichen Kitzel.

«Ja? Beschreiben Sie es mir.»

Ich schluckte. Oh Gott. Dafür fehlte mir der Mumm.

«Es ist schon seit Tagen heiß, nicht wahr?», sagte er, als ob er wüsste, dass er an eine Grenze gestoßen war. «Und der Wind trocknet den Schweiß. An manchen Stellen ist einem beinahe kalt.»

«Ja, genau.»

«Braves Mädchen.»

Der Ausdruck sollte mir nicht gefallen. Ich war nicht sein braves Mädchen. Ich war niemandes braves Mädchen. Aber meine Lider schlossen sich flatternd, und ich hob die Finger an eine Brustwarze. Nur für eine Sekunde. Sie war heiß und hart. Fast brennend heiß. Und dann legte ich die Hand neben meiner Hüfte auf die Tagesdecke.

Aber ich konnte das stoßweise Atmen nicht ganz verhindern.

Er machte wieder ein Geräusch – jenes Geräusch. Etwas hatte ihn erregt.

«Wobei wollen Sie noch mutig sein?», fragte er.

«Eines Tages möchte ich Nachtisch zum Frühstück essen.»

Sein Lachen war so dunkel und schwer wie Brownieteig, und ich wollte eine Schüssel voll davon essen. Von ihm.

«Das ist leicht», meinte er.

Nicht für jemanden wie mich. Nicht wenn man von meiner Mom erzogen wurde.

«Ich möchte einem Mann einen blasen.»

Das Schweigen am anderen Ende pochte heftig.

«Das haben Sie noch nie getan?», fragte er.

«Nein.»

«Oh Gott, wie alt sind Sie?»

«Vierundzwanzig. Und Sie?» Ich hatte vorher nicht mal daran gedacht, danach zu fragen.

«Neunundzwanzig.»

«Das kann gelogen sein», sagte ich. «Beides.»

«Ich lüge nicht. Ich werde Sie niemals anlügen.»

Ich konnte ihm nicht dasselbe versprechen – immerhin hatte ich schon bei meinem Namen gelogen und das Versprechen gebrochen, mich von Ben fernzuhalten. Ich war auch nicht völlig nackt, wie er glaubte. Ich war nicht bereit, ihm die Wahrheit zu sagen.

Nicht in nächster Zeit.

«Ich lüge nicht, was mein Alter betrifft», sagte ich.

«Sind Sie noch Jungfrau?»

«Nein.» Jene Erinnerungen, kalt und unangenehm, beängstigend und traurig, befanden sich ebenfalls in der Rumpelkammer meines Gehirns. «Nur ... unerfahren.»

«Hat ein Mann schon mal die Zunge zwischen Ihren Beinen vergraben?»

Ich schüttelte den Kopf. Mein Mund war trocken, mir fiel

kein einziges Wort ein. Dann erst wurde mir bewusst, dass er mich nicht sehen konnte. «Nein.»

«Passiert das in dem schmutzigen Roman?»

«Ja.»

«Das hat Sie erregt.»

«Ja.»

«Darum haben Sie mich angerufen?»

Oh mein Gott. «Ja», hauchte ich, und er stöhnte.

Der Sex mit Hoyt war schrecklich gewesen, in vielerlei Hinsicht, und die Erinnerungen drängten unkontrolliert aus ihrem Versteck hervor. Zu Anfang, bevor ich es besser wusste, fragte ich ihn einmal, ob ihm das gefallen würde ... wenn ich seinen Penis in den Mund nähme.

Er trieb mich mit Schlägen aus dem Bett.

So reden Huren, sagte er damals.

Ich schloss die Augen und legte die Arme über meine Brüste, während mich eine alte, schreckliche Verlegenheit überkam und die Erregung verdrängte. Tränen brannten hinter meinen Lidern.

Ich kann das nicht. Das bin ich nicht. Das tut mir nicht gut.

Ich öffnete den Mund, um ihm zu sagen, dass ich einen Fehler gemacht hatte. Ich hätte das nicht versuchen sollen. Das war nicht ich, egal wie sehr ich mir das wünschte.

«Sie versäumen die größten Freuden des Lebens, Layla.»

Bei dem falschen Namen riss ich die Augen auf.

Dem Namen meiner Cousine.

Ich bin nicht ich selbst. Das bin nicht ich, die dieses Gespräch führt.

Ich bin Layla. Und Layla ist nicht verlegen. Layla kümmert es einen Dreck, was Arschlöcher wie Hoyt über sie denken. Layla hatte wahrscheinlich schon tausend Mal Telefonsex.

Ich fiel in meine Rolle zurück und räusperte mich. «Ich bin noch nie nackt geschwommen.»

«Also jetzt machen Sie mich fertig.»

«Hier gibt es einen Badeteich. Vielleicht probiere ich es aus.»

«Scheint mir eine gute Idee zu sein.»

«Was ist mit Ihnen?», fragte ich. «Haben ...»

«Halt, halt. Wir sind noch nicht mit Ihnen fertig.»

«Oh.» Seine Aufmerksamkeit, die Art, wie er auf mich fixiert war, brachte mich zum Erröten. Es war unangenehm, aber ich zwang mich, sie anzunehmen. Zu absorbieren. Sie war so anders als Hoyts sprunghafte, aggressive Beachtung.

«Darf ich Sie etwas fragen?»

«Es wäre sonderbar, wenn ich nach alldem nein sagen würde, oder?»

«Fassen Sie sich selbst an?»

«Sie meinen ... ob ich masturbiere?», fragte ich schrill. Ich klang tatsächlich schrill. *So unfassbar uncool, Annie.*

«Nicht unbedingt.»

«Dann ... was meinen Sie dann?»

«Anfassen. Ihre Haut. Ihren Körper.»

«Nein. Das tue ich nicht.» Nie.

«Legen Sie die Hand auf den Bauch, spreizen Sie die Finger so weit wie möglich.»

Ich tat es. Mit den Fingerspitzen stieß ich an den Rand des

Slips. Mit Daumen und kleinem Finger an die Mulde neben den Hüftknochen, wo ich kitzlig war und die direkt zu der Sehnsucht zwischen meinen Beinen führte. Die Haut dort war sehr zart. Die Härchen auf meinem Bauch weißblond und fein. Das war mir noch nie aufgefallen.

Ich strich mit der Handfläche über meinen Bauch und dann mit dem Handrücken von einem Hüftknochen zum anderen.

Bei dem Kribbeln keuchte ich ungewollt auf.

«Sie tun es gerade?»

«Ja.»

«Jetzt schieben Sie die Hand den Bauch hinauf über die Brust bis zum Hals und fahren Sie am Schlüsselbein entlang.»

«Nein, ich ...» *Am Schlüsselbein? Im Ernst?*

«Deshalb hast du mich angerufen, Baby. Lass mich meine Aufgabe erledigen.»

Ich keuchte – was er bestimmt hörte, aber das war mir egal – und tat, was er verlangte, fuhr mit dem Finger über und unter dem zarten Knochen entlang.

«Berühr deine Lippen. Mit dem Daumen, ganz langsam. Wie fühlt sich das an?»

«Schön. Alles ... fühlt sich schön an.» Meine Lippen waren spröde, und sogar sie waren irgendwie verbunden mit der Sehnsucht zwischen meinen Beinen, die mich zugrunde gehen ließ. Ruhelos und schmachtend und leidend.

«Leck dir über die Fingerspitzen, spüre deine Zunge.»

Es war surreal. Diese Körperteile, in jedem anderen Moment meines Lebens so langweilig, so nichtssagend und normal, waren jetzt ... elektrisiert. Die Luft, die ich atmete, meine Haut, mein ganzes Ich war elektrisiert.

«Tu es, Baby.»

«Was tun?»

«Schieb dir die Finger zwischen die Beine.»

«Ich habe ... es ist nicht ...» Stöhnend schloss ich die Augen. In mir passierte zu viel, viel zu viel. Verlangen und Verlegenheit. Ein schrecklich klares Empfinden meiner Lächerlichkeit.

«Du hast was?»

«Ich ... ich habe einfach ... noch nie ...» Wie sollte ich diesem Mann mein bisheriges Leben erklären? Die extremen Launen, die ich ertragen hatte, ohne dass etwas dabei herumkam ... für mich. In meinem Tagesablauf war ich jeden Moment, bei meinem ganzen Tun, auf Beschwichtigung bedacht gewesen. Zuerst beschwichtigte ich meine Mutter und dann meinen Mann.

«Du hast noch nie ...?», fragte er.

Ein Mal, dachte ich, aber die Erinnerung war übel. Bitter und scheußlich. Schrecklich und unvollendet. Die konnte ich nicht zählen.

«Noch nie.»

«Oh, Scheiße, Baby, mir ist egal, ob du irgendein Spiel mit mir treibst. Ich bin dabei. Was immer es ist, ich bin total dabei.»

«Das ist kein Spiel.»

«Okay», sagte er, und ich hörte, dass er mir nicht glaubte. Und war es dadurch nicht einfacher? War es nicht einfacher, wenn er glaubte, ich sei weltgewandt und erfahren genug, um dieses schmutzige, kleine Telefonsexspiel mit einem Fremden zu treiben?

«Tust du es?»

«Was?»

«Dich anfassen?»

Sein tiefes leises Lachen prickelte von meinem Ohr durch meinen Körper. «Nein, hier geht es um dich.»

Um mich. Oh Gott, warum machte mich das an?

Es hatte nie etwas Gutes bedeutet, wenn es um mich ging. Nie.

«Sag mir, was ich tun soll», wisperte ich.

Er atmete heftig, und dabei raschelte und knarrte etwas, als ob er sich umdrehte oder zurücklehnte.

«Gott, du bist gut, Baby.»

Mir war egal, was er dachte, solange ich im ganzen Körper dieses Gefühl hatte. «Bitte», wisperte ich.

Wieder dieses Stöhnen. «Schieb dir die Finger zwischen die Beine.»

Ich schob sie unter den schlichten rosa Baumwollstoff meines Höschens und wimmerte, als der Druck meiner Hand das Sehnen verschlimmerte. Intensiver machte.

«Ich mag das Geräusch, das du von dir gibst», sagte er.

«Und jetzt?»

«Wölb die Hand darum ... fühlst du dich?»

«Ja. Ich bin ... nass. Heiß.»

Dylan fluchte.

«Gut, Baby. Jetzt bring einen Finger zwischen die Schamlippen, folge der Nässe, bis der Finger hinein...»

Ich holte scharf Luft. «...gleitet.»

«Ja.»

«Oh Gott.» Ich schloss die Augen, während ich den Finger langsam herauszog und wieder hineinschob. Ich beugte die Knie, hob das Becken an, damit ich ihn tiefer hineinschieben konnte. Aber so schön das war, es hatte etwas Unbefriedigendes. «Das ist nicht ...»

«Nimm zwei Finger.»

Ich tat es, und sofort war der Druck innen kräftiger ... schöner. Meine Finger rutschten und glitten, zwischen meinen Beinen verborgen. Ich spürte die Muskeln in mir wie noch nie zuvor.

«Du weißt, wo deine Klitoris ist?», fragte er.

«Ja.» Theoretisch.

«Schieb den Daumen ans obere Ende deiner Muschi.»

Oh Gott, dieser Ausdruck. Dieses schmutzige Wort ... «Sag das noch mal.»

«Daumen?»

Ein ungestümes Lachen schüttelte mich. Unfassbar. Ich hatte zwei Finger in mir und lachte. Er lachte auch, und das war eine ganz neue Ebene der Verbundenheit.

Doch dann, im selben Atemzug, wurden wir beide ernst.

«Muschi, Baby. Schieb den Daumen bis an das obere Ende deiner Muschi.»

Ich tat es, so fest und schnell, dass ich aufschrie, als mein Daumen über die Klitoris strich.

«Genau so», hauchte er und klang zufrieden. «Benutz deinen Daumen.»

«Es ... tut weh, ein bisschen.»

«Auf gute oder auf schlechte Art?»

«Eine gute Art gibt's nicht», sagte ich schroffer als beabsichtigt. Eine gute Art Schmerz. Ein Widerspruch in sich. Ich hob den Daumen von der Perle, die im Augenblick so empfindlich war, dass die Berührung fast nicht zu ertragen war.

Sein Schweigen hielt eine Weile an, so lange, dass ich die Finger herauszog. Die Luft, die über mich hinwegstrich, war nicht kühl, sondern kalt.

Ich verschränkte die Arme über der Brust, als könnte er mich sehen.

«Dylan?»

«Du spielst nicht, stimmt's? Das ist kein Rollenspiel, keine Geile-Jungfrau-Phantasie.»

«Sicher ist es das.» Ich versuchte, schüchtern zu klingen, nicht als ob mir das Gefühl des Versagens und Scham die Luft abschnürten. «Es gefällt dir nicht?»

«Lüg nicht.» Sein Ton war härter, und ich reagierte instinktiv.

«Es ... ist kein Spiel. Nein.»

«Du hast das wirklich noch nie getan?»

Eine Jungfrau-Phantasie. Meine ganze schreckliche, traurige, einsame sexuelle Erfahrung konnte man auf eine schmutzige Phantasie reduzieren?

Atemlos und von neuem verlegen setzte ich mich auf. Das Summen in meinem Körper, das Sehnen und Pochen – die glitschige Hitze zwischen meinen Beinen, an den Oberschenkeln – war mehr beschämend als lustvoll.

«Schon gut», stammelte ich. «Vergiss es. Vergiss das Ganze einfach.»

«Layla, halt. Leg nicht auf.»

Ich legte nicht auf, aber ich sagte auch nichts mehr.

«Bist du noch da?», fragte er.

Nach einigem Zögern sagte ich ja.

«War das schön, was du getan hast?»

«Ja.» Das kam mit einem Schluchzer. Mein Körper fühlte sich an, als könnte er jeden Moment in Flammen aufgehen, meine Emotionen waren ungestüm, völlig außer Kontrolle. Ich wollte um mich schlagen und schreien und weinen.

«Das wird schon, Baby. Versprochen. All diese Gefühle werden immer schöner. Lass mich … lass mich dir sagen, was du tun musst.»

«Wirst du … mich auslachen?»

«Auslachen? Dich? Ich bin heute Abend der glücklichste Mann auf dem Planeten. Ich will nur eins: dir helfen, zu kommen.»

Ich ließ mich wieder aufs Bett fallen.

«Leg das Handy neben dein Ohr. Du sollst beide Hände benutzen.»

«Das klingt nach einem Fortgeschrittenenkurs», wisperte ich.

Sein Lachen war erregend und warm, und ich lächelte dabei.

«Streich mit der Handfläche über eine Brustwarze.»

Ich tat es, und es war schön, aber auf eine verwässerte Art, verglichen mit dem, was ich vor ein paar Augenblicken empfunden hatte.

«Das … reicht nicht.»

«Sind die Brustwarzen hart?»

«Sehr.»

«Kneif hinein.»

«Kneifen?»

«Das tut auf gute Art weh, glaub mir.»

Ich kniff in meine Brustwarzen. Fest und noch fester, bis mir ein befremdlicher Lustschmerz durch den Leib schoss. Ich zwirbelte sie, bis Lust und Hitze und Verlangen in mir tosten.

Ein halbersticktes Keuchen entkam mir.

«Genau so. Willst du kommen?»

«Gott. Ja.»

«Dreh dich auf den Bauch.»

Das tat ich und rückte das Handy so lange zurecht, bis ich ihn trotz Bauchlage gut hörte.

«Reib deine Muschi an der Matratze. Das wird deine …»

Er hatte noch nicht zu Ende gesprochen, da tat ich es schon, so begierig war ich darauf, dass es passierte, dass das ganze beunruhigende, kribbelige Gefühl in mir etwas auslöste, zu etwas führte.

«Oh Gott», murmelte ich und stemmte mich ein wenig auf die Unterarme, um genau den richtigen Druck auszuüben. Hin und her. Hoch und runter. Es war genau richtig, ohne Schmerz.

«Klappt es?»

«Ja, Gott … Ich will …»

«Mehr?»

«Bitte.»

«Steck die beiden Finger in den Mund, die du in deine Muschi geschoben hast.»

Sie zitterten an meinen Lippen, als ich es tat.

«Du kannst dich schmecken, ja? Salzig und erdig. Nichts anderes schmeckt so verdammt gut.»

Es war anders. Und merkwürdig. Scharf.

«Jetzt schieb sie wieder zwischen die Beine.»

«Hinein?»

«Hinein. Aber langsam.»

Ich hob das Becken an und griff in meinen Slip, umging den Kitzler, strich am Rand der Lippen entlang, bis ich den Eingang fand. Feucht. Wartend.

«Zuerst nur einen Finger», sagte er. «Tu dir nicht weh.»

Ich lachte.

«Was ist?»

«Ich ... will so viel, da scheint es unmöglich, mir weh zu tun, weißt du?»

«So als könntest du im Moment alles mit dir machen und es wäre schön?»

«So ungefähr.»

«Schieb den Finger hinein.» Seine Stimme klang tief und dunkel, und ich schloss die Augen und tat, was er verlangte.

Allerdings gelang es mir so nicht, den richtigen Druck auf meine Klitoris auszuüben, deshalb nahm ich die andere Hand, um auf meine Schamlippen und die Klitoris zu drücken.

Ich fluchte und stöhnte.

«Erzähl es mir.»

Ich stemmte mich mit der Stirn gegen die Matratze. «Ich habe ein komisches Pulsieren am Fuß.» Mir war egal, wie lächerlich das klang. «Und meine Brustwarzen ... oh Gott, die sind an die Tagesdecke gedrückt, und die ist rau. So rau. Und meine Finger ...»

«Ja?»

«Es ist so schön, sie in mir zu haben. So schön.»

«Los, Baby, bring dich zum Kommen.»

Es dauerte eine Weile, einige Minuten jedenfalls, und einmal überlegte ich, einfach aufzugeben oder ihn zu fragen, was bei mir nicht stimmte, aber dann legte ich die Finger unmittelbar auf meine Klitoris, und das änderte alles. Alles.

Ich nahm sie zwischen die Finger, drückte kühn zu und löste damit eine Explosion aus, hinter meiner Klitoris, hinter den Augen, im Kopf. Jeder Muskel am Rücken zog sich zusammen und zuckte, und ich musste die Finger wegnehmen, weil es wieder weh tat, aber ich rieb mich weiter an der Matratze, und die Explosion hielt an.

Bis sie verebbte und mich schweißnass und keuchend und völlig verändert zurückließ.

Ich hob den Kopf und schaute nach dem Handy, das ich vom Kissen zum Rand der Matratze gestoßen hatte.

Was jetzt?, dachte ich, während ich versuchte, zu Atem zu kommen. Ich hatte keine Ahnung, wie lange das gedauert hatte. Wie viel er gehört hatte.

Eine heiße Welle der Demütigung sengte mir praktisch die Haut vom Körper. Mir war schwindlig vor Bestürzung über mein Tun. Wie weit das gegangen war.

Obwohl ich es gewollt, den Moment herbeigeführt, obwohl ich es tatsächlich getan hatte – die Realität war zu viel für mich. Als wäre mein Körper vorgeprescht, sodass ich nicht mithalten konnte, und jetzt riss ich ihn rücksichtslos zurück.

Ich fragte nicht nach, ob er noch da war, sagte nicht danke oder etwas Ähnliches.

Feige, beschämt und aufgeregt legte ich auf.

Und schaltete das Handy hastig aus und warf es in die Schublade meines Nachttischs.

Diese Sache war in jeder Hinsicht gefährlich. Dieser Mann – Dylan – wusste ganz genau, wo ich mich befand. Er konnte jederzeit herkommen. Zu meinem Wohnwagen.

Gott, hätte ich daran nicht vor einer Stunde denken können?

Hastig sprang ich vom Bett auf und ging die Schlösser an der Tür prüfen. Dann machte ich die Fenster zu. Damit nicht einmal frische Luft hereinkommen konnte. Ich schaltete alle Lampen aus, schloss die Jalousien, sodass das Mondlicht nur noch gedämpft durchschimmerte.

Mom erwischte mich einmal, als ich zehn war, wie ich mich an einer Stuhlkante rieb. Sie brachte mich sofort zur Kirche. Jeden Tag nach der Hausarbeit. Eine Woche lang durfte ich nicht zur Schule gehen. Ich betete in der Kirche, im Büro meines Pastors um Vergebung. Unter den wachsamen Augen meiner Mom und dem furchterregenden Gerede des Pastors über die Hölle betete ich mir jene Empfindungen aus dem Leib.

Intellektuell begriff ich, dass das übertrieben war. Aber ich hatte einige verworrene Maßstäbe im Kopf, die mir ständig sagten, dass ich bekam, was ich verdiente. Diese schreckliche Überzeugung wurde an jedem Tag mit Hoyt von neuem bekräftigt. In jedem Augenblick.

Und ich konnte sie nicht erschüttern. Wenn ich am niedergeschlagensten war und ganz mit mir allein – war sie alles, was mir blieb.

Ich bekam, was ich verdiente.

Nein.

Das stimmt nicht, dachte ich, die Augen fest zugekniffen. Ich bin geflohen, damit ich mich nicht mehr so fühle.

Aber aus irgendeinem Grund konnte ich es nicht ganz aufgeben.

Die Scham war alt und vertraut.

Und unaufhaltsam.

Eine Flutwelle, die immer näher kam und mich überschwemmte.

8

Dylan

Dylan war ein reicher, misstrauischer Mistkerl. So reich, dass ihm der Berg gehörte, auf dem er wohnte und arbeitete, und so misstrauisch, dass seine Angestellten ein eisernes Tor passieren mussten, um zur Arbeit zu kommen.

Den direkten Kundenkontakt übernahm in der Regel Blake. Dylan kümmerte sich um den Stahl, die Motoren und die Arbeiter in der Werkstatt. Tatsächlich sprach Dylan selten persönlich mit jemandem, außer wenn es sich nicht vermeiden ließ.

Demzufolge war es sehr lange her, seit ihn etwas überrascht hatte.

Und heute Abend hätte er nicht sagen können, was ihn mehr überraschte.

Dass Layla ihn wegen Telefonsex angerufen hatte.

Dass sie sich noch nie angefasst und dann gleich einen Wahnsinnsorgasmus bekommen hatte.

Oder dass sie danach wortlos aufgelegt hatte.

Obwohl er einen Ständer hatte, der sich fast durch den Reißverschluss seiner Jeans bohrte, legte er den Kopf an die Rückenlehne und lachte.

Was war das denn gerade?

Teils war er misstrauisch, das hatten ihn die Erfahrungen der Vergangenheit gelehrt. Niemand war so unschuldig und gleichzeitig so eifrig.

Trotzdem wusste er tief im Innern, dass sie ihm nichts vormachte, kein Spiel mit ihm trieb. Zweifellos war sie verlegen, weil sie so etwas getan hatte. Vielleicht bestrafte sie sich sogar.

Der Gedanke zwang ihn in die Knie.

Denn was er in ihrer Stimme hörte, verriet ihm alles, was er über sie wissen musste. Sie hatte Angst, aber sie gab sich Mühe. Um zu bekommen, was sie wollte, überwand sie ihre blödsinnigen Ängste und war mutig. In ihrer Stimme konnte er alles Dunkle, Verbotene hören, nach dem sie sich sehnte. Und er wollte es ihr geben. Alles, was sie sich wünschte und was sie sich noch nicht wünschte.

Wie weit würde sie gehen?

Sie wollte Dunkles? Er hatte alles Dunkle. Alles. Und er würde ihr jeden finsteren Winkel davon zeigen.

Das glänzende Display des Handys zeigte ihm sein makabres, verzerrtes Spiegelbild.

Er wollte sie anrufen. Nein, das war Blödsinn. Was er wirklich wollte, war, den Berg hinunterzufahren und sie in dem heruntergekommenen Trailerpark zu besuchen, um in erster Reihe mitzuerleben, was er gerade gehört hatte. Er wollte sie in Aktion sehen.

Doch das würde nicht passieren.

Sie würde ihn nur einmal ansehen, und es wäre vorbei. Sie würde sich in Sicherheit bringen.

Er hatte seine Regeln, und das nicht ohne Grund. Wenn er dagegen verstieß, kam jemand zu Schaden.

Es klopfte laut an seiner Bürotür.

Heute Abend arbeiteten er und sein Team draußen in der Halle an dem Motor, und er saß in dem angrenzenden kleinen Büro. Es war ein fensterloser Kasten, dunkel und eng, wie er es mochte. Das einzige Licht kam von der Lampe neben seinem Computer. Niemand würde sich einfallen lassen, ohne Anklopfen hereinzukommen.

Er war aufbrausend gewesen, unerträglich, hatte sich so schrecklich benommen, wie er nur konnte. Aber er zahlte seinen Leuten ein kleines Vermögen, das sein befremdliches Verhalten aufwog, und der Ruhm tat sein Übriges. Auf den fuhren seine Schrauber ab.

«Was?», brüllte Dylan, und Blake öffnete die Tür. Blake war von Anfang an dabei gewesen. Die guten Jahre vor dem Brand. Die besseren Jahre seitdem. Blake kam nicht mehr oft in die Werkstatt. Sie war Dylans Reich, und Blake hasste es, sich die manikürten Hände schmutzig zu machen, aber heute war offenbar ein Tag der Überraschungen.

«Wir haben dich lachen gehört», sagte Blake. Er hatte seinen Anzug gegen ein rotes T-Shirt mit einem schwarzen, grinsenden Totenkopf und der Aufschrift *989 Engines* eingetauscht. Ihr Firmenlogo. «Dachten, die Welt geht unter.»

«Saukomisch. Wie läuft's dadrüben?»

«Haben das Planetengetriebe zum Laufen gebracht.»

«Wie sieht es aus?»

Blakes grüne Augen leuchteten auf. «Wir werden Götter, und die Leute werden sich vor uns verneigen.»

«Na, das ist doch ein Plan. Bin gleich da», sagte er.

«Ich wollte dir danken, weil du meinem Bruder eine Chance gegeben hast.»

«Es tut mir leid, dass ich ihn gefeuert habe, ohne vorher mit dir zu sprechen», sagte Dylan.

«Die Werkstatt ist dein Reich. Du hast getan, was du tun musstest.»

Blake war ein guter Kerl, einer der Besten. Er und seine Mutter hatten Besseres verdient als diesen Drecksack Phil. Aber wenn jeder bekommen würde, was er verdiente, wäre Dylan längst nicht mehr unter den Lebenden.

«Wie hat er sich verabschiedet?»

«Wie das Arschloch, das er ist. Hat mich und Mom beschimpft, bevor er endlich in sein Auto gestiegen ist.»

«Wo ist er hin?»

«Wieder unter den Stein gekrochen, unter dem er lebt, schätze ich. Ist ja nicht so, als würde er uns darüber auf dem Laufenden halten, wo er gerade wohnt.»

«Ich verstehe nicht, warum du dir überhaupt die Mühe gemacht hast.»

«Ein paar von uns können Familie nicht einfach so zurücklassen.»

«Ja, nun, dumm für dich.»

«Mom wollte ihm noch eine letzte Chance geben», meinte Blake und stellte damit klar, dass er es von sich aus nicht getan hätte. Blake hatte die dunklere Haut seines Vaters und dessen Sinn fürs Geschäft geerbt. Von Margaret hatte er die blonden Haare, aber nichts von ihrem weichen Herzen.

«Nun, jetzt hat sich die Sache ja erledigt. Endgültig. Und

jetzt komm und sieh dir das Getriebe an», sagte Blake, drehte sich um und schloss wortlos die Tür.

Dylan blieb sitzen und starrte erst die Tür und dann sein Handy an. Ohne über die Folgen nachzudenken, denn schließlich war er ein Gott, griff er danach und schickte ihr eine Nachricht:

Ruf mich an.

Möglicherweise war sie verlegen. Aber sie war unschuldig und hatte nicht die geringste Ahnung, wie fesselnd, wie süchtig machend es war, was sie gerade miteinander erlebt hatten.

Dylan war ein geduldiger Mensch. Möglicherweise brauchte sie eine Weile, aber sie würde es lernen.

Und sie würde ihn anrufen.

9

Annie

Einige Tage später ging ich zum letzten Mal die Wiese ab, bevor ich sie mähte. Das hohe Gras streifte meine Beine bis knapp unter die Shorts, und meine Oberschenkel waren nass vom Tau. Die Tropfen rannen mir in die Socken hinab. Große Steine warf ich in die Büsche am Wiesenrand oder wälzte sie dorthin. Neben die, die ich nicht vom Fleck bewegen konnte, steckte ich lange Stöcke in die Erde, damit ich sie nicht aus Versehen mit dem Rasenmäher streifte.

Ich arbeitete, bis mir alles weh tat, die Muskeln zuckten und meine Hände trotz der Handschuhe wund gescheuert waren.

Ich arbeitete, bis mir das, was mit Dylan am Telefon vorgefallen war, so vorkam, als hätte ich es in einem Buch gelesen. Vielleicht in dem schmutzigen Roman. Nicht als wäre es wirklich mir passiert.

So etwas passierte Annie McKay nicht.

Als ich den Schuppen verriegelt hatte und auf dem Weg zum Wohnwagen war, sah ich Ben in seinem Garten. Er hob Ziegel aus einer Schubkarre und ächzte unter ihrem Gewicht.

«Hey, lass mich helfen», sagte ich und eilte an seine Seite. Ich dachte nicht mal an das, was Dylan gesagt hatte. Seine dringenden Warnungen vor dem gefährlichen alten Mann. Offen gesagt, ich glaubte ihm nicht.

«Ich hab's schon», schnaufte er sichtlich angestrengt.

«Sturkopf», murmelte ich und ignorierte ihn. Ich packte einen Stapel Ziegel, stellte ihn neben seinen Stapel und griff zum nächsten, ehe er den Rücken gerade machen konnte.

«Ich bin nicht hilflos.»

«Ich weiß.»

«Du brauchst mich nicht zu behandeln, als wäre ich es.»

«Tue ich nicht. Ich helfe bloß.»

Er brummte, was mich zum Lächeln brachte.

«Hast du nicht genug Arbeit?»

«Was soll ich anderes tun?», fragte ich und lud den letzten Stapel Ziegel aus.

Er seufzte. «Soweit ich weiß, ist Alkoholismus eine zeitintensive Beschäftigung.»

Ich war ausgelaugt vor lauter Sorgen, und der Witz ließ mich laut aufheulen.

«So komisch ist er auch wieder nicht», meinte er lächelnd und warf mir einen Seitenblick zu.

«Ich weiß.» Ich wischte mir die Augen.

Er begann, die Ziegel von der Zementplatte zu räumen, auf der ich meine abgeladen hatte. «Danke für die Nudelsoße», sagte er.

«Gern geschehen.»

«Sie schmeckte besser, nachdem ich was von meinem Oregano reingetan hatte.»

Die Erinnerung an meine Feigheit ernüchterte mich. *Ich kann nicht darum bitten, was ich möchte. Kann nicht genie-*

ßen, was ich bekomme. Kann mich nicht anfassen, ohne dass mich der Scheiß aufwühlt, den ich hinter mir lassen will.

In jener Nacht, nach der Sache mit Dylan, hatte ich *Fifty Shades of Grey* in die Schublade geschmissen, wo schon die Knarre und das Handy lagen. Das Buch hatte mir Spaß gemacht, ich war erpicht darauf, es zu Ende zu lesen, und das verweigerte ich mir nun, weil ich eine feige, dumme Nuss war.

Weil ich am Ende bekam, was ich verdiente.

Ich fing einen Roman von Agatha Christie an. Denn wer mag die nicht? Aber die ganze Zeit über wollte ich das Buch aus der Nachttischschublade weiterlesen.

«Das glaube ich gern.» Ich ging neben ihm in die Hocke, um die Zementplatte freizuräumen. Nach dem Duschen würde ich das verdammte Buch zu Ende lesen. Oh ja. Niemand würde mich davon abhalten. Nicht mal ich selbst. «Was willst du damit bauen?»

«Einen Backofen.» Er wischte mit der Hand Blätter beiseite. «Im Sommer wird es im Wohnwagen zu heiß zum Kochen.»

Er zog ein Stück Papier aus der hinteren Hosentasche, und wieder sah ich das große, schwarze Tattoo unter seinem weißen T-Shirt durchscheinen.

Es wirkte unheilvoll.

«Wo hast du früher gelebt?», fragte ich.

«An vielen Orten.»

«Was hast du beruflich gemacht?»

«So allerhand. Warum fragst du?» Sein Misstrauen wirkte unangenehm bedrohlich.

Weil ich wissen will, warum ich dich beobachten soll.

«Wir sind Nachbarn», antwortete ich achselzuckend.

«Woher kommst du?»

«Aus Oklahoma.» Ich überraschte mich selbst mit der Wahrheit. «Von einer Farm.»

Er brummte und brachte die Schubkarre zu seinem Wohnwagen, wo ein Pick-up parkte. Ich folgte ihm und half ihm, einen Sack Zement und einen Eimer von der Ladefläche in die Schubkarre zu hieven.

«Soll ich dir beim Mauern helfen?» Es war hart, mit anzusehen, wie mühsam er mit den schweren Sachen hantierte.

Smith, der uns damals auf der Farm half, brach sich einmal die Hand, als er einen Traktor reparierte. Er bekam eine Gipsschiene und trug sie in der Schlinge, wollte aber nicht aufhören zu arbeiten. Versuchte, alles einhändig zu erledigen. Ich lief ihm unaufhörlich hinterher, bis er mich anschnauzte und wissen wollte, was das sollte.

«Ich warte darauf, dass Sie mich brauchen», erklärte ich daraufhin.

Jetzt tat ich dasselbe bei Ben. Wartete darauf, dass er mich brauchte.

Über die Erinnerungen an Smith dachte ich am besten nicht nach. Die blieben am besten weggesperrt.

«Ich brauche deine Hilfe nicht», sagte Ben und rollte die Schubkarre über den holprigen Boden zu den Ziegeln und der Zementplatte.

Trotzdem ging ich hinter ihm her. Dort angelangt, half ich beim Ausladen, trotz seines Murrens, und er trug den Eimer zu dem Schlauch, den er an einen Wasserhahn im Boden angeschlossen und aufgerollt um einen Zaunpfosten gehängt hatte.

Durch seine schlechte Laune – die vertrauten Untertöne widerwilliger Duldung – fühlte ich mich besser.

Wie bei Smith.

«Was hat dich hergeführt?», fragte er, als das Wasser in den Eimer lief.

«Ich bin abgehauen.»

«Und was machst du jetzt?»

Er drehte den Hahn zu und kam mit dem vollen Eimer zurück. Als er ihn hinstellte, schwappte mir Wasser über die Füße. Ich sah zu, wie sich rings um meine zerschlissenen Tennisschuhe Pfützen bildeten, und gab keine Antwort. Ich hatte keine.

Meine Flucht war ein wüster Aufbruch gewesen – ein Riesenknall –, und sie war noch nicht vorbei. Ich wusste nicht, was danach passieren sollte.

«Dir die Welt ansehen?», fragte er, als ich wie gelähmt schwieg.

Was mache ich jetzt?

«Nein?» Er lächelte. «Dich selbst finden? Nein, ich weiß … Gott finden.»

Ich schüttelte den Kopf. «Ich denke … ich … warte bloß.»

«Worauf?»

«Keine Ahnung.»

«Das ist kein Warten, Mädchen. Das ist Verstecken.»

Das war ein Schlag in die Magengrube, und ich bekam kaum Luft. Ich sah zu, wie Ben sich auf wackeligen Beinen langsam hinkniete, um mit dem Mauern anzufangen.

Schweigend und genauso wacklig wie er, hockte ich mich neben ihn.

Schulter an Schulter arbeiteten wir an seinem Backofen. Wir mischten den Zement mit einem Aufsatz seiner Bohrmaschine und spachtelten eine dünne Schicht auf die Zementplatte, um dann langsam und vorsichtig zu mauern.

«Wovor versteckst du dich?», fragte ich.

«Hab eine Menge Schlechtes getan. Vielen Leuten Schlimmes angetan. Hier bin ich so sicher wie nirgendwo.»

«Worauf wartest du?», fragte ich, nachdem wir lange gearbeitet hatten.

«Auf etwas, das nie passieren wird. Nicht für mich.»

Ich wollte noch mehr fragen, aber wir hatten drei Lagen gemauert, und er wurde sichtlich müde.

«Willst du eine Pause machen?», fragte ich.

«Nein.»

Augenblicke später hustete er jedoch, und dann beugte er sich vornüber, ein Taschentuch an den Mund gedrückt, und hustete eine ganze Weile.

«Alles in Ordnung?», fragte ich.

«Bestens. Aber machen wir Feierabend.»

«Wirklich?» Ich blickte auf den Eimer voll Zement. Der würde hart und unbrauchbar werden.

Er richtete sich auf, ohne meine ausgestreckte Hand zu beachten.

«Ja, ist zu heiß.» Gebeugt ging er zum Wohnwagen. Er sah gebrechlich aus.

Ich schaute ihm nach, und dann arbeitete ich noch eine Zeitlang weiter, trug Zement mit der Kelle auf, setzte den

Ziegel darauf, strich weg, was hervorquoll, und wiederholte den Vorgang.

Bis der Zement verbraucht und der Steinsockel ein Stück gewachsen war.

In Bens Wohnwagen, seinem sicheren Versteck, war es still.

Später duschte ich noch einmal kalt, und da mir noch immer zu heiß und ich zu durcheinander war, um etwas zu essen, kroch ich ins Bett.

Ich hatte mir vorgenommen, das Buch zu lesen, aber ich wollte nicht das Buch.

Ich wollte Dylan.

Ich hörte praktisch, wie mich das Handy in der Schublade verhöhnte.

Annie McKay – flieht aus ihrem alten Leben, nur um sich weiter an die alten Vorschriften zu halten. Es war traurig.

Und es machte mich wütend.

Ich zog die Schublade auf, nahm das Handy und schloss einen Handel mit mir.

Wenn er angerufen oder geschrieben hatte, würde ich zurückrufen. Wenn nicht, würde ich die ganze Sache vergessen, das Buch auslesen und, falls mir danach war, allein masturbieren wie jeder normale Mensch.

Und mal ehrlich, warum sollte er anrufen? Ich an seiner Stelle würde mich auch nicht anrufen. Ich würde den Vorfall schnellstens vergessen.

Mein allererster Orgasmus beim Klang seiner Stimme war von ihm wahrscheinlich nicht bemerkt worden.

Mit Herzklopfen und ungeschickten Fingern schaltete ich das Handy ein.

Ruf mich an.

Mehr nicht. Eine einzelne Textnachricht.

Und das heißt nun?, fragte ich mich. *Ich bin abartig. Total verkorkst. Ich weiß nicht, was ich will, nur dass ich nicht will, was ich habe.*

Und dass ich mehr will.

Ich ließ mir keine Gelegenheit, zurückzuschrecken oder nervös zu werden. Ich rief ihn an. Ich sah mich durch seine Forderung total und absolut verpflichtet.

«Layla.» Er nahm sofort ab. Wieso war seine Stimme schon so vertraut? Mir war, als hätte ich sie eine Woche lang als Endlosschleife gehört.

«Ja.»

Er seufzte, und das war's. Nur ein Seufzer und dann Schweigen. Und ich wusste nicht, wie ich es durchbrechen sollte. Ich verstand mich nur darauf, mit gesenktem Kopf zu arbeiten. In meinem Leben hatte ich nur einmal etwas Kühnes getan, nämlich dreitausend Dollar von meinem Mann gestohlen und mitten in der Nacht Reißaus genommen.

Und jener Abend mit Dylan. Das war ziemlich kühn gewesen. Also hatte ich wohl zwei Mal etwas Mutiges getan.

«Alles gut?», fragte er.

«Bestens.» Es klang schrill. Fremd. Und ich schloss die Augen und flehte um eine Orientierungshilfe für die Situation. Jener stumme Instinkt möge sich erheben und mich aus dem finsteren Wald hinausführen. Doch der Instinkt machte wohl gerade ein Nickerchen. «Ich komme zurecht.»

Erinnerungen an jenen Abend landeten auf meiner Haut wie Funken eines Feuers.

Wie ich mit dem Daumen an meinen Hüftknochen stieß.

Wie rissig meine Lippen waren.

Wie heiß sich meine Fußsohle anfühlte.

Wie die raue Tagesdecke über meine Brustwarzen rieb.

Wie ich mich fühlte ... da unten ... als könnte ich alles mit mir machen, und es wäre schön.

Schön – was für eine Untertreibung.

Eine Weile hatte ich mich nach allem gesehnt. Allem.

Nach den Dingen in dem halbgelesenen Buch, den Dingen, die jene jungen Mädchen in den Lkws bei der Fernfahrerkneipe taten. Die Dinge, auf die seine Stimme anspielte.

Ich wollte das alles, und genauso sehr wollte ich, dass ich nichts davon wollte.

«Ich hätte nicht gedacht, je wieder von dir zu hören.»

«Ich hatte das Handy abgeschaltet.»

«Weil du verlegen warst?»

«So kann man es auch nennen.»

«Das ist Blödsinn, weißt du. Du solltest dich bei etwas, das so schön ist, nicht schlecht fühlen.»

«Für dich ist das leicht gesagt.»

«Für dich auch. Sag es.»

Ich schluckte mein aufsteigendes Lachen hinunter.

«Du bist vierundzwanzig Jahre alt. Wie kommt es, dass du dich vorher nie so angefasst hast?»

«Das ist kompliziert.» Die Untertreibung des Jahrhunderts.

«Auf welche Art?»

«Auf die Art, dass ich nicht darüber reden werde», schnauzte ich und bereute es sofort, aber ich hatte nicht die Absicht, ihm zu erzählen, wer ich wirklich war. Wie mein Leben tatsächlich ausgesehen hatte.

«Es tut mir leid», seufzte ich. «Ich will nur ...»

«Bei einem fremden Menschen nicht aus dem Nähkästchen plaudern? Ich verstehe. Wir haben alle Geheimnisse.»

Natürlich wollte ich sofort seine erfahren.

«Danke», wisperte ich. «Für den Abend neulich. Wirklich. Ich danke dir. Das war ...»

«Auch für mich schön. Bis zum Schluss, als du aufgelegt hast.»

«Tut mir leid.»

«Es war ziemlich intensiv.»

«Es ist ... ich hab ... keine Jungfrau-Phantasie. Oder was auch immer.»

Ich bin nur ich selbst.

«Sag bloß! Dabei darfst du jede Phantasie haben, die du willst.»

Da klang ein wunderbarer Respekt aus seinen Worten. Und der freute mich.

«Deine Nachricht hat mich gefreut.»

«Ich möchte, dass du mich wieder anrufst», sagte er.

«Damit ich dir von Ben berichte?»

«Im Augenblick interessiert er mich nicht im Geringsten. Du sollst mich anrufen, damit ich zuhören kann, wie du kommst.»

Mir stockte der Atem. Und die vereinzelten Funken der Begierde verbanden sich zu etwas Großem. Das größer war als mein Körper.

«Einverstanden.»

«Aber, Layla?»

«Ja?»

«Wir werden das auf meine Weise tun.»

«Was heißt das?» Wieso erregte mich das? Elektrische Ströme prickelten an meinen Beinen hoch.

«Das heißt, nichts, was wir tun, ist peinlich. Nichts. Sowie dir der Gedanke an Peinlichkeit oder Scham kommt, vergisst du ihn auch schon. Denn das ist Unsinn.»

«Aber ...»

«Sag mir, dass du das verstehst.»

«Ich mag keine Männer, die mich herumkommandieren», erwiderte ich ausweichend, denn er verlangte das Unmögliche. Ich würde versuchen, nicht verlegen zu werden, wirklich hart daran arbeiten, aber er konnte es nicht zum Verschwinden bringen, indem er es forderte.

«Nein?»

«Nein», antwortete ich, weil es mir gefiel. Weil ich trotzig und voll widerspenstiger Kräfte war. Und er schien gegen meine bissigen Bemerkungen unempfindlich zu sein. Schien sie sogar zu mögen.

Er kicherte, womit er bewies, dass er meine Krallen schätzte, und das war schon zu viel. Ich drehte mich auf die Seite und zog die Knie an den Leib, um die Erregung zwischen meinen Beinen zu halten.

«Neulich Abend mochtest du mich. Du hast mich angerufen, weil du kommen wolltest, Layla. Ich denke, du magst mich sehr.»

«Ich will nicht herumkommandiert werden.»

«Du kannst auflegen, wann immer du willst. Sag nur ein Wort, und es ist vorbei. Aber wenn du weitermachen willst, dann nach meinen Regeln.»

Ich hielt das Handy umklammert.

«Ja oder nein, Layla?»

«Ja.»

«Braves Mädchen. Also, du rufst mich erst wieder an, wenn du Nachtisch zum Frühstück gegessen hast und nackt geschwommen bist.»

«Soll das ein Witz sein?» Nackt schwimmen und Nachtisch zum Frühstück? Was sollte das denn?

«Tu es», sagte er. «Und dann ruf mich an. Und, Layla?»

«Was?», fragte ich ungewöhnlich zornig und wurde mit einem Stöhnen belohnt, das in meinem Unterleib vibrierte und mein Verlangen und die gereizte Lust anfachte.

«Tu es schnell.»

Und damit legte er auf.

Ich legte das Handy in die Schublade, und als ob ich einen Zeh ins Wasser streckte, als ob ich auf Widerstand wartete, auf einen inneren Befehl, es zu lassen, schob ich die Hand unter mein Trägerhemd und spreizte die Finger auf dem Bauch, sodass die Hitze unter meiner Haut in Wallung geriet.

Ich wollte alles aus mir rausreißen, was von meinem alten Leben übrig war. Die Stimmen, die Angst, die Schuldgefühle und Scham. Das alles sollte verschwinden. Wie der Müll, den ich von der Wiese geräumt hatte.

Da ich nun aufsässig war, rebellisch, Layla noch ähnlicher als neulich Abend, sprang ich vom Bett und vergewisserte mich, ob die Tür verriegelt, die Vorhänge zugezogen, die Jalousien geschlossen waren. Im Schlafzimmer ließ ich die Fenster angekippt, damit frische Luft hereinkommen konnte.

Ich zog mein Hemd aus und dann meine Shorts, ließ die Unterhose aber an. Die letzte saubere, die noch übrig war. Sie war ein bisschen zu klein. Eine blaue mit weißen Blümchen, die ich schon ewig hatte. Seit meinem sechzehnten Lebensjahr vielleicht? Das Gummi schnitt am Hintern in die Haut, und vorne saß sie sehr tief, sodass ein paar Haare herausschauten. Als ich die Hand tiefer hinabschob, spürte ich den feuchten Fleck, der nach unten hin breiter wurde. Und nasser.

Ich schob einen Finger um die scharfe Gummilitze am Beinausschnitt, zog ihn zur anderen Seite hin, was mich aufkeuchen ließ, und zog dann fester, bis die Litze gegen meine Klitoris stieß.

«Oh mein Gott», hauchte ich, und als Experiment zog ich beide Ränder zwischen die Schamlippen und wäre fast vom Bett gesprungen. Behutsam nutzte ich den Druck, langsam und gleitend, scharf und schnell, um herauszufinden, was mir besser gefiel.

Und die Wahrheit war: Alles gefiel mir. Sogar die Berührungen, die den hinabrollenden Stein nicht schneller machten, und der Abstecher meiner Finger zur zarten Haut am

Oberschenkel. Es gefiel mir, mir die schweißfeuchten Haare aus dem Gesicht zu streichen, den Arm über dem Kopf aufs Kissen zu legen.

Es war, als ob mein Körper – der mir bisher dumm und schwerfällig erschienen war, als ein Gebilde, das man stoßen und schlagen musste, als ein blindes, taubes Geschöpf, nur zum Arbeiten geschaffen, dessen einzige Fähigkeit eine gewisse Art des Stillseins war, ein Trick, um nicht gesehen zu werden – als ob nun dieser Körper sich verwandelt hätte.

Nein, nicht verwandelt. Nicht wirklich.

Es war, als hätte ich unter meiner Haut eine geheime Weisheit entdeckt, ein dunkles Wissen.

Als hätte es nur darauf gewartet, von mir entdeckt zu werden.

Augenblicke später kam ich auf dem Bauch liegend, das Kopfkissen zwischen den Zähnen. Die Front des Slips, dieses raffinierten Instruments der Lust, in die Faust gerafft, der Zwickel zwischen den Beinen verborgen.

Keuchend zog ich das blaue Baumwollhöschen aus. Es war nass. Total nass. Meine Hand auch.

Ich lachte entzückt und verlegen. Erschrocken und zufrieden. Erschöpft und beschwingt.

Als ich mich auf die Seite drehte, schossen vereinzelte Funken von meiner Muschi nach oben, weil meine überkreuzten Oberschenkel auf die Klitoris drückten.

Oh Gott. Noch mal?

Ich senkte den Kopf und schob die Finger zwischen meine Beine.

Noch mal.

10

Eine Stunde später packte ich alle schmutzigen Kleidungsstücke zusammen, nahm mein Waschpulver und eins der neuen Bücher – *Stolz und Vorurteil.* Es hatte einen modernen Umschlag mit einer Hollywoodschauspielerin darauf.

Mein zerlesenes Exemplar vom Englischunterricht in der Highschool war ebenfalls im Feuer gelandet.

Das Waschhäuschen befand sich jenseits des Rhododendronstrauchs auf der Familienseite, wo die Wohnwagen enger beisammenstanden. Aber die meisten waren in wirklich gutem Zustand, und ein paar Familien hatten sich große Mühe gegeben, um sie heimelig zu machen, mit lückenhaften Blumenbeeten und Holzterrassen, über denen sogar Lichterketten hingen.

Oder das war noch die alte Weihnachtsdekoration.

Der Wohnwagen neben dem Waschhäuschen war einer der wenigen doppelt breiten. An seiner Tür waren Luftballons befestigt, an der Rückseite Geburtstagsluftschlangen.

Eine Kinderschar stürmte um die Ecke, fünf insgesamt, einige kannte ich von meinem Einkauf im Supermarkt. Danny war dabei. Sie hatten alle bemalte Gesichter. Es gab zwei Piraten, einen Tiger und einen Spider-Man.

Ich wich ihnen aus, indem ich mich an die Aluminiumverkleidung des Waschhäuschens drückte.

«Jungs!» Ihre Mom, die junge Mutter aus dem Supermarkt, kam aus dem Wohnwagen, in der Hand einen Farbkasten und einen Pinsel. An ihrem langen, bunten Kleid hielten sich zwei kleine Mädchen fest. Eines hatte einen Regenbogen auf die Stirn gemalt, das andere eine halbe Sonne. «Jungs, geht rüber zum Spielplatz. In einer halben Stunde gibt es Kuchen.»

Die Jungen wechselten sofort die Richtung und rannten zu den Schaukeln und der Rutsche auf der anderen Seite der Lehmstraße.

Die Mutter wandte sich zur Tür, um wieder hineinzugehen, und ich hätte mich gern unsichtbar gemacht, um unbemerkt zu bleiben, aber ich hatte Pech.

«Hey», sagte sie und wirkte genauso peinlich berührt wie ich. «Sie wohnen also hier.»

«Dadrüben.» Ich deutete mit dem Daumen zum Rhododendron. «Ihr Sohn hat heute Geburtstag?»

Sie legte der Kleinen mit dem Regenbogen die Hand um den blonden Kopf. «Ja. Danny. Er ist fünf geworden.»

«Das ist toll.»

«Vor allem ist es laut.» Sie lachte. «Ich heiße übrigens Tiffany.»

«Annie.» Kaum ausgesprochen, bereute ich, meinen wirklichen Namen genannt zu haben.

«Mommy!», rief das Mädchen mit der halben Sonne. «Mal mich fertig.»

«Ich sollte jetzt weitermachen», sagte Tiffany.

«Viel Spaß.»

«Danke.»

So schnell ich konnte, huschte ich ins Waschhaus. Aus irgendeinem Grund hatte ich Herzklopfen. Diese Frau stresste mich.

Meine gesamte Kleidung ergab eine Waschladung. T-Shirts, BHs, Shorts, mein Nachthemd, ein paar Handtücher, Unterhosen.

Die mit dem blau-weißen Blumenmuster schob ich als Erstes in die Trommel, als könnte jemand hereinkommen und sie sehen. Sie riechen und mein Geheimnis erraten. Erkennen, was ich getan hatte.

Lächelnd kippte ich Waschpulver dazu und warf ein paar von meinen kostbaren Vierteldollarstücken ein.

In der hinteren Ecke des kleinen Raumes stand ein Gartenstuhl mit Plastikbänderbespannung. Den nahm ich mir und trug ihn nach draußen hinter das Häuschen, weg von der Geburtstagsfeier und von Tiffany mit ihren Blutergüssen und den dunklen Augen, die es irgendwie hinbekam, ihrem Sohn eine Geburtstagsfeier mit Kinderschminken zu bieten.

Eine Geste, die von so viel Liebe und Hoffnung zeugte, dass es mir im Herzen weh tat.

Ich stellte den Stuhl neben einen dunklen Wohnwagen, der unbewohnt wirkte, auf einen Streifen Unkraut mit blühendem Löwenzahn. Die Sonne brannte heiß, aber ausnahmsweise wehte ein leichter Wind, und im Schatten des Wohnwagens war es tatsächlich ganz schön.

Es war Jahre her, seit ich mich mal mitten am Tag hinsetzen und lesen konnte. Es kam mir ... dekadent vor. Freudig seufzend schlug ich mein Buch auf und vertiefte mich übergangslos in die Welt von Mr. Darcy und Elizabeth Bennett.

Es dauerte eine Weile, bis ich das Mädchen neben mir bemerkte und erschrocken zusammenfuhr. Die Kleine hatte drei Sonnen im Gesicht, eine auf jeder Wange und eine auf der Stirn, dazu eine Blume auf der Nase.

«Hallo», sagte ich lächelnd.

«Kuchen?»

Sie hielt mir einen Teller mit einem gelben Kuchenstück mit Schokoladenguss hin, an dem ein Pfund Zuckerstreusel klebte.

«Für mich?», fragte ich. Die Kleine nickte und trat näher. Sie stolperte auf dem holprigen Boden, aber ich fing sie und den Kuchen gerade noch rechtzeitig ab.

«Vielen Dank!», sagte ich.

«Gern geschehen», erwiderte sie mit sehr netten Manieren, und ihr fröhliches Grinsen brachte ihre kleinen Zähne zum Vorschein.

So schnell, wie sie gekommen war, hüpfte sie davon. Ich schaute auf den Kuchen, die Zuckerstreusel, das halbe, mit blauem Zuckerguss geschriebene Ypsilon.

Geburtstagskuchen.

Gott, wie lange das her ist...

Obwohl ich es nicht wissen wollte, weil die Erinnerungen enttäuschend wären, versuchte ich mich zu entsinnen, wann ich das letzte Mal welchen gegessen hatte. Meinen eigenen oder Moms oder Hoyts. Ich konnte mich lediglich an ein einziges Mal erinnern, als ich noch sehr klein gewesen war. Da ging ich mit meiner Mom zu der Hütte hinter der Scheune, wo Smith wohnte. Er öffnete die Tür, nur in Jeans und weißem T-Shirt, und Mom drehte den Kopf weg und blickte über die fernen Felder.

Ich dagegen starrte seine Tätowierungen an. Er hatte viele. Militärische Motive aus dem Golfkrieg.

«Morgen», grüßte er mit seiner rauen Raucherstimme, aber Mom blieb stumm und hielt den Blick abgewandt. Ihre Wangen leuchteten rot im Sonnenaufgang.

«Wir haben Ihnen einen Kuchen gebacken!», sagte ich und hüpfte ein bisschen, weil es mein erstes Kuchenerlebnis war.

«Nehmen Sie ihn», sagte Mom, ohne ihn anzusehen. Sie stieß Smith den Teller hin, und er fing ihn ab, bevor der Kuchen gegen sein weißes T-Shirt prallte. «Komm, Annie, wir haben zu arbeiten.»

Und danach gab es für mich kein Kuchenerlebnis mehr.

Mein langer Seufzer kam in bebenden Etappen, denn die Erinnerung war unangenehm. Die Beweggründe und Ansichten der Erwachsenen waren damals noch in Schatten und Rätselhaftigkeit gehüllt gewesen. Mom bestenfalls unergründlich.

Mit taubem Hintern stand ich auf und ging, um meine nasse Wäsche in den Trockner zu stecken.

Ein Stück entfernt hörte man einen Wagenmotor, der ein ordentliches Tuning brauchte. Was seltsam war, weil fast nie einer vom Highway auf diese Straße abfuhr oder sie benutzte, um zum Highway zu gelangen. Hinter dem Campingplatz gab es nur Sumpfland und Wald.

Das Motorbrummen wurde lauter und dann fast ohrenbetäubend, als der Wagen in die Einfahrt des Trailerparks einbog.

Mit heftigem Herzklopfen spähte ich aus der Tür des Waschhäuschens. Ein alter blauer Dodge, ein Muscle-Car, hielt neben Tiffanys Wohnwagen. Blaue und rote Luftballons stießen aneinander und hüpften gegen die Seitenwand des Trailers.

Der Mann am Steuer stellte den Motor ab. Die anschließende Stille gab einem das Gefühl, taub zu sein. Und mein alter sechster Sinn für Gefahr meldete sich.

Das war nicht gut.

«Hey, Phil.» Tiffany kam heraus, diesmal ohne kleine Mädchen und ohne Kinderschminke. Nur sie, dafür aber mit so viel Anspannung, dass die Luft zu dick war zum Atmen.

Es gab nichts an Tiffany, das ich nicht aus meinen schlimmsten Erfahrungen kannte. Das falsche Lächeln, das ihre Angst nicht ganz überdecken konnte. Die eingezogenen Schultern, als überlegte sie schon, wie sie sich gegen seine Fäuste schützen könnte. Der vorbeugende Kuss, trocken und voller Selbstverachtung auf die raue Männerwange gedrückt, nachdem er aus dem rostigen blauen Wagen gestiegen war.

«Ich dachte nicht, dass du vor nächster Woche heimkommst», sagte Tiffany zu einem kleinen Mann in T-Shirt und Jeans, die ein paar Nummern zu groß waren. Er hatte gemeine Augen und große Hände. Eine schreckliche Kombination.

Mir sträubten sich die Nackenhaare.

Angst schnürte mir die Kehle zusammen.

Hastig zog ich mich in die Mauern des Waschhäuschens

zurück, aber durch die offene Tür hörte ich Tiffany und Phil reden.

«Nein, ich hab den Scheißjob hingeschmissen.»

«Moment. Was?» Tiffany klang plötzlich schrill.

Vorsichtig. Oh Gott, sei vorsichtig.

Ich räumte die nasse Wäsche ein Stück nach dem anderen in den Trockner und wünschte mich weit weg.

«Was ist passiert?», fragte Tiffany angespannt.

«Das war reiner Beschiss, die ganze Sache. Der Typ soll angeblich so ein Experte sein, aber er ist nur ein Arschloch wie alle anderen.»

«Phil, wir brauchen das Geld.»

«Herrgott, Tiffany, ich bin gerade angekommen, und schon nörgelst du rum?»

«Ich … das tue ich nicht. Ich sage nur, wir sind schon im Rückstand mit …»

«Wäre vielleicht anders, wenn du das Geld nicht für solchen Scheiß ausgeben würdest.»

«Nicht! Phil!», schrie Tiffany, und bei dem Knall eines platzenden Ballons zuckte ich zusammen.

Ich wischte mir die Augen, denn ich weinte. Schreckliche Stresstränen.

Voller Angst sah ich mich nach einer Hintertür um, nach einer Möglichkeit, hinauszugelangen, ohne an den beiden vorbeizumüssen. Damit ich sie nicht sehen musste.

«Danny hat Geburtstag», hauchte Tiffany.

«Wo ist die kleine Ratte?»

«Bitte», flehte sie. «Bitte verdirb ihm das nicht …»

«Verderben? Was quatschst du da, Tiff? Ich zahle für diesen Scheiß. Deine Mom gibt dir ganz sicher nicht genug, dass du irgendwas bezahlen kannst.»

«Du hast recht, Phil. Es tut mir leid. Es tut mir so leid. Aber wir feiern gerade so schön. Schau, es gibt Kuchen, Liebling. Nimm dir doch auch ein Stück.»

Dieses Gespräch war mir ins Herz eingebrannt, ins Gehirn eingebläut. Ich wusste genau, wie es weitergehen würde.

Tiffany würde sich weiter entschuldigen, immer wieder, und all ihren Ärger hinunterschlucken, damit der Mann nicht die Fäuste gegen sie richtete. Oder gegen die Kinder. Damit er die Seifenblase der Normalität nicht zum Platzen brachte, die sie so mühevoll für die Kinder erzeugt hatte, mit aller Hoffnung, die sie in sich hatte.

Aber am Ende würde das nichts nützen.

Es nützte nie was.

Denn Kerle wie Phil und Hoyt wussten, schon während sie einen Raum betraten, was sie tun würden. Ob sie jemanden schlagen würden oder nicht. Sie hatten die Macht dazu. Tiffanys Entschuldigungen waren vergeblich. Ihr Schmerz, ihre Angst waren unerheblich. Entscheidend war nur, was der Mann ihr antun wollte, und das hatte er in seinem Spatzenhirn längst entschieden, als er noch Meilen von zu Hause entfernt war. Vielleicht schon Jahre vorher.

Ich muss weg.

Mir war plötzlich egal, dass ich mich nicht heimlich davonstehlen konnte, sondern an ihnen und ihrem schrecklichen häuslichen Drama vorbeimusste, dessen elendes Ende ich zu gut kannte. Das Buch und das Waschpulver unter dem Arm, huschte ich nach draußen, hielt den Kopf gesenkt, um keine Aufmerksamkeit auf mich zu lenken. In diese Situation wollte ich auf keinen Fall hineingezogen werden oder sie mit ansehen müssen.

Mit angehaltenem Atem lief ich am Rhododendron vorbei und stieß prompt mit jemandem zusammen.

«Aufpassen», sagte Joan und hob mein Buch auf, das ich fallen gelassen hatte. Sie trug eine kurze Jeans und ein T-Shirt, von dem sie das Halsbündchen und die Ärmel abgetrennt hatte. Die Bänder eines leuchtend rosa Bikinis waren zu sehen. Sie blickte an meinem Kopf vorbei zu Phil und der sich anbahnenden Katastrophe.

«Sie sollten nicht dort rübergehen», sagte ich.

«Sollte ich nicht?»

«Nein. Es ist … sie streiten sich.»

«Und du denkst, wir sollten mit dem Daumen im Arsch herumstehen, während er sie zusammenschlägt?»

Genau das würde er tun. Genau das würde passieren, und ich ging weg. Mit gesenktem Kopf. Abgewandtem Blick. Daumen im Arsch. «Nein … aber …»

«Lass mich vorbei, Kindchen», sagte sie, offenbar fertig mit mir. Sie ließ mich stehen und ging energisch am Rhododendron vorbei.

«Hey, ein Geburtstag!», rief Joan hinter mir. «Tut mir leid, dass ich zu spät komme, Tiffany. Hallo, Phil …»

«Verschwinde hier!», brüllte Phil. «Du Schlampe.»

«Ehrlich, Phil, du solltest dich bei Geburtstagsfeiern als Clown verkleiden. Damit würdest du dich großartig machen», erwiderte Joan. «Gibt es eine Sitzordnung, oder kann ich mich setzen, wo ich möchte?»

«Du bist hier nicht willkommen!», sagte Phil leise. Es klang gemein, und ich konnte mir vorstellen, wie er dabei die Zähne zusammenbiss und ihr in die Augen blickte.

«Joan», sagte Tiffany. «Ich komme zurecht. Alles gut.»

«Nichts ist gut», widersprach Joan.

«Weißt du was?», brüllte Phil. «Ich scheiß drauf. Ich brauch das nicht. Bis dann, ihr Fotzen.»

Eine Wagentür knallte, und der Dodge setzte zurück und fuhr davon.

«Jetzt schau nur, was du angerichtet hast!», fauchte Tiffany in die Stille nach dem lautstarken Abgang ihres Mannes hinein. Ich konnte sie durch die Zweige sehen. Joan stand langsam von ihrem Stuhl auf, und jetzt sah sie älter aus, gequält.

«Hab dich vor einem neuen blauen Auge bewahrt, also ... gern geschehen!»

«Wir haben kein Geld. Oh mein Gott! Was soll ich jetzt tun?», rief Tiffany. Sie ließ sich auf einen der Stühle am Campingtisch sinken.

«Ich kann dir was geben ...»

«Ich will dein verdammtes Geld nicht!», schrie Tiffany, und ich wusste, was sie tat. Ich wusste, dass sie diese ganze Wut auf sich selbst und ihren Mann und ihr Leben in sich hatte, die Joan nur deshalb abbekam, weil sie gerade vor ihr stand.

«Gut», sagte Joan ruhig. «Wenn du Hilfe brauchst ...»

«Du hast schon genug angerichtet», sagte Tiffany leise und resigniert.

Joan kam zurück, ehe ich meine Beine in Bewegung setzen

konnte. Ich stand hinter dem Busch wie ein feiger Gaffer, und als Joan mich sah, war ich ihr nicht mal einen höhnischen Blick wert. Erhobenen Hauptes ging sie vorbei, den Rücken gepanzert mit ihrer redlichen Unerschrockenheit.

«Kommt her, Kinder!», rief Tiffany. Ihre Stimme klang nur ein klein wenig dünn, ein bisschen angegriffen. Die falsche Fröhlichkeit, die sie hineinlegen musste, überdeckte den Schrecken. Beinahe. Sie war eindeutig sehr geübt darin. «Lasst uns die Geschenke öffnen!»

Die Kinder kamen vom Spielplatz zurück. Ihre Stimmung war gedämpft, ihre Blicke wachsam. Ihr Lächeln war verschwunden.

«Ist er weg?», fragte Danny.

Tiffany nickte.

«Gut.» Danny reckte das Kinn, und Tiffany lehnte sich kraftlos gegen den Campingtisch.

Es reicht, dachte ich. Mir war übel, ich fühlte mich ausgelaugt und, schlimmer noch: verzweifelt froh, dass ich mit Hoyt keine Kinder bekommen hatte. Die schuldbewusste Erleichterung bereitete mir Übelkeit.

Ich ging zu meinem Wohnwagen zurück, und Stunden später, als es dunkel und still geworden war, holte ich meine getrocknete Wäsche.

Und dort auf der Arbeitsfläche schimmerten silbern und blau im Mondschein die Zuckerstreusel auf dem Stück Kuchen. Ich nahm den Teller, um ihn Tiffany zurückzugeben. Ich wollte den Kuchen nicht, und sie hatte drei Kinder, die ihn wahrscheinlich gern noch essen würden.

Vor ihrer Tür stellte ich fest, dass es im Wohnwagen still

war. Die Luftballons, dunkle Blutergüsse vor dem mondhellen Himmel, bewegten sich leicht im Wind.

«Nehmen Sie ihn.» Tiffanys Stimme erschreckte mich. Ein Schatten löste sich vom Rhododendronstrauch, und Tiffany ging auf die Tür des Waschhäuschens zu. Sie hatte einen Müllsack in der Hand und stopfte eine Handvoll Pappteller hinein.

«Ist ... alles okay?», fragte ich lahm.

«Was verstehen Sie unter okay?»

Ich wusste es nicht. Was brauchte es, damit die Dinge für sie okay waren? Oder für den Rest von uns?

«Er wird zurückkommen», sagte sie. «Das tut er immer.»

«Wäre es besser, wenn er es nicht täte?»

Einmal nahm Smith mich mit, um nach einer Falle zu sehen, die er für einen Kojoten aufgestellt hatte, nachdem der das Vieh angegriffen, Hühner gefressen und die Scheunenkatzen getötet hatte. Und wir fanden ihn in der Falle, heulend und stark geschwächt. Tiffanys Lachen klang wie das Geheul des Kojoten.

«Ich habe drei Kinder unter fünf», sagte sie. «Ich schaffe es nicht ohne sein Geld.»

Ich dachte an die dreitausend Dollar, die ich aus Hoyts Tresor mitgenommen hatte, und wusste, dass das manchmal absolut stimmte. Manchmal hing die Freiheit einer Frau voll und ganz am Geld.

«Behalten Sie den Kuchen. Wir haben jede Menge. Meine Kinder werden ihn zum Frühstück essen.»

Kuchen zum Frühstück.

«Danke.»

Tiffany nickte und räumte in der Dunkelheit auf, was noch von der Geburtstagsfeier liegen geblieben war.

Ich trug das Stück Kuchen und meine Wäsche zu meinem Wohnwagen.

Geburtstagskuchen zum Frühstück.

Das kam mir falsch vor, aber nicht auf gute Art und Weise.

11

Der nächste Morgen graute dunstig und schwül. Und von der Wärme in der Nacht hatte ich Kopfschmerzen direkt über den Augen.

Da ich fast verging, zog ich die Kühlschranktür auf. Dampf schlug mir entgegen, als die warme Luft in der Kälte aus seinen Tiefen kondensierte. Im obersten Fach neben Milch und Butter und dem Rest Nudelsoße stand der gelbe Kuchen mit Schokoladenglasur und Zuckerstreuseln.

Für ein paar Augenblicke ließ ich die Kälte über meine nackten Arme und Beine streichen und starrte auf das Kuchenstück.

Sie hat gesagt, du darfst ihn haben.

Doch er kam mir vor wie ein Mittel zum Zweck, als baute ich einen Palast mit einem Fundament aus Knochen.

«Lass das», brummte ich, nahm den Kuchen und schloss die Kühlschranktür.

Ich biss ab. Er schmeckte ein bisschen schal, war ziemlich hart geworden, und die Glasur heftete sich an meinen Gaumen.

So ist es recht. Ich sollte ihn nicht genießen.

Ich trank einen Schluck Kaffee und biss noch einmal ab. Mein Mund war offenbar warm genug, denn die dicke Glasur schmolz ein wenig.

Oh. Das ist gar nicht schlecht.

Doch bei dem Gedanken fühlte ich mich schuldig und elend.

Iss ihn einfach.

Mit dem dritten Bissen gelangte ich an die Mitte, wo er noch feucht und von der kalten Kühlschrankluft unberührt war.

Beim vierten hatte ich praktisch den Mund voller Zuckerstreusel.

Als das Stück vertilgt und nur noch Krümel und dicke Schokoladenschlieren auf dem Pappteller übrig waren, starrte ich auf einen blauen Streusel und grünlichen Zucker und hatte das Gefühl, mich übergeben zu müssen.

Ob von dem vielen Zucker oder wegen des vergangenen Abends, war nicht so ganz klar.

Aufgeregt und zittrig warf ich ein paar Eiswürfel in meinen Kaffee und lief hinaus zur Wiese.

Ich dachte an Phil, und ich dachte an Hoyt.

Und dann dachte ich an Dylan.

Bei ihm fühlte ich mich so sicher wie noch bei keinem Mann. Ich wusste nicht, ob es daran lag, dass wir nur telefonierten und uns nicht persönlich gegenübergestanden hatten, oder einfach nur an seiner Art.

Vielleicht war es auch einfach so, dass ich mich allmählich veränderte. Ich wusste es nicht. Und eigentlich war es auch egal.

Ich war bei Dylan sicher und würde deswegen alles tun, was er verlangte. Die Erkenntnis wärmte mich von innen.

In den ersten zwei Stunden mähte ich den nördlichsten

Teil der Wiese, die hauptsächlich im Schatten lag, und machte einen weiten Bogen um die großen, markierten Felsbrocken. Aber gegen elf Uhr war ich schweißgebadet, und am entgegengesetzten Ende der Wiese lockten die Eiche mit dem Schwingseil und der Teich, und ich konnte nicht widerstehen.

Ich fuhr mit dem Rasenmäher zu einer Stelle des Ufers, die möglichst weit entfernt von der kleinen Brücke und dem Trailerpark war.

Gras und Schilf wuchsen hier so hoch und dicht, dass ihre Spitzen über meinem Kopf wogten und ich sie vor mir auseinanderbiegen musste, um an den Rand des Teiches zu gelangen. Er war überraschend groß. Das Wasser klar, ohne Schlamm und Algen. Links von mir floss es in einen Bach ab.

Muss von einer Quelle gespeist sein, dachte ich.

Die Eiche stand am anderen Ende, und auf dieser Seite hatte der Teich einen kleinen, morastigen Strand, und einige große Felsbrocken lagen am Ufer.

Wenn man nackt schwimmen gehen wollte, dann war das hier wohl die beste Stelle.

«Ich tu's», murmelte ich, auf den Zehen wippend. Und dann, ehe ich mich davon abhalten konnte, zog ich mir die verschwitzten Sachen aus. Die Unterhose behielt ich an, schließlich war ich immer noch Annie McKay.

Mit einem Jauchzer rannte ich bis zu den Oberschenkeln hinein und tauchte dann, berührte den groben Sand am Grund mit Brust und Händen, bevor ich an die Wasseroberfläche stieg.

«Du meine Güte!», rief ich keuchend, weil das kalte Wasser mir den Atem nahm. Aber oh, wie gut das tat. Kuchen zum Frühstück war vielleicht nicht so ganz das Wahre gewesen, aber Nacktschwimmen war absolut unglaublich. Ein echter Volltreffer.

Ich stieß mich von dem sandig-steinigen Grund ab und ließ mich auf dem Rücken treiben. Meine Brüste guckten nur ganz wenig aus dem Wasser, aber die Sonne brannte auf der weißen Haut, die noch nie das Tageslicht erblickt hatte.

Das Wasser fühlte sich herrlich an, nicht nur wie eine Flüssigkeit, sondern wie etwas Magisches. Es trug mich und umhüllte mich wie Seidenbänder. Zwischen meinen Oberschenkeln, an meiner Brust und Taille, im Nacken. Ich machte Scherenschläge mit den Beinen und lachte laut, als ich das Wasser in den Schamhaaren spürte.

Meine kurzen Haare klebten mir an der Stirn, und ich strich sie weg, ließ sie im Wasser schweben, während ich auf dem Rücken lag. Zum ersten Mal, seit ich sie abgeschnitten hatte, wünschte ich mir die langen Locken zurück. Wie toll würde es sich anfühlen, wenn sie um meine nackten Schultern und über meinen Brüsten im Wasser schwebten?

Ich schloss die Augen und stellte mir das Gefühl vor.

In der prallen Sonne brannte mir das Gesicht, darum drehte ich mich auf den Bauch und tauchte zum Grund, wobei mir wohl bewusst war, dass mein Hintern und meine durchscheinende Unterhose kurz aus dem Wasser ragten und jeder sie sehen könnte.

Aber es war niemand hier.

Darum tat ich es noch einmal. Und noch einmal.

Als ich genug davon hatte, schwamm ich mit langen, gemächlichen Stößen ans Ufer, wo meine Kleidung lag.

Mist. Kein Handtuch.

Nacktschwimmer-Anfängerfehler.

Ich stand am Ufer und schüttelte mich, um möglichst viel Wasser loszuwerden, bevor ich meine ekligen Sachen wieder anzog.

«Na sieh mal einer an, wer da nackt ist», sagte jemand in durchtriebenem Ton, und ich sprang erschrocken zur Seite. Überrascht sah ich Joan mir schräg gegenüber auf einer kleinen Lichtung im Schilf sitzen, die ich zuvor nicht bemerkt hatte.

«Oh mein Gott, was ... was machen Sie hier?», schrie ich, warf die Arme in mein T-Shirt und zog es mir über, riss mir die Shorts die Beine hoch und nestelte an den Knöpfen herum.

«Beruhige dich, Schätzchen, sind bloß Möpse. Deswegen werde ich nicht in Ohnmacht fallen.» Sie zog einen Kopfhörer aus dem Ohr und stand auf. Sie trug den rosa Bikini, als wäre er aufgemalt. Ehrlich gesagt war ihr Körper das Makelloseste, das ich je gesehen hatte.

«Was machen Sie hier?», fragte ich wieder und versuchte, nicht auf die glatten, runden Muskeln ihrer Beine zu starren oder auf die Einbuchtung ihres Bauchnabels. Sie sah stark und vollkommen weiblich aus.

Was ist mit mir los? Wieso starre ich sie an?

«Ich arbeite an meinen Bikinistreifen», antwortete sie, und während ich hinsah, zog sie an einem der Bänder des

Oberteils, sodass es herunterfiel. «Ich arbeite im Velvet Touch, und je besser die Bikinistreifen, desto höher meine Trinkgelder. Die Kerle mögen es, das Gefühl zu haben, sie sehen etwas Verbotenes. Auch wenn sie dafür bezahlen, alles zu sehen. Stell dir vor.»

Die schmalen Streifen am Rücken und die kleinen Dreiecke an ihren Brüsten waren weiß, milchweiß, und wirkten durch die dunkle Haut ringsherum noch weißer.

Joan ging ins Wasser, und als es ihr tief genug war, tauchte sie unter.

Ich zog mir hastig die Socken an und wollte in die Stiefel steigen, bevor Joan wieder an die Oberfläche kam. Ich konnte mir denken, was das Velvet Touch war und was sie dort machte. Joan war eine Stripperin.

«Läufst du schon wieder weg?», fragte sie, und ich fuhr zu ihr herum.

«Nein.»

Sie grinste spöttisch. «Ganz sicher? Denn ich denke, das tust du gerade.»

Ach, fick dich, Joan, als ob du irgendwas über mich wüsstest.

Aber um ihr zu zeigen, dass sie falschlag, setzte ich mich auf einen der großen Steine am Strand und schlug die Beine übereinander.

Wenn sie unverschämte Spielchen spielen wollte, konnte sie sie gerne haben.

«Warum haben Sie sich zwischen Phil und Tiffany gestellt?», fragte ich.

Joan legte sich aufs Wasser, und ihre weißen Brüste blitzten aus dem Wasser. Einen Moment lang betrachtete ich sie, dann sah ich mit glühenden Wangen weg.

Sonnenstich. Ich habe einen Sonnenstich. Das muss es sein. Deshalb gaffe ich sie an wie ein sechzehnjähriger Junge.

Es war wie auf dem Parkplatz vor der Fernfahrerkneipe. Alles an Joan war sexuell, und ich konnte nicht wegschauen.

«Jemand sollte das tun, meinst du nicht?», antwortete sie. «Er ist ein Scheißkerl, und sie denkt, sie braucht ihn.»

«Tut sie auch.»

«Niemand braucht ein Arschloch wie ihn.»

«Die Kinder ...»

Joan stand auf, die dunkelblonden Haare klebten an ihrem Rücken wie Schlick.

«Wären viel besser dran, wenn ihre Mom nicht vor ihren Augen verprügelt würde.»

«Das ist wahr. Aber ohne Geld, was soll sie da tun?»

«Nicht mehr nach Ausflüchten suchen, um bei ihm zu bleiben, würde ich sagen. Du hast deinen Schal vergessen.»

Ich fasste mir an den Hals. Die blauen Flecke waren schon ziemlich verblasst. Zu grünlichen Flecken. Aber wer ganz genau hinsah, würde sie als Fingerabdrücke erkennen.

«Hör zu, Kindchen», sagte Joan und stieg aus dem Wasser wie Venus aus den Fluten. «Vergiss den dummen Schal. Das ist wie bei einem fetten Kind, das im T-Shirt in den Swimmingpool geht. Es sieht damit nur noch fetter aus.»

Ich drückte in die Blutergüsse, bis es weh tat.

«Mit dem Schal siehst du erst recht wie ein Gewaltopfer aus.»

Ich schluckte schwer.

«Das bist du doch, oder?»

Nein. Das bin ich nicht. Nicht nur. Ich habe noch hundert andere Dinge an mir, die ich gerade entdecke. Ich schwimme gern nackt. Ich mag keinen Kuchen zum Frühstück. Ich reibe gern meine Muschi, bis ich komme.

Stattdessen sagte ich: «Schätze, ja.»

«Und du bist geflohen?»

«Das tue ich noch immer.»

«Gut für dich.»

Sie ging zu der Stelle zurück, wo sie das Schilf platt gedrückt hatte, um sich eine geschützte Bucht am Wasser zu schaffen.

«Aber ich hatte Geld. Nicht viel, aber etwas. Tiffany hat keins.»

«Ich habe ihr eine gute Summe angeboten. Ohne Bedingungen. Das weiß sie. Wenn sie gehen wollte, könnte sie es tun.»

«Sie tun so, als wäre es ganz einfach. Als gäbe es nur Schwarz oder Weiß.» Allmählich wurde ich wütend, um Tiffanys willen, vielleicht auch um meinetwillen. Denn ich war jahrelang nur aus Angst geblieben. Aus Angst und Gewohnheit.

Es gab keine Hoffnung, es könnte besser werden. Keine Liebe, an die ich mich klammern, wegen der ich mir was vormachen konnte.

Nur die Angst, das Leben ohne Hoyt könnte schlimmer sein als das Leben mit ihm.

«Aber so ist es. Der Typ schlägt dich, du verlässt ihn. Ganz einfach.» Sie zog an einer Zigarette. «Am besten, man lässt sich mit keinem ein. Willst du einen Joint?» Sie hielt ihn mir hin.

Ich schüttelte den Kopf. Achselzuckend setzte sie sich auf die dicke Decke, die sie ausgebreitet hatte. Sie hatte einen iPod und ein paar Zeitschriften bei sich ... und eine Knarre.

«Keine Sorge», sagte sie und nahm einen Zug von ihrem Gras. Sie schob die Waffe unter eine Zeitschrift. «Ich behalte nur Phil im Auge, und ein paar der anderen Scheißtypen, die hier wohnen.»

«Sind es viele?»

Joan lachte, wobei eine Rauchwolke aus ihrem Mund aufstieg. «Genug.»

«So schlimm kommen Sie gar nicht rüber», meinte ich halb im Scherz, und sie lachte wieder.

«Das liegt daran, dass du mich nicht kennst. Und es gibt viele hier, die noch schlimmer sind als ich.»

Ich hatte gar kein Interesse daran, diese Leute kennenzulernen. Ich kümmerte mich um meine eigenen Angelegenheiten. Na ja, um meine und um Bens.

«Was hat es mit Ben auf sich?»

Joan drehte ruckartig den Kopf. «Warum?»

«Er wirkt nett.»

Joan lachte. «Die Durchgeknallten wirken immer nett. Typen wie Phil sind Schläger. Weiter nichts. Eindimensional. Die sind genau so, wie sie scheinen.»

«Sie meinen, hinter Ben, dem Gärtner, verbirgt sich ein Soziopath?»

«Wo kommst du her, dass dir seine Tattoos nichts sagen?»

«Von einer Farm in Oklahoma.»

Wieder die Wahrheit. Wenn ich noch ein paar Wochen lang so herumplapperte, wäre es aus mit dem Verstecken.

Joan lächelte. «Das erklärt einiges. Glaub mir. Mach einen weiten Bogen um ihn.»

«Was bedeuten denn seine Tattoos?»

«Das große schwarze Quadrat auf dem Rücken, damit wurde das Zeichen seiner Bikergang geschwärzt. Er wurde rausgeworfen.»

«Was hat er getan?»

«Keine Ahnung. Mir ist nicht daran gelegen, mit dem Kerl ein Schwätzchen zu halten. Du solltest das auch nicht tun.»

Ich sah weg. Der Teich funkelte in der Sonne wie Diamanten.

«Warum sind Sie nett zu mir?», fragte ich.

«Ich bin nett?»

«Jedenfalls netter als vorher.»

«Weil ich high bin. Weil ich gerade deine Titten gesehen habe. Weil ... du diese gottverdammten Blutergüsse hast.»

Wieder griff ich hin und betastete sie, als wären sie ganz frisch.

«Sind Sie Stripperin?», fragte ich, und sie blickte mich ausdruckslos an, sodass ich überlegte, ob ich sie beleidigt hatte. Oder ob das keiner wissen sollte. «Sie haben das Velvet Touch erwähnt. Ich will nichts unterstellen ...»

«Ja, Sherlock, ich bin Stripperin.»

Für meine eigentliche Frage reichte mein Mut nicht aus.

«Wenn du noch was wissen willst, solltest du fragen», sagte sie.

«Der Typ ... der neulich aus Ihrem Wohnwagen kam, als

ich Sie zum ersten Mal gesehen habe.» Was fiel mir eigentlich ein? Meine Mom hätte mich für diese Fragerei umgebracht. Für meine Neugier. Sie hatte immer an meinem Pferdeschwanz gerissen, wenn ich ihr zu viele Fragen stellte. «Schon gut, es geht mich nichts an.»

«Spuck's aus.»

«Tun Sie das ...»

«Ob ich Männer für Geld vögele?»

Mir schoss das Blut in die Wangen.

«Nein. Ich vögele sie, weil es mir Spaß macht. Aber einige Frauen im Club tun es. Da gibt es eins dieser altmodischen Komfortzimmer.»

«Oh.» Ich hatte keine Ahnung, was ein Komfortzimmer war. Überhaupt keine. Und plötzlich brannte ich darauf, es zu erfahren. Aber ich würde nicht fragen. Ich hatte nicht den Mut, meine totale Unwissenheit zu offenbaren.

Eine Minute lang saßen wir schweigend da.

«Wie lange wohnen Sie schon hier?»

«Zu lange», antwortete Joan.

«Es scheint doch nett hier.»

Ihr leises Lachen brachte ihre Brüste zum Wackeln. «Kommt auf den Blickwinkel an, würde ich sagen.»

«Oh. Wo Sie herkommen, ist es schön?»

«Nein.» Sie schüttelte den Kopf, und dann setzte sie sich die Sonnenbrille auf, legte sich auf den Rücken und sagte nichts mehr.

Nach ein, zwei Minuten stieg ich auf meinen Rasenmäher und fuhr durch die Wiese zurück, wobei ich die Stöcke mied, die verborgene Gefahren anzeigten.

12

Nachdem ich den Mäher und die übrigen Arbeitsgeräte eingeschlossen hatte, folgte ich einem köstlichen Geruch bis zu Bens Garten.

Einerseits sagte ich mir, dass ich Dylans und Joans Warnung beherzigen sollte. Andererseits war ich es leid, mich nach den Warnungen anderer Leute zu richten. Ich hatte die Nase voll davon, andere über mich bestimmen zu lassen.

Joan betrachtete die Welt mit unversöhnlichen Augen, wenn sie auf Tiffany wütend sein konnte, weil die ein Gewaltopfer war. Ich hatte nicht vor, ihr jedes Wort zu glauben. Und Dylan ... ich wusste nicht, wie er die Welt sah und was für ein Mensch er war. Außer dass er freundlich und bestimmend auftrat. Es war das erste Mal, dass ich diese Eigenschaften im Einklang miteinander erlebte.

Vielleicht blickten Joan und Dylan nicht hinter die Tattoos. Vielleicht waren sie in einem Schwarz-Weiß-Denken verhaftet, das ich nicht übernehmen wollte. Vielleicht hatten sie noch nie Tomaten von Ben bekommen.

Ich traf den alten Mann vor dem halbfertigen Backofen an, in dem ein Feuer brannte.

«Du bist ein gutes Stück weitergekommen», sagte ich. Auf einem Rost über dem Feuer stand eine schmiedeeiserne Bratpfanne.

«Ist fast fertig, aber ich wurde ungeduldig», sagte er. «Danke, dass du neulich noch weitergemauert hast.»

«Keine Ursache. Ich wollte den Zement nicht unbrauchbar werden lassen. Was brätst du da?»

Er zog die Pfanne vom Feuer. «Da siehst du es.» In siedendem Öl lagen kleine gelbe Blüten. «Zucchiniblüten.» Er stellte die Pfanne ins Gras und zog den Handschuh aus, mit dem er sich vor dem heißen Griff geschützt hatte.

«Die hat meine Ex oft gemacht. Sie war zur Hälfte Mexikanerin. Eine phantastische Köchin.»

Mit einer Gabel hob er eine der Blüten heraus und legte sie auf eine Serviette. Das weiße Papier wurde sofort durchsichtig von dem Fett.

«Willst du kosten?»

Ich nickte und nahm die Serviette. Wegen der Hitze musste ich ein paar Mal die Hand wechseln, um mir nicht die Finger zu verbrennen.

Er zog die andere Blüte aus der Pfanne und legte sie sich auf den Oberschenkel.

«Tut das nicht weh?», fragte ich.

«Nee.» Er zeigte mir seine Handflächen, und ich sah die dicken Schwielen. Drei Finger an der Linken erinnerten mich an Smith. Sie sahen aus, als wären sie mal gebrochen gewesen und nicht geschient worden.

Ich pustete auf die Blüte und biss endlich hinein. Sie war mit Käse gefüllt, und als ich sie wegzog, fiel mir ein Käsefaden gegen das Kinn und verbrannte mich. Auch die Zunge verbrannte ich mir.

«Autsch. Au. Wow.»

«Anfänger», murmelte er und warf sich seine Blüte in den Mund. Er kaute nachdenklich. «Nicht ganz.»

Ich aß meine auf. Sie schmeckte nach Käse und war fett gebacken und schon deshalb ziemlich großartig. «Das war köstlich.»

«Die von meiner Ex waren besser», brummte er.

Aus einer Schüssel neben seinem Stuhl nahm er halbierte Peperoni, legte sie in das noch siedende Öl und stellte die Pfanne aufs Feuer.

«Willst du die so essen?»

«Frittierte Peperoni? Nein. Ich will Maisbrot backen. Meine Frau hat immer Peperoni in den Teig getan.»

«Du kannst gut kochen», sagte ich. Er dachte an seine Frau und wirkte sehr traurig, wie er in den halbfertigen Backofen starrte. Ich hätte ihn gern getröstet, seine Trauer ein wenig gelindert, wusste aber nicht, wie.

Er schüttelte den Kopf. «Tja, ich darf nicht trinken, ich darf nicht rauchen. Ich fahre nicht mehr. Meine Freunde sind im Knast oder tot. Das hier ist mir geblieben.»

«Hast du keine Familie?»

Er starrte ins Feuer und schürzte die Lippen, als müsste er sich erinnern, und schüttelte dann den Kopf. «Nee. Meine Alte ist vor Jahren weggezogen. In den Westen, zu ihrer Schwester.»

«Das tut mir leid», sagte ich als Antwort auf die Trauer, die ich aus seinen Worten heraushörte.

Er zuckte die Achseln. «Das ist wohl abgehakt.»

«Und Kinder?», fragte ich. Ich rieb mir Schmutz vom Ellbogen und achtete dabei sorgsam darauf, ihn nicht anzusehen. Ich wollte, dass mir einer von beiden, Dylan oder Ben, erzählte, dass sie verwandt waren, dass Ben Dylans Vater war. Denn warum sollte Dylan ihn sonst beobachten lassen?

«Warum bist du so neugierig?», fragte er.

«Ich trinke nicht, ich rauche nicht, das ist alles, was mir bleibt», scherzte ich. Er lächelte ins Feuer.

«Nein. Hab keine.» Er stocherte mit der Gabel in der Pfanne.

Damit war meine Vermutung gestorben. Ich war mir so sicher gewesen.

«Du hast deinen Schal abgenommen.»

Ich widerstand dem Impuls, mir an den Hals zu fassen. «Ich konnte damit wohl niemanden täuschen.»

«Nein», bestätigte er. «War das dein Vater? Die Blutergüsse?»

«Ehemann.»

«Wirklich? Ich dachte, du wärst noch zu jung für diese Dummheit.»

«Diese Art von Dummheit ist wie gemacht für junge Leute.»

Am Feuer schien es eng zu werden. Als hätten wir unsere Geister bei uns.

«Am Anfang war er noch nicht gemein.» Ich hatte das dringende Bedürfnis, es ihm zu erklären. Vielleicht auch mir selbst. Und Joan. Ich hatte noch nie etwas davon in Worte gefasst, nie darüber nachgedacht, wie es Hoyt gelungen war, mich so gründlich zu isolieren und zu verletzen. Wieso ich das geduldet hatte.

«Sind sie nie», sagte Ben, den Blick ins Feuer gerichtet.

«Da hast du wahrscheinlich recht. Meine … Mom war gestorben, und ich war einfach noch sehr jung, und plötzlich stand ich allein da und war für eine Farm verantwortlich. Mom hat mir nicht beigebracht, wie man Löhne abrechnet und Steuern zahlt oder wie hoch der Kredit auf das Getreidesilo war oder wem wir noch Geld schuldeten. Dadurch war ich überfordert und hatte keine Ahnung, was zu tun war. Hoyt fing an, mir zu helfen, sagte, er würde sich um die Sache mit dem Getreidesilo kümmern, half mir, Rechnungen zu bezahlen, und sprach mit der Bank. Er hatte selbst ein paar Jahre bei der Bank gearbeitet und stand mir zur Seite, damit ich nicht so allein war. Und er wirkte … solide, weißt du. Und interessiert. An mir. Also … na ja.» Ich spürte damals, wie er mich beobachtete. Seine Augen unter der Kappe brachten mich zum Erröten. Weckten mein Interesse. Das und ein paar höfliche Nachfragen, wie es mir ginge, und schon … oh Gott, wie leicht er mich rumgekriegt hatte.

«Wohl eher an deinem Land.»

Was für ein schmeichelhaftes Urteil über meine Anziehungskraft.

«Ja, so war es letztendlich wohl. Aber ich glaubte, er wäre an mir interessiert. Und ich war einsam.»

«Du hattest niemanden, der dir sagen konnte, dass er suspekt ist?»

«Doch, einen. Smith. Unser … Vorarbeiter.» Smith und seine Beziehung zu Mom und mir und dem Land war schwer in Worte zu fassen. «Er hat mich gewarnt, dass Hoyt ein schlechter Kerl ist.»

«Kluger Mann.»

«Du erinnerst mich an ihn. An Smith.»

Ben blickte erschrocken auf. «Also, das ist ein Irrtum. Ich bin nicht klug. Sonst müsste ich meinen Ruhestand nicht hier draußen verbringen.»

«Trotzdem», erwiderte ich lächelnd. «Du hast vieles mit ihm gemeinsam.»

«Das sollte ich wohl als Kompliment nehmen?»

«Jep.» Smith war der beste Mann, den ich gekannt hatte, trotz der Gerüchte über ihn. Trotz … dem, was ich ihm angetan hatte.

«Na schön.» Ben reagierte so mürrisch, dass ich lachen musste.

Die Peperoni knallten im Fett. «Halte dich fern von Phil, diesem Flachwichser», sagte er. «In dem breiten Wagen neben dem Waschhaus. Er ist ein mieser Typ. Er würde dich schlagen, ohne mit der Wimper zu zucken.»

«Er war gestern Nachmittag da, hat beinahe die Geburtstagsfeier seines Sohnes verdorben, aber Joan hat eingegriffen», erzählte ich. «Unsere Nachbarin …»

«Ich kenne Joan. Das verrückte Luder macht immer so dumme Sachen.»

Der Ausdruck und Bens Ton gingen mir gegen den Strich. «Ich fand das ziemlich mutig.»

Bens Blick huschte für einen Moment zu meinen Blutergüssen.

«Manchmal vermisse ich Maria so sehr, dass es kaum auszuhalten ist. Nachts wache ich einsam auf, und es ist, als hätte mir jemand das Bein abgehackt. Und dann erinnere ich mich, wie beschissen wir miteinander umgegangen sind.

Uns ständig gegenseitig verletzt haben. Wie viel ich verbockt habe. Und ich denke, es ist wahrscheinlich besser so. Besser, allein zu sein.»

Dasselbe hatte ich neulich auch gedacht, aber aus seinem Mund klang es einsamer.

Er war kein gefährlicher Soziopath. Er war ein einsamer, alter Mann, der aus glücklicheren Tagen etwas zurückholen wollte.

«Danke für die Zucchiniblüte. Und, na ja, fürs Zuhören.»

«Gern geschehen. Ich lasse dir etwas Maisbrot übrig.»

Nach dem Duschen legte ich mich mit dem Telefon in der Hand aufs Bett. Aber ich konnte mich nicht überwinden, es einzuschalten.

Ich hatte Kuchen gefrühstückt. Ich war nackt geschwommen.

Ich hatte Vorfreude und Erregung erwartet, ein Pochen zwischen meinen Beinen und ein Gefühl, als wäre die Haut zu eng für meinen Körper.

Aber die Welt kam mir im Moment zu bedrückend vor. Die harten Kanten waren zum Vorschein gekommen, und ich spürte jede einzelne.

Als ich das Handy einschaltete, wurde eine Textnachricht vom Vormittag angezeigt.

Ich hoffe, du hattest etwas Süßes zum Frühstück …

Ich lächelte trotz meiner Melancholie. Etwas Dunkles entzündete sich in meinem Unterleib.

Hatte ich. Kuchen. Und heute Nachmittag bin ich nackt geschwommen.

Ich erwartete nicht, dass er sofort zurückschreiben würde, innerhalb einer Minute erschien jedoch die Antwort auf dem Display.

Rufst du mich an?

Es war ein seltsamer Tag … und Abend.

Ruf mich an.

Das war keine Frage mehr. Wir hatten vereinbart, das auf seine Weise zu tun. Und bei meiner eigenen lag ich allein und traurig auf dem Bett. Bei seiner durfte ich ihn anrufen und vielleicht … vielleicht an meiner Hand kommen.

Ich rief an.

«Layla?» Oh, seine Stimme. Seine Stimme machte mich fertig.

«Hi.»

«Geht es dir gut?»

Ich holte tief Luft und versuchte, das Tröstliche seiner Besorgnis auf Armeslänge von mir fernzuhalten. «Ich komme zurecht.»

«Was ist passiert?»

«Das ist eine lange Geschichte …»

«Hast du noch was anderes zu tun?», fragte er.

«Nein.»

«Ich auch nicht. Also kannst du es mir ebenso gut erzählen.»

Ich streckte einen Arm zur Seite aus. Draußen wurde es dunkel. Ich hörte die Kinder jenseits des Rhododendronstrauchs bei den Schaukeln spielen. Irgendwo grillte jemand Hamburger.

«Das ... hier ist eben ein trauriger Ort. Sind traurige Leute hier.»

«Und du bist auch traurig?»

«Das ist nicht sehr sexy, was?», meinte ich mit einem kleinen Lachen. «Wie wär's, wenn ich dich ein andermal ...»

«Wie wär's, wenn du mir erzählst, was passiert ist?»

In meiner Brust drehte sich etwas Scharfes, Dorniges. «Ein Kerl ist aufgekreuzt und hätte fast seine Frau geschlagen. Hat beinahe die Geburtstagsfeier seines Kindes verdorben. Ich bin abgehauen, aber eine andere Frau kam angestürmt, hat erreicht, dass der Kerl verschwindet.»

«Mann, das war riskant.»

«Ich weiß. Aber das war wirklich mutig, weißt du? Und ich habe ein Stück von dem Geburtstagskuchen zum Frühstück gegessen, und das ist meine Heldentat, und ich fühle mich einfach ... dumm. Und schrecklich.»

«Da bist du nicht ganz fair zu dir selbst, oder?»

«Fair oder nicht, das spielt keine Rolle. Nie.» Ich klang verbittert, und das überraschte mich ein wenig. Aber es war die ganze Zeit da gewesen, dieses Meer von Bitterkeit und Wut. Dunkel und schrecklich und voller Monster war es, als wartete es nur darauf, dass ich es bemerkte. Dass ich hineintauchte und gefressen wurde.

Dylan lachte. «Das ist wahr. Mein ganzes Leben lang … wollte ich nur wie mein Bruder sein. Er war der Zäheste. Der Mutigste. Der härteste Typ von allen. Und ich folgte ihm überallhin und machte denselben Scheiß wie er.»

«Was ist passiert?»

«Ich stellte fest, dass ich nicht so ein harter Typ bin. Und dass manche Leute nichts darauf geben, was aus ihnen wird. Und ich weiß nicht, ob das mutig oder nur verrückt ist.»

Ich dachte an Joan und unsere Begegnung am Teich. Sie schien einen dicken Scheißegal-Panzer zu tragen. Wie einsam sie damit wirkte.

Und an Ben dachte ich. Gott, er wirkte so einsam, dass es weh tat. So einsam wie ein wilder Bergmensch oder etwas Ähnliches. Kochte sich Essen, das ihn an die Frau erinnerte, die er weggeekelt hatte.

«Ich will lieber nicht gleichgültig sein», sagte ich und dachte an die Nacht meiner Flucht und die vielen Nächte davor, während derer ich mehr und mehr in die Gleichgültigkeit abgerutscht war. Ich war geflohen, um etwas zu finden, das mir nicht gleichgültig war.

Das war meine Heldentat, begriff ich. Alles riskieren, um wieder etwas zu empfinden. Und plötzlich war ich stolz auf mich.

«Ich auch nicht. Bei keiner Gelegenheit. All die Jahre, die ich gleichgültig verbracht habe oder so getan habe, als wäre mir alles scheißegal … das waren miese Jahre. Ich will nicht abstreiten, dass es mutig war, die andere Frau zu beschützen. Ich sage nur, was sie getan hat, macht dich noch nicht zum Feigling.»

«Danke», sagte ich, und es war mehr ein Seufzer als ein Wort.

«Keine Ursache. Aber der Kuchen, was für einer war es?»

«So einer mit gelbem Teig und Schokoladenglasur.»

«Und?»

«Kann nicht behaupten, dass er gut war.»

«Du musst Tres-Leches-Kuchen probieren.»

«Keine Ahnung, was das ist.»

«Das ist ein Kokoskuchen und der beste überhaupt.»

«Werde ich mir merken», sagte ich lächelnd.

«Also war der Nachtisch zum Frühstück eine Pleite. Wie war das Schwimmen?»

Lächelnd drehte ich mich auf den Rücken und wollte an etwas anderes denken. Nicht einsam sein. Das Verhältnis zwischen mir und Dylan war sonderbar. Aber es war echt. Und ohne zwischenmenschlichen Kontakt konnte die Welt ein trostloser Ort sein.

«Nackt schwimmen war toll.»

«Ja?»

«Es war so heiß heute, und ich habe schwer geschuftet, und das Wasser war schön kalt. Genau richtig.»

«Hört sich an, als hättest du es ausgekostet.»

«Am Teich war eine andere Frau.»

Sein Kichern heiterte mich auf. «Erzähl es mir.»

«Wir ... sind nur geschwommen.»

«Bitte sag mir, dass das ein anderes Wort für Herummachen ist.»

Ich lachte, aber ich konnte nicht leugnen, dass mir bei der Vorstellung heiß wurde. Die aufsteigende Röte machte mich schwindlig. «Nein … aber ich habe sie quasi nackt gesehen und … sie hat einen bildschönen Körper. Sie ist Stripperin.»

«Gott, Baby …»

Irgendwie war ich mit einem Mal nicht mehr lustlos und traurig, sondern heiß. Heiß und feucht in null Komma nichts. Ein leises Lachen von diesem Mann, und ich war startklar, hatte die Hand in der Unterhose und betastete meine prallen Schamlippen.

«Ich will, dass du dich heute Abend anfasst», sagte ich.

«Warum?»

«Weil … ich das nicht alleine tun will. Es ist unsinnig … es allein zu tun, wenn wir zusammen sind.»

«Zusammen sind?»

«Du weißt, was ich meine.»

«Baby, lass dich nicht zu Tagträumen in Bezug auf mich verleiten. Ich bin nicht …»

Er verstummte, und ich wartete mit angehaltenem Atem, ob er etwas über sich verraten würde. «Du bist nicht was?»

«Niemand, wegen dem sich ein Mädchen wie du in Tagträumen verlieren sollte.»

«Ein Mädchen wie ich?»

«Unschuldig, jung …»

«Du bist erst neunundzwanzig», erwiderte ich, denn eins wusste ich ganz genau: Ich fühlte mich nicht jung.

«Äußerlich», sagte er. «Innerlich bin ich alt.»

Innerlich bin ich alt. Das verstand ich vollkommen. Vielleicht funktionierte, was wir taten, deshalb so gut. Weil wir beide innerlich alt waren.

«Aber was wir tun … mehr als das gibt es nicht. Wird es nie geben.»

«Woher soll ich wissen, dass du nicht selbst Tagträume über mich hast?»

«Oh, das habe ich», gestand er lachend. «Ich werde heute Abend an dich und eine Stripperin denken. Aber ich bin ein Mann mit Prinzipien, und ich weiß, dass es nichts bringt, dagegen zu verstoßen.»

Tagträume bringen auch nichts.

«Ich weiß.» *Weil ich dich anlüge und du mich vielleicht auch und ich gegen alle Prinzipien verstoße, weil ich verheiratet bin.* «Trotzdem will ich, dass du dich anfasst.»

Eine Weile schwieg er, als ob er von seiner Seite aus zu beurteilen versuchte, was wahr war und was nicht. Gott, er war vielleicht auch verheiratet. Und er hatte gesagt, er werde nicht lügen – was er trotzdem vielleicht schon die ganze Zeit über tat. «Okay.»

«Du sollst es jetzt gleich tun.» Ich biss mir auf die Lippen, verblüfft über meine Kühnheit.

Ich hörte eine Gürtelschnalle klirren, dann das Geräusch eines Reißverschlusses.

Dabei herrschte gespanntes Schweigen, und ich fragte mich, ob er auf Anweisungen von mir wartete – weil er mir neulich Abend gesagt hatte, was ich tun sollte.

Du lieber Himmel, darauf konnte er lange warten.

«Ich kann nicht … Sag mir, was du tust», wisperte ich.

«Wo ist deine Hand, Baby?»

«Zwischen meinen Beinen.»

«Gut. Lass sie da, aber du darfst nicht kommen …»

«Was?»

«Nicht, ehe ich es sage. Nicht, ehe ich es erlaube. Wenn du merkst, dass du gleich kommst, nimm die Hand weg.»

Mir brach der Schweiß aus. Ich war so feucht wie noch nie. «Okay.»

«Sag ja.»

«Ja.» Ich schluckte. «Ja, Dylan.»

«Hast du das die ganze Woche über getan? Dich selbst berührt?»

«Ja.»

«Details, Baby. Erzähl es mir genau.»

«Gestern habe ich meine Unterhose benutzt, zwischen den Beinen. Es hat ein bisschen weh getan.»

«Auf gute Art?»

«Ja. Es tat auf gute Art weh. Ich war so feucht. So … es lief mir die Beine runter, und meine Unterhose war klitschnass.» Sein stöhnendes Lachen richtete mir am ganzen Leib die Härchen auf. «Jetzt erzähl du.»

«Ich bin schon den ganzen Tag hart, weil ich an dich gedacht habe.»

Ich bezweifelte das, aber egal. Es war erregend.

«Und jetzt ist es hier still. Still und dunkel, und ich habe dich am Ohr und meinen Schwanz in der Faust.»

Mein Atem war zittrig.

«Magst du den Ausdruck?», fragte er.

«Ja.»

«Ich streichle mich langsam, denn so mag ich es. Fest und langsam. Von unten bis zur Spitze.»

Wimmernd schloss ich die Augen, stellte es mir möglichst deutlich vor, ein schmutziger Film auf der Innenseite meiner Lider, zusammengesetzt aus Schnipseln. Aus dem Buch. Aus dem einen Vorfall, als ich mit sechzehn Jahren mit meiner Cousine in die Stadt gefahren war. Aus Dylans Stimme.

«Tropfen bilden sich an der Spitze. Ich schmiere sie über meinen Schwanz.»

Wieder dieser Ausdruck. Ich nahm die Finger weg, die Spannung in meinem Unterleib, zwischen meinen Beinen stand kurz vor dem Platzen.

«Ich werde schneller», sagte er. Ich hörte ihn lauter atmen. Und ich konnte seine Bewegungen hören. Das Klatschen von Haut auf Haut. Etwas knackte und quietschte, vielleicht sein Stuhl.

«Erzähl es mir», wisperte ich. Das Meer der Verbitterung und Wut war fort, an seine Stelle war ein Verlangen nach allem getreten. Ein Hunger nach allem. Ich fühlte mich leer und weit offen für die Welt. Offen für Erfahrungen, die mich ausfüllen, mich sättigen sollten.

«Ich muss langsamer machen», stöhnte er.

«Nein.» Ich schob die Finger wieder nach unten, weil ich den Orgasmus kommen fühlte, ob ich mich nun berührte oder nicht.

«Halt, Layla.»

Ich zog die Hand weg. «Weiter», stöhnte ich.

«Nein, halten wir für einen Moment an.»

Ich knurrte ihn an, aber er lachte nur ein wenig keuchend.

«Mit wie vielen Männern hast du geschlafen?»

«Warum willst du das wissen?»

«Weil wir eine Pause einlegen, es hinauszögern.»

«Mit einem.»

«Einem?»

«Ja.»

«Von deinem schmutzigen Buch mal abgesehen, hast du schon mal einen Porno gesehen?»

«Oh mein Gott.» Lachend versuchte ich mir vorzustellen, wie das wäre. Wie oder wo ich an einen kommen oder mir gar einen anschauen sollte. «Nein. Noch nie.»

«Was ist das Unanständigste, das du je im wirklichen Leben gesehen hast?»

Da brauchte ich nicht zu überlegen, die Erinnerung war sofort da. Als hätte sie nur darauf gewartet.

«Meine Cousine ...» Mist. Ich benutzte Laylas Namen. «Annie, meine Cousine Annie und meine Tante kamen zu uns zu Besuch auf die Farm. Und vielleicht weil meine Tante da war, erlaubte meine Mom mir, mit meiner Cousine in die Stadt zu fahren und Eis zu essen. Sie ließ mich sonst nie allein in die Stadt.»

«Wie alt warst du da?»

«Sechzehn.» Das war in dem Jahr, bevor Mom krank wurde. Hoyt war gerade eingestellt worden, aber ich hatte ihn bis dahin nur von weitem gesehen, ab und zu in der Scheune, einen großen blonden Kerl, der sich den Hut tief ins Gesicht zog.

Das schien schon ewig lange her zu sein.

«Was ist passiert?»

«Die Stadt war eine halbe Stunde weit weg, und wir nahmen den alten Kombi. Aber kaum waren wir angekommen, beschloss meine Cousine, wir sollten Bier trinken statt Eis essen.»

«Unartiges Mädchen. Warst du damit einverstanden?»

«Ich war erschrocken, wollte aber nicht, dass meine Cousine denkt ... oder sieht, wie absonderlich mein Leben mit Mom dadraußen war. Vermutlich wusste sie das sowieso, aber ich wollte, dass sie mich für normal hält.»

«Normal?»

«Du weißt schon ...»

«Nein. Ich habe keine Ahnung, was normale Sechzehnjährige tun.»

«Du warst auch mal sechzehn.»

«Aber bestimmt nicht normal. Also, was passierte dann?»

«Wir fuhren zum Schnapsladen und setzten uns draußen auf die Motorhaube des Wagens, wohl um auf jemanden zu warten, der uns Bier kauft. Es dauerte fünf Minuten. Meine Cousine war sehr ... hübsch.»

«Euch hat also einer ein Sixpack spendiert, und ihr habt euch betrunken?»

«Nein, der Typ ... der Typ fragte, ob er Bier für uns kaufen solle, und meine Cousine sagte ja. Darauf fragte er, was für ihn dabei drin sei. Und meine Cousine sagte, sie würde ihm auf dem Rücksitz des Kombis einen runterholen.»

Gott, ich erinnerte mich an diese Nacht, als wäre es gestern gewesen. Die Sommerhitze, der Geruch des Grillhähnchenimbisses ein paar Häuser weiter und Laylas Nelkenzigarette, mit der sie ungeheuer cool aussah. Der Cowboy war spargeldünn, seine Gürtelschnalle fast so breit wie seine Taille.

«Wie alt seid ihr Mädchen?», wollte er wissen. Unter seinen Blicken fühlte ich mich schmutzig und bekam Angst. Und sie erregten mich. «Wie alt möchten Sie uns denn haben?», erwiderte Layla und wickelte das Ende ihres Pferdeschwanzes um den Finger.

«Was dann, Baby?», fragte Dylan.

«Er sagte ja. Aber er wollte, dass ich zugucke. Meine Cousine zuckte die Achseln, als wäre es nichts Besonderes, als ob sie fremden Männern ständig einen runterholte und mich dabei zugucken ließ. Sie hüpfte von der Motorhaube und stieg hinten ein. Der Typ setzte sich neben sie, und ich ... ich setzte mich nach vorne.»

«Ich will, dass du zuguckst, Süße», sagte der Typ. «Hier hinten bei uns, damit du alles mitkriegst.»

Und Layla von hinten: «Sie kann auch so gut sehen. Stell dir den Spiegel ein, Annie.»

«Ich habe den Rückspiegel gedreht», erzählte ich Dylan. «Damit ich beobachten konnte, was auf dem Rücksitz passierte.»

«Und? Hast du es gesehen?»

«Es war zu dunkel. Ich konnte ihre Hand sehen, wie sie sich bewegte. Aber hauptsächlich habe ich es gehört.»

«Wie hat es sich angehört?»

«Irgendwie feucht. Und der Typ hat viel geredet.» Ich kniff die Beine zusammen, als ich daran dachte, was der Kerl gesagt hatte, lauter schmutzige Dinge. Dass Layla ein braves Mädchen sei und wie er sie gern ficken wolle.

«Hat es dich heißgemacht?»

«Ich schätze ... also, ich denke ... jetzt mehr als damals.

Damals hatte ich hauptsächlich Angst.» Aber jetzt nicht. Das Sehnen war wieder da. Das leere Pochen.

«Hat er euch Bier gekauft?»

«Jep. Ich fuhr herum, während meine Cousine das Sixpack trank und mir beschrieb, wie man jemandem einen runterholt.»

«Was war ihr Rat?»

«Spucke. Sie sagte, man muss sich in die Hand spucken.»

Damals fand ich das widerlich, aber jetzt war ich mir da nicht mehr so sicher.

«Ich habe noch nie jemandem davon erzählt.»

«Nein?»

«Niemand in meinem Leben hätte die Geschichte hören wollen.»

«Oh, ich wollte sie hören, Baby.»

Ich lachte. «Wie steht's mit dir? Mit wie vielen ...»

«Männern ich geschlafen habe? Mit keinem.»

«Urkomisch. Mit wie vielen Frauen?»

«Vielen. Aber ich war früher ziemlich hemmungslos.»

«Hemmungslos?»

«Bin mit meinem Bruder durch die Gegend gezogen. Es war nicht schön, und ich bin nicht stolz darauf, aber es war eine wilde Zeit.»

«Was war das Hemmungsloseste, das du getan hast?»

«Baby, das ist nicht ...»

«Sag es mir.»

«Mit zwei Frauen gleichzeitig, vermutlich.»

Ein Blitz durchfuhr mich. «Wie ...?»

Er stöhnte, als ob meine Neugier ihn erregte, oder vielleicht dachte er gerade an die zwei Frauen. «Ehrlich gesagt, Baby, war ich so kaputt, ich kann mich kaum erinnern. Die haben hauptsächlich miteinander gefummelt, und ich habe zugesehen. Als ich irgendwann dazu kam, eine von ihnen zu ficken, war es ziemlich schnell vorbei. Ich war hemmungslos, aber auch sehr jung.»

«Tja, das ist der Unterschied zwischen uns. Ich war nie hemmungslos.»

«Aber du willst es sein, stimmt's? Darum rufst du mich an?»

«Ja, scheint so … vielleicht …»

«Ja oder nein? Außer mir hört dich keiner, und ich verurteile dich nicht.»

«Ja. Ja, ich wäre gern hemmungslos.»

Ich hatte meine Zweifel, ob ich es je dahin bringen würde. Schließlich hatte ich noch immer meinen Slip an. Trotzdem war ich nackt geschwommen. Es war nicht vorherzusagen, was noch passieren würde. Eine Frau brauchte Ziele.

«Also gut. Hörst du zu? Wir werden gleich weitermachen, und wir werden kommen, und dann muss ich auflegen, aber bevor du mich wieder anrufst, will ich, dass du in den Stripclub gehst, wo deine Freundin arbeitet, und den Mädchen beim Tanzen zusiehst.»

«Was?», rief ich. Von Nachtisch zum Frühstück sofort zu einem Besuch im Stripclub?

«Du hast mich genau verstanden, und bevor du so tust, als ob dich das nicht interessiert, denk daran, dass außer mir keiner zuhört. Und ich verurteile dich nicht.»

Ich verurteile dich nicht.

Das Problem war nicht er. Überhaupt nicht. Das Problem waren die Geister in meinem Kopf. Meine Mutter und Hoyt und meine lebenslange Praxis, mich selbst völlig zurückzunehmen, um die zu beschwichtigen, die nicht zu beschwichtigen waren.

Das ist Annie, dachte ich. Annie ist die mit den Geistern.

Layla ist die, die Männern für ein Sixpack Bier auf dem Rücksitz einen runterholt.

«Okay», wisperte ich.

«Okay was?»

«Okay, ich werde in den Stripclub gehen.»

«Willst du das?»

Ich dachte an Joans bildschönen Körper und wie sehr ich versucht hatte, sie nicht anzustarren.

«Ja ... ich will das.»

Wieder trieb sein Lachen meinen Puls an, denn mir wurde am ganzen Körper heiß.

«Mann, das würde ich gern sehen, Baby. Das wäre mal ein Erlebnis. Also, wo ist deine Hand?»

«An meiner Muschi», wisperte ich. Dabei fühlte ich mich mutig, verwegen, lebendig, und das Wort kam, getragen von einem Atemstoß, ganz leicht. «Wo ist deine?»

«An meinem Schwanz», stöhnte er.

Kurz waren wir still, nur unser Atmen war zu hören. Heftiges Atmen.

«Dylan», stöhnte ich.

«Hier. Ich bin hier.»

Es war schnell und hart und in Sekunden vorbei, und ich

hörte ihn keuchen und stöhnen und wünschte mir so sehr, ich könnte ihn dabei sehen.

«Layla?», fragte er einen Moment später.

«Ja?»

«Alles gut?»

Ich lachte, schlapp, wie ich war, auf meinem Bett. «Ja. Mir geht's gut. Und dir?»

«Mir auch, Baby. Richtig gut.»

«Darf ich dich was fragen ... das nicht schmutzig ist?»

«Grundsätzlich beantworte ich nur schmutzige Fragen.»

«Dylan», mahnte ich lachend, «ich meine es ernst.»

«Nur zu.»

«Hast du das schon mal gemacht?»

«Telefonsex? Klar.»

Ich war enttäuscht, obwohl das albern war. Es gab keinen Grund, warum mir das wichtig sein sollte.

«Aber alles andere? So mit einer völlig Fremden reden? Das ist völlig neu für mich.»

Ah, jetzt war ich nicht mehr ganz so enttäuscht.

«Für mich auch.»

«Du bist auf einer Farm groß geworden?», fragte er.

«Ja.»

«Wo?»

«Meilenweit von hier entfernt. Wo bist du aufgewachsen?»

«Wechselst du das Thema?»

«Ja. Meine Vergangenheit ist ...»

«Kompliziert?»

«Sehr. Also, wo bist du aufgewachsen?»

«In der Nähe von Jacksonville.»

«Wo lebst du jetzt?»

«Spielt das eine Rolle?»

Denn wir werden uns sowieso nie sehen. Das wollte er damit sagen. Wir würden uns nie begegnen, deshalb hatte unser Gespräch keine Bedeutung.

«Vermutlich nicht.»

Das Schweigen knisterte einen Moment lang, aber nicht unangenehm. Es war nur still. Der Abstand zwischen zwei Menschen. Es war in gewisser Weise tröstlich.

«Warum ist es dir so wichtig, Ben zu beobachten?»

«Du hast viele Fragen, nicht wahr?»

«So sieht's aus. Hast du Antworten für mich?»

«Und bist schlagfertig. Das gefällt mir.»

Mir gefiel es auch. Wirklich.

«Erzähl mir von Ben.»

«Redest du mit ihm?»

«Nein. Eigentlich nicht. Heute ein bisschen. Er sagt, er hat keine Familie.»

Dylan schwieg, und ich hoffte wohl, dass er sagte, Ben habe gelogen.

«Warum lässt du ihn beobachten?»

«Er hat mir mehr als einmal das Leben versaut. Mir ist wohler, wenn ich weiß, wo er ist und was er tut.»

«Wie hat er dir das Leben versaut?»

«Ich rede nicht darüber.»

«Aber ...»

«Layla, es gibt ein paar Regeln zwischen uns, und eine lautet, ich rede nicht über Ben.»

In seinem Ton schwang etwas so Nacktes, so Wundes mit, und mir tat es mit einem Mal leid, das in ihm hervorgeholt zu haben.

«Okay», hauchte ich.

«Was wirst du tun, bevor du mich wieder anrufst?»

«Mir nackte Ladys ansehen.»

Er lachte zufrieden, und obwohl ich das eigentlich nicht beurteilen konnte, hatte ich das Gefühl, dass er glücklich klang. «So ist es, Baby. Tu das und ruf mich an, wenn du dort bist.»

«In dem Club?»

«Ja.»

«Während ich zuschaue?»

«Ja.»

In meinem Unterleib, zwischen meinen Beinen quoll Hitze auf. Die Vorstellung war ungeheuer erregend. Ungeheuer heiß.

«Was wirst du bis dahin tun?», fragte ich.

«Darauf warten.»

13

Am Tag darauf betrat ich das arktisch kalte Büro des Trailerparks.

«Hey, Kevin, der Rasenmäher hat mal wieder den Geist aufgegeben.»

«Was?» Er blickte von seinem Solitärspiel auf. In den drei Wochen, die ich hier arbeitete, hatte ich ihn nichts anderes tun sehen, als am Computer zu spielen. «Das soll wohl ein Witz sein. Das ist schon das dritte Mal diese Woche.»

«Vierte.» Und ich war jedes Mal ins Büro gegangen und hatte es ihm gesagt. Kevin schien es nicht sonderlich zu kümmern, wenn ich die Arbeit nicht erledigen konnte, für die er mich bezahlte. Mich aber kümmerte das. Mich kümmerte enorm viel. «Und ich habe alles mir Mögliche getan, um ihn am Laufen zu halten. Können Sie jemanden holen, der sich das mal ansieht? Er steht auf der Wiese.»

«Können Sie Ben bitten, einen Blick daraufzuwerfen?», fragte er, nicht mal imstande, länger als einen Moment Blickkontakt zu halten. Als übte das Solitär eine magische Anziehungskraft auf seine Augäpfel aus.

«Sicher», seufzte ich und öffnete die Tür, woraufhin Hitze in das kleine Büro drang.

«Oh hey, ich glaube, da ist ein Päckchen für Sie gekommen.»

«Für mich?»

«Ja, für Layla. Letztes Mal waren Sie das. Muss jetzt auch so sein.»

Es war lächerlich, wie heftig mein Herz klopfte.

«Wo ist es?»

«Da.» Kevin deutete hinter sich zum anderen Ende des Tresens, wo eine weiße Schachtel mit rotem Geschenkband stand.

Aus irgendeinem Grund wurde ich rot, als mein Blick darauffiel. Sie sah aus wie ein Geheimnis. Ein wunderbar schmutziges Geheimnis.

«Ich ... Layla ist mein zweiter Vorname.»

«Wie auch immer.» Er klickte auf einen Herzbuben. «Fragen Sie Ben, ob er sich den Rasenmäher ansieht.»

«Mach ich.» Die Schachtel an die Brust gedrückt, schlenderte ich möglichst unbekümmert aus dem Büro, dann rannte ich zu meinem Wohnwagen, um sie zu öffnen.

Ich stellte sie auf den Tisch und zog an einem Ende des roten Bandes, bis die Schleife gelöst war und die Schachtel sich ein wenig öffnete. Als ob sie tief Luft holte. Vorne war der Name einer Bäckerei in Asheville in goldenen Buchstaben eingeprägt. Sah schick aus. So etwas Schickes hatte ich noch nie gesehen. Allerdings hatte ich, was *schicke* Dinge betraf, auch keinen sonderlich hohen Maßstab.

Obenauf lag ein gefalteter Zettel.

Ruf mich an.

Mehr stand da nicht.

Ich zog den Faltdeckel auseinander und fand ein großes Stück gelben Kuchen mit weißer Glasur, die mit Kokosraspeln bestreut war. Er triefte von einer zuckrig-cremigen Flüssigkeit.

Lächelnd ging ich das Handy holen.

Wie gewohnt nahm er beim ersten Klingeln ab.

«Du hast es bekommen?», fragte er.

«Er ist schön. Was für ein Kuchen ist das?»

«Tres-Leches-Kuchen.»

«Dein Lieblingsfrühstück», seufzte ich. Ich war gerührt, weil er sich die Mühe gemacht hatte.

«Ich konnte dich unmöglich auf der miesen Erfahrung sitzenlassen. Probier ihn.»

«Werde ich. Ich wollte mich nur vorher bedanken ...»

«Koste ihn, während du mit mir sprichst, Layla.»

Das kam mir sehr intim vor. Ich schluckte und blinzelte.

Mich fröstelte, und meine Brustwarzen wurden hart. Mir lief das Wasser im Mund zusammen. Das war eine umfassende körperliche Reaktion auf sein Geschenk. Auf die Implikationen, die damit einhergingen. Ich war restlos bezaubert.

Entzückt.

Erregt.

Wegen eines Stücks Kuchen.

Wegen Dylan.

Lächelnd nahm ich eine von meinen drei Gabeln aus der Schublade.

Beim ersten Bissen stöhnte ich. «Oh», seufzte ich. «Der ist phantastisch.»

«Rede mit mir.»

«Er ist so saftig. Und süß. Sehr süß. Schmeckt nach Karamell und Kokos.»

«So hat meine Mom ihn gemacht. Mit Kokos.»

Ich nahm einen zweiten Bissen. Die Süße sammelte sich im Rachen. «Oh Gott, Dylan. Der ist so gut.»

Er atmete lauter. Ich atmete lauter.

Ich fühlte die Leere in mir. Den Platz in meinem Körper, den er füllen würde, wenn er bei mir wäre. Plötzlich überlegte ich, was er außerdem täte.

«Was ich für Glasur gehalten habe, ist Schlagsahne.» Ich tauchte den Finger hinein und leckte ihn ab.

«Mach das noch mal», sagte er. «Das Geräusch.»

«Ich sauge mir Schlagsahne vom Finger.»

Er stöhnte leise und tief aus dem Rachen.

«Er schmeckt wunderbar», flüsterte ich. «Ganz wunderbar.»

«Nimm noch einen Bissen.»

Ich tat es, stöhnend, weil ich ahnte, dass er das eigentlich hören wollte.

«Das reicht», sagte ich.

«Was?»

«Ich möchte mir den Rest aufheben, ihn nach und nach essen.»

«Du warst eins der Kinder, die ihre Halloween-Süßigkeiten bis Ostern streckten, stimmt's?»

«Ich bin nie mit anderen Kindern von Haus zu Haus gezogen.» Ich stellte die Schachtel in den Kühlschrank. Mein Körper summte vor Zufriedenheit. Wegen des Kuchens.

Wegen Dylan.

«Aber für gewöhnlich bin ich gierig. Ich esse meine Süßigkeiten alle auf einmal.» Die Tür schloss sich leise klirrend. «Du brauchst das nicht zu tun, weißt du?»

«Was tun?»

«Die netten Dinge.»

«Ich tue gern nette Dinge.»

«Ich weiß nicht, wie ich dir dafür danken kann», sagte ich mit einem kleinen Lächeln. Ich genoss es, die Schüchterne zu spielen, denn ich wusste sehr wohl, wie ich ihm danken konnte. Ich wusste, was er wollte. Ich wollte es auch.

«Zieh dich aus, Layla», hauchte er. «Ich werde dir sagen, wie du mir danken kannst.»

Ich ging ins Schlafzimmer und tat alles, was er verlangte. Nicht mal eine Sekunde dachte ich daran, nein zu sagen.

«Du kannst es, Baby», hauchte er, als ich schluchzte, ich könne es nicht mehr aushalten. Ich hatte drei Finger in meiner Muschi, und meine Klitoris stand in Flammen. Aber er erlaubte mir nicht, sie anzufassen. «Ich will es.»

Er wollte es, also wollte ich es auch. Ich wollte es um meinetwillen, um der heftigen, realen Empfindungen willen. Weil es schmerzhaft und zugleich so schön war. Und ich wollte es um seinetwillen.

Ich wollte ihm gefallen.

Darum schob ich einen vierten Finger in meinen engen, gierigen Leib. Ich war voll. Zu voll. Meine Hand tat weh, mein Arm ebenfalls. Ich zitterte.

«Dylan», wimmerte ich. «Bitte ...»

«Jetzt darfst du deine Klitoris berühren.»

Ich tat es. Und die Welt explodierte. Meine Welt explodierte. Es war dunkel und grell zugleich. Und ich erkannte mich selbst nicht wieder. Ich erkannte meinen Körper nicht wieder, es war, als hätte er sich vollkommen verändert durch diesen Genuss.

Durch Dylan.

Dylan

Dylan ging von seinem Haus zur Werkstatt, wo seine Leute noch an dem Motor arbeiteten. Noch waren sie keine Götter, aber sie waren auf einem guten Weg dorthin.

Statt jedoch über Verbesserungen an der Motorleistung nachzudenken, dachte er an Vibratoren.

Und ob er Layla einen schicken sollte.

Und vielleicht Dessous. Teure, erstklassige. Er hatte eine Schwäche für schwarze Spitze, würde ihr aber auch jede andere Farbe schicken. Leider kannte er ihre Größe nicht, was die Sache knifflig machte.

Besser, er beschränkte sich auf den Vibrator.

Er konnte sich ihre Bestürzung gut vorstellen. Zuerst wäre sie geschockt, dann aber neugierig. Sehr neugierig.

Der Gedanke brachte ihn zum Lächeln. Und ließ ihn hart werden. Ein ganz neues, seltsames Gefühl. Aber eins, an das er sich bereits gewöhnte.

«Dylan!»

Margaret winkte ihm von der Haustür. Sie schwenkte ein Geschirrtuch, als wäre er ein Soldat, der in den Krieg zog.

«Was ist?»

Er hatte zu viel Zeit geopfert, um Kuchen zu verschicken und mit Layla zu telefonieren. Sein Team, vor allem Blake, wurde allmählich sauer, und er musste jetzt wirklich in der Werkstatt erscheinen, oder es würde eine Meuterei geben.

«Ein Anruf für dich auf dem Festnetz», sagte sie.

«Nimm eine Nachricht entgegen.» Er drehte sich um und schob die Gedanken an Layla und Vibratoren beiseite, um sich auf die Arbeit zu konzentrieren.

«Er kommt von der Klinik in Cherokee.»

Darauf hielt er inne. Margaret nutzte den Moment und kam mit dem schnurlosen Telefon zu ihm. «Ich denke, du solltest ihn annehmen.»

Dylan blickte auf das Gerät, das sie ihm hinhielt. Layla kannte diese Nummer nicht, um sie konnte es also nicht gehen.

«Vom Personal sind alle hier, ja?»

Sie nickte.

Also ging es um jemanden aus der Familie.

«Was wollen die?» Er rührte das Gerät nicht an.

Margaret verströmte enormes Mitgefühl, und er begriff, was auch immer ihn da am Telefon erwartete, war schlimm.

Als er noch ein Junge war und Mom wieder Drogen nahm, versteckten er und sein Bruder alles, was sie an schönen Dingen besaßen. Alles, was ein bisschen Geld wert war und sich verkaufen ließe. Fahrräder versteckten sie im Gebüsch hinter der Garage. Schweizer Taschenmesser und Videospiele steckten sie unter das lose Bodenbrett in Max' Zimmer. Als er anfing, Rennen zu fahren und Hunderte Dollar nach Hause brachte, besorgte Max ihm eine Geldkassette, und die vergruben sie hinter dem Haus. Er war sechzehn Jahre alt und verdiente mehr Geld als sein Vater, der bei den Skulls ein einfaches Mitglied war. Manchmal dachten sie nicht rechtzeitig daran, und die Kohle war weg, bevor sie sie verstecken konnten, aber sie wurden besser, schneller, versteckten alles, kaum dass sie es in die Hand bekamen.

Nur für den Fall.

Geistig und emotional tat er dasselbe, verbarg, was ihn glücklich machte, was ihn weich machte. Alles, dessen Vernichtung oder Verlust ihn schmerzen würde.

Ich war ein Idiot, dachte er. Er hatte seine Schutzschilde gesenkt.

«Gib her.» Er nahm Margaret das Telefon aus der Hand, zu grob, zu barsch. Sie hatte das nicht verdient. Doch er war extrem gereizt, und jeder in seiner Nähe bekam das zu spüren.

«Was gibt's?», sagte er ins Telefon und machte sich auf den Schlag gefasst.

«Dylan Daniels?», fragte eine Frau. Sie klang nett, was ihn nur noch kälter, noch gereizter machte.

«Am Apparat.»

«Sind Sie der nächste Verwandte von Ben Daniels?»

Er verlagerte das Gewicht, stabilisierte seinen Stand, wappnete sich. «Ist er tot?»

«Nein», versicherte die Frau hastig. «Meine Güte, nein. Es tut mir leid, dass ich Sie auf den Gedanken gebracht habe. Er ist nicht tot, er ...»

«Liegt er im Sterben?»

«Nein.» Sie lachte. «Der Mann ist zäh. Ich rufe an, weil …»

«Er ist nicht tot und liegt auch nicht im Sterben?»

Sie stutzte. «Nein.»

«Dann rufen Sie mich erst wieder an, wenn dieser Fall eingetreten ist.»

Er legte auf und gab Margaret das Telefon zurück.

«Ich muss los», sagte er und ging hinunter zu seiner Werkstatt. Zu seiner Arbeit. Die hatte ihn einmal vor seiner Familie gerettet, und so würde es wieder sein, darauf konnte er sich verlassen.

Als er und Max noch Teenager waren, hatte Pops eine bestimmte Angewohnheit, wenn er betrunken war. Er ballte seine großen Fäuste mit den tätowierten Knöcheln und schlug ihnen damit auf die Schultern, als wollte er sie wie Pflöcke in den Boden treiben.

Denkt immer daran, von wem ihr abstammt, sagte er bei jedem Schlag. *Denkt immer daran, wo ihr kleinen Scheißer herkommt.*

Dylan wankte unter der Wucht, kippte zur Seite, ihm knickten die Knie ein.

Max nie. Nicht ein Mal.

Pops' Freunde – seine «Brüder» – lachten dann und spendierten Max einen Drink. Einen Schnaps. Einen Joint. Ein Mädchen. Was immer als Belohnung für Zähigkeit verfügbar war. Dylan dagegen konnte sein Vater diese Zähigkeit nicht einbläuen. Er wünschte sich, Pops könnte sein wie andere Väter und Mom wie andere Mütter. Er wünschte sich eine

Familie wie die im Fernsehen. In der einer für den anderen etwas Nettes tat.

Liebevolles.

Erst als er weggeschickt wurde, lernte er, zäh zu werden. Er wurde sogar der Zäheste von allen.

Er war knallhart.

Und er vergaß es allmählich. Durch Layla.

Er blickte auf eine lange Ahnenreihe von Verbrechern zurück. Und das durfte er nicht vergessen. Das ließ sich mit Kuchen nicht auslöschen.

Du darfst nie vergessen, wer du bist, dachte er. *Du hast ihr gesagt, sie soll sich nicht zu Tagträumen verleiten lassen, und jetzt sieh dich an.*

Kuchen. Hatte er den Verstand verloren?

Er würde ihr noch ein Päckchen schicken, ein ehrlicheres diesmal.

Dylan Daniels war noch immer das Biest. Der Bösewicht aus den Geschichten. Layla wusste es nur noch nicht. Und er war dabei, zu vergessen. Er gestattete sich, zu vergessen. Weil er nach dem Klang ihrer Stimme süchtig geworden war. Danach, wie er sich dabei fühlte.

Manchmal war es nett, sich als Held auszugeben.

Aber es war Zeit, damit aufzuhören.

Annie

Am nächsten Tag kam noch ein Päckchen von Dylan. «Was machen Sie, Mädchen?», fragte Kevin, als er es mir brachte. Ich schloss gerade nach der Arbeit den Schuppen zu. Es war ein schöner, warmer Tag. Sonnenschein, kühler Wind. Ich war im Teich geschwommen und hatte mich die ganze Zeit über kühl und geschmeidig gefühlt.

«Nichts. Wieso?» Im Coolbleiben war ich ungeübt und versagte jämmerlich.

«Mir scheint, Sie haben einen Verehrer.»

«Na, und wenn schon», sagte ich lachend. Denn den hatte ich! Ich gönnte mir einen Verehrer! Das Blut schoss mir in die Haut, ich errötete am ganzen Leib, weil ich an gestern dachte. Als ich ihm nichts hatte abschlagen können, nicht nein sagen wollte. Und warum auch?

«Sicher, dass das klug ist?», fragte er. Das verblüffte mich. «Wissen Sie ... als Sie hier ankamen ... da sahen Sie aus, als hätte ...»

Erschrocken, weil er das ansprach, drehte ich mich weg. «Ich komme zurecht.»

«Ja, das höre ich häufig von Leuten, und sie lügen alle», sagte er.

«Ich lüge nicht.»

Er sah aus, als wollte er noch etwas sagen. Etwas über die Schachtel. Vielleicht über den Kerl, der sie mir geschickt hatte, und ich war gerührt. Wirklich. Aber ich brauchte seine Anteilnahme nicht.

«Vielen Dank, Kevin. Aber Sie brauchen sich um mich keine Sorgen zu machen.»

Ich ging mit dem Päckchen zu meinem Wohnwagen, aber während des ganzen Weges spürte ich seinen Blick.

Sobald ich im Wohnwagen war, riss ich das Päckchen auf. Darin lagen ein zusammengefaltetes Blatt Papier, zwei Zwanziger und eine Haftnotiz.

Solltest du dich entschließen, in den Stripclub zu gehen, bestell dir ein paar Drinks, stand auf dem Klebezettel.

Entschließen, dachte ich kichernd. Er hatte mir befohlen, hinzugehen, er hatte die Regeln festgelegt. Ich würde hingehen.

Mir war völlig klar, wie dumm es wäre, sich in eine Schwärmerei hineinzusteigern. Aber das machte auch Spaß. Und Spaß war in meinem Leben ein sehr seltenes Vögelchen, weshalb ich es nach Möglichkeit nicht verscheuchte.

Gütiger Himmel, vierzig Dollar? Für Drinks? War er verrückt? Ich würde mir einen bestellen. Vielleicht. Und dann Haarfarbe kaufen, weil sich am Ansatz das Rot zeigte und ich aussah wie ein farblich aus der Art geschlagenes Stinktier.

Aber unter dem Satz mit den Drinks stand: *Darum beobachte ich ihn. Darum sollst du dich von ihm fernhalten.*

Das zusammengefaltete Blatt Papier war ein fotokopierter, zehn Jahre alter Zeitungsartikel.

Mitglied einer Gang nach Dreifachmord verhaftet

Unter der Überschrift war ein Foto abgedruckt, darauf waren ein jüngerer Ben und zwei andere Männer in Handschellen zu sehen, die in ein Polizeirevier gebracht wurden.

Schnell faltete ich das Blatt wieder zusammen und strich mit dem Daumen an der Falz entlang, als könnte ich es damit versiegeln. Für immer.

Dreifachmord?

Gangmitglied?

Joan hatte davon gesprochen. Neulich am See. Dass er mal zu einer Gang gehörte, dass er ausgeschlossen wurde, weil er etwas Schreckliches getan hatte.

War es das? Das hatte er getan?

Es kam mir absurd vor. Wie ein Scherz. Er frittierte Zucchiniblüten und riet mir, nicht in der prallen Sonne zu arbeiten. Er schenkte mir Tomaten. Gestern Morgen nach dem Aufstehen hatte ich vor der Tür einen Laib Maisbrot gefunden. Er war noch warm gewesen.

Er war ein Mann, den die Last seiner Reue niederdrückte. Ihm sichtlich auf den Schultern lastete.

Der Zeitungsartikel ... war Unsinn.

Mit zitternden Händen faltete ich ihn erneut auseinander.

Im Zusammenhang mit dem Brand im Oktober, bei dem zwei Männer und ein kleines Mädchen ums Leben kamen, wurden drei Mitglieder des Skulls Motorcycle Club festgenommen. Der Brand ereignete sich in Jacksonville Tallyrand. Nach Angaben der örtlichen Polizei starben die beiden Männer in dem Feuer, nachdem sie zuvor gefesselt worden waren. Das

Mädchen schlief offenbar im Obergeschoss. Das Haus, das einem Einheimischen gehört, wurde zur Herstellung und zum Verkauf von Methamphetamin benutzt. «Aufgrund von DNA-Analysen und Zeugenaussagen sind wir zuversichtlich, die Verdächtigen vor Gericht bringen zu können», sagt Staatsanwalt Edward Hayes. «Alles deutet darauf hin, dass die drei Verdächtigen die beiden Männer gefesselt, das Haus in Brand gesteckt haben und sie im Feuer sterben ließen. Ob sie wussten, dass im Obergeschoss das Mädchen schlief, werden wir vor Gericht klären müssen.»

Ich faltete das Blatt zusammen und holte das Handy hervor.

Ist der Artikel echt?, schrieb ich an Dylan. *Hat er diese Menschen umgebracht?*

Ein kleines Mädchen?

Wohnte ich neben einem Mörder?

Das Handy klingelte, und ich nahm sofort ab. «Ist das ein Scherz?», fragte ich.

«Nein.»

«Was war danach? Hat er im Gefängnis gesessen?»

«Nicht dafür. Der Fall wurde abgewiesen, weil der Staatsanwalt ein Beweisstück manipuliert hatte. Er war ein bisschen zu eifrig bemüht, die Kerle hinter Gitter zu bringen, und so wurden sie alle freigelassen.»

Ich ging auf und ab, so weit das Ladekabel reichte.

«Hat er ...?»

«Das Feuer gelegt, um die beiden Typen umzubringen? Ja. Ich denke, das hat er getan. Er war der Vollstrecker des MC.»

«MC?»

«Motorrad-Club.»

«Du meine Güte, du lieber Himmel.» Ich setzte mich auf die Bettkante. Das kleine Mädchen …

«Du bist dort sicher.»

Daran dachte ich gerade gar nicht. Wenn Ben mir etwas antun wollte, hätte er schon einen Monat lang Gelegenheit gehabt.

«Warum hast du mir das geschickt?»

«Damit du weißt, wer er ist. Und was er nicht ist.» Er klang gereizt und hart. Fies, wie es schien. Als wäre er wütend.

Der Artikel und was ich von Ben wusste, das passte überhaupt nicht zusammen. «Ich weiß nicht mehr, wer er ist», rief ich. «Jetzt nicht mehr.»

«Er ist jemand, dem du nicht trauen darfst. Er ist jemand, dem du nicht näherkommen solltest. Auf keinen Fall. Ich will dir keine Angst machen, ich will dich aufklären. Damit du dich klug verhältst. Ich hätte dich nicht bitten sollen, ihn zu beobachten, ohne dich über ihn aufzuklären.»

«Hat er wegen etwas anderem im Gefängnis gesessen?», fragte ich.

«Ja. Immer wieder, bis der Club ihn vor ein paar Jahren rauswarf.»

«Warum haben sie ihn rausgeworfen?»

«Das weiß ich nicht, Layla. Halt dich einfach von ihm fern.»

Ich setzte mich aufrecht und atmete langsam aus.

«Alles in Ordnung?»

«Nein. Und wieso hörst du dich an, als wärst du wütend auf mich?»

«Bin ich nicht …»

«Dann rede nicht so mit mir.» Ich war sprachlos, weil ich das wirklich gesagt hatte. Sprachlos vor Verblüffung. Aber ich war zu wütend auf mich selbst, zu aufgeregt und durcheinander, um mich damit zu befassen.

«Baby», seufzte er. «Es tut mir leid. Ich wollte unbedingt, dass du Bescheid weißt.»

«Und jetzt bin ich sauer auf dich.» Ich war sauer wegen seiner Taktik. Ich fühlte mich eingeschüchtert. Als ich mich mit einer Hand auf der Matratze aufstützte, rutschten mir die Geldscheine über die Finger. Eingeschüchtert und umsorgt. Was sollte das?

«Aber … danke für das Geld. Vierzig Mäuse sind zu viel für …»

«Vierzig Mäuse sind gar nichts. Hör zu, ich muss los. Ich habe einen Party-Termin.»

«Ja, klar», sagte ich. «Ich auch. Also, nicht zu einer Party, aber ich muss auch los.» Es war Donnerstagabend, und ich hatte mein wöchentliches Date mit dem Waschhäuschen. Er hatte einen Party-Termin. Toll.

Was zum Teufel machst du da, Annie?

«Telefonieren wir später?»

«Mal sehen.»

«Nein, Layla, nicht mal sehen. Wenn du genug hast, sag es. Wenn nicht, telefonieren wir später.»

«Wo ist bei dieser Auswahl Raum für meine Wut auf dich?» Der Satz blieb mir fast im Hals stecken. War ich das, die das sagte?

Sein Lachen kam für mich überraschend, ein rauchiges,

perlendes, bei dem ich normalerweise die Augen schloss und wohlig schauderte. «Beide Alternativen lassen Raum dafür. Hängt davon ab, wie sauer du bist. Du kannst sauer sein, Baby, und weiter tun, was wir tun.»

Ich wusste wirklich nicht, wie. Wie ich meine Wut auf ihn und mein Verlangen nach ihm gleichzeitig aufrechterhalten sollte. Aber ich wusste, ich wollte das nicht beenden.

«Okay», hauchte ich. «Wir telefonieren später.»

«Gut», sagte er hörbar erleichtert. Er hatte befürchtet, ich könnte ihn abservieren.

Nachdem ich aufgelegt hatte, ging ich zu meinem Herd, wo das in Alufolie gewickelte Maisbrot zwischen den Herdplatten lag.

Wie konnte der Ben, den ich kannte, der Mann aus dem Zeitungsartikel sein?

Wie kannst du die Frau sein, die auf dem Küchenboden liegt und ihren Mann anfleht, sie nicht umzubringen, und gleichzeitig die Frau, die Telefonsex mit einem wildfremden Mann hat? Wie konnten diese beiden Realitäten nebeneinander in mir existieren?

Das war die Wahrheit, nicht? Wir alle konnten so vieles sein. Lügner und Diebe und Perverse. Opfer und Täter. Sünder und Heilige.

Darum drehten sich die Befürchtungen meiner Mutter wirklich, deshalb hielt sie uns beide auf der Farm isoliert. Deshalb hegte und pflegte sie drastische Ängste und Argwohn. Weil jeder nur von sich zeigte, was er zeigen wollte. Nur was ihm nützte.

Vertrauen war ein Akt immensen Glaubens.

Und Glauben … Gott, Glauben war schwer.
Wer war Ben wirklich? Wer war ich?
Und vor allem: Wer war Dylan?

14

Donnerstags hatte ich wirklich meinen Waschabend, also packte ich meine Sachen zusammen, dazu auch das letzte meiner in der Bibliothek gekauften Bücher, einen historischen Liebesroman. Es war der zweite Band, weshalb mir ein bisschen der Anschluss fehlte, aber spannend fand ich ihn trotzdem.

Zu meiner Überraschung saß Tiffany draußen an ihrem Campingtisch. Die Lichterkette war eingeschaltet, sodass der kleine, staubige Vorgarten sogar ganz hübsch wirkte. Und sie saß dort mit einer Frau, die aussah wie sie, aber keine Blutergüsse und dunklen Ringe unter den Augen hatte.

Der Clou war jedoch, dass Tiffany lachte. Den Kopf zurückwarf und vor Lachen auf den Tisch schlug.

«Das ist kein Witz, Tiff», sagte die andere. «Er hat wörtlich gesagt: ‹Alles fit im Schritt?› Bei einem Blind Date! Wer sagt denn so was?»

«Oh, Bebe», seufzte Tiffany und wischte sich die Augen. «So was passiert nur dir.»

«Na, dann bin ich ein echter Glückspilz, was?» Bebe nahm einen Schluck von einem unnatürlich grünen Getränk aus einem Spider-Man-Plastikbecher.

Ich war eindeutig neidisch. Auf alles. Auf das Gelächter.

Das grüne Zeug. Die Lebendigkeit. Darauf, dass Tiffany entspannt aussah. Ich wollte auch entspannt aussehen.

Hatte ich das je?

Scheiße. Ich brauchte Freunde, die keine mutmaßlichen Mörder oder leicht reizbare Stripperinnen oder Männer waren, mit denen ich Telefonsex hatte, obwohl ich nicht das Geringste über sie wusste.

Und offen gestanden konnte ich keinen von denen wirklich als Freund betrachten, einen freundlichen Bekannten, eine grollende Nachbarin und einen Mann, bei dem ich heiß wie eine Lötlampe wurde, den ich aber nur belog.

Tiffany blickte auf und ertappte mich beim Gaffen. Ich lächelte, um nicht den Eindruck zu erwecken, ich hätte mich angeschlichen.

«Hey, Annie», sagte sie, noch immer entspannt, noch immer gut gelaunt.

«Hey, Tiffany.»

«Das ist meine Schwester Beatrice.»

Bebe rollte die Augen und stand halb auf, um mir die Hand zu geben. Ich trat in den Garten und schüttelte ihr die Hand. «Bitte, nenn mich Bebe.»

«Freut mich, dich kennenzulernen, Bebe.»

«Setz dich und trink was mit uns», sagte sie. «Ich habe mindestens zehn Bucket-o-Margarita mitgebracht.»

«Bucket-o-Margarita?», fragte Tiffany.

«So steht es auf dem Etikett, Tiff. Das habe ich mir nicht ausgedacht. Jedenfalls habe ich sie von der Arbeit mitgenommen. Hat also nichts gekostet, und es gibt jede Menge davon.»

«Ich … ich möchte mich nicht aufdrängen», stammelte ich, während ich genau das tat. Ich wollte mich aufdrängen.

«Tust du nicht», sagte Tiffany. «Ehrlich, wir müssen das grüne Zeug austrinken, bevor meine Kinder heimkommen und denken, das sind Slushies.»

«Ja gut, wenn ich euch damit einen Gefallen tue», sagte ich lächelnd.

«Oh, das tust du.» Bebe nickte ganz ernst.

«Lasst mich nur schnell meine Wäsche in die Maschine werfen, dann bin ich gleich dabei.»

Ich pfefferte meine Wäsche praktisch in die Maschine, ebenso das Waschpulver und die Münzen und ging zurück zu dem Campingtisch. Tiffany kam gerade mit einem Spider-Man- und zwei Barbie-Bechern aus ihrem Wohnwagen, die bis zum Überlaufen mit dem grünen Zeug gefüllt waren. Sie leckte über den Rand eines Bechers wie an einer Eiswaffel.

«Du hast recht», sagte sie. «Da steht Bucket-o-Margarita.»

«Sag ich doch», bekräftigte Bebe. «Wer würde sich so was ausdenken?»

Tiffany teilte die Becher aus, und wir nahmen jeder einen Schluck voller Eissplitter. Es schmeckte entsetzlich süß und sehr schnapsig und war eiskalt.

Wunderbar.

«Wo sind deine Kinder?», fragte ich.

«Mein Dad ist für eine Woche auf Geschäftsreise, darum hat meine Mom sie für zwei Nächte zu sich genommen.» Sie hob die Arme über den Kopf und schwenkte sie wie beim Tanzen.

«Ich werde mich betrinken», sagte sie. «Und lange schlafen. Und dann werde ich die Böden wischen und einkaufen fahren, ohne dass jemand ...»

«Nein», unterbrach Bebe. «Wir betrinken uns, ja. Schlafen lange, ja. Und dann hauen wir uns auf die Couch und gucken den ganzen Tag schlechte Fernsehsendungen.»

«Ich bin auf Bebes Seite», sagte ich und nahm noch einen Schluck voller Eissplitter. Bei der Hitze schmolzen sie schnell. «Schlechte Sendungen, keine Böden wischen.»

Tiffany lächelte ihre Schwester liebevoll an. «Bebe hat immer die besten Ideen.» Sie klatschte in die Hände, als fiele ihr etwas Tolles ein. «Hey, ich habe Chips.» Leicht schwankend stand sie auf und lief zur Wohnwagentür.

«Bring noch einen Eimer mit!», rief Bebe hinterher.

Da Tiffany weg war, griffen wir beide zu unserem Becher, und das Schweigen war zäh. Ich hatte noch nie locker plaudern können, vor allem nicht mit Frauen. «Du wohnst nicht hier, oder?», fragte ich, als das Schweigen zu lange anhielt. «Ich habe dich hier noch nicht gesehen.»

«Nein.» Sie schüttelte den Kopf. «Ich lebe mit meiner Familie in Asheville.»

«Wow.» Tiffany hatte eine Schwester, eine Mom und einen Dad, der auf Geschäftsreisen ging, die alle in Asheville lebten, eine gute Autostunde entfernt, und Tiffany saß in einem Trailerpark fest mit drei Kindern und einem Idioten wie Phil? Das kam mir nicht richtig vor. Andererseits war ich kein Experte für Familiendynamik.

«Als sie mit Danny schwanger war und Phil heiratete, hat Dad sie verstoßen», erklärte Bebe, als wüsste sie, was ich dachte. «Mom und ich tun, was wir können, hinter seinem Rücken …»

«Zum Beispiel die Kinder nehmen, wenn er weg ist?»

Sie nickte. «Ich schicke ihr Geld, wenn ich kann. Sachen für die Kinder.»

«Du weißt, dass Phil sie schlägt?»

Bebe drehte erschrocken den Kopf zur Seite.

«Es tut mir leid», murmelte ich und stellte meinen Becher ab. «Ich sollte nicht …»

«Sie sagt, er hat damit aufgehört.»

Ich schüttelte den Kopf.

«Gottverdammt», zischte sie.

Tiffany erschien in der Tür und hielt einen Eimer hoch. Sie sah Jahre jünger aus. Strahlend sogar. Und sternhagelvoll. «Das ist Bucket-o-Daiquiri.»

«Bring ihn mit.» Bebe winkte sie heran.

«Hab die Chips vergessen.» Tiffany sauste zurück nach drinnen.

Bebe griff nach meiner Hand. «Bleib. Lass uns Spaß haben. Einen schönen Abend verbringen. Für Tiffany. Sie braucht das.»

«Sicher», sagte ich, weil ich das auch brauchte. Mir war der Boden unter den Füßen weggezogen worden, und ich wusste nicht, wie ich das verkraften sollte. Die Sache mit Dylan zu verarbeiten, während ich betrunken war, schien mir eine großartige Idee zu sein. Ich hatte mich noch nie mit Freundinnen betrunken. Ich hatte nie wirklich Freundinnen gehabt. Dies schien ein enorm wichtiger Abend für mich zu sein. Überlebenswichtig, um ehrlich zu sein.

Die Eissplitter waren jetzt fast ganz getaut, und ich trank einen großen Schluck. Der Alkohol brannte im Rachen.

Tiffany kam mit dem Eimer und den Chips und einem Eisportionierer. «Hey, Annie», sagte sie beim Hinsetzen und zeigte mit dem Ding auf mich. «Ich wollte dich was fragen.»

«Ja?» Ich machte ihr Platz. Bebe riss den Verschluss des Eimers auf und nahm ihrer Schwester den Eisportionierer aus der Hand, um Kugeln von dem gelben Zeug auszuteilen.

«Was hast du mit deinen Haaren angestellt?»

Und so fand ich mich mit einem Handtuch um die Schultern in der Küche des Wohnwagens wieder (wirklich, die doppelt breiten sind so geräumig!), wo Tiffany eine Paste in meinen Haaren verteilte. Die fransigen Spitzen und der Pony waren bereits begradigt. Ich hatte meinem Empfinden nach vorher schon ziemlich kurze Haare gehabt, aber jetzt waren sie wirklich kurz, wie bei einem Jungen.

Es störte mich nicht. Dafür war ich nicht nüchtern genug.

«Das wird sie ein bisschen aufhellen», sagte Tiffany. «Damit du nicht mehr so gruselig aussiehst.»

«Ich sehe gruselig aus?» Ich legte den Kopf in den Nacken, um die letzten Tropfen aus meinem Barbie-Becher herausfließen zu lassen.

«Hör nicht auf sie!», warnte Bebe von der Couch. «Als ich fünf war, sagte sie, sie würde mir nur einen Pony schneiden, und am Ende hatte ich einen quer stehenden Iro.»

«Still», sagte Tiffany in mütterlichem Ton. «Du machst ihr noch Angst.»

«Ich habe keine Angst», widersprach ich. Und die hatte ich auch nicht. Dafür war das ein viel zu schöner Abend.

Tiffany trug weiter stinkende Farbe auf, und Bebe schenkte mir nach. Alles war absolut im Lot.

Bis Tiffany einen meiner blauen Flecke am Hals berührte. Ich zuckte zusammen, dachte, es sei ein Versehen gewesen. Doch sie berührte noch einen. Ich machte die Augen auf und stellte fest, dass sie mich ansah. All der Schmerz, all die Male, wo eine Faust sie getroffen, sie verletzt, sie gebrochen hatte. All das war unverstellt in ihrem jungen alten Gesicht zu sehen.

Ich kenne dich, dachte ich. *Ich weiß alles über dich.*

Ich griff nach ihrer Hand. «Ich bin entkommen», flüsterte ich. «Ich habe ihn verlassen. Er kann mir nichts mehr tun.» Ich weiß nicht, warum ich das sagte, außer dass es mir die Antwort auf die Frage zu sein schien, die sie sich nicht zu stellen traute.

Sie lächelte schief. «Gut.»

«Möchte jemand Bucket-o-Colada probieren?», fragte Bebe.

«Ich!», riefen Tiffany und ich.

Bucket-o-Colada war bislang der Beste, und Bebe fing an, Geschichten von ihrem fünfjährigen Highschool-Jubiläum zu erzählen, bei dem die Prom Queen eine Schlägerei angefangen hatte, und so merkten wir nicht, wie viel Zeit verging.

«Heilige Scheiße, deine Haare!», rief Tiffany wer weiß wie viel später. Sie sprang von ihrem Stuhl auf und beugte mich rücklings über das Waschbecken. «Brennt das denn nicht?»

«Ich spüre nichts», sagte ich. Was nicht stimmte. Ich spürte die Drinks. Ich spürte sie heftig. Die Welt ringsherum schwamm quasi.

Ich machte die Augen zu, und Tiffany wusch mir die Farbe aus den Haaren. Nachdem alles rausgespült war, rieb sie sie mit einem Handtuch trocken und zog es weg. «Ta-da!»

«Menschenskinder», keuchte Bebe. «Du siehst phantastisch aus.»

«Gar nicht übel», meinte Tiffany und kämmte und zupfte sie mit den Fingern zurecht. «Geh dich im Spiegel ansehen.»

Ich taumelte durch den Flur ins Bad, wo lauter Zahnbürsten in Walform standen, im Waschbecken ein Eimer mit Wannenspielzeug, auf der Toilette ein Aufsatz für Kleinkinder.

Staunend berührte ich ein Band, das an einer Handtuchstange hing und an dem jede Menge kleine Haarspangen klemmten. Wie machte sie das nur? Wie schaffte sie das alles, während Phil wie ein böser Schatten über ihrer Schulter schwebte?

Ich blickte in den Spiegel und musste zweimal hinsehen.

Meine Haare waren blond. Weißblond. Meine Brauen dunkler, meine Bräune brauner. Und meine Augen. Wow. Waren das meine? Sie waren riesig. Und so blau.

Ich sah überhaupt nicht mehr wie ich aus, und nur das war wirklich wichtig.

Aber ich musste zugeben, das Blond war besser als das Schwarz. Viel besser.

Ich dachte an Dylan und spürte sofort das Sehnen meines Körpers. Erregung durchfuhr mich wie ein stechender Blitz, und ich fragte mich, was er von meinen Haaren hielte.

Ob sie ihm gefallen würden.

Ich versuchte, den Gedanken abzuschütteln, denn derlei musste ich mir abschminken.

Der Gedanke blieb jedoch.

Dylan.

Immer Dylan.

«Echt, wie Miley Cyrus», sagte Bebe im Vorbeigehen. Tiffany war auf der Couch eingeschlafen, die Hände unters Gesicht geschoben.

«Wie alt ist sie?», fragte ich.

«Dreiundzwanzig», antwortete Bebe. Sie sammelte die Becher ein und stellte sie in die Spüle. Die Plastikbehälter der Mixgetränke standen neben der Tür ineinandergestapelt. Es waren reichlich viele.

Also war Tiffany ein Jahr jünger als ich. Und hatte drei Kinder.

«Ich muss gehen.» Ich brauchte Dylan. Seine Stimme. Ich brauchte, was er von mir verlangte. All das brauchte ich plötzlich dringender als bisher. «Das war ein schöner Abend.»

«Monumental», sagte Bebe lächelnd. «Viel Glück morgen.»

«Ha!», sagte ich und taumelte heimwärts.

Im Wohnwagen war es kühl und dunkel, und ich verriegelte die Tür hinter mir und schlüpfte sofort ins Bett, ohne mir die Zähne zu putzen.

Ein paar Versuche brauchte ich, um die Nachttischschublade ein Stück herauszuziehen, aber dann hatte ich das aufgeladene Handy in den Fingern. Ich schrieb Dylan eine Nachricht.

Dylan

Wenn Dylan jemals ein Gott werden würde, dann unter diesen Männern. NASCAR-Managern, Sponsoren, Fahrern und Teamchefs, die im Smoking Scotch tranken und Millionengeschäfte bei einer Zigarre abschlossen.

Keiner von denen sah ihm in die Augen. Nicht einer. Nicht mal ins Gesicht. Wenn diese Leute mit ihm redeten, dann mit seiner Nase oder seiner schwarzen Fliege.

Die Fahrer sahen ihn überhaupt nicht an, so als würde er Unglück bringen.

Nur durch die Gnade Gottes und den ganzen Scheiß noch am Leben …

Es gibt keine Gnade Gottes, wollte er den Fahrern sagen. Setzt euer Vertrauen in den Motor und die Crew und euer Bauchgefühl, wenn ihr auf der Piste seid.

Dylan wusste, er machte sie nervös, und er konnte es genießen, dass er diese Wirkung auf sie hatte.

Aber jetzt wurde ihm der Scheiß langweilig. Deshalb kümmerte sich auch normalerweise Blake um diese Sachen. Aber der hatte diesmal auf Dylans Anwesenheit bestanden. Und er verlangte so selten etwas von ihm, dass Dylan sich verpflichtet gefühlt hatte.

Das sind Narben, Leute. Bloß Narben.

«Wie läuft es mit Ihrem Getriebe?», fragte Jimmy Morrow. Seine Haare waren so weiß und üppig, es sah aus, als hielte eine Katze ein Nickerchen auf seinem Kopf. Jimmy Morrow wollte Dylans Getriebe. Jeder Mann hier wollte es. Jimmy wollte ihm dafür viel Geld zahlen, aber Dylan war nicht sicher, ob er mit einem Mann zusammenarbeiten könnte, der solch eine Frisur hatte. Für einen Moment dachte er an das, was sein Bruder über Jimmys Haare gesagt hätte, und lächelte beinahe.

«Es geht voran», antwortete er.

«Ich höre, Sie erzielen mehr PS als jeder andere Motorenbauer.»

«Es ist eine bahnbrechende Entwicklung, Gentlemen. Ich will nicht lügen.»

Dylan spürte, wie aufgeregt die Männer waren. Wie kreisende Haie.

«Mein Angebot steht noch», sagte Jimmy. «Ich habe es bereits Ihrem Partner gesagt, und ich sage es ihnen noch einmal. Ich will *989 Engines* kaufen. Ich gebe Ihnen so viel Geld dafür, dass Sie sich noch ein paar Berge kaufen können. Sie können den ganzen Betrieb weiterhin leiten, die Motoren bauen, die Sie wollen und wie Sie wollen. Denken Sie darüber nach, Junge. So ein Angebot bekommt man nicht alle Tage.» Das sagte er zu Dylans Kinn und lächelte die anderen Männer an, als fräße Dylan ihm schon aus der Hand.

Aber Dylan ließ sich nicht zähmen.

«Da täuschen Sie sich, Jimmy», erwiderte Dylan. «So eins bekomme ich jede Woche. Von Männern, die mir dabei in die Augen blicken können. Meine Firma steht nicht zum Verkauf. Niemals. Gentlemen.» Er nickte und ließ die stumm glotzenden Arschlöcher stehen.

Dylan entdeckte Blake in einer Ecke, wo sich weiße, reiche Typen um ihn scharten. Blake fing seinen Blick auf, und Dylan wies mit dem Kopf in Richtung Ausgang. Blake nickte, und Dylan verließ den stickigen, überfüllten Raum, in dem es nach Parfüm und Zigarrenrauch stank, und trat auf die große umlaufende Veranda des Herrenhauses im Nordwestteil von Charlotte.

Die Luftfeuchtigkeit hier war hoch, und bei der Party waren ihm viel zu viele Leute, aber die Pflicht verlangte von ihm, gelegentlich von seinem Berg herunterzufahren und sich mit den Männern zu treffen, die ihm so viel gottverdammtes Geld zahlten. Und im Falle Jimmy Morrow noch viel mehr.

«Hallo, Fremder.» Aus dem Dunkeln trat eine Frau in einem klassischen schwarzen Kleid. Ihre Figur ließ jeden Mann zwei Mal hinsehen. Sie warf sich die langen, braunen Haare über die Schulter und schenkte ihm ein routiniertes Lächeln.

«Jennifer.» Ihm wurde warm in der Brust. Es war nicht allzu lange her, da hatten sie eine schöne Zeit miteinander gehabt. Sie gehörte zu den wenigen aus seinem alten Leben, die ihn noch genauso behandelten wie vorher. Obwohl er jetzt reich war und Jennifer Geld nicht abgeneigt war. «Ich wusste gar nicht, dass du hier bist.»

«Bin gerade erst gekommen. Es überrascht mich, dich hier anzutreffen. Wer oder was hat dich von deinem Berg heruntergetrieben?»

«Blake hat darauf bestanden, dass ich herkomme und nett tue.»

«Ach so», sagte sie lachend.

«Und du?», fragte er.

«Daddy sucht nach einem neuen Fahrer, er ist hier, um ein paar Leute zu schmieren.»

«Dann ist er hier genau richtig.» Die NASCAR-Gala lockte alle aus ihren Löchern. Auch ihn.

«Weißt du …» Sie trat noch näher an ihn heran. Er konnte sie in der Dunkelheit riechen. «Er hat mich gefragt, ob du vielleicht interessiert wärst, dich für ihn mal umzu…»

«Nein.»

«Aber …»

«Nein, Jennifer.»

Sie blieb kurz stehen, doch dann schritt sie weiter langsam über die Veranda auf ihn zu. Das war das Besondere an Jennifer: Sie ließ sich höchstens für einen Moment aus dem Konzept bringen. Das bewunderte er an ihr. Sie zog einen Schmollmund, brachte ihre Lippen voll zur Geltung. «Weißt du, du warst mal viel netter.»

«Da war ich noch ein Junge.» Und ein Dummkopf. So verdammt dankbar und begierig auf das, was jene Männer bei der Party ihm geben konnten. So verdammt froh, aus seinem Käfig heraus zu sein. Er hätte alles getan für die Leute, die ihm den Weg in die Freiheit bezahlten. Ein paar Jahre lang hatte er es genossen, ihr Goldjunge zu sein. Die dunkelsten seiner Sünden möglichst weit hinter sich zu lassen. So zu tun, als hätte er eine reine Weste.

Aber dann kam das Karma, seine alte Freundin, zu ihm zurück. Wie immer.

«Du gehst?» Jennifer war nah an ihn herangetreten und hätte ihn berühren können. Sie tat es nicht. So mutig war sie nicht. Und auch nicht so dumm. Sie war die Letzte, die ihn berührt hatte, vor Jahren. Und es hatte ihm lange gefallen, bis er es ganz plötzlich nicht mehr ertragen konnte.

«Bald», sagte Dylan.

«Möchtest du ein wenig Gesellschaft?» Überraschenderweise hob sie die Hand, als wollte sie über seine Narben streichen.

Er drehte den Kopf weg und wich einen Schritt zurück. Jennifer hatte die Angewohnheit, mehr zu wollen. Immer mehr. Zu viel. Und sein Leben funktionierte so nicht. Er funktionierte so nicht. Was immer er einmal zu geben gehabt hatte, es war ihm vor Jahren genommen worden.

«Du weißt, das wird nicht passieren», sagte er.

Sie ließ den Arm sinken, und das routinierte Lächeln verschwand. «Du hast dich verändert, weißt du das? Seit ...»

«Geh wieder zu den Gästen», sagte er leise. «Bevor du etwas sagst, was wir beide bedauern würden.»

Sie drehte sich auf dem Absatz um und ging ins Haus.

Jeder dadrinnen dachte, der Unfall hätte ihn zerstört. Doch das war schon lange vorher passiert.

Sein Handy vibrierte in der Hosentasche. Eine Textnachricht.

Layla.

Der ganze Quatsch dadrinnen und das Durcheinander in seinem Kopf waren wie weggeblasen.

Lächelnd verließ er die Veranda und trat in die Dunkelheit zwischen den Bäumen, die das Haus umgaben, denn eine Nachricht um diese Uhrzeit konnte nur von ihr sein.

Ihr den Zeitungsartikel zu schicken war riskant, aber nötig gewesen. Er durfte sie nicht weiter glauben lassen, Ben sei harmlos. Er durfte nicht zulassen, dass ihr etwas zustieß, nachdem er sie in diese Lage gebracht hatte. Den Artikel noch mal zu lesen hatte so viel Scheiß hochgespült, ihm noch mal vor Augen geführt, was für ein Drecksack Ben war und was er Menschen antun konnte.

Nach dem Abschicken des Päckchens an Layla hatte er einen von seinen Leuten in einem Hotel in Cherokee untergebracht, weil er wollte, dass jemand in ihrer Nähe war, wenn es zur Katastrophe kam.

Denn das war das Besondere an Ben. Bei ihm kam es immer zur Katastrophe.

Ihre erste Nachricht war vor einer Stunde eingegangen. Das war ihm bei den Begrüßungen auf der Party entgangen.

Hey, hatte sie geschrieben.

Und ihre zweite war nur zwei Minuten alt.

hallllllooooooooo

Lächelnd schrieb er zurück:

Selber hey.

du bist da!!

Ich bin da.

Ich bin betrinken.

Betrunken?

Sehr. Aber ich bin noch sauer wegen dem Artikel.

Deshalb schreibst du mir? Um mir das zu sagen?

Er wusste, sie schrieb nicht deswegen. Sie schrieb, weil sie nach dem, was zwischen ihnen passierte, genauso süchtig war wie er.

Nicht im Moment.

Sein Blut stockte, und er hätte alles gegeben, jetzt nicht bei der Party zu sein. Halb war er bereit, sich tiefer zwischen die Bäume zu schlagen und ihr lauter Dinge zu befehlen, die sie anmachten. Aber das durfte nicht passieren. Er war sehr darauf bedacht, dass sich seine Welten nicht überschnitten, wie ein Kind, das seine Möhren und Kartoffeln auf dem Teller peinlich getrennt hielt.

Querkontamination kam nicht in Frage.

Weil du betrunken bist.

sehr. Ruf mich an.

Warum?

will deine Stimme hören.

Sie gefällt dir?

Sie macht mich heiß. Fect.

Feucht. Betrunken tippen ist schwer.

Dylan lächelte, bevor er zu den leuchtenden Fenstern des dreistöckigen Hauses hochsah. Dadrinnen standen lauter Leute, die seinen Ring küssen wollten, aber Blickkontakt mit ihm vermieden. Jennifer war auch dadrinnen. Ihr Lächeln hatte ihm verraten, wie gut seine Chancen standen, dass sie in einem der oberen Zimmer den Rock für ihn heben würde.

Von den Partygästen hielt ihn jeder für einen Einsiedler, und er fragte sich, ob die Tatsache, dass er diese gesichtslose Frau Jennifer vorzog, ihre Vermutung bestätigte.

Gut, dass er nichts darauf gab, was die Leute über ihn dachten. Und er würde alles geben, jetzt allein in seinem Haus im Dunkeln zu sitzen und Laylas Stimme zu hören, die süße Stimme mit dem schleppenden Akzent und dem nervösen Lachen. Was würde er nicht geben, seinen Schwanz in die Hand nehmen zu können und sie Neues ausprobieren zu lassen. Die Grenzen des Vergnügens und des Schmerzes zu testen.

Er würde jedoch noch eine Stunde bleiben, sonst würde Blake ihn fertigmachen.

Du wirst es heute Nacht allein tun müssen.

Aber mit dir ist es schöner.

Stöhnend tippte Dylan:

Aber ich bin noch auf der Party.

Ich war auch auf 'ner Party! Es gab Cocktails aus Eimern. Und ich hab mir die Haare gefärbt.

Kurz überlegte er, welche Farbe es sein könnte. Wie sie aussah. Aber da das wirkliche Leben zwischen ihnen keine Rolle spielte, schob er die Gedanken beiseite. Sie waren sinnlos und unerheblich.

Klingt nach einer viel besseren Party als die hier.

Was für eine ist es?

NICHT. Laut und deutlich kam ihm das Wort in den Kopf. *Tu das nicht.*

Doch am Ende, weil er gelangweilt war, weil ihm die Partygäste das Gefühl gaben, ein Tier und kein Mann zu sein – weil Layla irgendwie ein Loch in sein Leben gesprengt hatte, das er erfolglos mit mehr Arbeit zu stopfen versuchte, mit mehr Geschäften, mehr Geld, drehte er das Handy um und machte ein Bild von sich. Vom Kinn abwärts.

Und schickte es ihr.

Ihre Reaktion kam sofort und in Großbuchstaben.

DAS BIST DU?

Ein saudummer Fehler. *Wie war das mit der Querkontamination? Was war aus seinen eisernen Regeln geworden?* Sein Leben funktionierte, weil er alles steuerte. Er wusste das, aber es schien keine Rolle zu spielen.

Ich im Smoking.

Schick mir noch eins.

Geht nicht. Muss Schluss machen. Ruf mich morgen Abend an.

buuuuuuuh

Morgen Abend.

Dylan steckte das Handy weg. Seine Regelverstöße häuften sich wie rasiermesserscharfe Metallspäne am Fräser, und sie konnten sich beide daran schneiden.

Verletzungen waren unvermeidlich.

Eine Stunde später gelang es ihm, sich zu verabschieden und die Party zu verlassen. Er ignorierte den Diener und ging seinen Wagen selbst holen. Sein F-150-Truck, derselbe, mit dem sie sonst den 989-Anhänger zogen, sah zwischen den schnittigen europäischen Autos und den restaurierten amerikanischen Muscle-Cars wie ein Ungetüm aus.

Dieser Parkplatz war der feuchte Traum jedes Schraubers.

Er stieg in seinen minimal ausgestatteten Pick-up und löste die Fliege. Der Motor, den er eigenhändig eingebaut hatte, dröhnte, als könnte er es auch nicht erwarten, das Anwesen zu verlassen.

Die Nebenstrecken, die zum Highway führten, waren dunkel und verlassen. Er war allein auf der Straße, abgesehen von dem Motorrad ein Stück weit hinter ihm.

Eine Harley Fat Boy, wenn er richtig hörte.

Eine Harley Fat Boy, die ein Tuning brauchte.

Das war der Klang seiner Jugend, von dem er nachts aufwachte. Es war der Klang seines Vaters und seines Bruders, wenn sie heimkamen oder wegfuhren.

Die dunklen Bäume glitten verschwommen an ihm vorbei. Er hielt die Geschwindigkeit, genoss die Nacht und die freie Straße. Er fuhr das Fenster herunter, und der Geruch des Waldes drang herein. Bald würde er zu Hause sein und dann ... Layla.

Das Motorrad wurde im Rückspiegel sichtbar, und Dylan streckte die Hand aus dem Fenster und bedeutete dem Fahrer, ihn zu überholen.

Der Biker blendete kurz auf.

Und dann noch mal.

Was sollte das?

Sie gelangten an den Stadtrand, und Dylan hielt am Stoppschild einer Kreuzung an. Der Biker zog neben ihn.

Umgeben von Häusern, hatte er keine Angst, ausgeraubt zu werden. Vermutlich suchte der Kerl den Weg zum Highway.

«Brauchen Sie was?», fragte Dylan. Das trübe Licht einer Straßenlampe erfasste ein schmutzig weißes Abzeichen an der Lederweste.

Eine Kutte.

Der Fahrer war Mitglied eines MCs.

«Kann man wohl sagen.» Er rollte ein Stück vor, bis sein Gesicht zu erkennen war.

Dylan brauchte einen Moment, bis ihm einfiel, wo er es schon mal gesehen hatte. Und dann grinste der Mann und entblößte die beiden nach innen gebogenen, zueinandergeneigten Schneidezähne.

«Rabbit?»

«Hallo, mein Junge.»

«Heilige …» Er konnte nicht leugnen, dass er sich einen Moment lang freute, ihn zu sehen. Rabbit hatte ihn in den Rennsport eingeführt, ihn unterstützt, ihm Autos besorgt und ein paar Kneipenwirte als Sponsoren.

Er hatte ihn auch den Hunden zum Fraß vorgeworfen, als die Zeit gekommen war.

Sofort war die Freude wie weggeblasen.

«Hab einen Vorschlag für dich», sagte Rabbit mit seinem verschlagenen Grinsen und den dunklen Augen. «Du kommst nicht oft von deinem Berg herunter, oder?»

«Du hast nach mir gesucht?»

«Quatsch. Niemand braucht nach Dylan Daniels zu suchen. Wir brauchen nur darauf zu warten, dass er seine Visage zeigt …» Rabbit wurde ein wenig blass in dem seltsamen Licht. Der Kerl war immer ein bisschen empfindlich gewesen.

Seine Visage war der Grund, weshalb Dylan seinen Berg nicht oft verließ.

«Was willst du, Rabbit?»

«Du musst mit deinem Bruder reden.»

Dylan lachte und drückte auf den Fensterheber.

«Hör mich an», sagte Rabbit und legte die Hand auf die Kante der hochsteigenden Scheibe. Dylan könnte die Hand ignorieren, das Fenster schließen und den Kerl neben sich herschleifen, bis er es schaffte, sich zu befreien.

Und früher hätte er genau das getan.

Er nahm den Finger vom Fensterheber.

«Ich habe seit Jahren nicht mehr mit ihm gesprochen.» Neun, um genau zu sein. Er erinnerte sich an den Tag, als wäre es gestern gewesen. Er wachte nachts schweißgebadet auf und dachte daran zurück. «Wenn der Club Probleme damit hat, wie Max den Laden führt …»

«Er wird uns noch alle umbringen.»

Dylan schüttelte den Kopf.

«Du glaubst mir nicht?», fragte Rabbit. Sein Blick wurde hinterhältig. Gemein.

«Doch. Ich glaube dir. Ich kann nur nichts tun, um euch zu helfen. Max hat von klein auf Kopf und Kragen riskiert.»

Dylan fuhr das Fenster endgültig hoch und gab Gas, ließ Rabbit und die Vergangenheit im Rückspiegel verschwinden.

15

Annie

Als ich noch klein war, hatte Smith einen Hund. Einen hübschen Hirtenhund mit einem blauen und einem braunen Auge. Und der liebte tote Tiere. Wenn irgendwo auf unserem Land ein Kaninchen oder ein Eichhörnchen oder ein Vogel verendet war, fand Queenie es und wälzte sich voller Begeisterung in den Überresten. Als wäre es das größte Hundeglück. Und dann fraß sie es.

Sie fraß das tote Tier.

Dann kotzte sie es aus, und wenn Smith nicht in der Nähe war, um sie in seinem drohenden Tonfall zu ermahnen, dann wälzte sie sich in dem Erbrochenen.

Am Freitagmorgen hätte ich nicht sagen können, ob ich Queenie oder das tote Tier war, das sie gefressen und ausgekotzt hatte.

So schlecht ging es mir.

Stunden nach Sonnenaufgang schleppte ich mich in der grellen, drückenden Hitze zur Wiese, unsicher, ob ich arbeitsfähig war. Oder ob ich den Tag überhaupt überleben würde.

Als ich die Brücke überquerte, sah ich den Rasenmähertraktor in der fernen Ecke stehen, wo er am Vortag verreckt war.

Scheiße. Hatte ich völlig vergessen.

Ich hatte Ben fragen sollen, ob er ihn repariert.

Ben.

Vergiss es. Vergiss das Ganze. Ich machte kehrt, um zum Wohnwagen zurückzugehen, wo ich mir die Decke über den Kopf ziehen und in Frieden sterben konnte.

Aber da stand er wie gerufen auf der Brücke, in einem grauen T-Shirt und Khakihosen, in der Hand einen Werkzeugkasten. Wie ein ganz normaler Kerl. Wie ein ganz normaler Kerl, der nicht vorsätzlich zwei Männer und nebenbei noch versehentlich ein kleines Mädchen umgebracht hatte.

Er sah alt aus. Und gebrechlich. Seine Haut war nahezu grau. Um den Mund herum weiß.

Er war ein kranker, alter Mann, der freundlich zu mir gewesen war. Sehr freundlich.

Und ich fürchtete mich vor ihm.

Unwillkürlich wich ich zurück. Ich taumelte geradezu, so erschrocken war ich. So durcheinander.

Ich konnte nur eines denken: dass dieser Kerl zwei Männer an einen Stuhl gefesselt und Feuer gelegt hatte, damit sie darin umkamen.

Hast du von dem Mädchen gewusst? Voll gerechtem Zorn lag mir diese Frage auf der Zunge, aber ich schluckte sie runter, sodass sie weiter in mir schwelte.

War Dylan mit dem Mädchen verwandt gewesen? Hatte Ben ihm auf diese Weise das Leben versaut?

«Hey, Mädchen.» Er lächelte. Er lächelte tatsächlich. Und das machte ihn irgendwie noch bedrohlicher. «Alles okay?»

«Bin verkatert», sagte ich, dankbar für meine Filmstarsonnenbrille, weil er dadurch meine Augen nicht sehen konnte.

«Deine Haare gefallen mir.»

Die hatte ich auch vergessen. Ich fasste mir an den Kopf. Sie fühlten sich unglaublich trocken und steif an. Wie Stroh. «Tiffany dachte, das wäre eine gute Idee.»

«Ist schöner als das Schwarz.»

Ich war still. Zittrig und durcheinander vom Kater und von dem, was ich über ihn erfahren hatte. Was ich jetzt über ihn dachte und was ich gestern Morgen über ihn gedacht hatte.

«An der Stelle sagt man danke.»

«Danke.»

Er ging an mir vorbei zum Rasenmäher. «Komm mit. Zeig mir, was mit dem Ding los ist.»

Besser nicht, dachte ich und blieb wie angewurzelt stehen. Dylan … der Artikel … sogar Joan hatte mich vor ihm gewarnt. Mein Bauchgefühl schrie förmlich, ich solle mich von ihm fernhalten.

Und auf mein Bauchgefühl musste ich hören.

«Annie? Kommst du?»

«Nein. Ich nehme den Tag frei. Ich kann nicht …»

«Ja.» Er lachte. «Das kann ich sehen. Ich schaue mal, ob ich das Ding wieder flottkriege.»

Damit ging er, und ich … gütiger Himmel, ich war am Ende.

Am Abend in den Stripclub zu gehen, daran war nicht zu denken. Ich konnte nur im Bett liegen, mir Schokoladentropfen in den Mund stopfen und das Foto von Dylan betrachten. Von seinem Kinn war nur ein schmaler Streifen zu sehen, rosa Haut mit leichtem Bartschatten. Die Brust unter dem weißen Hemd mit den kleinen schwarzen Knöpfen wirkte breit. Fest.

Dass Dylan zu Partys ging, wo man Smoking trug, haute mich um. So oder so.

Er geht zu Partys im Smoking und ich zu Partys in doppelt breiten Wohnwagen.

Aber er hatte mir das Foto geschickt, und das schien ... etwas zu bedeuten. Vertrauen vielleicht? Ich wusste es nicht. Ich konnte keine Vergleiche anstellen, um diese völlig irre Beziehung zu deuten. Stattdessen hatte ich tausend Fragen.

Nummer eins: Wer zum Teufel war Dylan?

Als das Telefon klingelte, döste ich, aber ich war im Nu wach und griff danach.

«Layla?» Oh diese Stimme, der plötzliche Eifer in meinem Herzen, in meinem Körper, sobald ich sie hörte.

«Hey.»

«Alles gut?»

Ich lächelte über seinen üblichen Gesprächsauftakt. «Warum fragst du das jedes Mal?»

«Weil das immens wichtig ist. Habe ich dich geweckt?»

«Eigentlich nicht. Und wie geht's dir?»

«Gut.»

«Ich war nicht im Stripclub.»

«Dachte ich mir. Zu verkatert?»

«Ich fühle mich halbtot.»

Er lachte. «Das geht vorbei. Ist das dein erster Kater?»

«Nein.» Ich schob die Packung Schokoladentropfen beiseite. Wozu brauchte ich die, wenn ich ihn am Telefon hatte? «Als Jugendliche war ich mal bei einer Hochzeit blau. Als alle auf der Tanzfläche waren, habe ich die halbvollen Gläser auf dem Tisch ausgetrunken. Amaretto Stone Sour fand ich am besten.»

«Hast du dich übergeben?»

«Und wie! Und du?»

«Ich trinke nicht mehr viel», sagte er. «Im Gegensatz zu früher.»

«Als du noch hemmungslos warst?»

«Als ich der Hemmungsloseste war. Habe zu oft morgens mit dem Kopf in der Kloschüssel gehangen.»

«Jetzt bist du ein Mann, der im Smoking zu Partys geht.»

Darauf schwieg er für einen Moment. «Scheint so.»

Das Schweigen war zäh. Vielsagend. Er wollte nicht darüber reden. Aber das war mir völlig egal.

«Was tust du? Beruflich.»

«Etwas Blödsinniges, für das mir Leute eine Menge Geld zahlen.»

«Was …»

«Hör zu, Layla, ich habe gesagt, ich würde dich nie anlügen. Und das gilt noch, aber ich kann dir das nicht erzählen.»

«Bist du vielleicht ein Spion?», witzelte ich. «Du kannst es mir sagen, aber dann musst du mich erschießen?»

«Ich würde es dir sagen und … alles würde sich ändern.»

«Weil du reich bist?»

«Aus vielen Gründen, Layla. Aus vielen sonderbaren, beschissenen Gründen, über die ich wirklich nicht reden will.»

Nicht dass ich das nicht verstehen konnte. Es gab auch Dinge über mich zu erzählen, die alles ändern würden.

«Okay», sagte ich.

«Hast du Ben heute gesehen?»

«Er repariert mir etwas.»

«Herrgott noch mal, Layla! Was muss ich noch tun, um dich zu überzeugen?»

«Nichts. Nichts. Ich bin schon überzeugt. Ich habe ihm nicht geholfen. Ich bin weggegangen.»

«Gut.»

Ich stützte den Kopf in die Hände.

«Aber ... er hat mir Maisbrot gebacken, Dylan.» Wie kann ein Mann Maisbrot backen und ein Mörder sein?

Er seufzte. «Nur weil jemand grausam sein kann, heißt das nicht, dass er nicht auch zu Freundlichkeit fähig ist.»

«Doch, doch das heißt es.» Das sprudelte aus mir heraus, bevor ich an mich halten konnte. Ich wollte nicht über Hoyt reden. Ich wollte nicht mal an ihn denken. Seine Grausamkeit hatte für Freundlichkeit keinen Raum gelassen. Aber mit dem minimalen Anstand, den er an den Tag legte, verbunden mit seinem Kalkül, hatte er mich, wenn es mir ganz dreckig ging, überzeugen können, dass er freundlich war. Und es hatte ihm keinerlei Mühe bereitet, weil ich so sehr nach Freundlichkeit hungerte.

Damals war ich dumm, ein leichtes Opfer.

Dylan blieb ein Weilchen still. «Wer hat dir was angetan, Layla?»

Ich starrte an die Decke des Wohnwagens, den ich als meinen betrachtete, und brachte die Worte, die wahren Worte – *mein Mann, mein Ehemann hat mir was angetan* – nicht über die Lippen. Aber Hoyt war auch nicht der Einzige gewesen. Meine Mom hatte mich unwissentlich jahrelang für Hoyt mürbe gemacht, indem sie mich ständig kleinhielt und einschüchterte.

«Meine Mom war … nicht gesund. Seelisch. Nicht so ganz.»

«Das heißt?»

«Du willst das bestimmt nicht wissen …»

«Lass mich das entscheiden. Was hat mit deiner Mutter nicht gestimmt?»

«Also … ich weiß es nicht genau, schließlich war sie deswegen nicht beim Arzt. Und wir haben auch nie darüber gesprochen. Sie litt unter Ängsten, und manchmal war sie wochenlang … nur wütend. Die Welt war verkehrt. Und jeder war hinter ihr her. Dann verging die Wut, und sie wurde traurig. War an manchen Tagen schwer aus dem Bett zu kriegen.»

«Du lieber Himmel.»

«Es war, wie es war, weißt du. Ich lernte, ihr aus dem Weg zu gehen, wenn sie wütend war, und wie ich sie aufheitern konnte, wenn sie traurig war, und ich lernte zu arbeiten. Ich habe ständig hart gearbeitet in der Hoffnung, dass sie dann nicht mehr traurig oder wütend wäre. Das hat nie genützt, aber ich versuchte es weiter.»

«Wo war dein Vater?»

«Nicht da, und über ihn wurde nicht gesprochen. Nie.» Ich schloss die Augen. Die Vergangenheit, die Fehler waren zum Greifen nah. Ich konnte sie in der Hand halten, wo sie brannten und schmerzten. Das hatte ich verdient … den Schmerz darüber hätte ich nicht wegdrängen sollen.

«Bei uns … arbeitete ein Mann, Smith hieß er.»

Und plötzlich brannten Tränen hinter meinen Lidern.

Ich war mir nicht sicher, ob ich darüber reden konnte. Ich hatte noch nie jemandem erzählt, was ich Smith angetan hatte. Es war mir sogar gelungen, nicht mehr daran zu denken. Ich war so damit beschäftigt gewesen, die Katastrophen meines Lebens zu bewältigen, dass ich diesen schrecklichen Vorfall aus meinem Kopf verbannt hatte. Aber jetzt war er wieder da.

Smith verfolgte mich seit meiner ersten Begegnung mit Ben.

«Layla?»

Mir zitterten die Hände, und ich hatte Magenschmerzen, und die lastende Reue war so groß und so schrecklich, dass ich es nicht mehr ausblenden konnte. Ich konnte mich nicht mehr davor verstecken, was ich getan hatte.

«Die meiste Zeit meines Lebens habe ich auf der Farm gearbeitet, und er war wie ein Vater für mich. Hat mir beigebracht, wie man Reifen wechselt und wie man schießt. Im Sommer spielten wir abends oft Schach auf der Veranda, und er ließ mich nie gewinnen. Nicht ein einziges Mal. Und als ich ihn endlich einmal besiegte …» Lächelnd erinnerte ich mich, dass ich eine Ehrenrunde um die Veranda lief und

Mom und Smith lachten. «Das war für mich eine ganz große Sache.»

«Hört sich an, als wäre er ein guter Kerl.»

«Er war der beste. Der allerbeste. Und ich glaube, meine Mutter liebte ihn. Soweit sie dazu fähig war.»

Das vermutete ich. So viel sah ich durch den Filter meiner seltsamen Kindheit. Mom liebte ihn, den Cowboy mit dem männlichen Auftreten, den ehemaligen Marine.

In der Stadt wurde über ihn geredet, er sei ein Trinker oder er habe eine finstere Vergangenheit, und ab und zu nahm eine Frau in der Kirche ihren Mut zusammen und fragte meine Mom, ob sie es für gut halte, einen Mann wie Smith auf der Farm zu beschäftigen, da sie doch so einsam liege und sie so allein sei.

Mom ignorierte diese Frauen.

Ich wusste natürlich nicht, was die meinten. Smith war ... Smith. Mit der ungeschickten Neckerei und den gebrochenen Fingern und der strengen Arbeitsmoral.

Er war still und zuverlässig.

Er hätte mir nie etwas getan. Uns nie etwas getan.

Und ich hatte ihn bitter enttäuscht, ihn rausgeworfen, ihm sein einziges Zuhause genommen.

«Hat er sie auch geliebt?»

«Ich weiß es nicht. Er muss etwas für sie empfunden haben, da er bei uns blieb ...»

«Vielleicht liebte er dich. Wie eine Tochter.»

Das Atmen tat mir in der Brust weh.

«Ich denke ... ich denke, du hast recht.»

Auf Moms Beerdigung stand Smith hinter mir, eine Hand

auf meiner Schulter. Er hielt mich aufrecht, als ich zusammenbrechen wollte.

Heirate den Jungen nicht, sagte er, als Hoyt und ich unsere Verlobung bekannt gaben.

Schon gut, sagte ich. *Wir lieben uns. Hoyt ist ein guter Mann,* sagte ich.

«Er ist der Mann, den ich gefeuert habe», erklärte ich Dylan. «Nach dem Tod meiner Mutter gab es noch jemanden, der mir mit der Farm half, und ich … ich war überzeugt, dass ich Smith entlassen muss.»

Es war schrecklich, daran zurückzudenken. Ein elender Tag.

Hoyt überzeugte mich. Ich weiß nicht mehr, mit welchen Worten, mit welchem Argument er mich gegen den einen Menschen in meinem Leben aufbrachte, auf den ich mich verlassen konnte. Meinen einzigen Freund. Ich erinnere mich nur noch an seine Hände, die mein Handgelenk so fest umklammerten, dass ich dachte, er würde mir die Knochen brechen, sie zermalmen.

Annie, sagte Smith. *Ich kann dich hier nicht allein lassen. Das darf ich nicht tun.*

Ich bin nicht allein, Smith. Ich bin verheiratet, und mein Mann und ich wollen einiges verändern.

«Du bereust es?», fragte Dylan.

Bereuen, Gott, was für ein schwaches Wort. Was für ein läppischer Begriff für all die schrecklichen Gefühle, die ich wegen Smith empfand.

«Wenn ich daran denke, möchte ich kotzen.»

Wer weiß, wie anders mein Leben verlaufen wäre, wenn

ich Smith nicht gefeuert hätte. Ich hätte Hilfe gehabt. Unterstützung. Hoyt hätte das Land nicht verkaufen können. Mich nicht schlagen können.

Und gerade deswegen hatte Hoyt mir eingeredet, dass Smith gehen müsse. Weil ihm das klar gewesen war.

«Weißt du, wo er jetzt ist?», fragte Dylan.

«Er hatte eine Schwester in Wyoming. Mehr weiß ich nicht. Ich habe bewusst nicht weiter nachgeforscht.» Weil ich ein Feigling war.

Dylan brummte ablehnend. Als störte es ihn, dass ich es nicht wissen wollte.

«Was?», fragte ich.

«Nichts, Baby. Es ist spät, und ein Kater bringt häufig schlechte Erinnerungen hervor. Geh schlafen. Morgen sieht die Welt schon besser aus.»

Ich hatte meine Zweifel.

16

Am nächsten Morgen war der Rasenmäher repariert und stand vor dem Schuppen. Ben hatte auch das Öl gewechselt. Und am Ende des Tages kam Kevin auf die Wiese gestapft, um mir den Lohn für meine dritte Woche zu geben.

«Ich habe Sie gestern gar nicht gesehen», sagte er, als er mir den Umschlag mit den paar Scheinen darin gab. Die Miete für den Wohnwagen war schon abgezogen.

«Mir ging es nicht sehr gut.»

«Ja, ich hörte von eurer kleinen Party. Beim nächsten Mal …»

«… haltet euch zurück. Ja, das machen wir.» Sofern es ein nächstes Mal gab. Vermutlich kam es eher selten vor, dass Bebe zu Besuch kommen und die Kinder zur gleichen Zeit bei ihrer Oma übernachten konnten. Und offen gestanden war ich mir nicht ganz sicher, ob ich noch so eine Nacht überleben würde.

Der Kater war mörderisch gewesen.

«Nein. Ladet mich ein. Ich stehe auf einen richtigen Mädelsabend.»

Wieder hatte ich keine Ahnung, ob er scherzte oder nicht.

«Haben Sie Ben heute schon gesehen?», fragte er.

«Nein. Wieso?»

«Nur so. Hab ihn bloß noch nicht gesehen. Gewöhnlich

kommt er ins Büro, um sich eine Zeitung zu holen. War gestern schon nicht bei mir.»

«Vielleicht ist er krank», meinte ich eingedenk seines Hustens. Und gestern auf der Brücke hatte er gar nicht gut ausgesehen.

«Ja. Sie haben vermutlich recht.» Kevin schlurfte in seinen Duschsandalen zurück in seine Eishöhle.

Das ist alles?, dachte ich. *Wirklich?* Kevin drehte sich einfach um und ging, ohne nach Ben zu sehen? Der vielleicht krank war?

Hier bleibt jeder für sich, hatte er gesagt, als ich zum ersten Mal in seinem Büro stand. Und er hatte das ernst gemeint.

Ich steckte das Geld ein und ging zurück zum Waschhäuschen, um meine Sachen aus dem Trockner zu holen. Ich hatte alles noch mal waschen müssen, weil es die Nacht über in der Maschine gelegen und zu müffeln begonnen hatte.

Tiffany stand vor ihrem Wohnwagen und leerte gerade einen Eimer Wasser in die Büsche.

«Hey», grüßte ich sie mit einem Freudenhüpfer in der Brust.

Sie drehte sich um und lächelte matt.

«Noch mitgenommen?», fragte ich.

«Und wie. Mannomann, die Bucket-o-Colada war eine schlechte Idee. Aber deine Haare sehen echt toll aus.»

«Es ist sehr trocken», sagte ich und betastete die spröden Spitzen.

«Ja. Da hilft nur richtig viel Haarspülung.»

«Ich muss mir welche besorgen, wenn ich wieder in die Stadt fahre.»

«Warte.» Tiffany ging hinein und kam mit ein paar Pröbchen zurück. «Nimm die.»

«Das kann ich nicht annehmen.» Ich dachte an Phil und die Kinder und dass sie gesagt hatte, sie seien im Rückstand.

«Nimm sie. Bitte. Es ist schön, zur Abwechslung mal zu geben, weißt du?»

Ich nickte und nahm die Pröbchen, um sie zu dem Geld in die Tasche zu schieben.

Auf einmal war ich so reich.

«Deine Kinder müssten doch bald zurückkommen.»

Ihr blasses Gesicht hellte sich sofort auf. «Ja. Mom bringt sie in einer Stunde vorbei.»

«Wie war der Fernsehmarathon?», fragte ich.

Sie lächelte. «Ich habe ihn verschlafen, und Bebe musste um zwei Uhr fahren, also eher enttäuschend.»

«Deine Schwester ist echt toll.»

«Das ist sie. Abends geht sie aufs College, und tagsüber arbeitet sie Vollzeit, darum hat sie nicht viel Zeit, um mal einen draufzumachen. Bebe ist die Beste. Ich würde …» Sie stockte und schüttelte den Kopf, und ich erinnerte mich an die Trauer in ihrem Blick, als sie meine blauen Flecke betastete. Das kannte ich. Nicht dass mich mal jemand so angeguckt hätte, aber ich wusste noch, wie es war, sich wie eine offene Wunde zu fühlen.

«Würde sie dir helfen, von Phil wegzukommen?», fragte ich und machte einen Sprung von der Brücke mitten hinein in ihre Probleme.

Sie kniff die Augen zusammen. «Das geht dich verdammt

noch mal nichts an, und ich muss überhaupt nicht von Phil weg. Er muss nur mal einer Arbeit nachgehen.»

Bei ihrem Ton riss ich überrascht die Augen auf. In der Nacht an ihrer Spüle war sie mir sehr niedergeschlagen erschienen. «Es tut mir leid. Ich wollte nicht …»

«Deine Nase in unsere Angelegenheiten stecken? Was habt ihr bloß, du und Joan? Wir sind verheiratet, wir lösen unsere Probleme, und ich brauche euch beide nicht.»

«Es tut mir leid.»

«Wie auch immer», sagte sie und ging mit ihrem Eimer und dem Wischmopp in den Wohnwagen.

Nach einem Moment drehte ich mich um und holte meine Klamotten, die schäbig und löchrig waren, aber sauber.

Ich räumte sie in meinen Schrank und sah durchs Schlafzimmerfenster zu Bens Wohnwagen. Es brannte kein Licht darin. Ich ging in die Küche und schaute aus dem Fenster in seinen Garten. Er war nicht zu sehen.

Scheiße.

Was, wenn er wirklich krank war? Oder schlimmer? Was, wenn er im Sterben lag – in diesem Moment – und Kevin keine Lust hatte, nach ihm zu sehen?

Und ich war zu feige.

Verdammt noch mal!

Türenschlagend verließ ich meinen Wohnwagen und lief an Joans vorbei, aus dem die Basslinie eines Rocksongs zu hören war. Je näher ich Bens Wohnwagen kam, desto stiller wurde es. Desto dunkler.

Als ich an seine Tür klopfte, spürte ich meinen Puls in den Handflächen.

Ich wollte nicht einbrechen und ihn krank im Bett oder tot auf dem Boden oder in irgendeinem Zustand dazwischen vorfinden.

«Ben?», rief ich, als auf mein Klopfen keine Reaktion kam.

Ich klopfte noch mal und hörte von drinnen einen Schlag.

«Was!», sagte er und stieß die Tür auf. Er sah furchtbar aus. Bisher hatte ich ihn nur in gebügelten T-Shirts, mit gepflegten Haaren und sauberen Hosen gesehen. Aber jetzt trug er eine schmutzige, abgeschnittene Trainingshose, und sein weißes T-Shirt war voller dunkelroter und schwarzer Flecke.

«Ben!», rief ich aus. «Alles in Ordnung?»

«Bestens. Absolut. Was willst ...» Er hustete heftig in seine Hand, in der er ein rotes Taschentuch hielt. Er hustete eine Minute lang, und als es aufhörte, spuckte er in das Taschentuch, knüllte es zusammen und warf es in die Spüle. «Was willst du, Annie?», seufzte er. Er klang total erschöpft.

«Ich ... wollte nach dir sehen. Kevin sagt, du warst gestern und heute nicht bei ihm.»

«Mir geht's nicht gut.»

«Das sehe ich. Brauchst du etwas?»

Bens Augen wurden dunkel. Sehr dunkel, nahezu schwarz, wie es schien, und vollkommen unergründlich. Ob er Kummer hatte oder wütend war, traurig oder glücklich, ich hätte es nicht sagen können. Sie glichen undurchdringlichen geschwärzten Fensterscheiben.

«Alles gut, Mädchen», seufzte er. «Danke der Nachfrage. Es ist bloß ... eine Erkältung.» Im selben Moment wurde er kreidebleich und verdrehte die Augen. Ich sprang auf ihn zu und packte ihn mit einer Hand an der Schulter, mit der anderen am Arm und hielt ihn aufrecht, so gut es ging.

«Ben!» Verlor er das Bewusstsein?

«Mensch, Mädchen, ich bin hier», flüsterte er und entzog sich mir.

«Komm.» Ich wollte ihn nicht loslassen. Ich griff um seine Schultern und schob ihn zur Polsterbank. Sobald er saß, suchte ich in den Küchenschränken nach Gläsern.

«Wo stehen die Gläser?»

«In der Spüle. Ich habe eins in der Spüle stehen.»

Ich füllte es mit Wasser und stellte es vor ihn hin. Mit zitternden Händen nahm er es und kleckerte sich die Hälfte davon auf die Brust. «Verdammt», hauchte er und stellte es hin. «Ich fühle mich beschissen.»

«Ist das wirklich nur eine Erkältung?»

«Eine Grippe vielleicht? Woher soll ich das wissen?»

«Hast du was zu essen da?»

Er zeigte auf den Herd. Er war offenbar dabei gewesen, sich Hühnernudelsuppe aus einer Frischhaltedose in einen Stieltopf zu kippen.

«Möchtest du das essen?»

«Ja.»

Ich leerte den Container in den Topf und schaltete eine Herdplatte ein. «Du hast dir Suppe gekocht?»

«Nein. Hab eine Freundin, die sie gemacht hat.»

Von draußen rief eine Frau: «Hey, du alter Sack, ich bring dir ein paar …»

Ich fiel fast um, als Joan in den Wohnwagen kam, als gehörte er ihr.

Mit hochgezogenen Brauen drehte ich mich zu Ben um. War Joan etwa besagte Freundin?

«Sei nicht albern», brummte er.

«Na, na, ihr beide so gemütlich beisammen? Hält dich das Husten auch die ganze Nacht wach?», fragte sie und trat an den Tisch. Sie leerte eine Plastiktüte aus, und allerhand Erkältungsmittel fielen auf den Tisch. Welche für tagsüber, welche für die Nacht, Nebenhöhlenzeug, Schmerztabletten. Das waren Medikamente für hundert Dollar.

«Das sollte dich wieder in Ordnung bringen», sagte Joan, dann wandte sie sich mir zu und verschränkte die Arme vor der Brust. «Was tust du hier?»

«Wollte nur sichergehen, dass er nicht tot ist.» Ich rührte in der Suppe, die zu brodeln begann.

«Ja. Wir dürfen Ben nicht sterben lassen, nicht wahr?»

«Ich bin am Leben», murmelte er. «Und jetzt lasst mich beide in Ruhe.»

«Bis später!», sagte Joan und winkte. «Und gern geschehen. Wegen der Medikamente.»

«Scheiß auf die Pillen.»

«Wie nett», sagte Joan. «Kommst du?», fragte sie mich.

«Ja, ich will nur ...» Ich prüfte, wie heiß die Suppe war, und goss sie in eine Schale, schaltete die Platte aus und stellte die Schale vor Ben hin. «Bist du sicher, dass du klarkommst?», fragte ich ihn. Er sah wirklich krank aus. Und woher kamen die Blutflecke auf seinem T-Shirt?

Nein, es ging mich nichts an.

«Ja», sagte er matt lächelnd. «Und danke.»

«Na klar», brummte Joan. «Ihr dankt er. Lass uns gehen,

Florence Nightingale», sagte sie und zerrte mich fast hinaus.

Als wir vor ihrem Wohnwagen angelangt waren, wandte sie sich mir zu.

«Was zum Teufel habe ich dir gesagt? Halte dich von dem alten Mann fern, Annie!»

«Und was tun Sie? Bringen ihm für hundert Dollar Medikamente?», erwiderte ich.

«Hundertfünfzig. Das Zeug gegen Nebenhöhlenentzündung ist teuer. Er wacht um sechs Uhr früh auf und hustet sich die Lunge aus dem Leib. Ich komme um drei nach Hause, da musste ich was unternehmen.»

«Genau, Kevin hat mich gebeten, nach ihm zu sehen», log ich.

Joan seufzte schwer. «Na schön ... aber, im Ernst, Annie, freunde dich nicht mit ihm an.»

Ich fragte mich, ob Joan von dem Brand wusste. Von dem Mädchen im oberen Stockwerk. Wahrscheinlich, dachte ich. Joan schien vieles zu wissen.

«Ich muss zur Arbeit», sagte sie bei einem Blick auf die Uhr. «Wir sehen uns später.»

Oh Gott, ja. Wir würden uns später im Velvet Touch sehen. Oder vielmehr ich würde sie sehen.

Und zwar ziemlich viel von ihr.

Was zieht man an, wenn man in einen Stripclub geht?

Es war nicht so, dass ich groß auswählen konnte. Am Ende entschied ich mich für meine hübschesten Shorts, was lediglich hieß, dass sie keine Löcher hatten. Sie waren schwarz und kürzer als die anderen, was sie sexy machte, wie ich fand. Dazu trug ich mein kastanienbraunes Spaghettiträger-Top, das mir sonst als Schlafanzugoberteil diente.

Ich benutzte zwei der Haarspülungspröbchen, was meine Haare tatsächlich weich machte, sodass sie mehr am Kopf anlagen, anstatt abzustehen wie ein Heuhaufen.

Mit meiner Bräune und ein wenig Lipgloss und Mascara ... sah ich halbwegs gut aus, dachte ich.

Am frühen Abend las ich noch einmal meine Lieblingsstellen aus *Fifty Shades of Grey,* ohne mich dabei anzufassen, damit sich in mir genug aufstaute, dass ich nicht kneifen würde. Und ehrlich gesagt hätte ich gern einen Bucket-o-Irgendwas gehabt, um mir Mut anzutrinken.

Gegen elf Uhr legte ich das Buch weg, nahm meine Schlüssel und machte mich unwiderruflich auf den Weg.

Das Velvet Touch befand sich drei Ausfahrten weiter am Highway. Es war ein dunkler Betonkasten, umgeben von Parkplätzen, so weit das Auge reichte. Die Reklametafel war so groß und so pink, dass sie wahrscheinlich vom All aus zu sehen war.

Der Parkplatz war halb voll mit Pick-ups und Sattelschleppern, und neben dem Eingang stand ein halbes Dutzend Motorräder. Die Chromteile reflektierten die Lichter und Frauensilhouetten der Reklametafel.

Mein Mut war dabei, mich zu verlassen, darum rief ich Dylan an.

«Hey, Baby», sagte er. «Alles gut?»

«Ich stehe auf dem Parkplatz vor dem Velvet Touch.»

Das Geräusch, das er tief in der Kehle machte, war sexy. «Willst du es dir anders überlegen?»

«Nein. Das heißt … ich bin nervös.»

«Nervös ist okay. Nervös ist aufregend. Das wird unanständig, Baby, und du magst es unanständig.»

«Ja, aber … was mache ich jetzt?»

«Du gehst durch die Tür, bestellst dir einen Drink, suchst dir eine dunkle Ecke, und wir beide werden über das reden, was du siehst. Wie du dich dabei fühlst …»

«Was, wenn ich dabei gar nichts empfinde?»

«Schieb dir die Finger in die Hose, Baby.»

«Dylan …»

«Tu es.»

Ich rollte mit den Augen, obwohl er das nicht sehen konnte, zog aber den Bauch ein und schob die Finger in meine Hose und dann unter den elastischen Bund der Unterhose.

Als ich meine Klitoris streifte, keuchte ich auf und dann noch mal, weil ich spürte, wie feucht ich war. In meiner Aufregung war mir das entgangen.

«Was hast du entdeckt?», fragte er, als wüsste er es längst. Aber natürlich wusste er es. Irgendwie wusste er alles darüber.

«Ich bin feucht», wisperte ich.

«Beschreib es.»

«Ich bin so feucht, dass meine Finger …» Ich stöhnte tief im Rachen, als ich der Empfindung nachgab.

«Nicht kommen», sagte er streng, als wüsste er, was ich gerade tat.

«Ich bin so nah dran», protestierte ich.

«Geh hinein. Dann ruf mich an.»

Er legte auf, und ich zog widerstrebend die Hand aus der Hose.

Nicht eine Sekunde lang ließ ich Bedenken aufkommen. Das hier war nicht anders, als vor dem Supermarkt aus dem Auto zu steigen.

Wird schon schiefgehen, dachte ich und zog an der großen Eingangstür, und im selben Moment drückte sie jemand von innen auf, sodass ich beinahe auf den Hintern fiel.

«Hoppla.» Ein Mann griff zu, um mich abzufangen, ein dicker mit rundem Bauch und langem Bart.

«Haust du schon wieder Frauen um?», fragte ein anderer, der hinter ihm herauskam. Beide trugen schwarze Lederwesten über ihren Hemden. Ein dritter kam heraus, jünger als die beiden und größer. Er wirkte auch kräftiger, obwohl er eigentlich dünn war. Er hatte dunkle Haare, und bei dem Blick, mit dem er mich streifte, wünschte ich, ich hätte mehr Klamotten an. Oder einen Skianzug.

Ein mieser Typ. Das sagte mein Bauchgefühl. Einer von der miesesten Sorte.

«Lasst uns abhauen», sagte er, nachdem er mich beim ersten Hinsehen abgetan hatte.

«Alles okay?», fragte der Dicke mich, worauf ich nickte und die Männer auf ihre Motorräder stiegen und wegfuhren.

Scheiße, dachte ich. Das hier war doch albern. Ich würde Dylan sagen, er soll sich was anderes ausdenken. Etwas nicht so ... Extremes. Ich könnte wieder nackt schwimmen. Oder mir einen Porno ansehen – aber wo? In der Bibliothek vielleicht?

Alles wäre leichter als der Stripclub.

Aber du willst das hier, dachte ich. *Und du willst es, weil es eine Herausforderung ist.*

«Kommst du rein?» Ein riesiger Schwarzer stand hinter der Schwelle der offenen Tür. «Heute ist Ladies Night.»

«Ladies Night?», stammelte ich.

«Du kommst umsonst rein, und Drinks kosten die Hälfte.»

«Sind denn ... noch andere Frauen dadrinnen?»

Der Mann lächelte breit. «Ja. Du bist nicht allein, du kleine Perverse.»

Das sagte er mit so lässiger Zuneigung, dass ich lachte.

Oh Gott, dachte ich beim Hineingehen, *wenn meine Mutter mich jetzt sehen könnte.*

Die Musik war laut.

So laut, dass sie mich sogar ein wenig von dem Lärm befreite, den ich im Kopf produzierte. Ein wenig von der Angst. Der Teppichboden war abgetreten und schäbig, die Beleuchtung schummrig. Teils Neonlicht.

Hübsche, große Sessel standen um kleine, runde Tische herum, und die meisten waren besetzt. Entlang der Bühne saßen Männer, die sich die Vorstellung ansahen, und junge Frauen gingen zwischen den Tischen umher, flirteten und lächelten, brachten Getränke. Boten Sex an.

Was hatte ich erwartet? Etwas Schäbiges, und ja, es war schäbig. Und lüstern. Auf jeden Fall etwas Entwürdigendes. Frauen mit abgestumpftem Blick und Männer mit einer Zigarre zwischen den Zähnen und erniedrigender Begierde in den Augen, die sie begrapschten.

Und vielleicht fühlten sich die Frauen, die tanzten und in Stringtangas umhergingen, bei Männern auf dem Schoß saßen und sie in dunkle Ecken führten, vielleicht fühlten die sich entwürdigt, doch sie verbargen das wirklich gut. Täuschten etwas vor.

Und der ganze Laden machte bei der Täuschung mit.

Ich machte bei der Täuschung mit. Ich wollte unbedingt glauben, dass sich die Frauen wohlfühlten. Also ... tat ich es.

Eines stand fest, sie hatten einen bewundernswerten Körper. Wirklich anziehend und weiblich, aber auch stark. Die Frau auf der Bühne vollführte ein irres Manöver, bei dem sie die Stange umfasste, sich auf den Kopf drehte und von oben langsam kreisend herabrutschte, indem sie nur die Beine benutzte.

Ihre Brüste – die mussten unecht sein – wackelten kein bisschen.

Und ich fragte mich, was ich täte, wenn ich solch einen Körper hätte. Wenn ich so etwas könnte. Hätte ich mich dann auch entschieden, unter ständigem Brechreiz widerliche, aufgerissene, dreckige Windeln aus einer vermüllten Wiese zu schaufeln, um weniger als den Mindestlohn zu bekommen? Oder würde ich jetzt mein Geld wie diese Frauen verdienen?

In der vordersten Tischreihe saß ein junger Mann mit ein paar Freunden, der seine Kappe mit dem Schirm nach hinten trug. Er hielt einen Zwanziger zur Bühne hin, und eine der Tänzerinnen kroch auf allen vieren auf ihn zu und nahm den Schein mit den Zähnen.

Ihr Blick und ihr Lächeln waren einladend und sexy.

Layla hätte so etwas auch getan. Mit Sicherheit.

Beim Gedanken an meine Cousine schlüpfte ich in ihre Rolle, und das Geschrei meiner blanken Nerven und alle schrecklichen Befürchtungen verstummten. Sie waren noch vorhanden, aber im Hintergrund. Damit würde ich mich vielleicht morgen befassen.

Die Frauen zogen eine Schau ab. Und wieder glaubte ich ihnen. Ich weiß nicht, was das über mich aussagte, aber ich kaufte es ihnen ab, und die Sinnlichkeit all dessen, die schiere sexuelle Zweideutigkeit ging auf mich über und erregte mich.

«Willst du was trinken?» Neben mir stand eine Frau in einem durchsichtigen schwarzen Trägerhemd, von dem die untere Hälfte abgerissen war, sodass der ausgefranste Saum gerade eben ihre Brustwarzen bedeckte, dazu trug sie einen neongelben Slip und Netzstrümpfe, die an einigen Stellen zerrissen waren. Sie sah aus, als hätte sie eine Apokalypse überlebt, ohne ihren Sexappeal einzubüßen. «Schätzchen?»

«Eine Piña Colada?» Ich wünschte, ich könnte behaupten, dass mir das zufällig einfiel, aber wenn mein Bucket-o-Colada-Konsum ein Indiz war, stand ich wohl darauf.

«Na klar.»

Sie ging weg und machte noch an einigen weiteren Tischen halt. Ich schaute, ob ihr Typen an den Hintern fassten oder sie zu sich heranzogen. Aber das tat keiner. Sie guckten nur. Und sie grinsten anzüglich. In dem Laden galt anscheinend ein strenges «Finger weg».

Hünenhafte Kerle standen unauffällig im Hintergrund und behielten alles im Auge.

«Was hast du denn hier zu suchen?» Plötzlich stand Joan vor mir, in einem roten Push-up-BH und schwarzen Rüschenhöschen. Sie war bekleideter als ihre Kolleginnen, sah aber irgendwie aufreizender aus.

Und sie war aufgebracht.

«Hey, Joan», sagte ich lahm.

«Ich frage dich noch mal: Was zur Hölle hast du hier zu suchen?»

17

Sie zog mich aus dem Eingangsbereich und an einigen Männergruppen vorbei, die uns dabei musterten.

«Wer ist deine Freundin, Joan?», fragte einer der Kerle. Sein berechnender Blick folgte uns, und seine Witzelei hatte einen unverkennbar gehässigen Unterton. «Verpasst du ihr einen Lapdance?»

«Verpiss dich, Steve», sagte sie.

«Können wir zugucken?»

Ohne ihn weiter zu beachten, zog sie mich an den Sesseln rings um die Bühne vorbei.

In einer dunklen Ecke, wo es ruhig genug war, blieb Joan stehen und baute sich vor mir auf. Hinter ihr saß eine Stripperin auf dem Schoß eines Mannes. Er hielt sie am Hintern gepackt, um sie an sich zu pressen.

Mir wurde am ganzen Körper zuerst heiß, dann kalt. Ich wurde feucht zwischen den Beinen. Ich unterdrückte ein Stöhnen, als ich sah, wie kräftig der Mann die Fingerspitzen in ihre Pobacken drückte.

Wie fühlt sich das an?, überlegte ich atemlos und fasziniert.

Die Stripperin hatte eine Hand an der Wand abgestützt und warf ihre dunklen Haare nach hinten. Der Typ vergrub seine Finger darin und zog.

Ich hörte die Frau stöhnen.

Und die Sache war die: Ich war sexuell mies behandelt worden, verletzt worden, aber hier sah ich den Unterschied. Ich fühlte ihn in meinem Körper. Und in der Luft, die wir alle atmeten.

«Hey!» Joan schnippte mit den Fingern vor meinem Gesicht, um meine Aufmerksamkeit von dem Paar in der Ecke abzulenken. «Warum bist du hier?»

«Ich … ich …» *habe ein komisches Spiel mit einem Mann am Laufen, den ich noch nie gesehen habe, und der sagt, wenn ich mit ihm wieder Telefonsex haben will, muss ich in einen Stripclub gehen.*

Das konnte ich unmöglich sagen.

«Willst du mich etwa stalken?», fragte sie. «Denn das Letzte, was ich jetzt brauche, ist eine schräge Stalkerin, die neben mir wohnt und mir zur Arbeit folgt!»

«Was? Nein!», rief ich aus. «Nein. Ich will … Sie nicht stalken.»

«Bist du lesbisch? Ich habe nämlich gesehen, wie du mich angeguckt hast.»

Ich schüttelte den Kopf. Das war mir so peinlich, dass meine Wangen glühten. Neulich am Teich, das hatte sie also bemerkt. Natürlich hatte sie das bemerkt. Ich war ungefähr so dezent wie ein Vorschlaghammer gewesen. «Nein. Ich bin nicht lesbisch …»

«Bi?»

«Bi-was?»

«… sexuell, du Idiotin! Magst du Männer und Frauen?»

«Ich …» Ich hatte das noch nicht ganz verarbeitet. Was für

eine seltsame Anziehung Joans Körper auf mich ausübte. Er war auf dingliche Art schön, auf ideelle Art sexy. Aber ich wollte sie nicht anfassen.

Ich wollte Dylan anfassen.

Ich wollte, dass Dylan mich anfasste.

Eigenartig, dass ich vorher noch nie richtig daran gedacht hatte. Ja, der Telefonsex war … fesselnd und aufregend, und allein seine Stimme machte mich schon verrückt. Aber eigentlich wollte ich mit ihm das Paar in der Ecke sein.

Er sollte mich genauso packen, mich auf seinem Schoß hin und her schieben, mich zum Stöhnen bringen.

Ich hatte nicht die leiseste Ahnung, wie Dylan aussah. Vielleicht war er fett und stark behaart und auf tausend Arten hässlich – aber das war egal.

Weil ich ihn wollte. Den Mann am Telefon, der kein normaler Sechzehnjähriger gewesen war. Der mich anrief, weil er sich sorgte, ich könnte Angst bekommen haben. Der mir ein Foto von sich im Smoking aufs Handy schickte, als wüsste er, wie gut er aussah.

«Nein», sagte ich. «Ich bin nicht bisexuell oder lesbisch und auch keine Stalkerin. Ich habe da was mit einem Typen …»

«Derjenige, der dir die blauen Flecke verpasst hat?»

«Nein.» *Oh Gott, nein.* «Ein anderer. Wir machen was am Telefon …»

«Stopp.» Joan hob die Hand, ihr Gesichtsausdruck wechselte von verwirrt und aufgebracht zu widerwillig respektvoll. «Ich will keine Einzelheiten wissen. Und ich muss sagen, ich hätte nicht gedacht, dass du der Typ dafür bist.»

«Da bist du!» Die Kellnerin, bei der ich bestellt hatte, kam mit einem großen schicken Glas, aus dem ein Fruchtspieß ragte, auf uns zu. «Ich konnte dich zuerst nicht finden.»

«Danke», sagte ich und wollte einen von Dylans Zwanzigern aus meiner Tasche holen.

«Geht auf mich», sagte Joan. «Danke, Denise.»

«Kein Problem», sagte Denise und ging.

«Und?», fragte Joan. «Was willst du hier?»

«Den Frauen beim Tanzen zusehen.»

Joan sah mich abschätzend an. «Wie gewagt soll es für dich denn werden?»

«Für mich war es schon sehr gewagt, den Laden überhaupt zu betreten.»

«Ja, aber jetzt bist du hier. Was willst du tun?»

«Ihn anrufen, denke ich ...» Meine Antwort verebbte, weil ich an ihr vorbei in jene dunkle Ecke blickte. Die Stripperin saß jetzt mit dem Gesicht zu mir auf seinem Schoß, klebte an seiner Brust und seinen Beinen wie hingegossen. Ihre Augen waren geschlossen, und ihr Gesicht ... also, falls sie ihm was vorspielte, nur so tat, als wäre sie erregt, dann war sie total überzeugend.

Der Mann schob die Hand über ihren Bauch nach unten bis über ihre Muschi, die, abgesehen von einem herzförmigen Fleckchen Haare, nackt war. Zuckend legte sie die Hand auf seine, und beim Zusehen fragte ich mich, ob sie sie wegnehmen würde. Ob seine Berührung gegen die Clubregeln verstieß.

Stattdessen rieb sie sich daran und zugleich mit dem Hintern an ihm.

Das. Dieser Moment. Das war das Heißeste, was ich je gesehen hatte.

«Das ist Destiny», sagte Joan. «In Wirklichkeit heißt sie Renee, und wenn der Song vorbei ist, wird sie aufstehen, den Kerl bei der Hand nehmen und mit ihm dort reingehen.» Sie zeigte zu einer dunklen Nische mit einem dieser kitschigen Perlenvorhänge. «Da ist eine Tür, durch die man ins VIP-Zimmer kommt.»

«Was wird sie da tun?», wisperte ich.

«Vielleicht ficken. Auf jeden Fall wird sie ihm einen blasen.»

Ihm einen blasen. Ich verkrampfte mich.

«Wenn du deinen Typen anrufen und ihm was erzählen willst, dann geh da jetzt rein. Setz dich in die Ecke und schau ihnen zu.»

«Was?»

«Das kommt ständig vor. Ehemänner sitzen da und sehen zu, wie ihre Frau eine andere fickt.»

«Aber … macht das den beiden nichts aus?»

Ich erwog es. Das tat ich wirklich. Bevor es mir so ganz bewusst wurde, war ich schon halb in dem Zimmer.

«Nein. Ich werde ihr sagen, dass du da bist. Auch dass du dabei telefonieren wirst. Solange du keine Fotos machst, ist es okay. Sie steht auf so was. Wird wahrscheinlich eine richtig gute Schau für dich hinlegen.»

Ich atmete heftiger. Und meine Hand war taub von der Kälte meines Cocktails.

«Gleich kommt der nächste Song. Ja oder nein?»

«Warum tun Sie das?»

«Warum hörst du eigentlich nie auf, Fragen zu stellen?» Joan rollte die Augen.

Ich wusste es nicht. Wirklich nicht.

«Dein Typ wird darauf abfahren», sagte sie, um mich zu ermuntern.

Ja.

«Okay. Aber ist Renee ...» Gott, wie sollte ich das ausdrücken? «Hat sie Kinder? Oder ist sie süchtig? Oder ist ihr Dad früher nachts in ihr Zimmer ...»

«Du willst wissen, ob sie ein Opfer ist?»

«Ja.»

«Ist das wichtig?»

Ich sah Joan lange an. «Ja.»

«Oh gütiger Himmel, Annie. Ich frage sie nicht nach ihrem Privatleben. Sie ist tough. Sie ist klug, und sie lässt sich nichts gefallen.»

«Wirklich?»

«Wirklich. Und sie ist total irre.»

Ich trank einen enormen Schluck aus meinem Glas, dann stellte ich es auf den Tisch und hastete auf den Perlenvorhang zu. Ich schlüpfte zwischen den Schnüren hindurch und befand mich in einem kleinen Flur mit zwei Türen und einem rot leuchtenden Notausgang-Schild.

Scheiße. Welche Tür?

Ich öffnete die vordere, und drinnen in dichtem Zigarrenrauch saßen fünf Männer um einen Tisch. Alle drehten den Kopf nach mir und blickten mich an.

«Falsche Tür, Schwester», sagte einer, ein dünner Mann mit unglaublich blauen Augen. Freundlichen Augen. Ich weiß nicht, warum ich in den drei Sekunden diesen Eindruck bekam, aber so war es. Und er trug einen Leinenanzug. In einem Stripclub. Das war alles, was ich durch den Rauchschleier erkennen konnte.

«Entschuldigung», sagte ich und zog mich hastig zurück. Ich öffnete die andere Tür.

Dahinter befand sich ein Zimmer mit zwei großen Ledersofas. In einer dunklen Ecke schimmerte ein Ledersessel, und ich ging sofort darauf zu, bevor mich der Mut verlassen konnte.

Um mich möglichst klein zu machen, schlug ich die Beine unter, dann rief ich Dylan an.

«Noch auf dem Parkplatz?», fragte er neckend.

«Nein», flüsterte ich. «Ich sitze in einem VIP-Zimmer. Ich werde zusehen ...»

Die Tür ging auf, und herein kam Renee, die mit ihren ausgefallenen Pailletten-Highheels zwei Meter groß wirkte. Der Typ von eben war bei ihr und hatte eine Hand auf ihren Bauch gelegt, um sie eng an sich zu pressen.

Gott, mein Atmen kam mir so laut vor. Und als ich mich in dem Sessel bewegte, knarrte das Leder. Erschrocken schlug ich mir die Hand vor den Mund.

Es hatte noch nicht mal angefangen, und schon ruinierte ich die Situation.

«Drück auf den Knopf, Baby», sagte Renee. Und der Mann, der sich eindeutig auskannte, griff zu einem schwarzen Kasten an der Wand und sorgte damit für Musik.

Ich drehte mein Handy so, dass die beiden den Lichtschein des Displays nicht sehen konnten. Zumindest hoffte ich es.

Renee zog ihn mit sich zu einer Stelle, die mir fast gegenüber lag. Drei Meter waren sie von mir entfernt, und es war superschummrig, aber ich sah Renees Gesicht.

Sie zwinkerte mir zu.

«Layla», flüsterte Dylan. «Sind da Leute bei dir?»

«Ja», hauchte ich möglichst leise, wobei ich schaute, ob die beiden mich hörten. Sie waren jedoch aufeinander konzentriert, und die Musik übertönte mein Flüstern.

«Was möchtest du?», fragte Renee, und für einen Moment glaubte ich, sie spräche mit mir, aber der Mann antwortete.

«Deinen Mund an meinem Schwanz.»

Renee lachte, und dann holte sie scharf Luft, weil er ihre Brüste in die Hände nahm.

«Kannst du das hören?», wisperte ich ins Handy.

«Ja, Baby, kann ich. Du siehst bei einem Blowjob zu.» Seine Stimme, oh Gott, seine Stimme klang so belegt, so schwer. Ich spürte, wie erregt er war.

«Was möchtest du?», fragte der Typ Renee.

«Deinen Schwanz in meinem Mund», antwortete sie.

Sein dunkles Lachen grollte durch den Raum. «Deshalb funktioniert das mit uns.»

Deshalb funktioniert das mit uns. Das hätte ich jetzt auch zu Dylan sagen können.

Renee trat von dem Mann weg und gab ihm einen Schubs. Bereitwillig ließ er sich rückwärts auf das Sofa fallen. Sie griff sich ein Kissen und warf es vor ihn auf den Boden.

«Erzähl es mir», stieß Dylan an meinem Ohr hervor.

«Sie kniet vor ihm.»

Mit flinken Fingern öffnete Renee dem Mann die Hose, wobei sie einmal rasch zu seinem Gesicht hochschaute. Er biss sich auf die Lippen, die Hände auf dem Kopf verschränkt, als ob er es mühsam vermied, sie anzufassen. Als wollte er die Show nicht verderben.

Dann griff sie in seine offene Hose und holte seinen Schwanz heraus.

«Scheiße, Baby, los», stöhnte er.

Renee schloss die Faust um ihn und pumpte langsam von unten nach oben.

Wie Dylan.

«Sie macht es, wie du es gern hast», wisperte ich. «Hart.»

Dylan stöhnte. Der Typ auf der Couch auch.

«Willst du mehr?», fragte Renee. Und das hätte sie uns alle fragen können, denn sie hatte uns alle in der Hand.

«Ja», sagte der Typ.

«Ja», hauchte ich.

Oh Gott. Das war's dann mit dem Leisesein. Das war's mit dem Unbemerktbleiben, denn ich stand kurz davor, in Flammen aufzugehen. Spontane Selbstentzündung.

«Fass dich an», sagte der Typ, und wieder erschrak ich. Redete er mit mir?

Nein, mit Renee, die gerade die Hand zwischen ihre Beine schob.

«Zeig mir, wie feucht du bist», verlangte er.

«Ja?» Es war schwer zu erkennen, was sie da unten tat, aber dann hob sie die Hand und hielt sie ihm vors Gesicht. «Koste, wie erregt ich bin.»

Der Mann öffnete den Mund, und Renee steckte die Finger hinein. Er stöhnte. Renee stöhnte. Ich verging fast in meinem Sessel.

«Sie hat sich angefasst und ihm die Finger in den Mund gesteckt», erzählte ich Dylan.

«Was glaubst du, wie sie schmeckt?», fragte er.

«Gut», hauchte ich.

«Tu es. Fass dich an und koste an meiner Stelle. Jetzt.»

Ich wollte meine Finger in Dylans Mund stecken. Ich wollte, dass er mich kostete. Er sollte mich ansehen, wie der Kerl Renee ansah. Wie ich Renee ansah.

Aber er war nicht bei mir, sondern am Telefon, und darum tat ich, was er sagte. Glitt mit den Fingern zwischen meinen Schamlippen entlang, sammelte die Nässe auf und kostete sie. Ich stöhnte.

«Gut?»

«Ja», wisperte ich.

Renee beugte sich hinab und leckte dem Kerl den Schwanz, von oben nach unten, dabei ließ sie die Zunge einmal um die Spitze kreisen, was ihn anscheinend verrückt machte.

«Lutsch ihn, Baby», stöhnte er. «Ich will in deinem Mund kommen.»

«Sie nimmt seinen Schwanz in den Mund», flüsterte ich.

«Wo hat er die Hände?», fragte Dylan.

«Auf seinem Kopf. Er schaut ihr zu.»

«Sieht es gut aus?»

«Ja.»

«Möchtest du kommen?»

«Ganz dringend.»

Bald nahm der Mann die Hände herunter, griff ihr in die

Haare und hielt sie am Kopf fest, wobei er das Becken anhob, um langsam in ihren Mund und wieder heraus zu gleiten.

«Tu es, Baby», flüsterte Dylan. «Bring dich zum Kommen.»

Seine Erlaubnis ließ mein Herz schneller schlagen und machte mich ungeschickt, sodass ich mich kratzte, als ich die Hand zwischen meine Beine schob. Durch die Shorts drückte ich fest auf meine Klitoris und zuckte zusammen, weil ich so stark erregt war.

«Oh Gott», stöhnte der Typ. Renee wurde immer schneller, und ich biss mir auf die Lippen, um die Geräusche zu unterdrücken, die aus meiner Kehle aufstiegen. Ich schob die Hand in die Shorts, tauchte die Finger in die Lava zwischen meinen Beinen. Es passierte im Nu. Eine Berührung der pulsierenden Perle, und ich kam.

So heftig, dass ich Sterne sah.

«Oh Scheiße, ja, Scheiße ...»

Das kam von dem Kerl, nicht von mir. Ich biss mir auf die Zunge, bis sie blutete, um bloß keinen Laut von mir zu geben.

Und dann stöhnte er, und Renee pumpte langsam mit seiner Schwanzspitze im Mund, während er zuckte. Ich versuchte, langsam zu Atem zu kommen. Leise. Aber ich spürte den starken Drang, zu hyperventilieren.

«Das war so gut, Baby», keuchte der Typ und griff nach Renee. «Jetzt du.»

«Ich muss zurück. Zo wird sonst sauer.»

«Scheiß auf Zo.»

Sie warf ihm einen ironischen Blick zu. «Sag ihm das ins Gesicht.»

Der Typ stand auf und machte sich die Hose zu, während

Renee sich die Haare zurechtzupfte und ihm einen Kaugummistreifen aus der Tasche zog. Nach einem dicken Schmatzer auf ihre Wange verließ er das Zimmer.

Renee blieb einen Moment lang in der offenen Tür stehen, um lächelnd zu mir zu blicken.

«Hoffe, es hat dir Spaß gemacht», sagte sie und ging.

Und ich ... verschwitzt, feucht, bestürzt und noch immer ein bisschen erregt ... war mir nicht sicher, was eigentlich mit mir los war. Auf jeden Fall war ich nicht mehr die Person, als die ich den Laden zuvor betreten hatte.

«Layla?»

«Sie sind weg», flüsterte ich. Befriedigt und überdreht zugleich.

«Hat es dir gefallen?»

«Ja. Und dir?»

«Ja.»

«Bist du gekommen?», wollte ich wissen. Was ich beobachtet hatte und was in meinem Körper vorgegangen war, hatte mich derart gepackt, dass ich mir nicht sicher war, ob ich ihn gehört hatte oder nicht.

«Nein.»

«Tu es jetzt. Tu es für mich.» Hastig begann ich zu beschreiben, was ich gesehen hatte, aber mit uns beiden als Akteure. «Stell dir vor, ich knie vor dir und halte deinen Schwanz in der Hand. Ich lecke ihn langsam. Lasse meine Zunge ringsherum gleiten und nehme dann die Spitze in den Mund.»

«Ich schiebe die Hände in deine Haare», sagte er. «Drücke dich hinunter, um zu sehen, wie viel du aufnehmen kannst. Ich will meinen Schwanz in dir verschwinden sehen.»

Erneut griff ich in meine Shorts und drückte meine Klitoris.

«Ich will das auch», flüsterte ich. «Ich will dich ganz in mir haben.»

«Ich komme», keuchte er.

«Bitte», wisperte ich. «Komm in mir, lass mich kosten.»

Er stöhnte und schrie auf, und ich auch.

In dem Zimmer war nur unser Keuchen und die Tanzmusik zu hören, die Renee nicht abgeschaltet hatte.

«Alles gut?», fragte er, als ich erschlafft in dem Sessel lag, mit einem wunden Gefühl zwischen den Beinen.

Das reicht mir nicht mehr. Der Gedanke kam wie aus heiterem Himmel. Und für einen Moment wollte ich ihn abtun. Das war das Heißeste, Aufregendste, was ich in meinem ganzen Leben getan hatte. Das konnte unmöglich nicht reichen.

Und dennoch war es so. Ich fühlte mich leer. Ich sehnte mich nach mehr als meinen Fingern und dem Klang seiner Stimme an meinem Ohr.

Ich wollte Dylan. Ihn selbst.

«Layla?», fragte er, da ich schwieg.

«Mir geht's gut. Und dir?»

«Sehr gut.»

«Ich muss jetzt nach Hause», sagte ich.

«Ruf mich an, wenn du dort bist.»

Ich ging aus dem Zimmer und verließ den Club durch den Notausgang anstatt auf dem üblichen Weg. Dabei versuchte ich, meine vage Enttäuschung als seltsame Reaktion auf meine wachsende Kühnheit abzutun.

Stattdessen dachte ich daran, wie verdammt verrückt es war, dass ich das getan hatte.

Ich, Annie McKay.

Unglaublich, dachte ich bei der Heimfahrt und lachte immer wieder. Zuckte peinlich berührt zusammen. Seufzte beklommen und aufgeregt.

Unglaublich, dachte ich unter der Dusche beim Einseifen. Seife und Wasser machten alles seidenglatt.

Ich hatte nicht die Figur einer Stripperin. Bei weitem nicht. Aber ich war stark und meine Haut weich, und ich erlebte meinen Körper. Mit allen Ecken und Kanten. Es gab keine Stelle an mir, die ich in dem Moment nicht spürte, und das war wunderbar.

Jahrelang war ich in meiner Haut herumgegeistert, hatte mich immer kleiner gemacht, damit Hoyt, wenn er mich schlug und kniff und herumstieß, nur meinen Körper traf, nicht mich selbst. Ich dachte immer, das fiele ihm gar nicht auf, dass er mich, abgesehen von den Momenten, in denen er wütend war, gar nicht wirklich wahrnahm.

Ich hatte mich getäuscht. Wirklich gründlich getäuscht.

Ich trocknete mich ab und ging im Dunkeln vom Bad ins Schlafzimmer, wo der Vollmond durch die Vorhänge schien, die sich leicht im Wind bewegten.

Ich war in einem Stripclub gewesen. Ich hatte einer Frau bei einem Blowjob zugeschaut und mich dabei befriedigt.

«Wer bin ich?», fragte ich mich lachend, ließ das Handtuch fallen und legte mich nackt aufs Bett.

Ein paar Augenblicke später setzte ich mich jedoch auf und nahm mir eine saubere Unterhose aus der Schublade.

Aber zumindest tat ich das jetzt aus freien Stücken und nicht aus Angst.

Ein Punkt für mich.

Aufregung und Vorfreude hielten sich in mir die Waage, und ich fühlte mich wie Charly in der Schokoladenfabrik, wenn er mit seinem Großvater lachend zur Decke hinaufschwebt.

Ich war so verdammt glücklich. Und stolz auf mich. Klar, man kann es für dumm halten, auf den Besuch in einem Stripclub stolz zu sein. Es war ja nicht so, als hätte ich das Mittel gegen Krebs gefunden. Trotzdem fühlte es sich für mich so an.

Und ich schaltete das Handy ein und rief Dylan an wie ein Schaf, das zur Schlachtbank geführt wird. Es klingelte drei Mal, dann schaltete sich die Mailbox ein.

Aber da sprach eine Frauenstimme.

Dies ist der Anschluss von Dylan Daniels. Bitte hinterlassen Sie eine Nachricht, und wir rufen Sie innerhalb eines Geschäftstages zurück.

18

Was bedeutete das?

Innerhalb eines Geschäftstages? War das eine Sekretärin?

Wer zum Teufel war Dylan Daniels?

Eine Weile starrte ich auf das Display und überlegte, was ich tun sollte. Was ich tun wollte.

Gleich nach der Ansage legte ich auf und starrte das Handy an, als wäre es eine Schlange. Kurz darauf erschien eine Kurznachricht auf dem Display.

Hey. Gib mir zehn Minuten. Stecke mitten in der Arbeit.

Es war ein Uhr nachts. Wer steckte um diese Zeit mitten in der Arbeit? Nach dem, was wir im Club getan hatten?

Zum ersten Mal kam mir der Gedanke, mir die Funktionen des Geräts anzusehen. Ich prüfte, ob man im Flowered Manor wie durch ein Wunder freies WLAN hatte und das Handy damit verbunden war.

War es zu glauben, dass es keins gab?

Ich würde wohl am nächsten Tag in die Stadt fahren und in die Bibliothek gehen müssen, wenn ich etwas über ihn herausfinden wollte. Ihn im Internet stalken, wie es andere in meinem Alter taten.

Mein Handy summte.

Es war Dylan.

Ich fühlte mich wie tief unter Wasser. Obwohl ich so gut wie nichts über ihn wusste, hatte ich uns für ebenbürtig gehalten.

Das kam mir jetzt nicht mehr so vor.

«Hey», sagte ich. Meine Aufregung und Vorfreude lagen mir wie Blei im Magen.

«Hey, alles gut?»

«Bestens. In was für einer Arbeit steckst du mitten in der Nacht?» *Wer zum Teufel bist du?*

«Ein Meeting, ein stinklangweiliges Meeting, ein Albtraum. Wir sind gerade fertig geworden. Bist du ... Herrgott noch mal», fluchte er. «Baby, ich rufe dich gleich wieder an. Ich schwöre, ein paar Idioten hier werden die Nacht nicht überleben. Bist du gleich noch wach?»

«Ja.»

«Gut. Nicht einschlafen.»

Ich legte auf und überlegte, ob ich über den Highway zu einer der Fernfahrerkneipen mit freiem WLAN fahren sollte. Aber dann, in einem seltsam klaren Moment, entschied ich, dass es unwichtig war. Es spielte keine Rolle, wer er war. Für mich war er nur der Kerl am anderen Handy. Der Kerl, der mich weiter und schneller aus meinem alten verängstigten Leben herausführte, als ich es selbst je getan hätte. Vielleicht würde er es mir irgendwann von sich aus erzählen.

Oder auch nicht.

Ich hatte jedoch nicht vor, ihm zu verraten, wer ich war.

Wer ich wirklich war und warum ich in diesem Trailerpark der Verzweifelten wohnte und nach einem Riss in meinem selbstgebauten Gefängnis suchte.

Ich durfte nicht scheinheilig sein.

Falls er ein Gangster, Spion, Covermodel oder Politiker war, spielte das keine Rolle.

Für mich bliebe er Dylan. Bloß Dylan.

Und ich für ihn Layla.

Und mehr brauchte ich über ihn nicht zu wissen. Aber ich wollte ihn sehen. Ihn anfassen.

Ihn haben.

Mir reichte wirklich nicht mehr, was wir hatten.

Ich scrollte durch die Funktionen und fand die Kamera.

Ich hielt sie auf mich gerichtet und drückte die Oberarme gegen meine Brüste, damit sie nicht zu den Achselhöhlen rutschten, legte die Hand vorne an das rosa Höschen und beugte ein Knie. So knipste ich mich und sah mir die Aufnahme an.

Oje. Zu viel Knie, kein Busen.

Ich machte noch eine Aufnahme und dann noch eine.

In der vierten schließlich sahen meine Sommersprossen nicht mehr aus wie Hautausschlag, meine Brüste waren tatsächlich im Bild, und meine Hand am Slip sah sexy aus … wirklich sexy und nicht befremdlich. (Ich hatte die Unterwäsche wechseln müssen, weil rosa zu sehr nach kleinem Mädchen aussah, und das war das Letzte, was ich wollte.)

Schließlich hatte ich ein ziemlich heißes Foto ohne Gesicht von mir.

Das schickte ich ihm.

Ich, Annie McKay, schickte ein Nacktfoto von mir an einen Mann.

Eine Minute später klingelte mein Handy. Ich nahm ab, aber ehe ich hallo sagen konnte, fragte er: «Bist du das?»

«Nein, die Stripperin, die ich mit nach Hause genommen habe.»

«Ist das ein Scherz?»

Ich lächelte. «Ja.»

«Also bist du das?»

«Das bin ich.»

«Du …» Er atmete hörbar aus. «Gott, du bist so hübsch. Deine Haut, sie ist … einfach verdammt schön.»

Mich hatte noch keiner hübsch genannt, schon gar nicht schön. Das Hübscheste an mir seien meine Haare, hatte meine Mom mal gesagt, ihre einzige nette Äußerung über mich, womit zugleich gesagt wurde, alles andere sei hässlich, und Hoyt sagte immer, ich könne hart arbeiten und sei eine gute Frau … ich weiß, ein echter Charmeur.

Aber das von Dylan! Ich wurde rot vor Freude. War aus dem Häuschen, weil mich jemand für hübsch hielt.

Denn das war ich. Ein bisschen.

Nicht wie Joan, aber ich war es auf meine Weise.

«Heute Abend …», seufzte ich.

Sein dunkles Lachen klang köstlich.

«Das war das Heißeste, was ich je gehört habe», sagte er.

«Das bezweifle ich. Du warst mal hemmungslos, weißt du noch? Ich wette, du hast schon viel Heißeres gehört.»

«Du bist jetzt auch hemmungslos. Und mutig. Was möchtest du außerdem noch sein?»

«Ich möchte mit dir zusammen sein.»

Das rutschte mir heraus, ehe ich es verhindern konnte, und ich hörte ihn scharf Luft holen.

Das kühle Schweigen verriet mir, dass ich etwas getan hatte, das sich nicht wiedergutmachen ließ. Ich hatte alles verändert.

Das wusste ich durch den sechsten Sinn, den ich im Lauf der Jahre entwickelt hatte, jene spezielle schreckliche Fähigkeit, zu erkennen, wenn etwas aus den Fugen geriet. «Ich weiß, das wird nicht passieren», versicherte ich hastig, um zu kitten, was ich gerade zerschmettert hatte. «Das tue ich. Ich verstehe das. Ich habe ebenfalls Gründe, die mich davon abhalten würden. Aber ich habe eine Stripperin auf dem Schoß eines Typen tanzen sehen. Sie saß mit dem Gesicht zu ihm, und er hielt ihren Hintern gepackt. Mit beiden Händen. So fest, als wollte er ihr die Nägel ins Fleisch drücken. Als könnte er sie nicht nah genug oder fest genug an sich drücken, und ich … ich bin noch nie so gehalten worden. Kein einziges Mal. Noch nie. Und da habe ich mich gefragt, wie sich das wohl anfühlt. Wie es wäre, wenn mich jemand so sehr begehrt, dass er … mich packt und so fest hält, wie er kann.»

«Layla …»

Aber ich hörte nicht auf, ich hatte einen Lauf. «Wie das mit dir wäre. Und wie es wäre, deinen Schwanz in der Hand zu halten und in den Mund zu nehmen. Oder meine Finger in deinen Mund zu stecken, meine nassen Finger …»

«Layla.» Sein Ton war scharf, fast ein Peitschenknall. «Hör auf. Du musst … das geht nicht.»

«Ich weiß. Aber ich möchte es. Möchtest du … es nicht auch?» *Sag, dass du es auch möchtest.*

«Hör zu.» Seine Stimme klang auf einmal anders. Ganz anders. «Es ist vorbei.»

«Was?»

«Es ist vorbei. Ich habe dich davor gewarnt, dich zu Tagträumen verleiten zu lassen, und damit war es mir ernst.»

«Ich weiß überhaupt nichts über dich!», rief ich.

Darauf war er ein paar Augenblicke lang still. «Das ist nicht wahr, und das weißt du.»

«Okay, du gehst im Smoking zu Partys und arbeitest an Autos.»

«Und du hast die Ansage meiner Mailbox gehört, nicht wahr?»

Dylan Daniels.

«Ja.»

In dem Moment begriff ich, warum er immer so schnell ans Telefon gegangen war. Nicht weil er so dringend mit mir reden wollte, sondern damit ich nicht herausfand, wer er war.

«Machst du Schluss, weil ich arm bin?» Denn das war ich nicht. Ich war keineswegs arm. Auf meinen Namen war eine Farm von tausend Morgen Land in Oklahoma eingetragen, einer der größten Maislieferanten des Staates. Ich war tatsächlich selber stinkreich.

Nicht dass ich das je auch nur ein Mal so betrachtet hatte.

Und jetzt war ich tatsächlich sauer. «Wenn ja, dann kannst du mich mal. Dein Geld beeindruckt mich nicht im Geringsten.»

«Es geht nicht um Geld. Es ist ... das hätte gar nicht erst anfangen sollen. Ich hatte fünf Jahre lang jemanden, der Ben im Auge behält, und habe kein einziges Mal so etwas getan. Die haben mich überhaupt nicht interessiert, Layla, und dann kamst du daher mit deinen schlechten Witzen und deiner Entschlossenheit, mutig zu sein, und ich ...» Er stockte, und ich wartete mit angehaltenem Atem auf den Rest des Satzes.

«Was?»

«... verstoße gegen meine eisernen Regeln.» Ich wusste nicht, was ich darauf sagen sollte. Auf den Schmerz und die Frustration, die aus seinen Worten sprachen. Wen kümmerten seine blöden Regeln? Er wies mich zurück. Ich war seinetwegen in einen Stripclub gegangen. Hatte mich für ihn ausgezogen. Mich geöffnet und der schlimmsten Art von Spott ausgeliefert, und er störte sich daran, gegen seine blöden Regeln verstoßen zu haben? Blödsinn! «Das Handy kannst du behalten. Ansonsten bleibt es dabei.»

«Ich will dein verdammtes Mitleid nicht», fauchte ich.

Er gab sein typisches Stöhnen von sich. Das seltsame, erregende Geräusch, das halb Lachen, halb Stöhnen war, das mir bisher verraten hatte, dass ihm gefiel, was ich sagte, dass es ihn erregte, egal was ich sagte. Aber jetzt wusste ich nicht mehr, was es hieß.

Ich wusste überhaupt nicht mehr, was irgendwas hieß.

«Das ist kein Mitleid. Ich will ... Gott, Layla, ich will, dass du mich anrufst, wenn du irgendwas brauchst.»

«Darauf kannst du lange warten.» Ich war verblüfft, wie wütend ich war. Ich war ... fuchsteufelswild. Und ich konnte nicht aufhören.

«Ich meine es ernst. Wenn etwas passiert ...»

«Ich meine es auch ernst. Ich werde dich nicht wieder anrufen. Ich werde nicht mal an dich denken.» Das war gelogen, und wahrscheinlich war uns das beiden klar.

«Das ist schade.» Er klang traurig und müde. «Denn ich werde an dich denken. Du bist wahnsinnig schön, Lay...»

Ich legte auf. Trennte die Verbindung oder wie immer das hieß. Ich beendete den gottverdammten Anruf und hatte große Lust, ihn sofort wieder anzurufen, nur um noch mal aufzulegen.

Scheiß auf dich, du beschissener Scheißkerl, dachte ich, pfefferte das Handy in die Schublade und rammte sie zu. Aber das blöde Ding war so billig. Der ganze gottverdammte Wohnwagen war eine beschissene Bruchbude, die bei der nächsten Windbö auseinanderfallen würde. Und darum sprang die Schublade wieder auf.

Ich schlug sie mit der Faust zu. Und schlug noch einmal zu.

Und dabei ging sie kaputt.

Und ich auch. Ich brach auf dem Bett zusammen, zersplittert in tausend Stücke.

19

Wenn Mom wütend wurde, zog die ganze Farm den Kopf ein. Ich flitzte umher, versuchte vorauszuahnen, was sie als Nächstes aufregen könnte, um es von vornherein richtig zu machen. Natürlich brachte das rein gar nichts. An solchen Tagen drehte sich die Erde falsch, und der Wind wehte verkehrt.

Sogar die Kühe schauten weg, wenn sie vorbeiging.

Smith kam dann nicht zum Schachspielen vorbei.

Meine Mom war klein und schmal. Eins fünfzig groß. Aber wenn sie derart wütend war, dann war sie ein Riese, der die Sonne verdunkelte.

Am Tag, nachdem Dylan mit mir Schluss gemacht hatte ... oder was auch immer das sein sollte ... da war ich auch so. Der Boden zitterte, als ich aus meinem Wohnwagen stampfte.

«He, langsam!», sagte Joan auf ihrer Terrasse. «Was ist denn mit dir los? Fand dein Freund das kleine Spiel gestern Abend nicht gut?»

Sie saß in dem grün seidenen Morgenmantel da, neben sich den Aschenbecher voller Zigaretten. In der Morgensonne wirkte ihre Schönheit anders.

«Was ist mit Ihnen los?», fauchte ich. Wahrscheinlich der schlechteste Versuch, einen Menschen zu einem offenen Gespräch zu bewegen.

«Mit mir?»

«Ja, Sie sehen beschissen aus.»

«Was hat dich denn in Rage gebracht?» Ihr Lächeln deutete an, dass sie meine schlechte Laune unterhaltsam fand.

«Das Leben, Joan. Das Leben bringt mich in Rage. Und warum sehen Sie so be…»

Die Tür ihres Wohnwagens ging auf, und heraus kam der Kerl, den ich vor Wochen schon mal bei ihr gesehen hatte. Der behaarte, der mir ekelhaft lächelnd zugezwinkert hatte. Diesmal lächelte und zwinkerte er nicht.

«Alles geregelt», sagte er zu Joan, als beantwortete er eine Frage, die ich sie nicht stellen gehört hatte.

«Gut», antwortete sie. «Wir sehen uns.»

Der Typ ging, ohne sich noch einmal nach ihr oder mir umzusehen, und Joan nahm einen langen Zug von ihrer Zigarette, als wäre nichts gewesen.

Gut. Wir alle spielten uns etwas vor, nicht wahr? Hier draußen in diesem beschissenen Trailerpark. Wir alle mussten so tun, als ob, um uns nicht eingestehen zu müssen, wie katastrophal unser Leben war. Das konnten wir alle ganz ausgezeichnet.

«Ich fahre in die Stadt», sagte ich. «Brauchen Sie etwas?»

«Du arbeitest nicht?»

«Es ist Samstag, Joan. Ich habe frei.»

Sie hob die Hände, als ob ich eine Waffe auf sie richtete, grinste mich dabei aber an. «Nein, danke. Ich brauche nichts.»

Ich nickte kaum merklich und ging zu Bens Wohnwagen, um an die Fliegengittertür zu klopfen.

Es dauerte ein paar Augenblicke, aber Ben zeigte sich. Er sah besser aus als gestern, hauptsächlich weil er sich etwas Frisches angezogen hatte. Er trug eines seiner glatten T-Shirts und hatte geduscht.

«Du siehst besser aus.»

«Ich fühle mich auch besser.»

Mir fielen alle Gründe ein, weshalb ich mich von ihm fernhalten sollte. Die Warnungen. Aber die waren mir egal. Mir war alles egal. Mein ganzes Leben lang hatte ich mir ständig Gedanken gemacht … genau auf die Laune der anderen geachtet, jedes Schweigen entschlüsselt. Ich war so sehr auf jeden in meiner Umgebung eingestellt gewesen, dass ich mich selbst praktisch in Luft auflöste.

Und davon hatte ich die Nase voll.

«Brauchst du etwas?»

Er schüttelte den Kopf, und ich nickte, unterdrückte das Bedürfnis, mich zu vergewissern, dass es ihm gutging, seine Krankheit auf mich zu nehmen, als wäre es meine, trotz all dem Scheiß, den ich über ihn zu wissen glaubte.

«Okay, bis später.» Ich winkte und sprang von der Stufe, aber dann drehte ich mich noch mal um.

«Ben, warst du bei einem Arzt?»

Das Fliegengitter war ein Schatten auf seinem Gesicht. «Ja. Bei vielen», sagte er und schloss die Wohnwagentür.

Ich stieg in mein Auto und fuhr mit offenen Fenstern und wehenden Haaren Richtung Stadt.

Dabei kam ich am Velvet Touch vorbei und dachte, dass ich nicht auf Dylan angewiesen war. Ich brauchte ihn überhaupt nicht. Ich hatte alles allein getan. Ich war allein in den

Club gegangen. Hatte allein Piña Colada bestellt, Renee und dem Kerl zugeschaut. Ich. Ganz allein.

Es waren meine Hände an meinem Körper gewesen. Jedes einzelne Mal.

Aber das hättest du nicht getan, wenn er dich nicht dazu aufgefordert hätte, wisperte eine innere Stimme. *Du wärst gar nicht auf die Idee gekommen, wenn du nicht an das fremde Handy gegangen wärst. Du hättest zurückgezogen in dem Wohnwagen gelebt und auf etwas gewartet, das nicht kommen wird.*

«Halt's Maul», brummte ich und drehte das Radio lauter.

Im Supermarkt kaufte ich ungewohntes Zeug. Pop-Tarts und eine Tüte Chips.

Dylans Geld brannte mir ein Loch in die Tasche. Mit vierzig Mäusen konnte man allerhand kaufen.

Orangen. Die teuren.

Eine Dose Oliven. Ich mochte Oliven sehr. Die würde ich zum Abendbrot essen.

Im Gang mit dem Wein schaute ich mich nach Bucket-o-Drinks um, fand aber keine. Darum griff ich mir die billigste und größte Abfüllung Weißwein, die sie dahatten.

Es würde also ein Bucket-o-Wine-Abend in meinem Wohnwagen werden.

In der Bibliothek überflog ich die Zeitungen von Oklahoma. Über mich stand nichts drin.

Allerdings gab es eine Titelstory, wonach es im Westen des Landes künftig mehr Windräder geben werde. Dort wohnten wir. Hoyt freute das bestimmt.

Und dann saß ich da und versuchte, besser zu sein als

meine Impulse. Nicht in die kindische Neugier der verschmähten Frau zu verfallen. Es war vorbei. Ich hatte eine gesunde Einstellung zu den Ereignissen der vergangenen Nacht entwickelt. Informationen über ihn würden nichts ändern.

So was tun andere Frauen – nicht du.

Und aus irgendeinem Grund war es dieses Argument, das mich meine Vorsätze über den Haufen werfen ließ. Er war nicht mehr bloß Dylan. Er war Dylan Daniels, und er hatte mich abserviert.

Ich öffnete die Suchmaschine und gab seinen vollen Namen ein.

Es gab viele Dylan Daniels auf der Welt. Einen Immobilienmakler in Las Vegas. Einen Lehrer in Maine. Einen zehn Jahre alten Rechtschreib-Champion in Florida.

Es gab auch einen Dylan Daniels im Zusammenhang mit Stockcar-Rennen.

Ich überflog die Links:

Wagen explodiert bei NASCAR-Ausscheidung

Fahrer erleidet Verbrennungen dritten Grades. Zustand kritisch.

Ehrenwache für NASCAR-Fahrer Dylan Daniels geht weiter.

Danach – nichts. Keine Neuigkeiten. Keine Erwähnung nach dem 16. August 2011. Kein Wort nach dem Unfall.

Ich scrollte zurück und klickte auf den ersten Link.

Unter der Überschrift zu dem Unfall gab es ein Foto von einem Mann. Kurzgeschnittene Haare, lebhafte, dunkle Augen. Kantiges Kinn. Seine Lippen … als mein Blick auf seine Lippen fiel, hielt ich den Atem an.

Sie waren wie … keine Ahnung. Sie waren schön. In einem so schroff maskulinen Gesicht wirkten solche Lippen wie ein Augenzwinkern Gottes oder etwas in der Art.

Unter dem Foto stand: *Dylan Daniels vor dem Unfall.*

Das war Dylan? Mein Dylan?

Ich beugte mich näher an den Bildschirm, als wäre er dann besser zu erkennen. Hätte ich hindurchgreifen und ihn anfassen können, ich hätte es getan.

Er war schön. Beeindruckend. Die Augen … die Lippen. Die Kombination war beinahe schmerzhaft. Teuflisch und engelhaft zugleich.

Ich scrollte weiter zu dem Artikel.

Die Welt der Stockcar-Rennen war mir völlig fremd, und mir schwirrte der Kopf, aber ich verstand, dass bei einem NASCAR-Rennen vor vier Jahren ein Fahrer ein Hinterrad und daraufhin die Kontrolle über seinen Wagen verloren hatte.

Ich lehnte mich zurück und musste tief Luft holen. Ich hatte den Atem angehalten. Mir war nicht wirklich klar, was das alles bedeutete.

Aber das Foto zu der Story, das verstand ich. Das konnte jeder verstehen: Auf einer Grünfläche in der Mitte der Rennstrecke stand ein Wagen in Flammen. Am Rand des Bildes waren Leute zu sehen, die darauf zurannten.

«Oh mein Gott», hauchte ich.

Ich klickte mich durch die Bilder und stieß auf Dutzende solcher Fotos. Der Brand von allen Seiten, Crews beim Löschen, die Bergung des Fahrers durchs Fenster.

Es gab jede Menge Fotos von Dylan vor dem Unfall, von dem Mann mit den schönen Lippen und den lebhaften, dunklen Augen, dem Kinn, das aussah wie gemeißelt. Mit einem kräftigen Körper. Er war oft Arm in Arm mit einer großen, gertenschlanken Brünetten zu sehen, die eine enorme Oberweite hatte.

Ich starrte auf die Fotos, um sie mir einzuprägen, denn ich gierte nicht zuletzt nach Bestrafung.

Was dachtest du denn, das passieren würde?, sagte ich mir. Dass du tatsächlich eine andere wirst, nur weil du dich anders gibst? Du bist noch immer dieselbe.

Dieselbe, die nie jemand wollte.

«Entschuldigen Sie, Miss?»

Das riss mich aus dieser seltsamen Horrorshow, und ich blickte auf. Die Bibliothekarin hinter dem Tresen schaute zu mir herüber.

«Ihre Zeit ist um.»

«Wie bitte?»

«Sie haben sich für eine halbe Stunde eingetragen. Die ist um. Wenn Sie mehr Zeit brauchen, müssen Sie sich noch mal eintragen.»

In der Bibliothek war kaum jemand. Niemand stand hinter mir und wartete ungeduldig, dass ich den Computer frei machte.

«Im Ernst?», fragte ich.

«Wir müssen nachweisen, dass die …»

«... Computer genutzt werden, ich weiß.» Eigentlich sollte ich mich auf den Heimweg machen. Auf dem Rücksitz meines Wagens standen Lebensmittel. Und ich hatte herausgefunden, was ich wissen wollte. Dylan Daniels war ein gutaussehender Playboy und Rennfahrer gewesen.

Aber nach dem Unfall. Nichts.

Kein einziges Foto. Keine einzige Zeile.

Als wäre er verschwunden.

«Ich gehe.»

Auf dem Weg nach draußen kaufte ich drei weitere Bücher aus dem Verkaufsständer.

«Hey!», sagte jemand im Vorbeigehen, als ich aus der Tür trat. Ich drehte mich um und stand vor einem lächelnden blonden Kerl.

«Hi.» Ich wich einen Schritt zurück.

Im Lauf der Jahre auf der Farm, wo ich immer denselben Leuten begegnete, die sich, weil sie nicht dumm waren, wahrscheinlich sehr gut vorstellen konnten, wie das Leben mit meiner Mom aussah, und wahrscheinlich auch, wie das Leben mit Hoyt aussah – falls sie es nicht sowieso genau wussten –, im Lauf dieser Jahre lernte ich jedenfalls, eine unüberbrückbare Distanz zu wahren, indem ich ein gleichmütiges Gesicht machte, einen kühlen Blick beibehielt. Indem ich niemandem Grund gab, zu glauben, sein Interesse würde mich kümmern, konnte ich mir Fragen gewöhnlich vom Leib halten.

Diesen Gesichtsausdruck hatte ich jahrelang eingeübt – und der Kerl schien ihn nicht zu bemerken.

«Wir sind uns hier vor ein paar Wochen schon mal begegnet», sagte er. «Ich war … Ich bin Cop. Ich war in Uniform. Grant ist mein Name.»

Ich schaute auf sein rotes Hemd, die schwarzen Shorts. Unter dem Arm trug er einen Stapel Bücher.

«Ach ja», sagte ich. Er hatte ans Autofenster geklopft, als ich gerade durchdrehte, und gefragt, ob es mir nicht gutgehe. «Schön, Sie wiederzusehen, Grant. Ich bin, äh, Annie.»

«Freut mich auch, Sie zu sehen, Annie.» Gott, er war wie ein Golden Retriever. Ganz leuchtende Augen und wedelnder Schwanz. «Haben Sie da was Gutes?»

«Wie bitte?»

«Bei den Büchern.» Er zeigte auf die drei, die ich an meine Brust drückte. «Ich komme jede Woche her. Bin ein häufiger Nutzer der Bibliothek.» Er drehte seine Bücher herum, um sie mir zu zeigen. Das oberste war der nächste Band in der Thrillerreihe, die ich gerade gekauft hatte.

«Ach, sieh an», sagte er, da ihm dasselbe auffiel. Wirklich, er war sehr … freundlich. «Die sind echt gut. Die werden Ihnen gefallen.»

«Danke. Ich habe vor langer Zeit mal einen seiner früheren gelesen.»

«Welchen?»

«Den mit den Aliens und dem Hotel.»

«Oh Gott, den fand ich klasse. Mit dem Jungen …»

«Und den Zeichnungen, ja.» Ich lächelte tatsächlich, ehe ich es verhindern konnte, und er stürzte sich darauf.

«Wissen Sie, wenn Sie gerade Zeit haben, ich habe heute frei. Ich kann die schnell abgeben, und wir gehen zusammen mittagessen.»

«Es ist erst zehn.»

«Dann frühstücken? Kaffee trinken?»

Ein Date. Er bat mich um ein Date.

Ich hatte noch nie ein Date gehabt.

Nicht in der Highschool. Nicht in der Zeit, als Hoyt … Gott, ich weiß gar nicht, wie ich die sechs Monate, bevor er mir den Antrag machte, nennen soll, aber als Umwerben kann man es nicht bezeichnen. Vielleicht als Weichmachen für den kommenden Schrecken?

Was einem Date noch am nächsten kam, waren die Telefonate mit Dylan. Und die zählten nicht. Die bedeuteten nichts.

Genauso gut hätte dieser Cop mich einladen können, sich mit ihm ein paar Drachen anzusehen. Oder eine Floßfahrt auf dem Nil zu machen. Das kam mir genauso unmöglich vor.

Wieso unmöglich?, fragte jene Stimme in meinem Kopf. *Was du mit Dylan hattest, war auch nicht unmöglich.*

Ich konnte diesen lächelnden, Bücher liebenden Cop in dem roten Hemd, bei dem die Ärmel über ziemlich beeindruckenden Muskeln spannten, genauso leicht belügen wie Dylan. Aber ich war nicht mal in Versuchung. Kein bisschen.

Dylan bewegte sich in einer anderen Sphäre, weit entfernt von meiner.

Herrgott, mir dämmerte gerade, wie kaputt ich war.

«Es tut mir leid. Ich kann nicht.»

«Klar», sagte er und winkte ab. Selbst die Abfuhr nahm er lächelnd entgegen. «Kein Problem. Vielleicht ein andermal.»

«Klar», log ich, womit ich ihm vielleicht falsche Hoffnungen machte, aber ich brachte es nicht über mich, etwas anderes zu tun.

In Gedanken mit Dylan beschäftigt, fuhr ich heim. Ich dachte darüber nach, was ich über ihn erfahren und was ich schon über ihn gewusst hatte, und alles, was sich daraus schließen ließ, rief nur neue Fragen hervor.

Wie war er zum Stockcar-Rennen gekommen?

Wie hatte er den Brand überlebt?

Was war danach passiert?

Feuer ... ich konnte es mir nicht mal vorstellen.

Und dann riss ich mich zusammen und hörte auf, mir was vorzustellen.

Denn ich konnte ihn im Internet stalken, so viel ich wollte, ich würde doch nie die Antworten erhalten, um die es mir wirklich ging.

Und die Fragen zu stellen würde mir bloß weh tun.

Zu Hause lud ich die Lebensmittel aus dem Auto. Als ich den Tetrapack Wein herausholte, kam Joan mit einem Korb vom Waschhäuschen zurück.

«Heute mal den guten?», fragte sie und beäugte den Wein.

«Wenn du nett bist, kriegst du welchen ab.»

Überrascht zog sie eine Braue hoch, und ehrlich gesagt, war ich auch überrascht.

«Willst du damit auf meine Terrasse kommen?» Sie stemmte den Wäschekorb gegen die andere Hüfte.

«Hast du was zu essen?» Ich hatte einen Bärenhunger, und Oliven als Abendbrot war eine blöde Idee gewesen.

Sie lächelte. «Ich kann was aus dem Eisfach holen.»

Und plötzlich hatte ich ein Date mit einer Stripperin.

Bevor ich zu ihr hinüberging, ging ich am Rhododendronstrauch vorbei zu Tiffany. Draußen am Campingtisch saßen alle drei Kinder und malten. Filz- und Wachsmalstifte lagen in einem Schuhkarton in der Mitte.

«Hallo, Leute», sagte ich.

Kurz blickten sie auf, blonde Haare fielen über blaue Augen, und die Mädchen beugten sich gleich wieder über ihre Bilder, nur Danny nicht. «Hallo», sagte er. Der Sprecher der Gruppe.

«Ist eure Mom da?», fragte ich und machte einen Schritt auf die geschlossene Tür des Wohnwagens zu.

«Dad ist da», antwortete Danny, worauf ich innehielt. Es war still, und ich konnte nicht unterscheiden, ob das eine gefährliche oder glückliche Stille war. Es war jedenfalls still.

Schnell sah ich mich nach dem Dodge um. Er parkte an einer anderen Stelle, nämlich hinter dem Wohnwagen. Ein Stück von der Stoßstange lugte hervor wie aus einem Versteck.

Der Wagen wirkte unheilverkündend. *Herr im Himmel, kann ich mal mit der Paranoia aufhören?*

«Geht es euch gut?», fragte ich.

«Ja.»

«Wir fahren zu McDonald's», sagte eines der Mädchen, das an einem großen Regenbogen malte. «Hat Dad gesagt.»

«Das ist toll.»

Langsam machte ich kehrt, aber kurz vor dem Rhododendronstrauch blieb ich stehen. Ein paar Gespenster bildete ich mir vielleicht ein, aber mindestens eines war real. «Danny?»

«Ja?» Er malte eifrig in einem Spider-Man-Malbuch, die rote Wachsfarbe bildete eine dicke, glänzende Schicht auf dem Papier.

«Weißt du, welcher Wohnwagen meiner ist?»

Er hielt inne und sah auf. «Der erste hinter dem Busch.»

«Richtig. Wenn ihr etwas braucht, egal was. Wenn ihr Angst habt oder so, kommt ihr bei mir klopfen.»

Er blickte mich lange mit seinen viel zu erwachsenen Augen an, dann zuckte er die Achseln. «Klar.»

Mit dem Wein unter dem Arm ging ich zurück und dachte an all die Leute, die versucht hatten, mir zu helfen, und die ich mit beiden Händen weggestoßen hatte. Mit aller Kraft hatte ich sie weggestoßen, bis sie es aufgegeben hatten.

20

Joan hatte tiefgekühlte Taquitos erhitzt, eines meiner fünf liebsten Fertiggerichte. Und sie rührte saure Sahne in die Salsa. Eine tolle Idee, auf die ich noch nicht gekommen war. Und sie hatte echte Weingläser auf ihren Campingtisch gestellt und den Aschenbecher weggeräumt.

«Na?», sagte ich, als ich die Holzterrasse betrat. Wenn ich behaupten wollte, ich wäre nicht nervös gewesen, wäre das glatt gelogen. Schließlich hatte ich Joan vor mir. Das war ein Gefühl, als wollte ich mich mit einem Hai anfreunden. «Sind wir nicht vornehm?»

«Sind wir. Mach ihn auf.»

Der Weinkarton hatte einen Plastik-Zapfhahn, was die Vornehmheit beträchtlich reduzierte.

«Und?», fragte sie, als sie sich mit einem Glas lauwarmem Wein und einem Taquito zurücklehnte. Sie trug dünne Yogahosen und ein Trägerhemd, und selbst damit sah sie bewundernswert aus. «Der Typ, den du da hast …»

«Ich hab ihn nicht mehr», sagte ich und tunkte meinen Taquito in die Salsa. «Es ist vorbei.»

«Das ist schade.»

«Wahrscheinlich aber gut so.» Obwohl das nicht stimmte. Obwohl ich die Möglichkeit, ihn anzurufen, so wahnsinnig vermisste, dass es nicht mehr normal war. «Wir wären ohnehin kein Paar geworden, weißt du? Das war nicht echt.»

Joan schnaubte. «Was ist schon echt? Ich denke, wenn du es lebst, ist es echt genug.»

Ich schüttelte den Kopf, weil ich nicht bereit war, über Dylan zu reden. Und unsicher, was ich überhaupt sagen konnte. Das Foto und der Artikel gingen mir noch durch den Kopf. Er war schwer verletzt worden. Und er sah unglaublich attraktiv aus.

«Wie steht's mit dir?», fragte ich, um das Gespräch in eine andere Richtung zu lenken.

«Mit mir und den Männern?» Sie lachte.

«Ja. Der Typ, der vorhin aus deinem Wohnwagen kam ...»

Sie schüttelte den Kopf. «Der ist niemand.»

«Niemand? Nachdem er zum zweiten Mal bei dir war?»

«Ein Typ, mit dem ich arbeite. Das ist alles. Und mit dir», sie zeigte mit ihrem Taquito auf mich, «rede ich nicht über ihn.»

«Okay, okay, schon verstanden. Der lächelnde Typ, der sich beim Rauskommen das Shirt überzieht, ist tabu.»

«Na schön, du willst neugierig sein?» Sie lümmelte sich in ihren Liegestuhl.

«Nein. Will ich nicht.»

«Zu spät. Was willst du jetzt tun?»

Ich sah sie verständnislos an. «Was meinst du?»

Sie zuckte die Achseln. «Du bist von dem Kerl, der dich geschlagen hat, losgekommen. Also, was willst du jetzt tun? Ich meine, du kannst dich nicht ewig auf der Wiese abrackern.»

«Ich überlege, Stripperin zu werden.»

Joan lachte. «Schätzchen, du brauchst ein paar tausend Dollar für die entsprechenden Titten, bevor du davon leben kannst.»

Ich fasste mir ans Herz, als wäre ich gekränkt.

«Im Ernst.» Joan schenkte sich Wein nach, und die Sonne versank hinter Bens Garten. Ich streckte meine zerkratzten, knubbeligen Beine aus. Bei ihrem Anblick musste ich aus irgendeinem Grund an Dylans Lippen denken. So als wäre der hässlichste Teil meines Körpers mit dem schönsten seines Körpers verbunden. Gegensätze. Deshalb dachte ich an seinen Mund. Wir waren eine Paarung von Gegensätzen, von den entfernten Enden des Schönheitsspektrums. «Was willst du tun?»

«Ich weiß nicht. Ich habe kaum die Highschool geschafft. Eine Farm bewirtschaften ist das Einzige, was ich kann. Ich glaube nicht, dass ich zu viel mehr tauge.»

«Das ist Eins-a-Blödsinn, was du da redest.»

«Joan, du weißt nichts über mich. Du hast kein …»

«Ich weiß, dass du verdammt zäh bist und verdammt mutig. Ich weiß, dass du ein bisschen dumm bist, aber das sind wir alle mal. Wie ich die Sache sehe, kannst du alles tun.»

Sie kennen doch sicher diese Geschicklichkeitsspiele, bei denen bewegliche Quadrate in einem Rahmen sitzen, die bei richtiger Anordnung ein Bild ergeben. Sie sind jedoch so durcheinander, dass man sie mit elender Geduld ewig lange verschieben muss, bis man die Lösung hat.

Unmöglich, diese dummen Dinger.

Doch als Joan das sagte, schob sie bei mir mit einem Mal eine Menge Quadrate an die richtige Stelle.

Eine Woche verging ereignislos. Tagsüber war ich allein mit dem Kudzu. Und nachts …

Nachts dachte ich an Dylans Stimme und streichelte mich, wobei ich neue Dinge entdeckte, die mir gefielen. Ich fand heraus, wo meine Schmerzgrenze lag. Wie intensiv echte Lust war.

Auf meinem Bett machte ich allerhand verlorene Zeit wett, bei offenen Vorhängen, damit der Luftzug über meinen Körper wehen und den Schweiß trocknen konnte, den ich selbst hervorgerufen hatte. Trotz meiner Vorstellungskraft – die ebenfalls verlorene Zeit wettmachte – konnte ich mir die Hände eines anderen an meinem Körper nicht vorstellen. Es blieb bei meinen. Wieder und wieder.

Noch eine Woche, und es war Mitte September. Die Nächte waren kühler. Ein wenig. Aber Stürme kamen auf, und fast jeder Tag auf der Wiese wurde durch ein Gewitter verkürzt.

Ben schien zu genesen. Nicht dass ich ihn oft sah. Sein Backofen stand halbfertig im strömenden Regen. Sein vernachlässigter Garten verwandelte sich in einen Dschungel.

Joan war auch nicht da.

Mir schien es, als kauerten wir alle mit dem Rücken zum Wind, anstatt uns vorzubereiten. Worauf, wusste ich nicht.

Aber mein Bauch sagte mir, es würde übel werden.

Es fing damit an, dass ich von Motorbrummen geweckt wurde. Nicht von Phils beschissenem Dodge, sondern einem anderen. Einem kleineren. Jemand fuhr in den Trailerpark und dröhnte an meinem Wohnwagen vorbei, um kurz darauf anzuhalten.

Benebelt und schlaftrunken sah ich auf die Uhr am Bett. Halb drei. An einem Mittwoch. Wäre es Freitag gewesen, hätte ich mir nichts dabei gedacht. Freitags wurde es häufig laut. Aber es war Mittwoch.

Erschrocken hörte ich jemanden an einen Wohnwagen klopfen. Nicht an meinen.

Joans?

Oh Gott, war ihr ein gestörter Typ aus dem Velvet Touch gefolgt? Sie hatte erzählt, es komme ab und zu vor, dass die Frauen gestalkt wurden. Renee hatte einmal die Polizei einschalten müssen und einen Monat lang bei ihrer Mutter gewohnt. Joan sagte, sie würden das gewöhnlich dem Besitzer melden, einem Kerl namens Zo, und der kümmere sich um solchen Scheiß, außer in der ersten Nacht. Beim ersten Mal könne Zo keine beschützen.

Ich beugte mich zum Fenster und hob den Vorhang, um hinauszuspähen.

Bei Joans Wohnwagen war alles still. Dunkel. Still.

Aber vor Bens Wohnwagen stand ein Motorrad.

«Mach auf, alter Mann!», brüllte ein Typ und schlug weiter an die Blechwand.

In der anderen Hälfte des Trailerparks fing ein Hund an zu bellen. Ein Kind weinte.

Das war übel.

Schlimmer als übel.

Das brauchte mein Bauch mir nicht erst zu sagen.

Ich schlüpfte aus dem Bett und schlich zum Fenster über der Polsterbank. Von dort konnte ich mehr sehen. Gerade als ich das Fenster aufzog, ging in Bens Wohnwagen das Licht an. Nachtfalter flogen darauf zu. Bens Tür ging auf, und der Mann, der draußen stand, ein großer kräftiger Kerl in schwarzer Lederweste mit einem Emblem auf dem Rücken, drängte sich an ihm vorbei. Ich sah Ben zur Seite kippen.

Und dann wurde die Tür geschlossen.

Ich stand auf. Mir zitterten die Hände. Was sollte ich tun? Die Polizei rufen?

Und dann ging das Gebrüll los.

Es war unmöglich zu verstehen, was der Typ sagte, aber es war laut und klang aggressiv. Ben war ein alter Mann. Schwach und krank. Sein Besucher ... der riesige Kerl konnte ihn umbringen. Mühelos.

Zurück im Schlafzimmer, holte ich das Handy aus der Schublade. Die 22er lag daneben in einem Flecken Mondschein. Voller Angst und kurz vorm Durchdrehen griff ich danach und rannte zur Tür.

Mein Plan war – soweit ich zum Planen fähig war –, zu belauschen, was der Kerl brüllte, und wenn es mir gefährlich erschien, die Polizei zu rufen.

Ich rannte hinaus, bog um die Ecke und stieß gegen Joan, die auf dem Weg zwischen unseren Wohnwagen stand. In ihrem grünen Morgenmantel und barfuß.

«Was hast du denn vor?», flüsterte sie.

«Nachsehen, ob Ben klarkommt.»

«Ist das eine Pistole?» Sie flüsterte weiter, aber so eindringlich, als würde sie mich anschreien. «Bist du irre? Was willst du denn damit?»

Ihre eigene Pistole sah ich in bequemer Reichweite am Rand ihrer Terrasse liegen.

«Dasselbe wie du.» Ich versuchte, kühn zu klingen. Das hätte vielleicht geklappt, wenn es mir selbstverständlich gewesen wäre, eine Schusswaffe in der Hand zu halten. Aber ich fand es unangenehm und gefährlich, und wahrscheinlich strahlte ich das deutlich aus.

«Hör zu», flüsterte Joan und trat näher an mich heran. «Geh wieder rein und ruf Dylan an.»

Ich schaute verständnislos, mir wich das Blut aus dem Kopf, machte mich schwindlig. Hatte sie Dylan gesagt?

«Woher …» Ich war so bestürzt, ich konnte die Frage nicht zu Ende bringen. Woher wusste sie von Dylan? Ich hatte seinen Namen ihr gegenüber nicht erwähnt. Nicht ein einziges Mal.

In Bens Wohnwagen ging etwas zu Bruch, und Ben schrie. Erschrocken fuhr ich zusammen und wimmerte.

«Geh rein», sagte Joan ruhig und bestimmt. Dabei sah sie mir in die Augen. «Und ruf Dylan an. Sag ihm, Max ist hier.»

«Max?»

«Geh!» Zur Bekräftigung schob sie mich weg. Ich kehrte in meinen dunklen Wohnwagen zurück, und mir war, als würden die Wände ringsum eingerissen und offenbarten eine größere Dunkelheit, als ich für möglich gehalten hätte.

Mit zitternder Hand tippte ich auf den Anruf-Button und hielt mir das Handy ans Ohr. Es war drei Uhr früh, bestimmt würde …

«Layla?», sagte er nach dem zweiten Klingeln. Seine vom Schlaf kratzige Stimme streichelte mich, und ich konnte nichts tun, um meine Reaktion zu unterbinden. Nichts. Beim Klang seiner Stimme überlief es mich, ich bekam Gänsehaut an den Armen. «Alles gut?»

«Ja. Aber Ben … da ist ein Typ bei ihm. Von einem Motorradclub …»

«Oh Scheiße.»

«Joan … kennt deinen Namen. Sie weiß, dass wir beide telefonieren, und meint, ich solle anrufen und sagen, dass Max hier ist …»

«Hör zu, Layla, hör jetzt gut zu. Du musst in deinem Wohnwagen bleiben. Geh nicht dort rüber. Geh nicht mal vor die Tür. Leg dich neben deinem Bett auf den Boden, auf der Seite, die von Bens Wohnwagen weiter weg ist.»

«Warum? Was soll das?»

Er atmete aufgeregt, und plötzlich hatte ich zehnmal mehr Angst. «Kugeln durchschlagen Wohnwagenwände wie Schweizer Käse, Layla. Ich schicke dir einen Wagen …»

«Was?»

«Ich schicke dir einen Wagen. In zehn Minuten ist er da. Spätestens. Geh erst nach draußen, wenn ein schwarzer Wagen vor deiner Tür hält.»

«Ich fahre nirgendwohin! Ich rufe die Polizei …»

«Wenn du das tust, wird jemand sterben, das garantiere ich dir.»

«Das ist doch … lächerlich.»

«Ich wünschte, es wäre so. Bleib drinnen. Geh kein Risiko ein. Jemand kommt dich abholen.»

Er legte auf, und ich starrte auf das Display. Geschockt. Wahrhaft geschockt. Wenn ich die Polizei riefe, würde jemand sterben? Wie das?

Der Streit drüben in Bens Wohnwagen ging weiter, aber nicht mehr so hitzig. Ben brüllte auch, und jetzt war es eine laute Unterhaltung.

Kurze Zeit später kam ein schwarzer Wagen vor meinem Fenster in der Dunkelheit zwischen meinem und Joans Wohnwagen zum Halt. Und ich dachte an jenen Tag, als ich vor einem Streit zwischen Tiffany und Phil ins Waschhäuschen geflohen war. Ich hatte große Angst gehabt – um mich selbst.

Ben war mein Freund. Ja, das war er. Und ich durfte ihn nicht im Stich lassen, während er drangsaliert, eingeschüchtert oder verletzt wurde.

So weit musste ich mich wenigstens verändert haben. Musste ich. Ich konnte unmöglich so weit geflohen und noch immer so verängstigt sein.

Ich rannte hinaus zu dem Fahrer, um ihm zu sagen, dass ich ihn nicht brauchte. Er stand neben dem Wagen, ein gutaussehender Typ, älter als ich.

«Sie sind Layla?», fragte er und öffnete die hintere Wagentür.

«Ja.»

«Steigen Sie ein.»

«Nein. Nein, ich fahre nicht mit.»

«Dylan hat gesagt, ich soll Sie notfalls auf den Rücksitz werfen.» Er trat auf mich zu, und ich wich zurück, nicht gewillt, mich grob behandeln zu lassen.

«Fass sie an, und ich jage dir eine Kugel in die Hand», drohte Joan von ihrer dunklen Terrasse. Ihr grüner Morgenmantel schimmerte im Mondschein.

«Joan», schrie ich. «Ich will Ben nicht allein …»

Plötzlich zog sie ein ovales, blinkendes Abzeichen aus der Tasche.

«Was … was bedeutet das?», fragte ich. Die ganze Sache entglitt rasant jeglicher Kontrolle.

«Ich bin verdeckte Ermittlerin der DEA», flüsterte sie. «Steig in den Wagen und hau ab.»

«Aber …»

«Los!», schrie sie. Sie flüsterte nicht mehr nur eindringlich, sondern schrie mich wirklich an, und ich stolperte auf die Wagentür zu. Der Fahrer riss sie weiter auf, aber ehe ich einstieg, blickte ich zu Joan.

«Komm mit», sagte ich. «Wenn es wirklich gefährlich ist …»

«… werde ich meine Arbeit tun. Los jetzt.»

Und dann saß ich auf dem Rücksitz des Wagens, der mit quietschenden Reifen anfuhr und den Trailerpark verließ.

ZWEITER TEIL

21

Annie

Der Wagen glitt durch endlose Dunkelheit, ein Meer von Kudzupflanzen mit Inseln neonbeleuchteter Raststätten. Wir fuhren vom Highway ab und auf immer schmalere Straßen, die in Serpentinen Hügel hinauf- und in Schluchten hinabführten, bis wir oben in den Bergen waren.

Ich saß mit meiner Angst und tausend Fragen auf dem Rücksitz. Warum hatte ich Dylan wegen Ben nicht stärker unter Druck gesetzt? Wer tut so was? Was für eine Idiotin lebt mit einem mutmaßlichen Mörder unbekümmert Tür an Tür, nur weil sie zu sehr damit beschäftigt ist, ihr spätes sexuelles Erwachen auszuleben, samt Telefonsex und Stripperinnen?

Den Typen mit dem Motorradclub-Emblem, den meinte ich im Velvet Touch gesehen zu haben.

Wohnte Joan – eine verdeckte DEA-Ermittlerin – seinetwegen im Trailerpark?

Worin war Ben verwickelt?

Ich konnte kaum atmen.

Mit zitternder Hand tastete ich nach dem Knopf, um das Fenster zu öffnen.

«Alles in Ordnung?», fragte der Fahrer.

«Das Fenster …» Das Wort war noch nicht ganz ausgesprochen, als die Scheibe einen Spaltbreit herabfuhr.

Die hereinwehende Luft roch nach Tannengrün.

Nach dem Staub und Lehm Oklahomas fand ich das exotisch.

«Wohin fahren wir?», fragte ich. Nachdem Dylan mich nicht sehen wollte, standen die Chancen 50:50, dass er den Fahrer angewiesen hatte, mich in ein Hotel zu bringen. Oder zu einer Tankstelle.

Unsere Blicke trafen sich im Rückspiegel. «An einen sicheren Ort.»

Warum zweifelte ich daran? Warum glaubte ich, es werde dort unendlich viel gefährlicher sein als im Trailerpark?

«Wer sind Sie?», wollte ich wissen.

«Ein Angestellter von Dylan.»

Dylan hatte also Angestellte, die mitten in der Nacht zu Trailerparks fuhren, um Frauen abzuholen und sie in Sicherheit zu bringen? Schon klar.

Die Scheinwerfer strahlten einen undurchdringlichen Vorhang von Bäumen und Kudzu an, und dann bremste der Wagen langsam ab und hielt vor den dicken, schwarzen Stangen eines Eisentors, das sich über die gesamte Straßenbreite erstreckte.

Durch das geöffnete Seitenfenster tippte der Fahrer einen Code in ein Tastenfeld ein, worauf das Tor zur Seite rollte und er die Auffahrt hinauffuhr.

Mein Puls pochte hinter meinen Augen. In meinen Fingerspitzen.

In der dichten Dunkelheit des waldigen, von Granitfelsen

durchzogenen Berghangs konnte ich das Haus nicht sehen, aber als der Wagen vorfuhr, schimmerte Licht über einer hölzernen Haustür. Davon abgesehen war es dunkel.

Nicht sicher, sagte mein Bauch. Überhaupt nicht sicher.

«Das ist es?», fragte ich.

«Jep.»

Widerstrebend stieg ich aus. Ich fror in der Gebirgsluft kurz vor Morgengrauen und schlang die Arme um mich. In der Nähe rauschte Wasser, ein Bach oder ein Fluss.

Es sah nicht nach viel aus, dieses Haus. Es hatte eine angebaute Garage. Groß wie eine Lagerhalle. Die war dunkel und hatte viele kleine Dächer mit Traufen und Markisen.

Es war ein seltsames kleines Haus auf einem einsamen Berg.

Sonderbar und ein bisschen ominös.

Es sah aus wie ein düsteres Haus in einem Film. Eines, in dem schlimme Dinge passierten.

«Dylans Haushälterin Margaret wird sich um Sie kümmern. Lassen Sie sich von ihrer Gutmütigkeit nicht täuschen. Sobald sie glaubt, Sie schaden Dylan, sind Sie Luft für sie.»

«Moment … wie bitte?» Ich drehte mich zu dem Fahrer um und wollte ihm weitere Fragen stellen, aber eigentlich war mein Bedarf an Drama für diese Nacht gedeckt. Der Fahrer winkte nur durch sein Seitenfenster, bevor er wegfuhr und mich allein vor dem Haus stehen ließ. Nachtfalter groß wie Flugzeuge schwirrten über mich hinweg auf das Licht über der Tür zu.

Alles klar.

Tief durchatmen.

Ich ging über den kiesbestreuten Fahrweg und zuckte zusammen, wenn sich scharfe Kanten in meine nackten Fußsohlen drückten. An der Tür, auf der sich Dutzende Nachtfalter niedergelassen hatten, hob ich die Hand, um zu klopfen, doch sie wurde geöffnet, bevor meine Knöchel das Holz berührten, und fast hätte ich der Frau vor mir an die Stirn geklopft.

«Entschuldigung ...»

«Sind Sie Layla?» Sie war klein und rund. Ihre Sweatshirtjacke mit Hilton-Head-Aufdruck war bis zum Hals geschlossen, ihre graublonden Haare im Nacken zu einem Dutt zusammengefasst, und kurze dünne Strähnen standen rings um den Kopf ab, als hätte sie einen Glorienschein.

Nein. Ich war nicht Layla. War nie Layla gewesen.

Dennoch sagte ich ja, weil ich mir das so eingebrockt hatte.

«Dann herein mit Ihnen, bevor die Nachtfalter Sie davontragen.» Sie wirkte nicht nett. Sie gab sich nett, aber das kaufte ich ihr nicht ab. Sie hatte ein großes Lächeln aufgesetzt, das mich beruhigen sollte, aber das Gegenteil war der Fall. Meine Anwesenheit bereitete ihr Sorgen oder machte sie nervös. Oder etwas in der Art. Aus irgendwelchen Gründen wollte sie mich nicht hier haben. Und das strahlte sie aus wie ein Funksignal.

Himmel, sollte ich mich vor ihr in Acht nehmen?

Da mir kaum eine andere Wahl blieb, betrat ich das Haus. Die Tür fiel hinter mir ins Schloss.

«Ach, Sie Ärmste. Sie haben nicht mal Schuhe an.»

«Und keine Tasche dabei», sagte ich. Und kein Geld. Keinen BH. So ist das, wenn man aus einem Trailerpark entführt wird.

«Haben Sie Hunger?»

«Nein, bitte, machen Sie sich meinetwegen keine Umstände.»

«Das sind keine Umstände», erwiderte sie und winkte ab, als wäre es in ihrem Leben völlig normal, sich um drei Uhr morgens um einen Überraschungsgast ohne Schuhe und Gepäck zu kümmern.

Mensch, vielleicht war es das. Vielleicht brachte Dylan Daniels ständig Frauen mit. Frauen, die nicht wussten, wohin, und keinen BH dabeihatten.

Ich folgte ihr durch den höhlenartigen Flur. Allmählich begann ich zu glauben, dass Dylan ein Hobbit war. Oder ein Maulwurf.

Puh, gerade noch mal davongekommen, dachte ich albern vor Panik und stellte mir Sex mit Bilbo Beutlin vor.

«Sie müssen erschöpft sein. Kommen Sie, ich zeige Ihnen ...»

«Wo ist Dylan?», fragte ich.

«Ich zeige Ihnen Ihr Zimmer», sagte sie, und ihr Lächeln machte unmissverständlich klar, dass ich bei ihr auf Granit beißen würde. Und dass sie unverrückbar auf Dylans Seite stand.

Dylan hatte eine Menge Leute auf seiner Seite. Den Fahrer. Joan. Margaret.

Ich hatte niemanden.

Die Frau führte mich aus dem Flur, und das Haus öffnete sich zu einem großen, hohen, schönen Raum mit einer Fensterflucht, die auf ein dunkles Tal hinauszeigte. Davor standen Ledersofas mit großen Kissen. Im Hintergrund gab es eine Küche mit Edelstahlgeräten und einem langen Esstisch mit Stühlen. Der Boden bestand aus alten, glänzenden Hartholzdielen. Hier und dort lagen Teppiche, unter dem Tisch, vor der Spüle und vor den Fenstern – schöne Teppiche. Wie reiche Leute sie besaßen.

Alles glänzte und glomm in dem schwachen Licht, das durch die großen Fenster kam.

Der Raum wirkte wie eine Filmkulisse. Eine schöne Filmkulisse – keine für Hobbits.

Für einen sehr reichen Mann.

Hoyt hatte fünf Jahre lang dafür gesorgt, dass ich mich klein fühlte. Unerwünscht. Nicht begehrenswert. Wie eine Nervensäge und eine Enttäuschung. Anfangs fühlte ich mich gekränkt, da schmerzte es noch. Aber allmählich gewöhnte ich mir an, nichts zu wollen. Wenn ich mir nichts wünschte, konnte ich nicht gekränkt werden.

Deshalb war ich nicht darauf gefasst, wie sehr es mich verletzte, Dylans Haus anzusehen. Und mir wurde klar, wie viel ich mit ihm zusammen gewollt hatte.

Es fühlte sich an, als würde er mit mir spielen. Es fühlte sich beschämend an. Als wäre ich nichts, ein Stäubchen, ein dummes Mädchen, eine Marionette, und er der Mann mit Geld und Chauffeur und Haushälterin und schönen Häusern – der an meinen Fäden zog.

Das schmerzte in der Brust.

Hat er dort gesessen?, fragte ich mich. Hat er auf jener Couch gesessen, die Füße auf dem Polsterhocker, und die

Berge betrachtet, während er mit mir telefonierte? Hat er sich dort angefasst? Mich aufgefordert, Nachtisch zum Frühstück zu essen und meine eigene Nässe zu kosten? Dort drüben?

Hat er dann aufgelegt und über mich gelacht? Über meinen Eifer? Meine fehlende Erfahrung oder Bildung?

War es ein Spaß für ihn gewesen, mit mir zu spielen?

Bestürzung und Zorn schnürten mir die Luft ab.

«Kommen Sie?» Margaret hatte den Raum durchquert und stand an der Tür zu einem weiteren dunklen Flur.

«Ich muss mit Dylan sprechen.»

Sie schüttelte den Kopf. «Er ist nicht da.»

Großartig. Er war nicht einmal da und hatte dennoch die volle Gewalt über mich? *Warum tut das weh?,* fragte ich mich, während ich auf wunden Sohlen hinter Margaret durch den Flur humpelte. Nirgendwo hingen Bilder. Auch keine Spiegel. Nichts. Nur dunkle Wände und Türen, an denen ich vorbeiging, um zu einem Zimmer zu gelangen, das für mich reserviert war.

Gott, das Haus war wirklich groß.

Margaret öffnete eine Tür. «Hier ist Ihr Zimmer, zum Bad geht's durch diese Tür. Ich habe Ihnen eine Zahnbürste und einiges andere hingelegt, das Sie vielleicht brauchen werden. In den Schubladen liegt Kleidung …»

«Für mich?»

Margaret lächelte. «Natürlich.»

«Woher kannten Sie meine Größe?»

«Dylan nannte sie mir.»

Woher …? Das Foto. Er hatte meinen Oberkörper auf dem Handyfoto gesehen. «Danke», hauchte ich. Erschrocken und beschämt. Der Kuchen, das Ladegerät, all die kleinen Köder, die mich in Dylans Leben gelockt hatten.

«Kein Problem. Ich habe eine Enkelin mit Ihrer Statur. Die Sachen hatte ich für sie gekauft.»

«Ich kann sie nicht annehmen. Es sind Geschenke für Ihre Enkelin!»

«Sie wird es nicht erfahren. Nun legen Sie sich schlafen, Liebes», sagte sie. «Sie sehen erschöpft aus.»

Als sie ging, schloss sie die Tür hinter sich und ließ mich allein in dem schlichten Zimmer. Darin stand ein großes Bett mit blauer Tagesdecke. Gegenüber waren die Vorhänge zugezogen, und ich ging hin und schob sie zur Seite. Durch die Schiebeglastür hörte ich ein Gewässer rauschen.

Ich öffnete sie und trat auf einen kleinen Balkon. Der Himmel war rosa, die aufgehende Sonne stand noch hinter den Bergen. Links und rechts gab es weitere solcher Balkone, ungefähr vier davon. Lauter Ecken und Winkel eines Hauses, das einfach immer weiterging. Unter mir floss ein Bach, der von dem Felsen, auf dem das Haus stand, hinunterstürzte. Das Haus war auf einen Felsen gebaut. Über einem Wasserfall.

Es war märchenhaft, dieses Haus.

In meiner Hosentasche vibrierte es, und ich fuhr erschrocken zusammen. Mein Handy. Das hatte ich ganz vergessen. Keinen BH, keine Schuhe, aber das verdammte Handy hatte ich mir in die hintere Hosentasche gesteckt.

Ich zog es heraus und sah Dylans Name auf dem Display.

All der Scheiß, den ich eben noch empfunden hatte, die Schmierigkeit und die Bedeutungslosigkeit, waren wie weggeblasen. Ich war noch gekränkt, noch immer unglaublich verletzt, aber auch wütend.

Und wenn ich in den vergangenen zwei Monaten eines gelernt hatte, dann dies: Mit Wut ging es mir besser als mit Schmerz. Jedes verdammte Mal. Darum packte ich meine Wut mit beiden Händen.

«Dylan?»

«Alles gut?»

«Ich bin in deinem gottverdammten Haus.»

«Gut.»

«Wo zum Teufel bist du?»

«Ich bin ... in meiner Werkstatt.»

Ich hob den Kopf, als könnte ich ihn im Luftzug wittern. «Hier?»

«Ja. Aber ...»

«Wie komme ich dorthin?»

«Layla ...»

«Sag mir, wie ich hingelange, oder ich nehme die Bude auseinander!»

Sein Lachen kam unerwartet, und es besänftigte mich kein bisschen. «Ich scherze nicht, Dylan. Wir sehen uns sofort, oder ich verschwinde auf der Stelle.»

«Wir sind mitten im Nirgendwo.»

«Und wenn du denkst, das hält mich auf, dann bist du verrückt.»

Eine Weile sagte er nichts. Ich hörte ihn bloß atmen. «Geh durch das große Zimmer. Ich werde die Tür für dich öffnen.»

Ich rannte den Flur entlang und durch den großen Raum. Margaret hatte sich zurückgezogen, dem Himmel sei Dank.

Und in der hinteren Ecke neben dem bodentiefen Fenster war eine Tür angelehnt, ein Streifen gelbes Licht teilte das Dunkel.

Mit zitternden Händen drückte ich die Tür auf.

Die Werkstatt war groß. Wie eine Kathedrale. In der Mitte stand ein Wagen mit offener Motorhaube, umgeben von Autoteilen. Auf einem Stahltisch lag ein zerlegter Motor, und an der hinteren Wand befand sich eine lange hölzerne Werkbank.

Davor stand in einem Flecken Licht ein Hocker. Und auf diesem Hocker saß Dylan und hatte mir den Rücken zugewandt.

22

Für einen Moment wollten sich die Extreme, die mein Leben bestimmten, nicht zu einem Bild zusammenfügen, die Wut entglitt mir. Und ich wusste nicht, was ich hier tat. Oder wie ich überhaupt hier gelandet war. In diesem Haus. Bei diesem Mann.

«Layla?»

Beim Klang seiner Stimme – sie war so vertraut, so schmerzlich vertraut – schlossen sich alle Bruchstücke meines Lebens mit Wucht zu einem Ganzen.

Hilflos schloss ich die Augen und ließ seine Stimme durch meinen Körper vibrieren.

«Alles gut?» Selbst die vertraute Frage war bittersüß.

Als ich die Augen wieder öffnete, hatte er sich umgedreht und etwas zurückgelehnt, sodass sein Gesicht und die halbe Brust im Dunkeln lagen. Das Dunkel war undurchdringlich, und vielleicht war es so leichter ... vielleicht war es so besser. Ich konnte seine Augen nicht sehen, aber ich wusste, er beobachtete mich. Er hielt die Hände zu Fäusten geballt.

«Bringst du alle entführten Frauen hierher?» Ausnahmsweise ging ich mal sofort zum Angriff über.

«Nein. Ich bringe niemanden hierher.»

«Ach, dann bin ich also was ganz Besonderes», fauchte ich, während mir die Brust eng wurde.

«Layla», seufzte er.

Plötzlich wünschte ich mir, ich hätte ihm das Foto nicht geschickt.

Ich fühlte mich in quälender Weise entblößt, vollkommen ungeschützt. Ich hatte ihm ein Nacktfoto von mir geschickt. Von meinem blassen, dünnen, jungenhaften Körper. All meine Schönheitsfehler, all meine Makel, meine enttäuschende Weiblichkeit – all das hatte er gesehen.

Und er saß da im Dunkeln, nicht gewillt, mir etwas von sich zu zeigen.

Die Distanz zwischen uns pochte in mir. Voller Wut. Voller Lust. Lauter Fragen und Geheimnisse, die so verdammt groß waren.

Hinter meinen Rippen tat es weh. Zwischen meinen Beinen tat es weh. Alles tat mir weh, wenn ich zu ihm hinsah. Ich holte tief Luft, faltete die Hände vor mir, als müsste ich mich an etwas festhalten. Und vielleicht hatte ich das nötig. Ich war so haltlos.

«Ich möchte nach Hause.»

«Das darfst du, sobald ich weiß, dass du dort sicher bist.»

«Du hast mir nichts vorzuschreiben.» Oh Gott, ging es noch idiotischer?

«Wenn dir Gefahr droht, tue ich alles, was ich kann, um dich davor zu bewahren.»

«Warum?» Seine Fürsorglichkeit und Aufmerksamkeit verblüfften mich. Seit unserem ersten Telefongespräch fragte ich mich: Warum ich?

Ich wollte seiner Besorgnis keine Bedeutung beimessen. Ich wollte mich nicht daran wärmen. Aber die Wut war wie eine Decke, die nicht groß genug war, und die Stellen, die unbedeckt blieben, saugten seine Fürsorge auf. Ich war hilflos gegen diese Art Anteilnahme, konnte eine solche Sorge nicht abwehren. Die Sorge um mich.

Er schwieg, dort im Dunkeln. Als hätte er nicht die Absicht, sich zu erklären.

«Es ist nicht nötig … dass du das tust.»

«Diese Entscheidung liegt nicht bei dir», sagte er achselzuckend. Als wären meine Wünsche in dieser Sache unwichtig.

«Nun, bei dir auch nicht. Meine Angelegenheiten gehen dich nichts an, Dylan.»

«Dafür ist es ein bisschen zu spät, meinst du nicht?»

Ein paar Telefongespräche, ein paar berauschte Textnachrichten und zwei unüberlegte Selfies – mehr war zwischen uns nicht. Eine Handvoll belangloser Dinge. Wie hatten die sich zu etwas derart Gewichtigem summieren können?

«Du wolltest mich nicht sehen, erinnerst du dich?», flüsterte ich, womit ich ein wenig von meiner Gekränktheit zeigte. «Du hast Schluss gemacht.»

Sein Schweigen war Bestätigung. *Ja,* sagte er damit. *Ja, ich habe Schluss gemacht. Ja, ich wollte dich nicht sehen.*

«Ich habe nicht darum gebeten, hierhergebracht zu werden.» Ich klang schrill. Sein Schweigen machte mich verrückt. *Halt die Klappe,* sagte ich mir. *Halt die Klappe und vergiss ihn.*

«Morgen kannst du nach Hause.»

Wir hatten uns festgefahren. Zehn Meter zwischen uns

und überall Stacheldraht und Tretminen. Es wäre ganz einfach, sich umzudrehen und zu gehen. Die Stunden auszuharren, bis der Fahrer mich zurückbrächte.

Aber das konnte ich nicht. Ich konnte nicht einfach rausgehen, ohne … ihn gesehen zu haben.

«Komm ins Licht», sagte ich.

Er rollte mit dem Hocker zur Werkbank und kehrte mir den Rücken zu. «Geh schlafen, Layla, es war ein langer …»

«Hör auf!», schrie ich. Wut, Angst und Gekränktheit platzten aus mir heraus. «Hör bloß auf. Ich wurde herumkommandiert, in einen Wagen gedrängt, in eine Bergfestung gebracht, zu … dir. Du, Dylan, du hast Schluss gemacht, und trotzdem bin ich jetzt hier. Bei dir!» Ich fauchte jedes Wort, als ob das zu etwas führen könnte. Als ob er auf der dummen, sonderbaren Landkarte meines Lebens ein spektakulärer, überraschender Bestimmungsort wäre. «Ich bin erschöpft, ich bin verängstigt. Ich bin wütend. Ich bin …» Ich verstummte. Auf keinen Fall würde ich zugeben, dass ich erregt war. Obwohl er das zweifellos wusste. Er schien es immer zu wissen. Er wusste es ja schon am Telefon, und jetzt stand ich vor ihm, keuchend und zitternd. Verdammt noch mal. Er hielt alle Trümpfe in der Hand, und ich stand barfuß im Pyjama da. Wenn es je einen Moment gegeben hatte, in dem ich mir sehnlichst einen BH wünschte, dann war es dieser. Meine Brustwarzen taten weh, so hart waren sie. Das sah er ganz bestimmt.

«Unvermeidlich», sagte er.

«Was?»

«Nichts.»

«Mir ist nicht nach Spielchen zumute!», schrie ich.

Ich konnte ihn nicht sehen und wusste dennoch, dass er mich anlächelte. Ich wusste, wie seine Stimme klang, wenn er lächelte. «Auf Spiele stehst du doch. Auf schmutzige, kleine Spiele. Das ist alles, was wir haben, Layla.»

Ich wehrte den Ansturm der Erinnerungen an unsere *Spiele* ab, denn ich wollte mich nicht ablenken lassen. Er versuchte beiseitezuschieben, was wir gehabt hatten – und das war in meinen Augen schlicht unmöglich.

«Ich weiß von dem Unfall. Von dem brennenden Wagen. Ich war in der Bibliothek und habe dich gegoogelt.»

«Darum geht es nicht.» Er griff sich in den Nacken, als müsste er schmerzende Muskeln massieren. Und ich hatte das Gefühl, dass er log. «Der Unfall hat keine Bedeutung. Es gibt vieles, was ich dir nicht erzählt habe. Und was du besser nicht erfährst.»

«Herrgott noch mal, Dylan», schrie ich. «Lass uns irgendwo anfangen! Lass uns damit anfangen, dass du mir etwas sagst, was wahr ist.»

Er schaute auf seine Hände, Schatten spielten über seinen schönen Körper. «Du bist … schön. Du siehst genauso aus, wie ich es mir vorgestellt habe.»

Ich keuchte. Das kam so unerwartet, seine Worte drangen mir direkt unter die Haut. Gingen mir durch und durch.

«Ich habe mir dich nie vorgestellt», sagte ich.

«Das war vermutlich klug», meinte er lachend.

«Du warst … du. Einfach nur Dylan.» Einfach alles.

Er hob den Kopf, um mich zu mustern, und ich stand schutzlos da. Angesichts all dessen, was er besaß, war meine magere Existenz, meine völlige Bedeutungslosigkeit bestürzend. Doch ich war dabei, die Waagschalen auszugleichen. Nur ein wenig. Wenigstens so weit, dass ich mir morgen im Spiegel in die Augen sehen konnte. Und wusste, ich hatte für etwas gekämpft. Um meinen Wert in diesem Spiel. Ich war kein Spielball. Ich war ein Mensch.

«Leute, die mir sagen, was für mich das Beste ist, bin ich ziemlich leid. Also entweder zeigst du dich jetzt, oder ich verschwinde.»

«Layla …»

Ich drehte mich zur Tür um.

«Dadraußen gibt es Bären!»

«Ich fürchte mich nicht vor Bären», schnauzte ich über die Schulter und ging zurück in das Wohnzimmer. Vielleicht ließen sich in einem Schrank ein Paar Schuhe finden. Falls ich den Schrank fände.

«Bleib hier», brüllte er aus der Werkstatt. «Bleib hier. Du wirst dich … na schön. Na schön, Layla! Komm zurück.»

Ich kehrte um, drückte die Tür hinter mir zu und verschränkte die Arme vor der Brust. Inzwischen waren meine Füße taub vor Kälte.

Langsam stand er von dem Hocker auf. Er war nicht groß. Aber er war kräftig. Er trug ein weißes T-Shirt über seinen breiten Schultern, und sein Oberkörper verjüngte sich zu einer schmalen Taille. Seine ausgebleichten Jeans saßen tief auf der Hüfte, gehalten von einem breiten Ledergürtel.

Benommen hielt ich den Atem an. Sein Kopf war noch im Dunkeln, aber er griff über die Werkbank, sein Bizeps ein schöner, goldener Bogen, und schwenkte die Lampe so, dass das Licht auf sein Gesicht fiel.

Und dann drehte er sich zu mir um.

Rosa glänzendes Narbengewebe überzog eine Seite seines Halses bis zum Ohr. Es erstreckte sich über die linke Gesichtshälfte und streifte seinen Mundwinkel.

Das übrige Gesicht sah aus wie auf den Fotos in den Zeitungsartikeln. Schön. Männlich. Und seine Lippen … oh Gott, seine Lippen.

«Zufrieden?» Er neigte den Kopf so, dass ich das Ausmaß der Vernarbung sehen konnte. Es war ihm unangenehm, so im Licht zu stehen. Ausgestellt.

«Nein», flüsterte ich. «Ich bin nicht zufrieden.»

Ich hatte Schlimmeres erwartet. Weil die Berichterstattung aufgehört hatte. Weil er so geheimnisumwoben war.

Aber es waren bloß Narben. *Es tut mir leid,* wollte ich sagen. *Es tut mir leid, dass du solche Schmerzen erleiden musstest. Und so viel Angst durchgestanden hast. Es tut mir leid, dass dir das passiert ist.* Aber diese Narben änderten nichts an meinen Gefühlen für ihn – so widersprüchlich sie auch waren.

«Hast du deswegen aufgehört, mit mir zu reden?»

Er schüttelte den Kopf, sodass die Schatten über sein Gesicht glitten.

«Du hast nicht vor, mir etwas zu erzählen, nicht wahr?», fragte ich und kannte die Antwort bereits.

Ich hatte ihm Dinge über mich verraten, die ich noch keinem anderen erzählt hatte. Derer ich mir nicht einmal voll bewusst gewesen war. Er dagegen hatte nichts von sich preisgegeben, und das war nur logisch. Ich war es, die mehr gewollt hatte. Die sich so einsam gefühlt hatte, dass er wie ein Freund erschien.

Ich hatte keinen Grund, mich betrogen zu fühlen, und dennoch tat ich es.

Ich schaute auf meine Hände, auf meine schwieligen Fingerspitzen. Mein Daumennagel wurde an einer Stelle schwarz. Ich hatte ihn mir neulich geklemmt, als ich den Motor des verfluchten Rasenmähers zum Laufen bringen wollte. Aber das zwischen uns, diese Beziehung / Nichtbeziehung, die war schmerzhafter.

«Geht es Ben gut?», fragte ich leise. «Kannst du mir wenigstens das sagen?»

«Wahrscheinlich. Es geht ihm meistens gut.»

«Wer ist Max?»

«Ein gefährlicher Kerl. Ein ... sehr gefährlicher Kerl.»

«Du kennst viele gefährliche Kerle.»

In seinem Gesicht zeigte sich kurz eine gewisse Härte. Eine beängstigende Härte. Und ich versteifte mich. Ein alter Instinkt riet mir, auf der Hut zu sein.

«Du solltest in dein Zimmer gehen, Layla», sagte er und setzte sich wieder auf den Hocker, um sich der Werkbank zuzuwenden. Damit war ich entlassen, und wahrscheinlich hatte er recht. Aber für heute war ich genug herumkommandiert worden.

«Das werde ich nicht tun, Dylan. Du brauchst mir nichts über dich zu erzählen, aber ich verdiene es, zu erfahren, was im Trailerpark los ist.» In meinem Zuhause.

Er drehte sich herum, und sein Blick – in dem das Wissen

heißer Details lag – berührte mich. Meine Schultern, meinen Bauch. Meine aufgeschlagenen Knie. Meine Brüste.

Einen Moment lang glaubte ich, er wolle mich verscheuchen. Mit Sex. Mir damit drohen. Wenn ich bliebe, würde er was? Mich vögeln, bis ich das Bewusstsein verlor?

Dummer Mann.

Das würde mich nicht verscheuchen.

Interesse, sexuelles Interesse, durchströmte mich. Wärmte mich von innen.

«Max gehört zu demselben Motorradclub wie Ben früher», sagte er.

«Zu den Skulls.»

Er nickte.

«Bist du … gehörst du auch dazu?»

«Nein. Ich habe nichts damit zu tun.» Er nahm einen kleinen Schraubenzieher und spielte damit herum, als wäre er gelangweilt oder brauchte Ablenkung, und ich wollte auf ihn zustampfen und ihn schütteln. «Meistens haben Ben und Max auch nichts miteinander zu tun. Ich weiß nicht, warum er aufgekreuzt ist.»

«Joan, meine Nachbarin, kennst du sie?»

«Die Stripperin?», fragte er schief grinsend. «Ich weiß nur, was du mir erzählt hast.»

«In Wirklichkeit ist sie DEA-Agentin. Undercover. Wusstest du das?»

Der Schraubenzieher landete klappernd auf der Werkbank, und ich war versucht zu lächeln. Über seine Verblüffung. Gut zu wissen, dass ihn etwas verblüffen konnte. «Nein. Ich hatte keine Ahnung.»

«Weißt du, warum sie verdeckt ermittelt?»

«Muss mit dem Club zu tun haben», sagte er achselzuckend. Dabei verzog er das Gesicht und kniff sich dann in den Nacken. Ich widerstand dem Drang zu fragen, ob es ihm nicht gutging. Ich widerstand dem Drang, mich zu sorgen.

«Sie hat gesagt, ich soll dich anrufen. Sie wusste von dir.»

«Hast du ihr nicht erzählt, dass ...»

«... wir Telefonsex hatten?» Ich spie das Wort hervor, weil ich sauer war. Ich war sauer, weil er nicht sauer war. Weil er sich benahm, als wäre das keine große Sache. «Nein. Als dieser Max aufgekreuzt ist, meinte sie, ich solle dich anrufen. Warum?»

In seinem Schweigen lag eine scharfe Anspannung, und was immer er gleich sagen würde, ich ahnte, dass ich mich dafür wappnen sollte. Ducken und in Deckung gehen wie früher in der Schule bei den Tornadoübungen.

«Der Trailerpark gehört mir.»

Schwankend griff ich an die Wand hinter mir, um mich abzustützen.

Er sprang auf, wie um mich abzufangen, und ich schüttelte den Kopf. Ich wollte mich nicht von ihm anfassen lassen. Überhaupt nicht. Und darum hielt er inne. Hielt einfach inne.

«Layla?»

Ich wich zurück und drehte den Kopf weg, tief gedemütigt.

«Also ... weißt du alles. Über mich.» *Dass ich anders heiße. Dass ich mit Blutergüssen am Hals angekommen bin und sie unter einem albernen Schal versteckt habe. Dass ich die halbe Miete mit der Arbeit auf der blöden Wiese zahle.*

«Der Trailerpark gehört mir wegen Ben. Alles andere … interessiert mich nicht.»

«Du weißt nicht …»

«Was?», fragte er und kam auf mich zu.

«Nichts. Vergiss es.»

«Wer von uns beiden lügt jetzt?»

Ich warf die Hände in die Luft und lachte. «Spielt das etwa eine Rolle?»

Eine Weile starrten wir uns unnachgiebig an.

«Ich schätze, du hast recht», sagte er und wandte sich ab. «Geh zurück in dein Zimmer, Layla.»

Ich wurde in mein Zimmer geschickt wie ein Kind. Und es wäre klüger gewesen zu gehen – ich hätte es tun sollen wie ein braves Mädchen, hätte still zu dem Bett zurückgehen und an die Decke starren sollen, bis er entschied, mich heimbringen zu lassen.

Aber aus irgendeinem Grund ging ich nicht.

«Ich heiße nicht Layla. Ich habe gelogen. Von Anfang an. Gelogen.»

Er drehte sich um.

«Ich weiß.»

«Wie bitte?»

«Na ja, ich dachte mir, dass du lügst, um dich zu schützen. Du wolltest Layla genannt werden. Ich fand, das ging mich nichts an.»

Es ging ihn nichts an. Natürlich. Auch das hätte nicht weh tun sollen. Aber das tat es.

Als wäre ich mit voller Wucht gegen eine Wand gelaufen. «Und es hat mir richtig viel gebracht, nicht wahr?»

«Du brauchst dich nicht vor mir zu schützen, Layla.»

Ich lachte auf, und es klang fast wie ein Schluchzer. «Du weißt nichts darüber, was ich getan habe, um mich zu schützen.»

«Dann sag es mir.» Er war die scharfe Kante einer Klinge, glänzend und schrecklich. Gewalt lag in der Luft. Nicht gegen mich, sondern um meinetwillen. Wenn ich wollte, konnte ich ihn gegen die Welt aufhetzen.

Einen Moment lang fiel es mir schwer, mein Geheimnis zu wahren.

Mit weichen Knien drehte ich mich um und zog die Tür auf, weil ich ganz dringend von ihm wegwollte.

23

Dylan

Eigentlich sollte es keine Rolle spielen. Bei dem gigantischen Haufen Lügen, die sie einander aufgetischt hatten, sollte ihr falscher Name unwichtig sein. Und das war er bis zu diesem Moment auch gewesen.

In diesem Moment jedoch, als er sie zitternd weggehen sah, war der Name wichtig.

Sie hatte gelogen, um sich zu schützen, und er hatte dafür Verständnis gehabt. Schließlich war er für sie ein Fremder, und was sie miteinander taten, war für sie unerhört.

Er konnte den Wunsch, anonym zu bleiben, besser verstehen als die meisten.

Doch was sie erschreckt hatte, war nicht bloß er und was sie miteinander getan hatten.

Etwas anderes hatte sie zutiefst verängstigt.

Er wusste, wie Angst bei Menschen aussah, wie sie roch. Wie sie einen Menschen zum Zittern brachte, als hätte er Schüttelfrost.

Tu das nicht, sagte er sich wieder. Er hatte sie nur aus dem Trailerpark in Sicherheit bringen, sich ihr aber nicht zeigen wollen. Sich auf keinen Fall zeigen wollen. Und nun hatte er das über den Haufen geworfen, und ihr Bild hatte sich ihm eingeprägt. Klein und dünn, aber langbeinig, weißblond mit hellblauen Augen.

Klug wäre es, sie gehen zu lassen.

Aber das brachte er nicht fertig.

Sie bei sich zu behalten wäre ein Fehler. Für sie womöglich ein gefährlicher.

Sie hatte ihn belogen. Sie hatte Angst. Große Angst.

Und das änderte alles.

Annie

Ich öffnete die Tür, die von der Werkstatt in den Hauptteil des Hauses führte, und sah überrascht, dass der Morgen dunkle Sturmwolken mit sich brachte.

Es donnerte, und die Luft roch nach Elektrizität. Aber nicht nach Regen. Mutter Natur lieferte lediglich eine laute und spannungsgeladene Kulisse.

Margaret war in der Küche, bereitete Essen vor, und als sie die Tür zur Werkstatt hörte, drehte sie sich mit einem verkniffenen Lächeln um, das rasch verflog, als sie mich sah.

«Was tun Sie in der Werkstatt?», fragte sie, als hätte ich im Haus herumgeschnüffelt.

«Mit Dylan reden. Wie sich herausstellte, ist er doch da.»

Ihre Miene war unergründlich, aber ihre ganze Haltung drückte Bestürzung aus.

«Ist er dadrinnen?», fragte sie.

«Ja.»

Kurz brach ein Lächeln durch die Maske der Regungslosigkeit. Ich wusste nicht, was es bedeutete. Ich wusste überhaupt nicht mehr, was irgendwas bedeutete.

Margaret stellte eine Kanne Kaffee auf einen Tisch voller Essen. Es gab selbstgebackenes Brot, Butter und Marmelade. Aufgeschnittene Melone und Erdbeeren in einer hübschen Keramikschale. Und Zimtschnecken. Frische. Noch warme.

Wäre mein Magen nicht verkrampft gewesen, ich hätte mich über das Essen hergemacht.

«Tut mir leid, es war nicht mehr viel da.» Margaret schaute über den Tisch, als wäre es enttäuschend.

«Das ist ein Festmahl.» Ich nahm mir eine Erdbeere und wollte sie essen, aber mein Magen rebellierte schon bei der Vorstellung. Darum hielt ich sie zwischen den Fingern und zupfte nacheinander die grünen Blättchen ab.

«Möchten Sie Kaffee?»

«Ja, bitte.»

Margaret goss mir einen Becher voll ein. Sie trug ein hellgelbes Hemd und schwarze Leggings. «Milch? Zucker?»

«Schwarz.» Ich trank ihn schwarz, weil das billiger war. Und schneller ging. Weil es niemanden störte. «Oder kann ich doch Zucker bekommen? Und Milch?»

Margaret rührte mir beides in den Kaffee und reichte mir einen schweren, dunkelblauen Tonbecher. «Ich verstehe nicht, wie jemand seinen Kaffee schwarz trinken kann. Es ist, als ob sich die Leute keinen Genuss gönnen.»

Aha. Ein Punkt für Margaret.

Ich trank einen Schluck und hätte fast das Gesicht verzogen. Er war zu süß. Und durch die Milch nicht heiß genug.

Wie sich herausstellte, mochte ich ihn doch lieber schwarz. Sieh mal an.

«Margaret», sagte Dylan leise, der plötzlich hinter mir stand. Ich spürte ihn. Meine Nackenhaare richteten sich auf.

Er. Das sagte jeder Teil meines Körpers. *Er.*

Und: *meiner.*

Ich musste den Becher auf den Tisch stellen, damit er mir nicht aus der Hand rutschte.

«Geh bitte einkaufen», sagte er.

«Was denn?», fragte sie, stemmte die Hände in die Hüften und sah aus, als wäre sie mit ihrer Weisheit am Ende. Wie eine Mutter eigentlich, sie wirkte wie eine Mutter. Erschöpft, aber liebevoll.

«Ist mir egal. Du erzählst mir ständig, was in meinem Haus alles fehlt. Geh und besorg es.»

«Du hast einen Gast. Der eine schwere Nacht hinter sich hat, und da soll ich …»

«Das Haus verlassen», sagte er, und mir wurde es eng in meiner Haut. Sie zog sich um mich zusammen, sodass ich nicht atmen konnte.

«Dylan.» Ihre Fassade bekam Risse. Ihre Besorgnis wurde sichtbar. Sie galt nicht mir, nein, sie galt ganz allein ihm.

«Alles in Ordnung», beruhigte er sie. «Ich komme zurecht.»

Klar. Ich hätte beinahe gelacht. Als ob ich ihm was antun könnte! Was denn? Ihm eine Kerbe in jene scharfe Klinge hauen? Unmöglich.

«Also gut!» Margaret öffnete einen kleinen Schrank und

nahm ihre Handtasche heraus, stampfte noch ein bisschen umher, um ihr Missfallen deutlich zu machen. «Aber ich nehme dein Geld und fülle damit den Kühlschrank auf.»

«Verspiel es meinetwegen. Ist mir egal. Solange du gehst.»

Dylan ging an mir vorbei, um hinter Margaret die Tür zu schließen.

Laut klickend fiel sie ins Schloss, und er drehte sich zu mir um.

Dylan.

Lippen wie ein Engel. Straffe, glänzende Haut am Hals. Die Narben sahen hier in dem Licht schlimmer aus. Aber ich empfand dabei nichts außer Anteilnahme. Sie waren nicht abstoßend oder erschreckend. Sie waren nur da.

Seine dunklen, müden Augen verrieten nichts, als er mich von oben bis unten betrachtete. Meine Haare, meine Augen, den Ausschnitt meines Trägerhemds, meine Beine unter den Shorts.

Unter seinem Blick fühlte ich mich nackt, als risse er mir die Kleidung vom Leib.

«Sag mir, wie du heißt. Wie du wirklich heißt.»

«Nein.»

Er grinste, und mir fiel ein, dass er meine Widerspenstigkeit mochte. Meine scharfen Kanten. Damit hatte es zwischen uns angefangen, aber ich hatte dafür jetzt keine Kraft.

«Annie», sagte ich. «Annie McKay.»

Er sah mich groß an. Wieder. Lächelte ein wenig.

«Das passt zu dir.»

Darauf hatte ich nichts zu sagen, also schwieg ich. Bockig, selbst wenn ich es nicht sein wollte.

«Ich muss wissen, warum», sagte er. «Warum du gelogen hast.»

«Ist das wichtig? Offenbar hast du es von Anfang an gewusst. Das war die nutzloseste Lüge von allen.»

«Es ist wichtig!», schrie er. «Weil du hier bist, Annie. Es ist, wie du gesagt hast: Trotz allem, was wir beide getan haben, damit das nicht passiert, bist du jetzt hier. Es ist unvermeidlich, und darum möchte ich gern wissen, warum du gelogen hast. Sogar als du wusstest, dass du sicher warst. Wovor hast du Angst?»

Schon mein ganzes Leben lang, all die Jahre, schrumpfte ich in meiner Haut, sobald mich jemand anschrie. Ich zog mich in mein Innerstes zurück und nickte. Ich nickte und sagte ja. Ja. Du hast recht.

Tausend Mal sagte ich, es tue mir leid. Millionen Mal. Was immer nötig war, damit das Schreien aufhörte.

Ich entließ Smith. Ich verkaufte mein Land für Windräder. Ich zog den Kopf ein und duldete es. Das Brüllen, die Fäuste, die Verachtung und die Marginalisierung. Ich nahm all das hin, damit das Schreien aufhörte.

Ich lachte, aber es klang nervös, nicht lässig. Alte Gewohnheiten drückten mich nieder. «Du hast mich auch ...»

«Ich habe dich kein einziges Mal belogen», unterbrach er mich mit glühendem Zorn, den er nur mühsam beherrschte. Ich schluckte und wich einen Schritt zurück, worauf ich gegen einen Stuhl stieß. Er beobachtete jede Bewegung und sah alles, was ich nicht verbergen konnte.

«Hast du Angst?», fragte er mich, und ich wünschte, ich hätte den Mut, nein zu sagen und ihn genauso anzubrüllen.

«Du schreist mich an, und ich bin … hier. Allein. Es wäre dumm, keine Angst zu haben.» Ich wünschte, ich hätte keine, aber das Gegenteil war der Fall. Jahrelange Konditionierung streift man nicht mal eben ab.

Darauf schien seine Wut zu verrauchen, und er atmete tief durch. Wieder. Die Spannung ließ so weit nach, dass meine Angst schwand.

«Ich werde dir nichts tun», sagte er.

«Das … Versprechen haben mir schon einige gegeben, und dann haben sie es kurz darauf gebrochen.»

«Deine Mutter? Oder wer?»

Ich schüttelte den Kopf. Darüber wollte ich nicht reden. Wenn er eine Schutzmauer um seine Geheimnisse errichtete, konnte ich auch eine um die schlimmsten Taten meiner Mutter errichten. Und um Hoyts.

Oh Gott. Hoyt.

«Ich werde dir nichts tun», sagte er ruhig. Für den Moment war das Feuer in ihm eingedämmt. Nicht gelöscht. Es wäre dumm, zu denken, die Wut sei nicht mehr vorhanden. Sie war nur verborgen. «Und ich werde dich nicht belügen. Das habe ich dir bereits an unserem ersten Abend gesagt. Ich … möchte nur wissen, warum du gelogen hast.»

Ich schluckte, umklammerte die Rückenlehne des Stuhls hinter mir. «Ich habe gelogen, weil ich Angst hatte. Weil ich dich nicht kannte. Und dann hast du von mir Dinge verlangt, die …»

«Die du wolltest», erinnerte er mich mit weicher Stimme. «Das hast du mir gesagt, am Telefon.»

Ich spürte deutlich, wie mir die Sicherheit der Entfernung, der Anonymität weggerissen wurde.

«Das machte es nur noch beängstigender! Was wir getan haben, was ich getan habe, das kannte ich vorher kaum. Daher war es einfacher, eine andere zu sein. Eine, die mutiger, kühner ist.»

«Layla.»

«Ja», seufzte ich und fragte mich, ob er diese Entscheidung überhaupt nachvollziehen konnte. Den Wunsch, ganz anders zu sein. Vielleicht ja, weil er als Kind versucht hatte, so tough zu sein wie sein Bruder.

«Das verstehe ich», sagte er, und ich lächelte bitter, ungehalten, weil er mir ein Geheimnis entrissen hatte.

«Freut mich.»

Die Luft um uns herum schäumte, egal wie sehr wir beide das überspielten. «Warum Layla? Warum gerade dieser Name?»

«Layla ist meine Cousine.»

Er zog eine Braue hoch. «Die mit dem Bier und ...?»

Ich nickte. Mir tat die Kehle weh. Ich errötete bis unter die Haarwurzeln. An dem Abend, als ich ihm davon erzählt hatte, war das Geräusch seines heftigen Atmens, das Geräusch seines Reißverschlusses wie ein lebendiges Wesen zwischen uns gewesen.

Fest und langsam, denn so mag ich es.

Es war mir unmöglich, ihn anzublicken. Er nahm den ganzen Raum ein, und ich fühlte mich von seiner Anwesenheit erdrückt. Da stand ein Tisch zwischen uns, aber es war, als spürte ich ihn an mir.

«Und du bist Annie, die Cousine, die zuschaute.»

Dieser Mann brachte mich so durcheinander, dass ich mehr wollte. Ständig wollte ich mehr. Mehr als ich sollte, mehr als mir eigentlich angenehm war. Mehr als er wollte.

Ich nickte wieder. Die Cousine, die zugeschaut hat. Das fasste das Leben vor meiner Flucht zusammen. Die Frau, die ihr Leben an sich vorüberziehen sah. Die zusah, wie ihr die Freiheit genommen wurde. Die zusah, wie sie immer kleiner wurde.

«Wie bist du in dem Trailerpark gelandet?», fragte er, als könnte er sie sehen, die Bilder, die ich nicht loswurde. «Wovor hast du solche Angst?»

Ich schüttelte den Kopf. Nein war die Antwort auf all sein Fragen. Nein, ich würde es ihm nicht erzählen. Nein, was wir getan hatten, gab ihm nicht das Recht auf meine Geheimnisse. Nein, er durfte sie mir nicht abnötigen.

«Bitte», sagte ich. «Dräng mich nicht.»

Er wirkte bestürzt. Und er wich zurück, ein wenig. Unser beider Schutzwälle waren nicht so undurchlässig, wie ich geglaubt hatte.

«Okay.»

Ich empfand eine gefährliche Nachgiebigkeit angesichts seiner Kapitulation. Das entsprach nicht seinem Charakter, und es fiel ihm nicht leicht.

Er goss sich eine Tasse Kaffee ein, aß die entblätterte Erdbeere, mit der ich herumgespielt hatte. Seine Finger waren breit und lang. Die Nägel kurz. Weiße Schwielen überzogen die Kuppen.

Noch immer wollte ich diese Hände auf mir spüren. Noch

immer wollte ich wissen, wie es war, von ihm angefasst zu werden.

«Ich möchte nach Hause.»

«Wirklich? Du willst wirklich nach Hause?» Diese Stimme, die leise, tiefe, raue Stimme, die mich an Orte führte, die zu betreten ich mir nicht mal vorgestellt hätte.

Sein Blick glitt über meinen Körper. Er war heiß. Er dachte an dasselbe wie ich. Noch immer wollte er mich. Trotz allem.

«Du bist es, der mich nicht sehen wollte», sagte ich, weil ich spürte, dass sich alles umkehrte. Ich wurde von neuem von ihm gepackt und hielt auf das Wasser zu, in dem ich unweigerlich untergehen würde. «Du hast Schluss gemacht, weil ich gesagt habe, dass ich dich sehen will. Es war mir nicht mal ernst, ich habe es mir bloß gewünscht, aber du meintest, wir können nicht mehr miteinander telefonieren. Und jetzt willst du, dass ich bleibe?»

«Ja.» Ich setzte zu einer Erwiderung an, aber er hob die Hand. «Und keine weiteren Lügen, Annie. Du willst auch bleiben.»

Das stimmte. Aber war ich nicht verwegen genug gewesen? War es nicht Zeit, wieder Annie McKay zu sein?

«Nein. Ich will wissen, ob es Ben gutgeht. Ob Joan ...»

«Ruf an.»

«Was?»

«Benutz das Handy ... ruf bei ... wie heißt der an der Rezeption?»

«Kevin. Er ist dein Angestellter, nicht wahr?» Mein Ton war beißend. Ich wollte ihn anfassen und verletzen. Jeder Atemzug brannte mir in der Lunge. Wie Feuer.

Wut war mir nicht fremd. Ich lebte damit. Mit einer ständig gärenden Wut. Einer Wut, die ich immer wieder hinunterschlucken musste. Weil ich sie nicht zeigen durfte. Nichts durfte ich zeigen außer einem ausdruckslos lächelnden Gesicht, weil mich alles andere teuer zu stehen käme.

Niemals, nicht bei meiner Mom und schon gar nicht bei Hoyt, hatte ich mich so verhalten dürfen wie jetzt.

Kindisch und gereizt. Angepisst.

Das war verdammt aufschlussreich. Ein Vergnügen. Ich fühlte mich, als hätte ich die Knöpfe einer viel zu engen Hose geöffnet. Einer, die mir die Luft abschnürte.

«Der Trailerpark ist ein Mittel zum Zweck, Annie. Um Ben leichter im Auge behalten zu können.»

«Warum tust du das? Warst du mit dem Mädchen verwandt, das bei dem Brand umkam?»

«Warum hattest du dich noch nie selbst berührt, obwohl du vierundzwanzig bist?»

Er war nicht gewillt, auch nur einen Schlag einzustecken. Wenn ich bliebe, wäre die Jagd auf meine Geheimnisse eröffnet.

Aus der hinteren Hosentasche zog er ein Handy und rief eine Nummer auf, bevor er es mir reichte. «Ruf ihn an. Vergewissere dich, ob es deinen Freunden gutgeht.»

Ich tippte auf die Nummer und ging zu meinem Zimmer.

«Flowered Manor Trailerpark.» Kevin.

«Kevin», sagte ich. «Hier ist Annie. Ich rufe an, um mich zu erkundigen, ob alles okay ist.»

«Also, bei dem Sturm sind ein paar Stromleitungen heruntergekommen, aber ansonsten ist alles in Ordnung.»

«Gestern Abend ... Ben?»

«Dem geht's gut. Kam heute Morgen, bevor es zu regnen anfing, um sich die Zeitung zu holen. Mürrisch wie nur was. Aber so ist er immer.»

«Und Joan?»

«Hab sie nicht gesehen.»

«Der Typ mit dem Motorrad?»

«Hab davon gehört. Keine Spur von ihm heute. Wo sind Sie?»

«Ich bin ...» Mist. Wo bin ich eigentlich? «Bei Freunden.»

«Sie haben Freunde?»

«Sehr lustig. Aber der Kerl gestern Abend ... hat der nichts angestellt?»

«Er war laut, ganz offensichtlich. Hat einige Aufregung verursacht und ist dann weggefahren.»

«Okay.»

«Bleiben Sie trocken», sagte er. «Und im Haus. Das ist kein Wetter für jemanden wie Sie.»

«Danke, Kevin.»

Ich legte auf und kam mir feige vor in meinem Zimmer.

Denn Dylan wollte, dass ich blieb, und ich ... ich wollte es auch. Na ja, das war nicht die ganze Wahrheit. Mein Körper wollte bleiben. Und mein Körper sehnte sich nach ihm. Ich hatte das Gefühl, als wären unsere Telefongespräche ein Versprechen, wie der Sturm, der über dem Tal aufkam. Und ich brannte darauf, es einzulösen.

Mein Kopf plädierte dafür, schleunigst abzuhauen.

Du bist allein in einem abgelegenen Haus mit einem Mann, den du eigentlich nicht kennst.

Doch ich kannte ihn gut genug, nicht wahr? Gut genug, um zu wissen, dass etwas Erstaunliches passieren würde, wenn ich bliebe. Er würde mich anfassen. Küssen. Mich zum Kommen bringen. Und nicht durch meine Hand. Nicht allein in einem beschissenen Wohnwagen am Rand eines Sumpfes.

Das Bedürfnis nach Verbundenheit – danach, was wir am Telefon hatten, Wirklichkeit werden zu lassen. Körperlich. Das allein war wichtig.

Ich war Annie McKay, und ich konnte auch später noch zu meiner fremden, leeren, freudlosen Existenz zurückkehren. Ich konnte später mit dem Verstecken und Abwarten fortfahren.

Ich dachte nicht an Hoyt. Meinen Mann.

Ehe, fand ich, war kein passender Ausdruck für das, was ich erlebt hatte.

Welcher darauf passte, würde ich ein andermal entscheiden. An einem anderen Tag.

Aber jetzt … Dylan.

Am Ende war es keine Entscheidung. Dylan war ein Instinkt. Ein Drang wie das Aufwallen meiner Leidenschaft.

Ich würde es tun. Ich würde es haben.

Und dann würde ich es vergessen.

Ich ging zurück in die Küche, wo ich ihn am Fenster vorfand. Er beobachtete den Sturm. Den Regen und die Wolken. Die Blitze zwischen Himmel und Erde, wie sie beides miteinander verbanden, spannungsgeladen und nur für den Bruchteil eines Augenblicks.

«Geht es allen gut?», fragte er, ohne sich umzudrehen.

«Ja. Max ist offenbar gefahren, ohne etwas anzustellen.»

Er brummte zustimmend.

Ich legte das Handy auf den Tisch und verschränkte meine zitternden Finger. «Was jetzt?»

Führe mich, dachte ich. *Führe mich wie bisher auch.*

Er drehte sich um, zeigte mir sein Gesicht, die Nase, die Lippen, den Rand des Narbengewebes am Hals.

Dylan.

«Jetzt zieh dich aus.»

24

Dylan

Dylan erwartete ehrlich gesagt, dass sie seinem Wunsch nachkam. Dass sie alles tat, was er verlangte. Sie war vierundzwanzig und dabei so unschuldig. Sie besaß jene Unschuld, die nie verging. Sie könnte einem Dutzend Stripperinnen dabei zusehen, wie sie Blowjobs verteilten, und wäre weiterhin unschuldig.

Rein, das war Annie. Sie war rein.

Rein, aber neugierig … eine Wahnsinnskombination.

Diese Reinheit … war ihr eigen. Er sah sie in ihren Augen, als sie ihn quer durch die Küche anblickte. Er hörte sie in ihrer Stimme. Scheiße, sie äußerte sich in ihrer kerzengeraden Haltung so, als wüsste sie, dass sie nicht hier sein sollte. Als wüsste sie, dass sie besser war als diese Umgebung und was hier passieren würde.

Dylan fragte sich erneut, woher sie stammte, was für ein Leben sie geführt hatte, um derart von der Welt abgeschottet zu sein. Wovor sie so viel Angst hatte. Doch dann schob er die Fragen beiseite, weil sie klargemacht hatte, dass ihn das nichts anging.

Er war nie unschuldig gewesen, sondern von Geburt an verdorben.

Und er würde sie mit all dem Schmutz an seinen Händen beschmieren. Sie würde den ganzen Dreck abbekommen.

Jetzt hatte der Teufel in ihm das Sagen. Und der Teufel konnte nicht warten.

Annie

Z*ieh dich aus.*

Die Aufforderung zündete in mir, verbrannte, was von meiner Zurückhaltung noch übrig war.

«Nein», sagte ich, ohne zu wissen, woher ich den Mut dazu nahm.

Er zog die Brauen hoch, auf seinen Wangen zeigten sich rote Flecke, denn das hatte er von mir nicht erwartet. Und es gefiel ihm.

Dylan gefiel es immer, wenn ich nein sagte.

Noch mehr Feuer. Noch mehr Mut. Ich erkannte mich selbst nicht wieder.

«Nein?»

Anstatt zu antworten, setzte ich mich auf den Ledersessel ihm gegenüber. Er war groß, der Sessel. Ich verschwand praktisch darin. Sein Blick brannte sich in meine Augen, und ich lehnte mich zurück. Dabei spreizte ich die Beine. Langsam, damit er alles sah. Damit er jedes Zucken meiner Finger verfolgen konnte. Ich nahm die Hand von der Sesselkante und legte sie auf meinen Bauch, dann auf den Bund meiner Shorts.

An den Fingerspitzen konnte ich die Hitze meines Geschlechts spüren.

Mit einem Arm fegte Dylan alles vom Polsterhocker, Zeitschriften und ein Buch, die Fernbedienung des Fernsehers. Sie landete klappernd auf dem Boden, aber ich zuckte nicht zusammen. Sein Blick hielt mich fest. Er setzte sich mir zugewandt auf den Polsterhocker, so dicht, dass sich unsere Knie berührten. So dicht, dass ich ihn riechen konnte.

«Zeig mir, was du die ganze Zeit über getan hast», sagte er. «Allein in deinem Wohnwagen.»

Ich schob die Finger über den Stoff zwischen meinen Beinen, krümmte sie und kratzte mit den kurzen Nägeln darüber. Meine Lider zuckten vor Lust und Schmerz.

«Die gute Art Schmerz?», fragte er.

«Du hattest recht», wisperte ich. «Es gibt ihn.»

Er umfasste seine Knie. Und ich stellte mir vor, er wollte mich packen, hielt sich aber zurück, und das war … Gott, das war so erregend. Und in dem Moment wollte ich nichts so sehr, wie diese Zurückhaltung aufzubrechen. Sie immer wieder auf die Probe zu stellen, bis er sie aufgab.

«Was magst du noch?», fragte er leise.

Ich drückte den Handteller kräftiger an meine Muschi und schob das Becken vor.

«Das mag ich.» Ich zog die Lippe zwischen die Zähne.

«Zieh die Shorts aus.»

Lächelnd schüttelte ich den Kopf.

«Tu du es», befahl ich.

Er streckte seine großen, kräftigen Hände nach mir aus, Hände, die schwielig und schartig waren, voller Narben, nicht von dem Feuer, sondern vom gewöhnlichen Leben. Alltäglichen Vorfällen.

Mit angehaltenem Atem wartete ich auf die Berührung. Mir war, als hätte ich schon immer auf seine Berührung gewartet. Mein Leben lang. Er fasste um den Saum der Hosenbeine, streifte dabei meine Oberschenkel, und ich keuchte. Er hob den Blick und strich noch einmal mit dem Daumen über mein Bein.

Ich spürte es bis unter die Haut.

Dylan fasste mich an. Und ich las Überraschung in seinem Gesicht.

Nach all der Zeit. Endlich Berührung.

Nach einer weiteren Sekunde riss er mir die Shorts herunter, sodass mein alter Slip zum Vorschein kam. Der Blaue mit den weißen Blümchen.

Gott. Ausgerechnet der.

Die Gummilitze kniff mir in die Haut, und rote Haare ringelten sich hervor.

«Du bist ein Rotschopf», wisperte er und strich über die Löckchen und dann über den Slip, genau in der Mitte. Da, wo ich es am dringendsten brauchte. «Du bist feucht.»

«Ja ...» *Und ich brenne, vergehe. Leide.*

Unfähig zu warten, unfähig, es in seinem Tempo zu tun, schob ich die Finger unter den engsitzenden blauen Zwickel, und wir schauten beide hin, verfolgten ihren Weg zu meiner Klitoris.

«Mach die Beine weiter auseinander», flüsterte er, und ich gehorchte. Ich hob die Knie an, stemmte die Füße auf die Sesselkante.

«Du bist so unglaublich schön», sagte er, während er mich betrachtete. Meine Schultern. Meine Brüste. Die Hand zwischen meinen Beinen.

Von ihm beobachtet zu werden war erregender, als ich erwartet hätte, es war kaum auszuhalten, und ich schloss zwei Finger um meine Klitoris.

«Fühlt sich das gut an?», fragte er.

Ich nickte, drückte sie fester und ließ wieder los. Im Takt meines Herzschlags.

Langsam streckte er den Arm aus und berührte meine Brust dicht über dem Rand meines Trägerhemds. Nur ein einzelner Finger über der kleinen Wölbung.

Ich zuckte zusammen. Erschrocken, sogar bestürzt. Er sah mir fest in die Augen, und ich konnte nicht wegsehen. Ich schob die Finger tiefer in den Slip und schließlich in mich hinein, so tief es ging.

Das war immer schön gewesen. Immer genug gewesen. Doch jetzt, da sein Blick auf mir und seine Hand auf meiner Brust ruhte, war es nicht mehr genug. Nicht annähernd genug.

«Dylan …», hauchte ich und hoffte, dass er verstand, es einfach tun würde. Meine Hand wegschieben und übernehmen. Das wollte ich von ihm, denn was ich allein in meinem Wohnwagen tat, reichte nicht. Nicht annähernd.

«Du kannst das tun.» Er schloss die Hand um meine Brust, den Daumen auf meiner harten Brustwarze.

«Aber ich will dich.»

Er war rot im Gesicht, ein bisschen fleckig. Seine Kieferpartie hart wie Granit.

«In mir drin», wisperte ich.

Aber er drückte lediglich meine Brustwarze zwischen Daumen und Handkante, erhöhte langsam den Druck, bis ich stöhnte. Bis ich glaubte, es würde mich in Stücke reißen.

«Mehr», bettelte ich. «Mehr.»

«Mach weiter», befahl er, und ich hob das Becken von der Sitzfläche.

«Dylan ...»

«Mehr bekommst du jetzt nicht.»

Oh Gott. Scheiß drauf. Ich verzog das Gesicht und schob auch die andere Hand zwischen meine Beine. Ohne den Rhythmus an meiner Klitoris zu verlangsamen, steckte ich zwei weitere Finger in mich rein.

Sein Gesichtsausdruck und die Finger zwischen meinen Beinen ließen mich in Lust versinken. Eine endlose Woge hatte mich erfasst, und dann kniff er so fest in meine Brustwarze, wie ich es gerade ertragen konnte, als würde er das spezifische Maß an Schmerz und Lust in meinem Körper genau kennen, und ich schrie auf. Ich schrie und bog den Rücken durch.

Der Orgasmus ging immer weiter. Bis ich endlich in die Polster sank. Kraftlos und mir selbst fremd. Anders.

Als ich die Augen öffnete, sah ich, dass er mich betrachtete, und in meiner Brust breitete sich Zärtlichkeit aus. Etwas Lebendiges, Dynamisches, eine wilde ... Zuneigung.

Es war überraschend und furchtbar. Die falsche Empfindung zur falschen Zeit. Und ich spürte, wie ich vor seinem Blick zurückschreckte. Vor seiner Berührung.

«Annie?»

Ich holte zweimal tief Luft, um mich zusammenzureißen. Um Halt zu finden.

«Alles gut?», fragte er.

«Das war bisher der beste», sagte ich mit einem breiten, verzückten Lächeln. Dabei hoffte ich, er würde es nicht durchschauen und die sonderbare Angst dahinter nicht bemerken.

Das ist bloß Sex, sagte ich mir. *Du bist völlig aufgedreht, weil es so schön ist und er dir dazu verholfen hat. Das ist alles.*

Das wollte ich wirklich gern glauben. Aber wie ich da so nahezu nackt vor ihm lag und die Luft nach Sex roch, konnte ich ... mich selbst nicht davon überzeugen.

Er starrte mich an, als könnte er sehen, was in mir vorging, in mir lesen wie in einem Buch. Ich stellte die Füße wieder auf den Boden und verlagerte mein Gewicht, damit die Gummilitze nicht mehr einschnitt.

«Vielleicht», flüsterte ich zittrig. Schweißtropfen lösten sich von meinem Haaransatz. «Sollte ich ...»

Er fiel zwischen meinen Beinen auf die Knie, griff um meine Hüften und zog mich mit einem Ruck an sich.

Erschrocken quiekte ich. Die zarte, feuchte Stelle zwischen meinen Beinen, die noch pulsierte, noch vor Lust zuckte, war an seine Erektion gepresst. Er drückte mich fester an sich.

«Fühlst du das?», fragte er.

Ich nickte. Mein Mund war trocken, mein Verstand wie betäubt.

«Jedes Mal, wenn ich mit dir rede, passiert das.»

Er rieb sich an mir, und ich zuckte zusammen und konnte ein Keuchen nicht unterdrücken.

«Wund?», fragte er und zog sich ein wenig zurück, um mir einen Moment Zeit zu lassen. Aber seine Augen sagten: nur einen Moment.

Er fuhr mit dem Daumen über meinen feuchten Zwickel, und ich zuckte wieder zusammen, aber nicht so heftig wie zuvor.

«Nur empfindlich.»

«Und ich dachte, dir zuzuhören, wie du kommst, wäre heiß», sagte er, wobei sein Daumen Kreise um die feuchte Stelle zog und sie damit noch ausweitete.

«Das ist das erste Mal, dass mich jemand dabei angefasst hat.» Kaum ausgesprochen, begriff ich, wie viel ich damit preisgegeben hatte. Es war, als könnte ich bei ihm nicht anders; selbst wenn ich meine Geheimnisse noch so sehr wahren wollte, plauderte ich ständig etwas aus.

Er neigte den Kopf zur Seite. «Du bist bei keinem anderen gekommen?»

«Nein.»

Wieder drückte er sich an mich. Er war so hart, dass ich mich wunderte, wieso er nicht die Jeans zerriss. «Dann wird das noch viel besser. Leg die Arme um meinen Hals.»

Vorsichtig, als wäre er eine tickende Bombe, schlang ich die Arme um seine Schultern. Die Luft war vom Gewitter draußen aufgeladen, und zwischen uns sprühten Funken.

«Ich werde dich küssen», sagte er. Ich wurde rot. Es gefiel mir, wenn er so redete, wenn er ankündigte, was er vorhatte. Ich hatte wohl eine Schwäche für die Sinnlichkeit darin, vielleicht durch unsere Telefongespräche. Oder vielleicht stand ich ganz einfach auf Dirty Talk und hatte es nur noch nicht gewusst. Wie bei dem schwarzen Kaffee.

«Ja», seufzte ich, und langsam, behutsam senkte er den Mund – die schönen Lippen – auf meinen.

Er atmete aus und ich ein, ich nahm seinen Atem in mich auf. Ich atmete aus, er ein. Er stöhnte an meinem Mund, und ich atmete auch das ein.

So schön seine Lippen waren, sie fühlten sich noch viel schöner an. Unvergleichlich schön. Das Narbengewebe am Mundwinkel war fester als die übrige Haut. Nur eine Beschaffenheit unter anderen.

Was seinen Kuss betraf, hatte ich keine Vergleichsmöglichkeit. Nicht dass Hoyt mich nie geküsst hätte. Doch, das hatte er. Es waren flüchtige, spitze Küsschen gewesen, die nichts bedeuteten, die sich anfühlten wie … nichts. So besonders wie Schuhe anziehen.

Aber dieser, der lange, gemächliche Druck, das süße Kosten, das sachte Atmen – das war besonders. Ein absoluter Ausnahmekuss.

Ich griff hinauf in seine Haare, die sich seidig anfühlten, und er seufzte an meinen Lippen. Anscheinend gefiel es ihm, und daher strich ich durch seine Haare. Am Hinterkopf hinauf und zu den Ohren. Grob, dann sanft. Und er drängte den Kopf in meine Hände wie ein Haustier, das gestreichelt werden will.

Ich lächelte unter seinem Kuss und gewährte ihm eine ausgiebige Kopfmassage.

Er fixierte mich mit der Hand an meinem Hinterkopf

und öffnete den Mund. Seine Zunge stieß an meine Lippen. Unwillkürlich keuchte ich auf. Überrascht und erregt. Seine Zunge schlüpfte in meinen Mund. Intim und invasiv. Und einen Moment lang konnte ich nur dasitzen und es passiv erleben. Das feuchte Gleiten an meiner Zunge, meinen Zähnen.

Aber dann, ganz plötzlich, genügte es nicht mehr. Und mich packte die Angst, dass nichts genug sein könnte, wenn es um ihn ging. Nie.

Ich könnte jede erotische Phantasie, die mir je eingefallen war, mit ihm ausleben, und es wäre nicht genug.

Begierig auf ihn, auf das, was er mir geben konnte, schlang ich die Arme um seinen Nacken, neigte ein wenig den Kopf und öffnete den Mund noch etwas mehr. Um ihn einzulassen. So weit, wie er wollte.

Nimm es, dachte ich. *Nimm mich.*

Jetzt war es mit der tastenden Behutsamkeit vorbei. Es war, als hätten wir beide erkannt, wie sehr wir uns nacheinander sehnten. Als wollte einer den anderen verschlingen. Ich zehrte von seinen Lippen, leckte durch seinen Mund und schlang Arme und Beine fest um ihn, weil er mich noch enger an sich zog. Er riss mich an sich, noch fester, noch enger.

Es hätte einen Akt Gottes gebraucht, um mich seinen Armen zu entreißen.

Er strich meinen Rücken hinab und begann, mir den Mädchenslip abzustreifen.

«Pack mich», hauchte ich in seinen Mund.

«Was?»

«Pack mich. Pack meinen Hintern.»

Die Sache mit der Stripperin. Ich wusste nicht, ob er sich erinnerte. Oder ob ihn das kümmerte.

Aber dann umfasste er ihn mit beiden Händen, packte fest zu, worauf ich mich gegen ihn presste, und er drückte zu und hob mich an, wobei sich die Gummilitze stramm über seinen Händen auf meiner Haut spannte.

«Warum mag ich das?», stöhnte ich. «Warum ...»

Seine Fingerspitzen kitzelten die Spalte zwischen meinen Hinterbacken. Ich schauderte in seinen Armen. Der Druck, noch mal zu kommen, war nahezu schmerzhaft, und ich grub die Zähne in seinen Hals, um ihm weh zu tun, nur damit es mir weniger weh tat.

Er zuckte zusammen, neigte aber den Kopf zur Seite, um mir Raum zu geben.

«Fester. Beiß mich fester.»

Ich tat es.

«Scheiße», stöhnte er.

«Ich will ...» Ich lachte, weil ich wirklich nicht wusste, wie ich all das in Worte fassen sollte. Wie ich es begreiflich machen könnte. Unter meiner Haut tobte ein Sturm.

«Sag es mir.»

«Mehr. Ich will mehr. Deine Hände ...»

«Wo?»

Ich drängte die Hüften gegen ihn, damit er begriff.

«Sag jetzt nicht, du bist schüchtern.»

«Bitte ... fass mich an.»

Eine Hand ließ er an meinem Hintern, mit der anderen griff er mir zwischen die Beine, um die Finger in meine

Spalte zu schieben. Dabei glitt sein Mittelfinger über meine Klitoris, und ich wölbte mich ihm zuckend entgegen, in der Hoffnung, ihn zu der Stelle zurückzulocken, aber er war nicht interessiert.

«Ich werde dich ficken, Baby», hauchte er an meinem Hals. «Mit den Fingern, mit der Zunge und dann mit meinem Schwanz.»

Gott, ich war so nass. So nass. Ich benetzte seine Finger am Eingang meines Körpers. Aber ganz plötzlich kam mir das viel zu einseitig vor. Es war genau wie bei den Telefonaten. Er hielt alle Fäden in der Hand, ich hechelte nach mehr. Er konnte alles mit mir machen, mit dem Mund und der Zunge, mit den Fingern und dem Unterleib. Ich würde ihn lassen. Ich wollte ihn so sehr, ich konnte es kaum begreifen. Aber es gab auch einiges, das ich mit ihm tun wollte.

Es lag eine Gleichberechtigung darin … die ich brauchte. So vieles hier war falsch. So vieles.

Aber ein bisschen Gleichberechtigung würde manches geraderücken.

Mir fiel ein, was Tiffany neulich vor ihrem Wohnwagen gesagt hatte: Es ist schön, zur Abwechslung mal zu geben.

«Stopp», keuchte ich.

«Was?»

Ich löste mich, um meine Hände zwischen uns zu bekommen. Sein Bauch fühlte sich heiß an, als ich ihm das T-Shirt hochzog und die Jeans aufknöpfte.

«Ich will …» Ich schüttelte den Kopf, sodass mir die Haare über die Augen fielen.

«Was?»

«Ich will dich blasen. Ich will ihn in den Mund nehmen.»

Wie mein Vorbild. Die verdammte Stripperin.

«Unbedingt, Dylan. Ich will es so sehr.» Ich stupste ihn an, da er nicht erpicht schien, sich zu rühren. Er sah mich mit seinen unergründlichen Augen an, aber ich war zu heiß, um mich zu fragen, was er dachte. «Steh auf», verlangte ich. Auf die Sessellehnen gestützt, stemmte er sich vom Hocker. Er verzog das Gesicht, als täte das weh.

«Alles in Ordnung?» Ich griff zu seinem Hals, den er so steif hielt.

«Alles gut», sagte er, während er sich aufrichtete. Durch die Sitzhöhe hatte ich die Wölbung in seiner Hose direkt vor dem Gesicht.

Ungeschickt nestelte ich am Reißverschluss, zog ihn aber schließlich auf, und dann umfasste ich seinen Schwanz, holte ihn aus der Hose und den Boxershorts. In meiner Hand wirkte er groß. Breit und lang war er, der Kopf dunkelrot und feucht. Ich stieß einen langen Seufzer aus und ließ den Atem darüberstreichen. Er holte zischend Luft und legte die flache Hand in meinen Nacken, den Daumen an die Schlagader, als fühlte er meinen Puls.

Die Vorfreude dehnte sich so sehr, dass ich fürchtete, sie würde bei der ersten falschen Bewegung in sich zusammenfallen. Plötzlich war ich gelähmt vor Unentschlossenheit. Ich wusste nicht, was richtig und was falsch war, nur der Instinkt trieb mich an.

Aber vielleicht waren meine Instinkte genauso verkorkst wie ich.

«Nur zu, Baby», sagte er und strich mir eine Strähne hinters Ohr. «Tu, was du willst.»

Was ich wollte? Das war ein weites Feld.

Ich leckte an ihm. Er war salzig und warm und zart. Ich leckte am Rand der Eichel entlang. Entdeckte die Adern am Schaft. Leckte überall, bis ich meinte, jede Einzelheit zu kennen. Dylan zuckte und seufzte, und das war alles so intim. So persönlich.

Ich hatte so etwas noch nicht erlebt. Die Verletzlichkeit und Macht, die wir beide in diesem Moment hatten. Seine ganze Kraft gebändigt. Mein ganzer Mut entfesselt. Es war ein Moment zwischen uns, der sich dehnte und dehnte und dehnte.

Er war still, ließ mich machen, ließ mich betrachten und küssen. Schmecken und berühren, sanft und langsam. Bis ich ihn schließlich von der Wurzel bis zur Spitze leckte. Ich hielt inne und blickte auf. Er beobachtete mich mit heißem, tiefem Blick.

Er strahlte Anerkennung und Zuneigung und Respekt aus. Sie regneten auf mich herab, und ich wusste ... ohne den leisesten Zweifel, dass ich in ernsten Schwierigkeiten steckte.

In sehr ernsten.

In ein paar Stunden würde ich dieses Haus verlassen und zum Wohnwagen zurückkehren, um mein Leben in Ordnung zu bringen, wieder auf die Beine zu kommen. Ich würde wieder Annie McKay werden. Doch ein Teil von mir würde hierbleiben – ein Teil, der mir gefiel, und ich wusste nicht, ob ich ihn je zurückbekäme. Oder noch einmal fände.

Meine Lust war jetzt gefärbt mit einer Trauer, die sie schärfer machte. Süßer. Sie wand sich heftiger in mir.

Die gute Art Schmerz. Das war alles eine gute Art Schmerz. Es war ein Glücksgefühl, bis zum Äußersten ausgereizt.

Ich spürte seinen Blick auf mir und nahm ihn in den Mund. Der Kopf glitt an meinem Gaumen entlang und berührte die weichen Muskeln im Rachen.

«Oh Gott, Annie ...»

Ich ließ ihn aus meinem Mund gleiten. «Ist das ... ist das okay?»

«Das ist schön, Baby. Du machst mich verrückt.»

Ich lächelte zu ihm hoch, zu seinen geröteten Wangen, zu der Erregung in seinen dunklen Augen, und dann nahm ich ihn wieder in den Mund.

Er legte meine Hand um den unteren Schaft, drückte meine Finger, bis ich ihn fest genug hielt. Ich saugte ihn kräftig in den Mund und schloss die Lippen um ihn.

Er ließ meine Hand los und berührte mein Ohr und dann meinen Hinterkopf und drückte mich nur ein klein wenig zu sich heran. Nur ein bisschen über den Punkt hinaus, bis zu dem es angenehm war.

Ich summte, damit er begriff, dass es mir gefiel. Dass ich das wollte.

Mit einem Blick nach oben vergewisserte ich mich, ob er verstand, und er griff mir mit beiden Händen in die Haare, die Strähnen blieben an Schwielen hängen, ziepten mich. Die kleinen Schmerzspitzen nährten das Feuer, das in mir wuchs.

Er unterbrach mich, schob mich von sich, wogegen ich

mich wehrte, weil ich noch nicht fertig war. Weil da eine Welt voller Erfahrungen auf mich wartete. Jetzt. Mit ihm.

«Ich will dich ficken», sagte er, und diese Worte, Gott, diese Worte machten mich verrückt, und ich entließ ihn aus meinem Mund. Ein Speichelfaden hing zwischen uns.

«Ja», hauchte ich. «Ja.» Ja zu allem. Zu allem, was er wollte.

Er riss sich das weiße T-Shirt über den Kopf und enthüllte Tattoos an den Schultern und der halben Brust. Die andere Hälfte war von rosa Narbengewebe überzogen.

Brust, Bauch und Arme waren muskelbepackt.

Wenn er wollte, könnte er mich in einer Hand halten, so kam es mir vor. Er könnte mich halten oder zerreißen – mit einer Hand.

«Zieh dich aus», sagte er, sprang über die Couch und lief zu dem anderen Flur.

Erstaunt stellte ich fest, dass ich noch das Hemd anhatte. Ich zog es hastig aus und legte mich auf die Couch. Sie fühlte sich butterweich an meiner Haut an.

Wie seltsam, in diesem fremden Raum legte ich mich nackt vor eine Fensterwand, während ich es in meinem Wohnwagen nicht mal bei zugezogenen Gardinen tun konnte.

Plötzlich schüchtern, setzte ich mich auf und schaute mich nach meinem Slip um.

Er kam zurück ins Zimmer und trat um die Couch herum neben mich. Einen Streifen Kondome zwischen den Zähnen. Während er mich ansah, zog er seine Hose nach unten und stieg heraus. Die Stiefel hatte er sich schon im Schlafzimmer von den Füßen getreten. Er riss ein Kondompäckchen auf und warf die übrigen auf den Polsterhocker.

Ich streckte die Hand nach ihm aus, berührte den weichen Hodensack hinter seinem Penis, und er zuckte zusammen, und dann griff er nach mir, nicht nach meinem Schenkel oder nach irgendetwas anderem, er griff direkt in mich.

Mit zwei Fingern spreizte er meine Falten und schob sie hinein.

Ich keuchte auf. Bog den Rücken durch. Meine Brüste wippten bei der Bewegung.

Er schob einen weiteren Finger hinein, und ich stöhnte.

«Schön?», fragte er.

«Ja.»

«Mit meinem Schwanz wird es noch schöner. Ich werde dich komplett ausfüllen, Annie.»

«Beeil dich», hauchte ich. Er riss das Päckchen mit den Zähnen auf, streifte sich das Kondom über und setzte sich zu meinen Füßen auf die Couch.

«Komm her», brummte er. Und offenbar bewegte ich mich zu langsam, denn er zog mich hoch und auf seinen Schoß. Er zog mich so schwungvoll, dass ich praktisch auf ihn flog. Er küsste mich tief und hart. Und ich küsste ihn genauso hart. Genauso wild.

Und dann packte er meinen Hintern, packte so viel, wie er in die Hände bekam, packte ihn, als wollte er ihn mir rauben.

«Oh Gott, oh mein Gott. Bitte, tu etwas. Du musst etwas tun», flüsterte ich an seinen Hals. «Oder ich tue es selbst.» Ich griff nach unten, als wollte ich mich befriedigen, doch er nahm meine Hand und hielt sie hinter meinem Rücken fest.

Ich beugte den Kopf zurück, um ihm in die Augen zu sehen.

«Komm ein Stück auf die Knie hoch», sagte er.

Wacklig stemmte ich mich hoch.

Mit der freien Hand griff er hinter mich und drückte mich dann ganz langsam hinunter auf seinen Schwanz. Ich fühlte ihn an meiner Muschi. Zu hart. Zu groß.

Ich schrie auf. Stöhnte. Plötzlich erschrocken. Plötzlich besorgt. Ich versuchte, von ihm runterzusteigen.

«Tut das weh?»

«Es ist zu … zu viel.»

«Mach es langsam. Nimm mich langsam auf.»

Ich schüttelte den Kopf.

«Annie, Baby, sieh mich an.» Und als ich seinem Blick begegnete, war meine Angst weg. Die Sorge löste sich in Luft auf. Es gab nur uns. Und er war behutsam.

«Willst du aufhören?»

Ich schüttelte den Kopf.

Seine Hand lag auf meiner Schulter, aber er hielt mich nicht fest, zwang mich zu nichts. Sie war einfach nur da. Ließ mich das Tempo bestimmen. Das gering war, da mein Körper ihn nur zentimeterweise aufnehmen wollte. Und was ich eben noch als fremd empfunden hatte, war jetzt genau richtig.

«So hat es sich noch nie angefühlt», wisperte ich.

Schweißtropfen rannen an mir hinab, sammelten sich zwischen uns. Wir waren schweißnass, und wir keuchten. Und seine Geduld und mein Vertrauen machten daraus etwas völlig Neues.

Endlich saß ich fest auf ihm. Unsere Hüften so eng aneinander, dass es fast weh tat und ich bei jedem Atemzug keuchte.

«Was jetzt?»

Er lächelte. «Halt dich fest», flüsterte er. Mein Kopf war zu schwer, um ihn aufrecht zu halten, mein Körper zu träge für gezielte Bewegungen, darum legte ich den Kopf an seinen Hals und ließ ihn machen. Ließ ihn mich bewegen. Er legte beide Hände an meine Hüften, dann hob und senkte er mich und bewirkte damit ein langsames, hartes Reiben.

Ich konnte ihn in mir spüren, Nervenenden berührend, von denen ich bisher nichts gewusst hatte. Er entfachte ein Feuer, das ich mir nicht hätte träumen lassen. Als er mich an sich zog, drückte er gegen meine Klitoris und erzeugte genau den Druck, den ich mochte. Das beides zusammen mit seiner Erregung und seiner Kraft, die mich umgab … sehr bald reichte mir das nicht mehr.

Ich bewegte mich heftiger und spürte, wie ihm der Atem stockte, spürte es in meinem Brustkorb. Und plötzlich war das Spiel vorbei.

Er kippte uns beide zur Seite und legte mich auf den Rücken, meine Beine weit gespreizt um seine Hüften geschlungen, meine Hände auf seinen Schultern.

«Alles gut?», flüsterte er angespannt.

«Ja. Sehr gut.»

Er zog sich fast vollständig heraus und stieß sich wieder hinein. Und noch einmal. Härter.

«Noch immer schön?», fragte er.

Ich konnte nur nicken und mich an seinen Rücken klammern, an seinen Körper, während die Wogen stiegen.

Er brummte leise fluchend, dann griff er um die Armlehne der Couch, um sich abzustützen, und begann wirklich, in mich hineinzustoßen.

«Fass dich an», sagte er.

«Nein.» Denn was gerade passierte, war neu. Anders. «Ich komme gleich. Nur davon. Mach ... einfach ... oh Gott.»

Ich brauchte es ihm nicht zweimal zu sagen. Er stieß noch drei Mal in mich, jedes Mal so tief, unmöglich tief, und dann kam ich, löste mich unter ihm auf, die Fingernägel in seinen Rücken gepresst.

«Oh ... Scheiße, Annie», rief er, und dann versenkte er sich ganz in mir und kam.

Ich hielt ihn fest, strich ihm übers Haar, über den Rücken, die Narben am Hals und fragte mich, was danach kommen würde.

Wie ich danach noch Annie McKay sein konnte.

25

Allmählich wurde ich wach. Als ich mich auf den Rücken drehen wollte, stieß ich gegen etwas. Beim Aufrichten schälte sich meine Haut davon ab. Leder. Ich war auf der Ledercouch eingeschlafen.

Eine hellblaue Decke war über meinen nackten Körper gebreitet.

Meinen sehr nackten, sehr … wunden Körper. Mir war, als hätte ich Wasser in den Gliedern.

Ich fühlte mich schwer und kraftlos.

Ich schlug mir die Hand vor den Mund, als könnte ich damit das Kichern zurückhalten. Ich wollte kichern. Ein Kichern war unvermeidlich.

Den Kopf auf der Rückenlehne, kicherte ich also wie das siebzehnjährige Mädchen, das ich nie gewesen war.

Heilige Scheiße. Das … war phantastisch gewesen. Dylan war phantastisch gewesen.

Was ich mit Hoyt gehabt hatte, folgte – buchstabengetreu – dem, was meine sehr verlegene Highschoollehrerin uns über Sex erzählt hatte. Über Fortpflanzung. Sex mit Hoyt hatte aus Hartwerden und Einführen und Ejakulation bestanden.

Es war kalt und steril und schmerzhaft gewesen.

Aber Sex mit Dylan? Das konnte ich nicht einmal in Worte fassen. Hätte ich eine Wunschliste gehabt, wie Sex sein sollte, dann hätte Dylan jeden einzelnen Punkt abgehakt.

Ich ließ mich seitlich auf die Couch fallen, die Hände zwischen den Beinen, wo ich warm und wund war. Wer hätte gedacht … ganz ehrlich … wer hätte gedacht, dass mein Körper dazu geschaffen war, so viel zu fühlen?

Was für ein Wunder!

Als ich sechzehn wurde, bekam unsere Gemeinde einen neuen Pastor. Zu seinem ersten Gottesdienst gingen Mom und ich im besten Sonntagsstaat. Wir setzten uns in unsere Bank, die dritte von hinten auf der rechten Seite, und warteten gespannt auf seine Predigt.

An die kann ich mich genau erinnern. Ganz genau. Toleranz. Der Glaube sei nicht bloß Glaube an Gott oder an Menschen, die aussahen wie man selbst oder die sich zum anderen Geschlecht hingezogen fühlten. Glaube sei Glaube an die Menschheit. Gott liebte uns alle. Und wir sollten das auch tun.

Für mich war das eine Erkenntnis.

Für Mom weniger. Wir gingen erst wieder zur Kirche, nachdem der Pastor die Gemeinde verlassen hatte.

Es war seltsam: Mein Körper war wund vom Sex, mein Geist aufgeblüht durch die Kraft der neu entdeckten Gefühle, aber in diesem Moment vermisste ich die Kirche mehr als in den ganzen letzten Jahren.

Die Kraft jener beiden Dinge – das Spirituelle und das Fleischliche – waren miteinander verbunden wie Himmel und Erde durch den Blitz.

Hinter der angelehnten Tür zur Werkstatt war ein dumpfer Schlag und gedämpftes Fluchen zu hören. Dylan war wach.

Mein Herz klopfte, als könnten Rippen und Haut es kaum halten. Einerseits wollte ich verschwinden. Einfach … nicht hier sein. Ihn nicht ansehen. Mich nicht unterhalten, nach dem, was zwischen uns geschehen war. Ich wusste nur nicht, wie ich das halbwegs anmutig hinbekommen könnte.

Aber andererseits war ich lebendig und hungrig und neugierig. Wollte all das noch mal tun.

Ich hob meine Kleidung vom Boden auf, aber sie roch nach Sex und Schweiß. Darum wickelte ich mich in die Decke ein und ging in das Zimmer, das meines war.

In den Schubladen fand ich einen sauberen Pyjama. In meiner Größe, laut den Schildchen an dem weichen rotvioletten T-Shirt. Und an der dunkelblauen Flanellhose, die mit Sternen, Monden und leuchtend gelben Sonnen gemustert war.

Er passte. Er passte perfekt und war hübsch.

Dylan hatte ihn nicht ausgesucht, das war klar. Margaret. Für ihre Enkelin. Aber er war hübsch, und ich mochte ihn.

Der Sturm war noch im Gange. Regen klatschte gegen die Fenster. Draußen war waberndes Grau. Ich schaute durch das Fenster nach unten und überlegte, ob das Haus vielleicht abrutschen könnte.

Ich fragte mich, ob ich abgerutscht war.

Ich bin verheiratet.

Ich sah den Regen in dichte Nebelwolken fallen und darin verschwinden.

Ich bin eine verheiratete Frau.

Einen falschen Namen anzugeben war eine Sache, aber ich hatte Dylan gerade zum Komplizen in einem Ehebruch gemacht.

Ich schluckte und lehnte die Stirn an die Fensterscheibe. Und versuchte wirklich sehr, mir einzureden, dass das keine Rolle spielte. Was Dylan nicht wusste, konnte ihm nicht weh tun.

Aber es spielte eine Rolle.

Und das war mir klar.

Ich zog mir dicke Socken an, die ich in der obersten Schublade gefunden hatte, und durchquerte das Haus, um durch die angelehnte Tür in die Werkstatt zu schlüpfen.

Über der Werkbank brannte Licht, und Dylan saß in Jeans und Stiefeln und sonst nichts davor.

Er war schön, die Haut in dem Licht wie mit Gold bestäubt. Seine Muskeln bewegten sich darunter.

«Dylan?» Ich stand auf der Zementtreppe, die mit drei Stufen zur Werkstatt hinabführte.

«Du bist wach», sagte er. Er drehte sich nicht um. Die Muskeln seiner Arme bewegten sich schneller, während er zu Ende führte, was er gerade tat. «Sekunde. Bin gleich fertig.»

Während dieser Minute hielt ich den Atem an.

Aber dann drehte er sich um, und ich atmete aus, so gelassen, wie es mir möglich war, bevor mir schwindlig wurde.

«Ich war müde.» Toll. Tolle Bemerkung. «Es war eine lange Nacht.»

«Sicher.»

Er sah mich weiter an. Mit einem kaum erkennbaren Lächeln. Der Blick machte mich nervös. Als wäre ich etwas, was er langsam auseinandernahm und wieder zusammensetzte, immer wieder.

«Also ... was ist all das Zeug?» Ich schaute mich um, weil ich nichts anderes zu tun wusste.

«Das sind Autos», sagte er. «Das da sind Reifen. Noch was, das du nicht kennst?»

Oh ... das ging jetzt nicht. Ich war viel zu empfindlich, um mich aufziehen zu lassen. «Ich bin ... ich bin nicht ... ich hab das noch nie getan.»

«Was? Einen Kerl gefickt und dann über Autos geredet?»

Der Lacher platzte aus mir heraus.

Er durchquerte die Werkstatt und kam die drei Stufen herauf, sah mir dabei in die Augen und brannte die Peinlichkeit und Unsicherheit weg, bis nichts weiter übrig war als mein Herzschlag und die Wärme in seinen Augen.

«Hey», sagte er und küsste mich leicht auf den Mund. Gerade so, dass ich ihn schmeckte. Er hatte sich die Zähne geputzt und Kaffee getrunken. Ich konnte alles auf seinen Lippen schmecken.

«Hey», flüsterte ich und küsste ihn ebenfalls. Wobei ich wünschte, ich hätte auch schon Kaffee getrunken und mir die Zähne geputzt.

Er trat einen Schritt zurück. «Hübscher Pyjama. Die Sonnen gefallen mir.» Er tippte auf eine davon an meinem Oberschenkel, und schon war ich bereit. Heiß und feucht und ... bereit.

«Und?» Mit einem Schritt verschaffte ich mir ein wenig Abstand. «Was läuft hier?»

«Ich repariere Autos.» Er verschaffte sich ebenfalls Abstand, indem er die Stufen hinunterstieg.

Er wich aus – das wusste ich, denn so verhielten wir uns miteinander. Daher besann ich mich auf all die Dinge, die ich über ihn wusste, die Krumen, die er gestreut hatte, und folgte ihm nach unten.

«Du reparierst Autos und gehst im Smoking zu Partys. Du wohnst in einem schönen Haus auf einem Felsen ...»

«Komm nicht hier runter. Du hast keine Schuhe an.»

Er trug Stiefel mit Stahlkappen. Stiefel, aber kein Hemd.

Ich schaute auf meine Füße in den dicken Wollsocken. Krümmte die Zehen um die Stufenkante, wie um abzuspringen.

«Du hast gesagt, die Leute zahlen dir viel Geld für etwas Blödsinniges.»

«Ich repariere Autos.»

«Soll das heißen, du bist der bestbezahlte Automechaniker der Welt?»

Er lachte und blickte über die Schulter zu mir. «Ja. Quasi.»

«Dylan ...» *Bitte,* wollte ich sagen, *wirf dem Mädchen, das du gerade mit dem besten Sex ihres Lebens durcheinandergebracht hast, einen Knochen hin.* «Wir hatten gerade Sex.» Was für ein dummes, unangemessenes Wort für das, was zwischen uns passiert war. «Und ich weiß nichts über dich!»

«Das ist nicht wahr. Wir ...» Sein Adamsapfel hüpfte, und seine Höhle, diese Kathedrale des Abstands, schrumpfte zusammen zu nichts. Zu null, und ich konnte sein Herz schlagen hören. Ihn schlucken hören. «Wir wissen viel übereinander.»

Schlagartig wurde es heiß zwischen uns. Seine schönen, narbigen Lippen, meine narbigen Knie. Jedes Auto und jeder Motor zwischen uns – verbrannte zu Asche.

Was ich über ihn wusste, konnte ich an einer Hand abzählen, und wenn er mich so anblickte, zählte es nichts.

«Ich repariere Rennwagen», sagte er schließlich. «Baue Motoren. Ich habe ... eine Einspritzdüse erfunden ... habe ein bisschen Geld verdient.»

Ich nickte und unterdrückte ein Lächeln. «Ein bisschen.»

«Glaub mir. Niemand war überraschter als ich.»

Er ging zurück zur Werkbank, und ich setzte mich auf meine Stufe. Ich war mir ziemlich sicher, dass er mich in meine Schranken verweisen würde, wenn ich den Unfall anspräche, aber einen Versuch war es wert. Und vielleicht war er ja auch ein bisschen durcheinander. «Nach dem Unfall hast du angefangen, Autos zu reparieren.»

«Schon vor dem Unfall. Damit fangen die meisten Fahrer an. Frisieren den alten Ford ihres Dads, um zu sehen, wie schnell sie fahren können, bevor er auseinanderfällt.»

Ich sah ihm zu, wie er Werkzeuge in Metallkästen räumte. Er sammelte ölverschmierte Lappen ein und warf sie in einen Wäschekorb in der Ecke.

«Das heißt, dein Dad hatte nichts dagegen, wenn du an seinem Ford herumgeschraubt hast?» Ich beobachtete ihn aus dem Augenwinkel, weil ich wusste, was ich gerade tat, welchen schlafenden Hund ich weckte.

Dylan hielt inne, mit dem Rücken zu mir. «Er hat es mir beigebracht. Das vergesse ich immer.»

Ich ließ die Sonne auf meinem Knie in einer Falte verschwinden. Löschte die Sonne aus. «Ben sagte, er hat keine Kinder.» Ich flüsterte nur, aber meine Stimme wurde durch die Höhle bis zu ihm getragen, und er zuckte zusammen. Nur ein Mal. Aber dann bewegte er sich weiter. Zwang sich dazu.

«Da hast du zwei und zwei zusammengezählt, was?»

«Ich dachte eine Weile, du seist mit dem verbrannten Mädchen verwandt.»

«Nein, ich bin mit dem Mörder verwandt.»

«Dylan? Warum sagt er, dass er keine Kinder hat?»

«Weil er seit langer Zeit nicht mehr mein Vater ist.»

«Aber du bist immer noch sein Sohn.»

Dylan drehte sich um. Erstaunlich, wie rätselhaft er war. Er konnte eine Tür so schnell und fest zuschlagen, dass man keine Chance hatte, zu ihm durchzukommen, keine Chance, etwas zu sehen, was er nicht zeigen wollte.

Ich nickte, als verstünde ich das, und das Schweigen zwischen uns wurde kühl. «Also ist Max ...»

«Mein Bruder.»

«Der harte Kerl, dem du nachgeeifert hast.»

Darauf sah er mich lange an. «Ja», sagte er dann.

Während ich Dylan so betrachtete, stark und grimmig in dem schönen Haus, mit Margaret und dem Geld, das in allem zu sehen war, konnte ich die Verbindung zwischen ihm und Ben nicht ziehen. Sie lagen meilenweit auseinander.

«Maria ist deine Mutter?», fragte ich. Er war sichtlich geschockt. Blickte mich mit offenem Mund an.

«Wieso weißt du von ihr?»

«Dein Dad ...»

«Ben», sagte Dylan mit einem gemeinen Lachen. «Der Mann ist kein Dad.»

«Na schön ... Ben hat mir von ihr erzählt.»

Er sah mich ungläubig an. «Was?»

«Dass er sie vermisst und dass sie schlecht miteinander auskamen.»

«Schlecht miteinander auskamen.» Er lachte bitter. «So kann man es auch nennen.»

«Hat er sie geschlagen?» Ich fragte mich, wie Ben mir in die Augen hatte sehen können, als ich ihm von Hoyt erzählt hatte. Wie konnte er mir in die Augen sehen, nachdem er einer Frau dasselbe angetan hatte?

«Nein. Der heilige Ben hat nie die Hand gegen sie erhoben, als ob das all den anderen Scheiß, den er gemacht hat, ausgleichen könnte. Eine Frau kann man auf viele Arten verletzen, und er hat sie alle herausgefunden.»

Ich brauchte keinen Vortrag darüber, wie Männer Frauen weh tun konnten. Ich wandte den Blick von seinen durchdringenden Augen ab. Sie sahen zu viel, diese Augen. Er warf weiter Werkzeuge in die Kästen. Jedes landete klappernd und klirrend und erschreckte mich.

«Ist es wirklich gefährlich in dem Trailerpark?», fragte ich.

Er lehnte sich an ein Auto und verschränkte die Arme vor der nackten Brust, womit er in jede der Sexphantasien passte, die ich mir nie gestattet hatte.

«Ben ist ein alter Mann. Harmlos. Aber wenn Max vorbeikommt, dann ja.»

«Da wohnen noch andere Leute. Familien. Kleine Kinder.»

«Jep.»

«Und ... mehr hast du dazu nicht zu sagen?»

«Die Welt ist überall brutal, Annie. Mein Bruder ist ein Verbrecher. Mein Vater war ein Verbrecher. Beide sind in gefährlichen Scheiß verwickelt.»

Ich stützte das Kinn auf die Hand. Ich war aus Oklahoma geflohen, um unbehelligt leben zu können. Um nicht mehr misshandelt zu werden. Ich dachte, ich hätte es geschafft, wäre in meinem nach Raumerfrischer riechenden Wohnwagen sicher.

«Annie, hör zu ...» Er kam an die Treppe.

Wie seltsam, dachte ich, mit seiner Haut so vertraut zu sein. Zu wissen, wie sie schmeckte, wie sie sich anfühlte. Und den Mann darin nicht mal ein bisschen zu kennen. In dem Moment beschloss ich, es okay zu finden, dass ich ihm nichts von Hoyt erzählte. Das war feige, ja. Schrecklich, klar. Aber es war für den Moment okay. «Ich habe ein Haus in Charleston. Da kannst du ...»

«Nein!»

«Warum nicht?»

«Weil ich dich nicht kenne! Auf keinen Fall wohne ich mit ...»

«Immer mit der Ruhe. Ich bitte dich nicht, mit mir zusammenzuleben. Ich habe ein Haus, wo du bleiben kannst. Wenn du dich dann besser fühlst, kannst du mir Miete zahlen.»

«Ich stehe nicht auf Großstadt», sagte ich aus dem Bauch heraus.

«Was stört dich daran?»

«Die Leute.»

Er lachte. «Das kann ich verstehen. Du brauchst dich nicht jetzt zu entscheiden, du kannst darüber nachdenken. Aber ich muss sagen, mir scheint das eine ganz einfache Entscheidung zu sein. Schäbiger Wohnwagen oder Strandhaus in Charleston.»

«Es ist ein Strandhaus?»

«Oh, das ändert deine Meinung?» Er lachte.

«Ich war noch nie am Strand.»

«Noch nie?»

«Noch nie.»

«Gott, Süße. Hast du in einer Kiste gelebt, bevor du hier ankamst?»

Mir verging das Lächeln. Ich senkte den Kopf und rieb die Wange an meiner Schulter. Ja, das hatte ich. Ich hatte in einer Kiste gelebt. Und sie aufgebrochen.

«Noch was, was du dir von der Seele reden willst?»

«Was für ein Tag ist heute?», fragte ich.

«Donnerstag. Der 24.»

«Mein Geburtstag.»

Einen Moment lang starrte er mich an.

«Jeder hat mal Geburtstag», sagte ich, als sein Schock ein bisschen zu lange anhielt.

«Du bist jetzt fünfundzwanzig? Seit heute?»

Ich nickte, ließ wieder nervös die Sonne auf meinem Hosenbein verschwinden, aber dann lächelte er. Es war kein halbes Lächeln wie sonst, auch kein ironisches Grinsen, sondern es offenbarte ein sehr reales Glücksempfinden. Freude.

Es machte ihn nicht attraktiver, er sah ja schon viel zu gut aus, aber es machte ihn sehr menschlich. Und wieder machte sich jene gefährliche Zuneigung zu diesem fremden Mann in mir bemerkbar.

Er stieß sich von dem Wagen ab und ... tja, er pirschte auf mich zu. Mit lässigem Gang und freudestrahlend kam er zu mir. Zu mir, zu Annie McKay. Und er beugte sich heran, eine Hand an die Wand gestützt, die andere auf das Geländer.

Sein Lächeln, ich schwöre bei Gott, es war schön. Schön, weil es selten war, weil seine Lippen narbig waren, weil es ganz allein mir galt.

Ich konnte nicht anders, ich hob ihm das Gesicht entgegen, wie eine Blüte sich zur Sonne wendet, und lächelte ihn direkt an.

Sanft und süß küsste er mich. Noch einmal. Und noch einmal und wieder. Tausend kleine Atemstöße strichen über mein Gesicht. Sein Mund war köstlich, und ich lechzte danach.

«Was möchtest du zum Geburtstag, Baby?», fragte er so leise, dass ich es mehr spürte als hörte.

«Einen weiteren Tag.» Die Worte entflohen mir, bevor ich einen klaren Gedanken gefasst hatte. Bevor ich einen Plan gemacht hatte. Ich wollte noch einen Tag in diesem märchenhaften Haus auf dem Felsen verbringen. «Einen Tag mit dir.»

Mit einer Fingerspitze berührte ich eine Narbe, einen weißen Wulst an seinem Hals. Die Jungfrau Maria war über seinem Herzen eintätowiert. Meines zog sich gerade zusammen.

Und danach ist es vorbei. Es muss vorbei sein.

Er nickte, als hätte er meinen Gedanken gehört.

«Noch einen Tag», bestätigte er und hob mich hoch.

Ich fühlte mich plump, da meine Arme zwischen uns eingeklemmt waren, und machte eine abwehrende Bewegung. Er verlagerte mein Gewicht und schüttelte mich kurz.

«Soll ich dich fallen lassen?»

«Nein ... ich ... das ist seltsam.»

«Entspann dich.» Noch ein Kuss. Noch eine Verlagerung, und meine Arme waren frei und um seinen Hals gelegt und meine Beine um seine Hüften, und mit einem Mal war es eine ganz natürliche Haltung.

Ich spürte seine Haut an Beinen und Armen.

Das Knistern zwischen uns fand neue Wege. Meine Ohren wurden heiß, meine Fingerspitzen, mein Rachen.

Er trug mich durchs Haus an meinem Zimmer vorbei durch die letzte Tür am Ende des Flurs. Dies war sein Zimmer, und ich nahm es kaum wahr. Ich war zu sehr damit beschäftigt, zu verfolgen, wie sich sein Brustkorb bei jedem Atemzug bewegte.

Im Nacken hatte er feine Härchen. Sie waren weich, wenn ich in die eine, und borstig, wenn ich in die andere Richtung strich.

Das könnte ich den ganzen Tag lang tun.

Mein 24-Stunden-Geburtstagswunsch.

Etwas Kaltes berührte die Rückseite meiner Oberschenkel. Im nächsten Moment schaltete er eine Lampe ein, und ich blinzelte in die reflektierte Helligkeit eines Spiegels. Wir waren in seinem Bad. Einem Bad, so groß wie mein Wohnwagen.

Sein Kuss hielt an. Seine Hände glitten von meinem Hintern zu meiner Taille und den Schultern, und ich zuckte. Ich tat dasselbe bei ihm. Ich berührte alles, wozu ich vorher keine Gelegenheit gehabt hatte. Strich über seinen ganzen Körper. Über die seidige nackte Brust und die dicken Muskeln. Über die Narben an den Rippen. Und er zuckte.

«Tut das weh?»

«Es ist unangenehm», sagte er und küsste mich wieder. Ich mied die Narben.

Als er den Kopf zurückzog, waren seine Lippen geschwollen und feucht. Rosa.

Ich strich mit den Fingern darüber. «Du hast einen schönen Mund.»

Er saugte meine Finger ein und zog den Kopf zurück, bis sie herausglitten. «Ich habe einen Mädchenmund», sagte er. «Einen Schwanzlutschermund.»

«Wie kommst du darauf?», rief ich.

«Die Worte meines Vaters.»

«Wie kann man so was Dummes sagen», murmelte ich und zog ihn zu mir heran. Ich zeichnete seinen Mund nach, alle Ränder, die weichen Wölbungen, die harte Kante des Narbengewebes, und er zuckte und versuchte auszuweichen, aber ich schlang die Beine um ihn und hielt ihn fest. «Du hast einen schönen Mund.» Ich wusste nicht, ob meine Meinung zählte, aber ich wollte es sagen. Nach einem harten, schnellen Kuss ließ ich ihn los.

Lächelnd griff er hinter die Glaswand der Dusche und drehte den Hahn auf. Das Wasser prasselte aus einem großen, runden Duschkopf, und das Glas über dem Boden beschlug sofort.

Neben der Dusche gab es eine Badewanne, eine dieser großen mit Whirlpool-Funktion. Und daneben eine Toilette. Durch das Fenster darüber sah man nur Himmel.

«Duschen wir?», fragte ich, aufgeregt über diese Idee.

«Du. Und du wirst dir dabei Zeit lassen.»

«Soll das heißen, ich stinke?»

«Nein. Das soll heißen, ich brauche zwanzig Minuten zum Organisieren.»

«Was?»

«Deinen Geburtstag.»

Er nahm mein T-Shirt beim Saum, um es mir über den Kopf zu ziehen, aber in dem hellen Licht war ich plötzlich schüchtern und hielt seine Hände fest.

Ich blickte in seine dunklen Augen, und einen Moment lang sah ich in ihn hinein. Bis ins Innerste. Und ich verstand es nicht, ich konnte es nicht begreifen, aber in diesem Augenblick wollte er, warum auch immer, bei mir sein, nur bei mir.

Ich ließ die Hände sinken, und er zog mir das T-Shirt aus. Wieder so ein sonderbarer Augenblick, in dem ich meine langen Haare vermisste. Es hätte sich gut angefühlt, wenn sie jetzt auf meine nackten Schultern gefallen wären. Es hätte wahrscheinlich gut ausgesehen, in all den Spiegeln. Und ich wünschte mir, er könnte das sehen. Etwas von meinem alten Ich sehen und es begehrenswert finden. Dinge an mir, die keiner begehrenswert gefunden hatte. Ich überlegte, was er davon halten würde, von meinen roten Haaren, von der roten Schirmmütze mit dem Logo einer Konservenfirma. Von meinen Cowboystiefeln.

Der Dampf hatte sich im Raum ausgebreitet. Dylan griff um mich, um mir die Hose herunterzuziehen, und ich stützte mich auf dem Waschbecken hinter mir ab und schob das Becken vor.

Lächelnd blickte er auf meine roten Schamhaare, strich mit dem Daumen hindurch, und ich verfolgte, wie sich die Löckchen darumkringelten.

Andere Frauen rasierten sich. Ich nicht. Ich hatte mich noch nie wachsen lassen. Ich stutzte sie nur, weil es draußen heiß war und ich mich dann sauberer fühlte.

«Warum hast du dir die Haare gefärbt?», fragte er.

Weil ich vor meinem Mann auf der Flucht bin, der mich umbringen wollte.

Die Realität war zudringlich, ein Fiesling, der an die Tür hämmerte, aber ich ignorierte sie, so gut es ging.

Noch vierundzwanzig Stunden, dann würde ich in die Wirklichkeit zurückkehren.

«Ich wollte mal eine Veränderung», log ich.

Sein Daumen glitt nach unten, und ich spreizte die Beine breiter, schob das Becken noch weiter vor, zuckte, als er auf meine Klitoris traf und dort verweilte, sie unter dem Daumen rollte.

«Dylan ...», hauchte ich, rücklings an den Spiegel gelehnt.

Er brummte, trat aber zurück und holte tief Luft. «Geh duschen.»

«Jetzt?», fragte ich verblüfft.

«Die Vorbereitungen», erklärte er, drückte mir einen hastigen Kuss auf die Schulter und ging.

26

Der Unterschied zwischen meinen bisherigen Duschen und dem Duschen bei Dylan war derselbe wie zwischen dem Geschehen mit ihm auf der Couch und dem in meinem einsamen Bett.

Die Duschkabine war riesig, das heiße Wasser endlos. Und es kam aus dem Brausekopf wie ein Frühlingsregen.

Ich überlegte, in die Dusche umzuziehen. Vielleicht könnte ich als Untermieterin darin wohnen.

Auf der Ablage fand sich ein Rasierer und männlich duftende Seife und Shampoo. Ich benutzte alles, bis ich wie Dylan roch. Ich rasierte mir die Achselhöhlen und die Beine, und dann, als ich auf meinen Schamhügel hinunterschaute, dachte ich: Warum nicht?

Auf der Duschbank sitzend, wo das Wasser nicht hinkam, nahm ich reichlich Rasierschaum und rasierte mir die Schamhaare. Nicht alle.

Schließlich bin ich immer noch Annie McKay.

Aber einige. An den Rändern und zwischen den Beinen. Nachdem ich den Rasierschaum abgespült hatte, fühlte ich mich … nackt. Auf köstliche Weise nackt. Wie eine Haremsdame in dem historischen Roman, den ich gelesen hatte.

Das heiße Wasser wurde lau, ich drehte den Hahn zu, öffnete die Glastür und trat in einen dampfgefüllten Raum.

Als sich der Nebel lichtete, fand ich ein Handtuch und einen schwarzen Morgenmantel auf dem Marmorwaschtisch gegenüber der Bank, wo ich gesessen hatte.

Dylan war hereingeschlichen, während ich mich rasierte. Ich fragte mich, wie viel er gesehen hatte. Ob er zugeschaut hatte. Jetzt fühlte ich mich prall zwischen den Beinen. Völlig anders.

Der Morgenmantel war aus Seide und viel zu groß, und obwohl ich die Ärmel aufkrempelte und den Gürtel zwei Mal um mich schlang, versank ich noch darin.

Aber er fühlte sich seidig und schön an, und Dylan hatte ihn mir hingelegt. Also warum etwas anderes anziehen? Als ich aus dem Bad ins Schlafzimmer trat, war es dunkel darin. Ein großes Doppelbett mit dunkler Tagesdecke dominierte den Raum. An der hinteren Wand stand eine Kommode. In der Ecke ein Schrank, bei dem eine Tür halb offen stand. Ich konnte Anzüge sehen. Drei oder vier. Einen Smoking. Ich trat näher und griff hinein, befühlte den schwarzen Ärmel. Er hatte kein Etikett, was wohl bedeutete, dass er maßgeschneidert war. Und einen so weichen, feinen Stoff hatte ich noch nie berührt.

Erneut die Realität – nicht meine, sondern seine. Dieser Mann mit Narben und einem märchenhaften Haus und Partys, die einen Smoking erforderten. Wer war er? Und wer war ich, dass ich versuchte, mich in dieses Haus einzufügen? Ich passte überhaupt nicht hierher.

Die Tür zum Flur stand offen, und aus der Küche war Musik zu hören. Und es roch nach Essen. Nach gutem Essen.

Mein Magen freute sich darüber. Es war Stunden her, seit

ich das Maisbrot mit Erdnussbutter (eine schreckliche Kombination) gegessen hatte.

Ich freute mich noch mehr, als ich die Küche betrat und Dylan antraf, der Bier trank und Schalen und Platten auf den langen Tisch stellte. Er hörte Musik, die ich nicht kannte. Aber ich kannte auch kaum welche.

«Wow, das sind ja enorme Vorbereitungen.» Ich versuchte, lässig zu klingen, um meine Bedenken zu verbergen. Und meine Nervosität. Wegen der Realität, die unablässig auf sich aufmerksam machte.

«Hey!» Er hob den Kopf, musterte den Morgenmantel und meine feuchten Haare. «Der steht dir echt gut.» Ich warf mich in Pose und tat, als prüfte ich den Sitz meiner Frisur. «Darf ich dir etwas zu trinken anbieten?», fragte er.

«Hast du was im Eimer?» Er warf mir einen fragenden Blick zu, und ich winkte ab. «Ich nehme … was keine Mühe macht.» Meine gewohnte Antwort.

«Tja», er öffnete den großen, silbernen Kühlschrank. «Margaret hat den Quatsch ziemlich ernst genommen, wir sind also reichlich versorgt. Aber ich denke, wir beginnen mit …» Er zog eine große Flasche heraus. «Damit.»

«Champagner?»

«Nur das Beste.»

Fast hätte ich gesagt, dass ich noch nie welchen getrunken hatte, aber ich dachte, ich hätte vielleicht schon genug bewiesen, wie wenig ich vom Leben wusste.

Ich setzte mich an den Tisch, während er die Flasche öffnete.

«Was ist das alles?», fragte ich mit Blick auf das Essen.

«Das», er zeigte auf einen Teller, «ist ein Käse, den du mit diesen Crackern dort essen sollst. So genau weiß ich das nicht, um ehrlich zu sein. Margaret hat es zusammengestellt.»

Es gab auch eine Schale Oliven, und ich aß eine.

«Margaret ist zurückgekommen, während ich geduscht habe?»

«Nein, ich denke, sie ist schon seit ein paar Stunden wieder da. Sie wohnt in einem anderen Haus auf dem Anwesen. Ich habe sie angerufen, als du im Bad warst.»

«Das ist eine tolle Zusammenstellung», meinte ich und probierte den Käse mit einem Cracker. Er schmeckte teuer. Ich war an altbackene Billigcracker und Schmelzkäse gewohnt.

Der Champagnerkorken knallte, und Dylan reichte mir eine Flöte voll. Da saß ich im seidenen Morgenmantel auf einer Berghütte, trank Champagner und wusste ehrlich gesagt nicht, wie ich dahin gekommen war.

Dylan hatte sich ein Hemd übergezogen. Ein dunkles, kariertes, das nur halb zugeknöpft war. Die Ärmel hatte er hochgekrempelt, und die nackten Unterarme fand ich fast anziehender als die nackte Brust.

Ich legte meinen Käsecracker auf einen Teller und trank einen Schluck Champagner. Er schmeckte erstaunlich. Fruchtig und sonnig. Ich trank noch einen Schluck.

«Schmeckt er dir nicht?», fragte er mit Blick auf den Käse.

«Doch, er ist gut», log ich.

Halb lächelnd, halb stirnrunzelnd sah er mich an. «Du kannst ruhig sagen, wenn du ihn nicht magst. Du kannst sagen: Dylan, der Käse ist scheiße.»

Das würde ich nie tun. Niemals.

«Er ist gut», sagte ich lachend. «Kräftig.»

Er neigte sich zu mir. «Du darfst es dir auch anders überlegen, weißt du?»

«Was denn?»

«Ob du bleiben willst.»

«Warum … warum sagst du das? Ich möchte es mir nicht anders überlegen.» Ich kippte die Hälfte meines Champagners hinunter. Wollte er, dass ich mich umentschied? Bei dem Gedanken fühlte ich mich unglaublich nackt unter dem Morgenmantel und raffte den Stoff in meinem Schoß zusammen.

«Du wirkst angespannt.»

Angespannt. Klar. Aus irgendeinem Grund wollte meine innere Stimme, die mir ständig vorhielt, dass ich verheiratet war, nicht die Klappe halten.

«Willst du, dass ich gehe?», fragte ich, und er schüttelte den Kopf.

«Ich werfe Geburtstagskinder an ihrem Geburtstag nicht raus.»

Ich dachte an die Brünette auf dem Zeitungsfoto, die Schönheit an seiner Seite, ein Foto wie aus einem Katalog. Einem Katalog, in dem man sich ein reiches, aufregendes Leben kaufen konnte.

Ich gab ihm meine leere Champagnerflöte.

«Mehr?»

«Bitte.»

Er füllte das Glas und gab es mir zurück, und dann holte er ein Blech aus dem Ofen, neigte es über einer Platte und ließ kleine Pasteten heruntergleiten. Zwei fielen auf den Boden, und er hob sie mit bloßer Hand auf und schob sich eine in den Mund.

«Mann, ist das heiß», brummte er.

Er stellte die Platte neben mich und aß die andere Pastete. Während ich ihm zusah, wie er um meinetwillen lauter kleine häusliche Dinge tat, sah, welche Mühe und Kosten er für mich und meinen Geburtstag auf sich genommen hatte – fühlte ich mich noch schlechter.

«Hier hast du mit mir telefoniert?», fragte ich und drehte den Stiel des Champagnerglases zwischen den Fingern. «In diesem Haus?»

«Ja. Meistens. Es gibt hier noch ein größeres Gebäude, eine größere Werkstatt mit einem Büro. Da habe ich auch ein paar Mal mit dir gesprochen.»

«Das Haus, eine zweite Werkstatt und Margarets Haus? Das alles ist hier?»

«Der Berg gehört mir, Annie.»

Ich schaute weg. Ihm gehörte der ganze verdammte Berg.

«Ehrlich gesagt fahre ich selten mal woandershin.»

«Außer zu Partys.»

«Ja. Ich denke, das war die letzte, zu der ich eingeladen wurde. Ich habe zu viele Leute verärgert.»

«Warst du schon immer so?», fragte ich.

«Ein Einsiedler?» Er lachte.

«Nein.»

«Du meinst, reich? Nein. Gar nicht.»

«Allein.» Er schien mir in Wirklichkeit allein zu sein. Autark, einzelgängerisch. Selbst von Menschen umgeben wirkte er allein.

«Ich bin kaum allein», sagte er. «Ich habe Mitarbeiter und einen Geschäftspartner. Außerdem ist Margaret ständig hier.»

Ich fragte mich, ob er das selbst glaubte. Ich tat es nicht. Mit Alleinsein kannte ich mich aus. Ich war schrecklich oft allein gewesen und begriff das erst jetzt, nach fast zwei Monaten im Flowered Manor. Es waren nur ein paar äußerst oberflächliche Freundschaften nötig, damit ich erkannte, wie allein ich gewesen war. Und nicht freiwillig.

«Warum ich?» Die Frage überraschte uns beide.

«Warum du was?»

«Warum hast du das alles mit mir getan?» Sein Gesicht war ausdruckslos, als verstünde er nicht, was ich wissen wollte. «War es ein Machtspiel? Oder … ich weiß nicht … ein Test? Ein Scherz …»

«Was redest du denn da, Annie? Ein Scherz?» Er klang getroffen.

«Sieh dich doch an, Dylan. Schau, was du besitzt. Du könntest von deinem Berg heruntersteigen und jede Frau bekommen, die du willst, und stattdessen … hast du Telefonsex mit einer Unbekannten, die kaum die Miete für ihren beschissenen Wohnwagen in einem beschissenen Trailerpark aufbringen kann. Und ich vermute, du wusstest das. Du wusstest von Anfang an, dass ich da wohne, stimmt's?»

«Ja, aber …»

«Also wolltest du ein bisschen mit dem armen Mädchen spielen?» Wie hatte er es genannt? Jungfrau-Phantasie? Geilte er sich an Armut auf? Eine Armes-Mädchen-Phantasie?

«Du glaubst, mir ist das wichtig? Was ich habe und was du nicht hast?»

«Ich habe keine Ahnung, was dir wichtig ist», sagte ich.

«Dieser Scheiß nicht.»

«Also … warum ich?»

Er trank seinen Champagner aus und schenkte sich nach, bedeutete mir, ebenfalls auszutrinken.

«Ein bisschen Flüssigmut für das Geburtstagskind.» Es klang … düster. Verärgert. Als hätten ihn meine Fragen gekränkt. Ich leerte mein Glas und hielt es ihm hin. «Bei unserem ersten Gespräch wusste ich, dass du im Trailerpark lebst. Du bist eine miserable Lügnerin.»

Oh, dachte ich, *da liegst du falsch. Komplett falsch. Du hast keine Ahnung, wie sehr ich dich belüge.*

«Du hast immer wieder etwas Bestimmtes getan, bei jedem Gespräch. Du bekamst Angst und warst kurz davor, aufzulegen, aber dann … als würdest du dich zwingen, keine Angst mehr zu haben. Weiter mit mir zu reden. Und bei jeder Unterhaltung habe ich dich ein bisschen weiter gedrängt, mehr von dir verlangt, und du … hast mich immer wieder angerufen. Immer wieder, und … Scheiße, Annie. Das zu erleben, an dieser Tapferkeit Anteil zu haben. Das war aufregend. Es hat mich süchtig gemacht.»

«Du hast nicht über mich gelacht?», fragte ich. «Du hast nicht aufgelegt und über mich gelacht?»

«Nie.» Das war ein feierlicher Schwur, und meine Brustwarzen richteten sich auf. Zwischen meinen Beinen wurde es feucht. «Jedes Mal, wenn du angerufen hast, war ich so verdammt froh.»

Er leerte sein Glas und kam zu mir, die Hände an den Hüften. «Und warum ich?»

Ich starrte ihn an. «Fragst du das im Ernst?»

«Ja. Warum hast du das mit mir getan?»

Ich trank einen Schluck, und weil er so schön in mir prickelte, trank ich noch einen. Und dann noch einen. «Ich mag deine Stimme. Und», ich hielt ihm mein Glas hin, «deinen Champagner.»

Schweigend schenkte er mir ein.

«Sag es mir, Annie. Sag mir die Wahrheit.»

Oh, die Wahrheit. Wäre das nicht mal was? Was würde passieren, wenn ich einfach den Mund aufmachte und ihm die Wahrheit erzählte?

«Du hast mich gefragt, ob es mir gutgeht. Jedes Mal.» Anstatt ihn anzusehen, beobachtete ich die platzenden Bläschen in meinem Glas. «Und du hast dich entschuldigt. Und du … schienst dir Sorgen um mich zu machen, obwohl du mich gar nicht kanntest. Ich habe mich sicher gefühlt.»

«Das bist du.»

Ich blickte ihn mit hochgezogener Braue an. Da hatte er vorher etwas anderes behauptet, als er mich drängte, aus dem Trailerpark wegzuziehen.

«Bei mir», erklärte er. «Bei mir bist du sicher. Ich werde dich nie verletzen, Annie.»

Ich glaube, das ist schon passiert, dachte ich. *Ich blute und weiß es nicht mal.*

Das war zweifellos das Netteste, was je ein Mann für mich getan hatte. In meinem ganzen Leben. Der Champagner, der widerliche Käse. Das war … sehr freundlich. Die größte Mühe. Die größte Fürsorge.

Und ich verdiente sie nicht.

Ich log.

Ich war verheiratet.

Ich sollte einfach gehen. Hatte ich nicht bekommen, was ich wollte? Das Erstaunliche, das er mir geben konnte, hatte ich bekommen. Er hatte mich angefasst. Mich geküsst, wie eine Frau geküsst werden sollte. Mit Leidenschaft und Umsicht. Etwas von der Hässlichkeit meines vorherigen Lebens war durch die vergangenen paar Stunden weggewischt worden.

Aber mehr anzunehmen … das wäre zu gierig.

Mehr zu wollen hatte mir immer nur Strafen eingebracht. Hatte mir geschadet. Ich musste vorsichtig austarieren, was ich wollte und was ich verdiente.

Einen Penny mehr, einen Zentimeter mehr, und etwas Furchtbares würde über mich hereinbrechen. Ich hatte mir diese schreckliche, schreckliche Sache gegönnt. Und ich sollte sie beenden. Jetzt. Bevor es schlimmer wurde. Bevor ich noch mehr wollte. Bevor … bevor ich die Wahrheit sagen und alles verderbe würde.

«Ich will dich etwas fragen», sagte er. Er kam zu meinem Stuhl, hob mich hoch und setzte mich auf den Tisch, schob sich zwischen meine Beine und stützte neben mir die Hände auf.

Er kam mir ganz nah, und ich wollte ihn wegstoßen und an mich ziehen. Beides zur selben Zeit. Ich holte tief Luft und stieß mit den Brüsten an seine Brust. Der Morgenmantel klaffte über meinen Beinen auseinander, und ich spürte den Jeansstoff an den Oberschenkeln.

Er hob meinen Kopf an, damit ich ihm in die Augen sah.

«Wovor hast du Angst?», fragte er.

27

Dylan

Dylan kannte sich mit Angst aus. Er wusste, wie sie roch. Wie sie schmeckte. Kannte den bitteren, metallischen Geschmack von Blut und Adrenalin im Rachen. Und er wusste, wie jemand aussah, der versuchte, keine Angst zu haben.

Nachdem er sechzehn geworden war, hatte er in vier langen Jahren alle Facetten der Angst kennengelernt.

«Ich hab keine», wisperte Annie.

«Und jetzt lügst du.»

Sie schüttelte den Kopf, und er hielt ihr Kinn ein bisschen lockerer.

«Hast du Angst vor mir?»

Sie schüttelte wieder den Kopf, und die weißblonden Haare fielen ihr über die Augen. Dylan strich sie ihr aus der Stirn, nahm ihre ganze Zartheit in sich auf. Ihre Haut, ihre Haare. Alles. Ihr ganzer Körper verriet ihre Angst. Wie verkrampft sie das Glas hielt, wie unruhig ihr Blick war, wie sehr sie die Schultern hochgezogen hatte.

«Vor wem dann?»

«Vor keinem», hauchte sie. «Es ist alles in Ordnung. Ich … bin vermutlich nervös.»

Warum log sie? Er hatte Frauen schon wegen Geringerem als einer Lüge den Laufpass gegeben. Wenn er bei Verstand wäre, würde er das Mädchen packen und nach Hause schicken.

Aber er war nicht bei Verstand. Und das bedeutete stets Ärger.

«Noch nie hat sich jemand für mich so viel Mühe gemacht», sagte sie und deutete auf die Oliven und den ekelhaften Käse, der nach Margarets beharrlicher Meinung der beste war.

«So viel Mühe war das nicht», brummte er. Wenn er ehrlich war, wäre er bereit, gegen jeden seiner Grundsätze zu verstoßen, jeden Vorsatz zu brechen und für dieses Mädchen jede Mühe auf sich zu nehmen. Und sie ahnte das nicht einmal. Nicht im Geringsten.

Er hatte scherzhaft angemerkt, dass sie wohl in einer Kiste gelebt hatte. Und er wusste, er lag damit richtig. Sie hatte von ihrer Mom erzählt, aber er wurde das Gefühl nicht los, dass sie nicht die Einzige gewesen war, die Annie niedergemacht und kleingehalten hatte.

«Ich brauche keinen Champagner», sagte sie und stellte das Glas ab. Sie tat es wieder, diese Sache, die ihn verrückt machte. Drängte ihre Angst beiseite, um mutig zu sein, um nach etwas zu greifen, was sie haben wollte. «Ich brauche keinen ausgefallenen Käse und all dieses … Zeug.»

«Das ist eine Verführung, Annie. Es geht um Verlangen. Nicht ums Brauchen.»

«Du hast mich bereits verführt», flüsterte sie. «Alles, was ich will, bist du.»

Sie streifte sich den Morgenmantel von den Schultern und

bot sich ihm dar. Die helle, zarte Haut. Die kleinen, runden, festen Brüste mit den rosa Brustwarzen. Sie zog den Gürtel auf, und der Morgenmantel sank auf den Tisch. Umgeben von schwarzer Seide saß sie da wie ein Geschenk für ihn.

Und Himmel … sie hatte sich rasiert.

Die zarte, süße Stelle zwischen ihren Beinen war nahezu nackt.

«Oh Baby, sieh dich an …»

«Bring es zu Ende», sagte sie. Zwischen ihnen waren zwei schreckliche, zitternde Fingerbreit Luft. Sie konnte nicht verbergen, wie sehr sie ihn begehrte. Aber sie konnte auch nicht verbergen, wie sehr sie ihn nicht begehren wollte. «Lass uns das zu Ende bringen.»

«Du denkst, wenn wir nur hart genug vögeln, geht es weg?», fragte er. Hinter seinem Reißverschluss war er bereits hart wie Stahl. «Dass wir dann genug voneinander haben?»

«Das muss es», sagte sie. «Es muss.»

Dylan schob ihr die Haare hinter die Ohren und hielt ihr Gesicht in seinen harten Händen. Er war viel zu rau für sie. Auf keine erdenkliche Weise der Richtige für sie. Aber er würde nehmen, was sie ihm anbot. «Du bist wirklich unschuldig, nicht wahr?»

Sie schüttelte den Kopf, und er spürte, dass sie innerlich zitterte. In ihrem Blick lag Verzweiflung.

«Wenn wir das hier richtig tun, wird es nur noch schlimmer.»

Dylan ließ ihr keine Gelegenheit, zu widersprechen. Er griff ihr unter die Achselhöhlen, um sie vom Tisch zu heben, und diesmal schien es ihr nicht unangenehm zu sein. Sie legte die Arme um seinen Hals und die Beine um seine Taille, und er trug sie den Flur hinunter in sein Schlafzimmer. Wo es dunkel und still war.

Er hatte noch nie eine Frau dorthin mitgenommen. Und wenn Annie fort wäre, würde ihr Geist ihn in diesem Zimmer heimsuchen. In dem ganzen verdammten Haus. Und das machte ihn wütend. Es machte ihn wütend, dass er nicht stark genug war, um es zu stoppen. Dass er sich bei dieser Frau nicht zurückhalten konnte. Sie brachte ihn um seine Selbstbeherrschung mit ihren großen Augen und den geballten Fäusten und all ihren Geheimnissen und Lügen.

«Leg dich auf den Rücken», brummte er ihr ins Ohr, und als er losließ, fiel sie auf das Bett, nackt und schön lag sie auf der dunklen, seidigen Tagesdecke.

Dylan stand vor ihr, voll bekleidet, sein Schwanz war so hart, dass es weh tat.

Wer war sie, dass sie das in ihm auslöste?

Niemand, wollte er antworten. Sie sollte ihm nichts bedeuten. Sie war nur eine verlogene Streunerin aus einem Trailerpark, die zufällig einen Anruf angenommen hatte.

Aber das war nicht wahr.

Sie machte ihn verrückt.

«Es gibt etwas, das du mir sagen willst, stimmt's?», fragte er.

Sie blickte erschrocken auf und wollte zum Kopfende des Bettes rutschen, aber er packte sie beim Bein. Nicht fest. Nur so fest, dass sie nicht wegkonnte.

«Nein. Ich werde es dir nicht sagen. Und du hast kein Recht, wütend auf mich zu sein. Du erzählst mir auch nichts.»

Sie hatte nicht unrecht. In dem Moment begriff er, was für eine Sackgasse das war und wie schnell sie auf die Mauer zurasten. Und weil Zerstörung in seiner Natur lag, trat er das Gaspedal durch, um es ein für alle Mal zu beenden. Um sicherzustellen, dass es sich nicht wieder kitten ließe.

«Nach dem heutigen Tag», sagte er und blickte ihr in die Augen, «kannst du in meinem Haus in Charleston bleiben. Ich möchte es. Ich möchte dich in Sicherheit wissen. Und du kannst anrufen, wenn du Hilfe brauchst. Margaret wird sich um dich kümmern. Oder einer meiner Leute. Aber nicht ich. Wir werden nie wieder miteinander reden und uns nicht mehr sehen. Nie mehr. Ist das klar?»

Sie nickte. Ihre Wangen glühten. Ihre Augen noch mehr.

«Willst du mich jetzt immer noch?», fragte er.

«Ja», sagte sie mit einem schluchzenden Atemstoß. Es klang, als hätte sie keine Hoffnung, dieser Sache zwischen ihnen zu widerstehen. «Ich will.»

Dylan kannte das Gefühl. Und es hatte keinen Zweck mehr, sich dagegen zu wehren. Es gab neue Regeln: Nur heute noch, und dann wäre es vorbei.

Er riss sich das Hemd vom Leib, die Knöpfe prasselten auf den Boden. Er spürte ihren Blick auf seiner Brust, auf seinen Tattoos, auf dem Monster, das sich über die Schulter wand, und auf der Jungfrau, die so hieß wie seine Mutter. Er spürte, wie sie seine Geheimnisse auseinandernahm, die scharfkantigen Bruchstücke seiner Person aufsammelte und versuchte, sie zusammenzusetzen. Genau wie er es mit ihr machte, ihre Lügen auseinandernahm und ihre Geheimnisse, um ihre wahre Person zu entdecken.

Und sie würden das weiterhin tun, wenn er das nicht beendete.

«Spreiz die Beine.» Sie tat es ohne Zögern. Ohne Angst. «Breiter.»

Sie stellte die Fersen aufs Bett und spreizte die Beine, so weit sie konnte. Gott. Sie hatte sich auch dort rasiert. Sie war nackt und süß zwischen den Beinen.

«Du hast dir die Muschi rasiert. Für mich.» Er konnte sich nicht mehr bremsen und berührte sie, glitt mit einem Finger über den Saum ihrer dicken, weichen Lippen. Seine Fingerspitze wurde feucht. Annie wollte das genauso sehr wie er. Die Erkenntnis war Kerosin für sein Feuer.

Sie zuckte und stöhnte unter seiner Berührung, raffte die Decke in die Fäuste. «Ich dachte, das würde dir gefallen.»

«Das tut es. Und du wirst es lieben», flüsterte er, und dann kniete er sich vor das Bett und zog sie zu sich heran. «Lass die Beine auseinander», knurrte er, und sie zog das Bein zurück, dass sie über seine Schulter gelegt hatte.

Er leckte sie mit flacher Zunge von unten nach oben, und sie schloss die Augen, ihr Atem ging keuchend. Es war besser, wenn sie nicht zusah. Wenn er ihren Blick nicht auf sich spürte. Mit den Daumen zog er sie auseinander, um sie zu dehnen, und sie zuckte zusammen, sodass er lockerer ließ. Bis sie wieder vor Lust stöhnte.

«Sieh einer an», hauchte er und blickte auf all das rosa Fleisch. Mit der Zungenspitze berührte er ihre Klitoris, leckte sie und bewegte sie hin und her. Saugte daran. Hart. Sie schoss vom Bett hoch, zog die Beine zusammen und klemmte seinen Kopf dazwischen ein.

«Zwing mich nicht, mich noch einmal zu wiederholen», sagte er, und sein Atem strich über ihre Muschi. «Spreiz die Beine!»

«Ich mag keine herrischen Männer», stöhnte sie, gehorchte aber, und er hatte das Gefühl, als gehörte sie ihm. Er berührte sie lediglich mit Mund und Fingern, und trotzdem fühlte er den Kontakt im ganzen Leib. Als lägen sie Haut an Haut ohne Luft dazwischen.

Er reizte sie mit langen, langsamen Zungenschlägen, immer wieder, und sie wölbte sich ihm entgegen, um etwas Festes zu finden, an dem sie sich reiben konnte.

«Fass mich an», flüsterte sie.

«Das tue ich.»

«Mehr.»

Er leckte über ihre Klitoris, berührte sie aber kaum.

«Warum ... warum bist du so weit weg?», fragte sie.

«Weil du mich anlügst. Ich habe nichts dagegen, benutzt zu werden, solange ich dich auch benutzen darf.»

Sie zuckte bei seinen Worten zusammen. Bei der Hässlichkeit darin.

Aber dann strich er mit einem Finger an ihrem Geschlecht hinab, ließ ihn gerade so weit nach innen gleiten, dass sie ihn fühlte, und zog ihn raus, um eine feuchte Spur zu ihrem Anus zu ziehen.

«Dylan», schluchzte sie und hob das Becken. Sie wollte mehr. Die verdammte Wahrheit war, dass sie alles nehmen würde, was er hatte. Zusammen könnten sie den ganzen Berg mit ihrem Feuer in Brand stecken.

Und das zu wissen war scheiße.

«So ist das zwischen zwei Lügnern, Baby.» Er umkreiste ihre Muschi mit der Fingerspitze. «Das ist alles, was du kriegst.»

«Ich will mehr, bitte.»

«Mehr gibt es nicht.»

«Nein», hauchte sie. «Sei nicht so.» Sie setzte sich auf und griff nach ihm. Mit Tränen in den Augen, und das konnte er verdammt noch mal gar nicht ertragen. Er stand auf und trat weg, um sich zu beruhigen. Um sich zu fassen. Die ausgefransten, brennenden Ränder seiner Selbstbeherrschung glitten ihm immer wieder aus den ungeschickten Fingern.

Er roch sie an seinen Fingern. An seinem Mund. Wenn er mit ihr fertig wäre, würde das ganze Bettzeug nach ihr riechen.

Er öffnete seine Hose, schob sie mit dem Slip runter, bis sein Schwanz freikam.

Sie streckte die Hand danach aus, ihr Blick war heißer als das Feuer, das ihm die Narben eingebracht hatte.

«Nein», sagte er. Aus reiner Selbsterhaltung. Ihr Blick schnellte zu ihm hoch. «Fass mich nicht an», sagte er, und sie ließ die Hand sinken.

Er wusste nicht, ob er ihr weh tat, ihr Angst machte. Wenn sie jetzt gehen wollte, würde er sie lassen. Ein Teil von ihm wollte ihr Angst einjagen, damit sie ihn verließ. Ein Teil von ihm wollte, dass sie aufstand und ihn als Arschloch beschimpfte. Ihm eine knallte. Denn das hatte er verdient. Und sie hatte Grund, auf ihn sauer zu sein.

Aber dieser verdammte Hunger, den sie beide aufeinander hatten, hielt sie hier fest, in dieser Tragödie.

Sie saß da und hatte die Hände im Schoß.

Vertrauensvoll.

«Nicht», sagte er, es platzte aus ihm heraus, ehe er es verhindern konnte.

«Was nicht?», fragte sie leise mit großen Augen.

Darauf hatte er nicht eine Antwort, sondern tausend.

Schweigend nahm er ein Kondom aus der Nachttischschublade und streifte es sich über. Er konnte sich kaum anfassen, so erregt war er. Was auch immer gleich zwischen ihnen passieren würde, es würde schnell und hart vonstattengehen.

Er war wütend und fühlte sich mies. Und zu Recht, fand er. Er sollte sich schuldig und elend fühlen.

«Dreh dich um», befahl er.

«Was?»

Sie war ihm zu langsam und er zu wild, darum hob er ihre Hüften an und drehte sie selbst um, zog sie auf die Knie, stieg aufs Bett hinter sie und drückte seinen Schwanz an sie, zog ihn einmal durch ihre heiße, nasse Muschi, um gleich darauf in sie einzudringen.

Zischend lehnte sie sich nach vorn, weg von ihm, und er hielt inne, nahm die Hände von ihr. Aber sein Schwanz war gerade noch in ihr. Wartend.

Vorsichtig kam sie ein Stückchen zurück und hielt inne.

Verdammt, er wollte ihr nicht weh tun. Er begann, sich herauszuziehen, aber sie griff um sich herum an seinen Oberschenkel und hielt ihn auf. «Nicht», flüsterte sie. «Geh nicht.»

«Verdammt, Annie, wenn es weh tut, sag es. Wenn du es

nicht willst, sag es.» Ihre Geheimnisse, seine und ihre, verkorksten die Sache, alle scharfen Kanten lagen bloß, und sie drohten, sich daran zu verletzen.

«Es tut nicht weh.»

«Du willst das hier?», fragte er, denn er war sich nicht sicher. Sie war feucht, und sie war erregt, aber er war nicht gewillt, etwas zu nehmen, was sie nicht geben wollte.

«Ja.»

«Sag es, Annie. Sag endlich, was du willst.»

«Ich will dich in mir.»

Ihre Worte setzten ihn in Brand, aber er drang nicht tiefer in sie ein.

«Nimm du mich auf», sagte er, und dann sah er zu, wie sie sich stückchenweise auf ihn schob.

Langsam, bis sie ihn ganz in sich hatte.

«Bist du bereit?», flüsterte er, und sie nickte. Ihre Arme, auf die sie sich stützte, zitterten. Seine Beine ebenfalls. Das ganze Bett zitterte von ihrer Zurückhaltung.

Behutsam zog er sich ein Stück heraus und dann wieder vor. Sie passte sich der Bewegung an, vor und dann zurück, was einen schrecklichen Rhythmus zur Folge hatte. Aber je tiefer er eindrang, mit jedem Stoß tiefer, desto überwältigender wurde es. Er wollte sie nicht anfassen, aber dann hielt er sie doch bei den Hüften fest. In ihm baute sich der Druck auf. Ein schöner Druck. Lust und Schmerz. Licht und Dunkel. Schuld und Ekstase. Trauer und Glück.

Er war nah dran. Zu nah, um noch aufzuhören. Er griff um sie herum an ihre Klitoris, und sie packte seine Hand mit verblüffender Kraft. Erbittert. Die rauen Kanten ihrer

Schwielen und angetrockneten Blasen kratzten ihn, als sie die Finger zwischen seine schlang.

Und irgendwie war das intimer als alles andere.

Zum letzten Mal, dachte er und nahm die Intimität in sich auf. Als tränke er so viel Wasser wie möglich, bevor er in die Wüste musste.

Zum letzten Mal. Zum letzten Mal.

«Komm schon», knurrte er und schüttelte ihre Hand ab, unfähig, es noch länger auszuhalten. «Scheiße. Komm, Baby.»

Und sie tat es. Sie schrie auf und sank auf die Matratze. Sie zog ihn mit sich, sodass er auf ihr lag, sie ganz bedeckte. Und ausfüllte.

Perfekt.

Der Orgasmus schüttelte ihn.

Zerschmetterte ihn.

Schwer atmend lag er auf ihr und fühlte sie zittern.

Gott, sie war so zierlich. Er spürte die Wölbungen ihrer Wirbelsäule an seinem Bauch. Die zarten Rippen an seinen Armen. Er könnte sie in die Hosentasche stecken.

Er wollte sie in die Hosentasche stecken.

Durch bittere Erfahrungen hatte er gelernt, sich wenig zu wünschen. Zu viel zu wollen bewirkte nur, dass er gar nichts bekam. Bei zerbrechlichen Dingen war er ungeschickt – er hielt sie immer zu fest, sodass sie kaputtgingen.

Bei dem Gedanken zog er sich aus ihr zurück, die Finger am Rand des Kondoms.

Er ging ins Bad, warf es in den Eimer und pisste.

In seinen neunundzwanzig Jahren, und einige davon waren wild gewesen, hatte er nie so etwas erlebt wie mit Annie. Kein einziges Mal.

Die physische Realität der Verbindung, die sie bereits am Telefon gehabt hatten, zog ihm den Boden unter den Füßen weg. Brachte ihn um den Verstand. Und er wusste nicht, wie er sich überwinden sollte, sie gehen zu lassen.

Wie konnte man hinter sich lassen, was sie gerade miteinander gehabt hatten? Das konnte man nicht. Er konnte es nicht.

Wenigstens einen Tag noch, dachte er. *Scheiß auf die Geheimnisse.* Er wollte diese Sache zwischen ihnen bis zum Äußersten ausloten. Die Grenze finden und dort bleiben, bis sie beide draufgingen.

Als er ins Schlafzimmer zurückkam, hatte sie sich auf dem Bett eingerollt. Sie hatte die Knie an die Brust gezogen, und als sie ihn hörte, zog sie die Decke über sich, als wollte sie ihn nicht sehen.

«Annie?» Plötzlich sorgte er sich, er könnte ihr doch weh getan haben. Er war hart gewesen. Und wütend. Grob. Vielleicht …

«Ich bin verheiratet.»

Er stutzte. «Was?»

«Ich bin verheiratet, Dylan. Das ist es, was ich dir verschwiegen habe.»

28

Annie

Mein Geständnis hallte nach. In meinem Kopf. Im Zimmer. Wahrscheinlich auf dem ganzen verdammten Berg.

Steh auf, Annie. Steh auf. Zieh dich an und fahr nach Hause.

Was wir gerade getan hatten, war die erstaunlichste Erfahrung meines Lebens gewesen. Es war, als hätten wir unseren Zorn benutzt, um alles schöner und zugleich schlimmer zu machen. Schön und schrecklich. Das waren wir.

Und mein schlechtes Gewissen zerriss mich innerlich.

Mit zitternden Armen schob ich mich vom Bett. Aus dem Augenwinkel konnte ich ihn in der Tür zum Bad stehen sehen. Die Hand am Türrahmen, als könnte er kaum stehen.

«Es tut mir leid.» Die Tränen schnürten mir die Kehle zusammen. «Es tut mir so leid …» Ein Schluchzer entkam mir, und ich schlang die Tagesdecke um mich, so gut es ging, bevor ich aufstand.

Ich musste meine Sachen holen. Vielleicht … vielleicht würde er mir die Socken überlassen. Es war zu kalt, um barfuß zu laufen. Alles andere würde ich dalassen. Den Pyjama und das weiche T-Shirt. Den Morgenmantel. Ich würde alles zurücklassen. Und um nichts bitten. Außer um die Socken und … Scheiße. Ich hatte kein Auto.

«Ich habe mein … Kann mich jemand zu einer Bushaltestelle bringen? Und ich muss mir ein bisschen Geld leihen. Ich zahle es zurück …»

«Stopp», flüsterte er, als käme er gerade zu sich. «Du bist verheiratet? Aktuell? Verheiratet?»

Ich holte tief Luft und zwang mich, ihn anzusehen.

Er war nackt und stützte sich weiterhin am Türrahmen ab, als ob seine Füße ihm nicht gehorchten. Seine Brust, seine Tattoos glänzten vor Schweiß. Sein Schwanz, so rosa, lag an seinem Bein.

«Ja. Aktuell bin ich verheiratet.»

Er sah weg und wischte sich über das Gesicht und den Kopf, sodass seine Haare abstanden.

«Ich hatte nichts bei mir, als ich hergebracht wurde», sagte ich. Ich wünschte mir zutiefst, ich könnte in die Klamotten springen, meinen Wagenschlüssel nehmen und losfahren, aber ich war auf sein Wohlwollen angewiesen. «Ohne Hilfe kann ich nicht nach Hause.»

Er atmete lange aus, und als er mich anblickte, waren seine Augen groß. «Nach Hause?»

«Zum Trailerpark.»

«Zieh dich an, Annie. Im Moment fährst du nirgendwohin.»

Er ging wieder ins Bad und kam mit meiner Kleidung zurück. Er warf sie mir zu. Ich fing sie mit einer Hand, da ich mit der anderen die Decke festhielt. «Geh dich anziehen. Dann reden wir.»

In meinem Zimmer zog ich die Pyjamahose und das Schlafshirt an. Ein Paar Socken. Ich fand eine Kapuzenjacke und zog sie über, steckte meine eiskalten Hände in die Taschen. Allmählich ließ das Zittern nach. Der Schock über meine Enthüllung legte sich ebenfalls und ließ mich nackt, entkleidet, zurück. Ich fühlte mich schwerelos … unsäglich traurig und schuldbewusst, aber mir war ein Felsbrocken vom Herzen gefallen.

Ich fand Dylan in der Küche. Mit einem Bier in der Hand lehnte er in der Ecke der Küchenzeile. Er trug nur eine Jeans. Seine Miene war undurchschaubar.

Als ich hereinkam, trank er einen langen Schluck und stellte dann die Flasche ab, sehr behutsam, als hinge alles davon ab, sie genau dort hinzustellen.

Auf der Farm kam es früher öfter vor, dass eine meiner Rippen heraussprang. Dann konnte ich nur mühsam atmen. Und überhaupt nicht arbeiten. Ich ging umher und versuchte die Schmerzen auszuhalten, mehr war nicht drin. Im Grunde war mein ganzes Leben lang nicht mehr drin gewesen. Schließlich wurde Smith darauf aufmerksam und schimpfte mit mir, weil ich es verschwiegen hatte, und dann schloss er mich in die Arme und drückte zu, sodass die Rippe wieder an die richtige Stelle rutschte.

Meine Enthüllung wirkte genauso.

Zum ersten Mal, seit ich an jenem Abend den Anruf angenommen hatte, konnte ich wieder durchatmen. Richtig durchatmen. Ich hatte keine Ahnung, was als Nächstes passieren würde. Aber zumindest bekam ich wieder richtig Luft.

«Es tut mir leid, dass ich dich da reingezogen habe», sagte

ich sonderbar ruhig. «Ich dachte nicht, dass es so weit gehen würde.»

«Bis zum Ehebruch?»

Ich nickte.

«Tja. Das ist auch für mich das erste Mal.» Er klang sarkastisch.

«Als ... als wir es nur am Telefon gemacht haben, kam es mir nicht so ... falsch vor.»

«Wo ist dein Ehemann?», fragte er, und ich schreckte bei dem Wort zusammen. Ehemann. Das klang immer wie eine Drohung. Und Dylan spuckte es aus, als wollte er mich damit treffen.

«Noch auf der Farm, vermutlich.»

«Habt ihr euch getrennt? Lebt ihr in Scheidung?»

Ich schüttelte den Kopf, die Fäuste in den Taschen geballt. Nicht mal diese Erleichterung konnte ich ihm bieten.

«Verdammt, Annie, sag mir, was da los ist.»

«Ich bin geflohen.» Ich schluckte mühsam, meine Kehle war staubtrocken. Ich griff nach meinem Glas und trank den letzten Schluck Champagner. Mein Hals war wund. Hatte ich geschrien, als ich kam? Oder war es mein Geständnis, die Worte, die ich noch nie ausgesprochen hatte, die ihn schmerzen ließen? «Vor zwei Monaten habe ich eine Tasche gepackt und alles Geld eingesteckt, das ich in die Finger bekommen konnte, dann habe ich bis drei Uhr früh gewartet, bis er tief und fest schlief, und bin abgehauen.»

Er richtete sich auf und trat einen Schritt auf mich zu, blieb aber stehen, als ich mich versteifte. Ich wollte im Augenblick nicht angefasst werden.

«Warum?», fragte er leise.

Die Tränen, die ich seit ewigen Zeiten zurückhielt, quollen hervor und strömten mir über die Wangen. Tropften vom Kinn, liefen den Hals hinab. «Weil er mich sonst umgebracht hätte.»

«Wie bitte?»

«Wenn ich geblieben wäre, hätte mein Mann mich früher oder später getötet. Es war nur eine Frage der Zeit.»

«Gütiger Himmel, Annie.» Er kam auf mich zu, und ich wich zurück, mit erhobenen Händen, um ihn zu stoppen. Er ignorierte das. Zum ersten Mal setzte er sich darüber hinweg, und mir wurde klar, dass er seit meiner Ankunft mir das Sagen überlassen hatte, trotz all seiner Wut. Wenn ich stopp sagte, hielt er inne.

Jetzt jedoch nicht. Jetzt zog er einen Stuhl unter dem Tisch hervor und setzte mich hinein wie eine alte Dame. Als wäre ich äußerlich so alt wie innerlich.

«Erzähl es mir.» Er ging vor mir in die Hocke.

Ich konnte den Drang, ihn anzufassen, ihm die Haare zurückzustreichen, die Narben nachzuzeichnen, nur schwer unterdrücken. Aber ich hatte nicht das Recht, ihn zu berühren. Nicht mehr. Eigentlich noch nie. Ich hätte nie die Hand nach ihm ausstrecken dürfen.

«Meine Mutter starb, als ich achtzehn war. Hoyt arbeitete da schon auf der Farm. Ich wusste nicht, wie man eine Farm leitet, hatte keine Ahnung von Buchführung und dem ganzen Papierkram. Das hat meine Mutter immer selbst erledigt. Und nach ihrem Tod war ich verloren. Völlig verloren. Smith kannte sich damit auch nicht aus, aber er gab sich Mühe. Wir beide gaben uns Mühe. Dann sprang Hoyt ein. Er bot immer mehr Hilfe an. Alles, bei dem ich nicht weiterwusste oder wovor ich zurückschreckte, das übernahm er. Ich weiß gar nicht, wie es angefangen hat, aber schließlich war es, als ob ... wir ein Paar wären. Als gehörte ich ihm bereits. Das ist etwas, das ich gewohnt war, weißt du? Ich war wie ein Anhängsel – zuerst das meiner Mutter, dann Hoyts. Ich wusste nicht, wie man ein eigenständiger Mensch ist. Und ich war wirklich allein und wirklich eingeschüchtert, und als er mich bat, ihn zu heiraten, schien es mir das Richtige zu sein.»

«Du warst achtzehn.» Ich nickte. «Hast du ihn geliebt?»

Ich lächelte und versuchte, mit Weinen aufzuhören. «Ich weiß nicht, was Liebe ist, Dylan. Ich kenne nur Überleben. Und ich glaubte nicht, allein überleben zu können. Aber am Anfang mochte ich ihn. Ich wollte ... verliebt sein. Und meine Mom hatte mir im Lauf der Jahre eingeredet, dass allein zu sein das Schlimmste ist, was einem passieren kann. Allein sein hieß, nicht geliebt zu werden, und das fand ich schrecklich.»

«Was passierte dann?» Er schob mir eine Strähne hinters Ohr, und ich wich vor ihm zurück.

«Annie?»

Ich schloss die Augen. «Bitte ... Ich erzähle dir alles, was du wissen willst, aber fass mich bitte nicht an.»

Ich hörte, wie er aufstand und sich einen Stuhl heranzog. Er saß bei mir, aber nicht nah genug, um mich berühren zu können. Ich holte zitternd Luft.

«Dann haben wir geheiratet. Im Amtsgericht. Und ein paar Monate lang schienen wir eine gute Ehe zu führen.

Eine glückliche sogar. Oder vielleicht zwang ich mich, das zu glauben. Weil ich wollte, dass es so war. Nicht dass ich einen Maßstab dafür gehabt hätte, weißt du?» Ich dachte an die Abende auf der Veranda, als ich mit Smith Schach spielen lernte. Oder als er mir das Autofahren beibrachte. Das waren meine glücklichen Tage auf der Farm gewesen. So rar wie Blumen auf Asphaltstraßen. Und seit ich geflohen war? Der Cocktailabend vor Tiffanys Wohnwagen und der Kater am nächsten Tag. Die Aufräumarbeit in der Wiese. Das Nacktschwimmen. Die Gespräche mit Dylan am Telefon. Wie traurig, dass das wirklich meine glücklichste Zeit war.

«Annie?» Dylan holte mich aus meinen Gedanken.

Ich räusperte mich. «Nach einer Weile hielt Hoyt mich davon ab, zur Kirche zu gehen. Oder in die Stadt, wenn ich etwas brauchte. Die paar Freunde, die ich hatte, konnte er nicht leiden, und ich ... hörte auf, mich mit ihnen zu treffen. Schließlich sah ich überhaupt niemanden mehr. Und dann überredete er mich, Smith zu feuern. Wir lebten da schon isoliert, aber er machte aus der Farm ein Gefängnis. Und ich habe das nicht einmal begriffen.» Ich drehte den Kopf weg.

«Brauchst du einen Drink?», fragte er.

Ich schüttelte den Kopf. Mir war speiübel. «Als er mich zum ersten Mal schlug, kam mir das nicht mal sonderbar vor. Als ob er mich die ganze Zeit darauf eingestimmt hätte. Als hätte er monatelang darauf hingewirkt, damit ich ihm glaube, wenn er sagt, dass er mich schlagen musste und dass es meine Schuld war. Damit ich nicht einmal besonders schockiert davon sein würde. Es ging um einen Hühnchenauflauf, der in der Mitte angeblich noch gefroren war. Deshalb schlug er mich, und ich … ich putzte den Auflauf weg, den er zu Boden geschmissen hatte. Obwohl mir die Wange brannte und ich mir auf die Zunge gebissen hatte, so fest, dass es blutete.»

«Du lieber Himmel», flüsterte er, und ich musste mir ernsthaft vor Augen halten, dass nicht ich mich dafür schämen sollte. Sondern Hoyt. Es brauchte mir nicht peinlich zu sein. Ich war systematisch verletzt worden und hatte keinen Ausweg gesehen.

Und vielleicht würde ich es eines Tages wirklich glauben. Doch dieser Tag war nicht heute. Ich war verlegen. Verlegen, weil ich einem Mann wie ihm vertraut, ihn geheiratet hatte. Mir selbst die Schuld gegeben hatte. Sein Verhalten geduldet hatte. Immer wieder. Und mir eingeredet hatte, es sei okay.

«Wie lange ging das so?»

«Vier Jahre. Bis … er den Großteil des Landes an einen Energiekonzern verkaufen wollte, der vorhatte, Windräder aufzustellen. Und da war ich nicht mehr einverstanden …»

«Gehört das Land dir?»

Ich nickte.

«Annie, es ist deine Farm?»

«Ja», fauchte ich, weil ich in diesen Worten alles hörte, was er nicht sagte. Dass es feige gewesen war, meinen Grund und Boden zu verlassen. Dass ich stärker hätte sein und ihn hätte zwingen sollen, zu gehen. All das wusste ich, aber planlos abzuhauen, mit Angst und dreitausend Dollar im Gepäck, das erschien mir damals klüger. Leichter. Ich hatte mein Erbe zurückgelassen, meine Lebensgrundlage und mein einziges Zuhause. Diese Wahrheit brannte mir im Magen. «Sie gehört seit drei Generationen der Familie meiner Mutter, und ich wollte nicht noch mehr davon verkaufen. Und ich wollte mich nicht umstimmen lassen.»

«Was tat er darauf?»

Ich fasste mir an den Hals, als wären die Blutergüsse noch zu spüren. Ich wollte den Daumen in eine der dunklen Wunden drücken, um mich an die Schmerzen zu erinnern. «Er hat mich gewürgt, bis ich bewusstlos wurde. Dann hat er mich auf dem Küchenboden liegen lassen. Ist ins Bett gegangen. So als wäre ich völlig unwichtig. Als dürfte er alles mit mir machen, ungestraft. Und als ich dort auf dem Küchenboden saß, musste ich mir erst klarmachen, dass es nicht so war.»

Es dauerte Stunden und Tage, um den nötigen Mut aufzubringen. Um mir bewusst zu machen, dass ich wichtig war. So weit unten hatte er mich schon.

Dylan stand auf und lief auf und ab, die Hände auf dem Kopf verschränkt. Seine Aufgewühltheit betrachtete ich wie aus weiter Ferne. Ich fühlte mich der ganzen Sache gegenüber immer abgestumpfter.

«Ich habe ein paar Tage verstreichen lassen und bin dann abgehauen.»

Er drehte sich zu mir um und biss sichtlich die Zähne zusammen.

«Was ist mit einer Scheidung?», fragte er.

Ich schüttelte den Kopf.

«Es ist deine Farm, Annie!»

«Was nützt mir das, wenn ich tot bin?», rief ich.

«Ich habe Anwälte, Annie. Gute. Die können dich schützen und dich von ihm befreien und dafür sorgen, dass er nichts bekommt. Ins Gefängnis geht und nie wieder rauskommt.»

«Ich habe nicht das Geld dafür, Dylan.»

Er sah mich traurig an. «Glaubst du, ich würde dir das Geld nicht geben? Glaubst du, ich lasse dich einfach so gehen, nachdem du mir das erzählt hast?»

Ich blinzelte überrascht. «Ja», sagte ich.

«Was denkst du denn, was für ein Mensch ich bin?»

Ich schüttelte den Kopf und war im Begriff, aufzustehen, ins Schlafzimmer zu gehen und meine Sachen zu holen. Aber ich hatte keine. Nichts. Diesmal hatte ich keine dreitausend Dollar und eine Packung Haarfärbemittel bei mir.

«Ich denke, du solltest mich heimfahren.»

«Hör mich an, Annie.» Er trat näher, aber nicht zu nah, es war, als wären die Grenzen zwischen uns neu gezogen worden. «Willst du wirklich zurück in den heruntergekommenen Trailerpark, um dich dein Leben lang dort zu verstecken?»

Ich hätte gern erwidert, dass ich das keineswegs vorhatte. Aber einen anderen Plan hatte ich nicht. Ich war … Meine Güte, ich war wie Ben: wartete in meinem Versteck auf etwas Besseres.

«Lass mich dir helfen», sagte er.

«Wie?»

«Wir können noch heute mit den Anwälten sprechen, Annie. Und … ich möchte, dass du in meinem Haus in Charleston bleibst. Da ist es sicherer. Viel sicherer.»

«Nein.» Ich schüttelte den Kopf, verwehrte mich ihm

und mir selbst, weil ich das schon längst hätte tun sollen. Gleich beim ersten Mal, als ich seinen Anruf annahm. Und jedes weitere Mal danach. Allerspätestens, als Margaret mich in das blaue Zimmer einquartierte, hätte ich darin bleiben sollen. So vieles wäre anders, wenn ich nicht so neugierig und selbstsüchtig gewesen wäre. Wenn ich Layla außen vor gelassen hätte und einfach Annie McKay geblieben wäre.

«Baby, hör zu. Du bist so weit gekommen, aus eigener Kraft und mittellos. Es ist keine Schande, jetzt Hilfe anzunehmen.»

«Du sollst nicht noch weiter hineingezogen werden. Ich fühle mich so mies, weil ich dich belogen habe.»

«Nicht, Annie. Fühl dich nicht mies. Nimm einfach meine Hilfe an.»

Er redete weiter, sagte etwas über einstweilige Verfügungen, und es entsetzte und beschämte mich gleichermaßen, wie gern ich nicken und mich bedanken und sagen wollte: Ja, bitte, hilf mir! Kümmere dich darum, weil ich mich damit nicht auskenne und weil ich Angst habe. Und weil ich mich furchtbar klein fühle angesichts all der Dinge, die ich tun muss.

Genau so, ganz genau so fühlte ich mich nach Moms Tod, als Hoyt ins Büro spazierte, auf den Computerbildschirm schaute und sagte, er wisse, wie man die Lohnabrechnung mache. Und er könne mir helfen.

Ich stand so hastig auf, dass die Stuhlbeine über den Holzboden schrammten. Wie gern hätte ich seine ganze Hilfe abgelehnt. Die Mittel gehabt, das aus eigener Kraft zu tun, aber die hatte ich nicht. Aber nur weil ich Hilfe brauchte, musste ich ihn nicht tiefer als nötig in meine Angelegenheit hineinziehen. Ich musste seine Hilfe eingrenzen. Um meinetwillen.

Um seinetwillen. Ich durfte mich nicht auf ihn stützen bei Dingen, die ich selbst tun konnte.

«Ich wünschte, ich könnte behaupten, dass ich deine Hilfe nicht brauche … aber ich brauche sie. Ich weiß nicht mal, wo ich anfangen soll. Deine Anwälte wären eine große Hilfe. Ich werde es dir zurückzahlen.»

«Mach dir darüber keine Gedanken.»

«Doch, Dylan», erwiderte ich scharf. «Ich bin nicht mittellos. Ich habe Geld. Ich bin nicht so reich wie du, aber ich kann es dir zurückzahlen.»

Er musterte mich ernst und nickte. «Also gut. Wie wär's, wenn du dich eine Weile hinlegst, und ich arrangiere eine Telefonkonferenz oder …»

Oh, wie tröstlich das wäre. Sich auf jenes Bett zu legen, sich unter der Decke, die nach Dylan roch, einzurollen und ihn telefonieren zu lassen.

Doch diese Bequemlichkeit hatte ich nicht verdient, und ich durfte sie nicht annehmen. Nicht wenn ich wollte, dass ich mir selbst noch mit Stolz in die Augen blicken konnte.

Ich musste nach Hause.

Ich holte tief Luft und begann mit dem schmerzlichen Prozess, Dylan Daniels aus meinem Leben zu entfernen und nur das Notwendigste zurückzubehalten. «Es tut mir leid», sagte ich. «Dass ich gelogen habe.»

«Ich verstehe deine Gründe.»

«Du … wirkst so ruhig.» Wenn mich jemand so belogen

und in etwas Dreckiges wie einen Ehebruch hineingezogen hätte, dann wäre ich nicht so versöhnlich gewesen.

«Baby, ich meine es verdammt ernst. Ich bin ... stocksauer, und wenn mir je das Vergnügen vergönnt sein sollte, dieses Arschloch von Hoyt in die Finger zu kriegen, mache ich ihn fertig. Aber ich bin nicht wütend auf dich. Du hast dich geschützt. Und das verstehe ich.»

«Danke. Für ... alles. Für ...» *Für deinen Anruf. Dafür, dass ich dich anrufen durfte. Und du mich beschützt hast. Und für die Lust, die ich mir dank dir jetzt selbst verschaffen kann, und die noch größere Lust, die du mir bereitet hast. Dafür, dass du mich dazu gebracht hast, dir dieses Geheimnis anzuvertrauen. Dass du mir jetzt hilfst, wo ich mich so allein fühle.* «Für alles.»

Ich schluchzte wieder und vergrub das Gesicht in den Händen. Es war vorbei. Dies war der Abschied, und es verblüffte mich, wie traurig ich war. Wie leer ich mich in meiner Trauer fühlte. Ich wäre gern erhobenen Hauptes, vielleicht mit einem falschen Lächeln gegangen, aber das konnte ich nicht.

Er murmelte tröstende Worte und zog mich an seine Brust. Ich nahm ihn in mich auf. Wie er roch, wie er sich anfühlte, alles. Ich prägte mir so viel wie möglich ein für die Zeit ohne ihn, die vor mir lag. «Schsch. Geh dich eine Weile hinlegen», sagte er. «Du hast noch zwanzig Stunden von deinem Geburtstagswunsch übrig.»

Nein. Hatte ich nicht. Allenfalls noch zwanzig Minuten.

Ich raffte sein T-Shirt in die Faust und fühlte seinen Herzschlag unter den Fingern.

«Ich kann nicht bleiben.»

«Ach, komm», sagte er an meiner Schläfe und legte einen Arm um meine Schultern. «Du hast in den letzten zwei Tagen kaum geschlafen. Lass dir Zeit.»

Ich hatte mir alle Zeit genommen, die möglich war. Ich war gierig gewesen. Hatte gelogen. So viel, dass ich mich selbst nicht wiedererkannte. Nun da das Geheimnis gelüftet war, musste ich rückblickend erkennen, dass ich mich verzweifelt und egoistisch verhalten hatte.

Ich hatte Layla gespielt und mir herausgenommen, diesen Mann in reichlich unverschämter Weise zu benutzen.

«Du kannst mir die Telefonnummer deines Anwalts geben, aber ich werde nicht in Charleston wohnen ...»

«Doch.»

«Dylan, bitte, ich möchte dir nicht noch mehr verpflichtet sein, als ich es ohnehin schon bin.»

«Daraus entsteht keine Verpflichtung, Annie. Ich helfe dir nur.»

«Ich habe dich benutzt, Dylan. Weil ich mich besser fühlen wollte. Weil ich meine Ehe vergessen wollte.»

Er schüttelte den Kopf. Seine übermüdeten Augen wirkten sehr traurig, sehr ernst. «Ich habe dich auch benutzt, Annie. In meinem Leben gibt es auch einiges, das ich vergessen möchte, und während ich mit dir zusammen war, konnte ich das.»

«Das ist nicht dasselbe.»

«Das ist genau dasselbe.»

«Dann ... muss ich uns beiden zuliebe nach Hause fahren.»

Eine Weile blickte er mich an, und dann stimmte er mir

vielleicht zu. Oder vielleicht sah er, wie ernst es mir war, trotz Tränen und Kummer. «Ich hole den Wagen.»

Ich schüttelte den Kopf. «Margaret kann mich fahren. Oder der Mann, der mich hergebracht hat. Nicht du.»

«Was zum Teufel soll das?»

«Ein klarer Schnitt. Für uns beide. Nichts hat sich geändert, Dylan. Wir müssen das beenden. Und ich denke, es ist besser, wenn wir das jetzt tun. Wie wir es vorhatten, bevor ich dir von Hoyt erzählt habe.»

«Alles hat sich geändert, Annie. Alles.»

«Nein, gar nichts. Du weißt jetzt lediglich, wer ich wirklich bin. Und damit endet es, Dylan. Es geht nicht anders.» Er schien widersprechen zu wollen. «Hast du vergessen, dass Ben dort lebt?»

«Ben ist mir scheißegal», schnauzte er.

Ich blickte auf, und dann sagte ich, was ich selbst noch nicht so ganz verstand: dass mir Ben trotz seiner Verbrechen, ob ich sie kannte oder nicht, am Herzen lag. «Mir nicht.»

Und du liegst mir auch am Herzen, zu sehr, als dass ich dich von dem schönen Berg hinunter in meinen Sumpf schleifen will. Nicht mal für einen Augenblick.

Er trat von mir weg und fuhr sich durch die Haare. «Das ist es, was du willst?»

«Ja.»

«Na schön», sagte er und trat noch einen Schritt weg. «Ich hole Margaret. Aber du behältst das verdammte Handy. Und wenn ich anrufe, gehst du ran. Das ist nicht verhandelbar.»

«Danke.»

Ein paar Augenblicke lang bildete die Anziehung zwischen uns, die Verbundenheit, das Verlangen und all die Lust ein so starkes Band, dass ich nicht wusste, wie wir es zerreißen sollten. Vielleicht war es unzerstörbar. Vielleicht würde ich für den Rest meines Lebens für diesen Mann, den ich nicht haben konnte, so empfinden.

Oder vielleicht würden sich die Dinge zwischen uns mit der Zeit ändern. Ich konnte auf eigenen Beinen stehen. Mich von Hoyt scheiden lassen, zusehen, wie er für seine Taten die Strafe kassierte, und dann könnte ich auf diesen Berg zurückkehren. Zu Dylan. Ihm das geliehene Geld zurückzahlen.

Ich lächelte unter Tränen, eine bittersüße Sehnsucht in der Brust.

«Es gibt noch immer einiges, das du nicht weißt», sagte er, als hätte er meine Gedanken gelesen. «Über mich. Ich bin trotz allem kein Mann, um den man Tagträume spinnen sollte.»

Ich schüttelte den Kopf, weil nichts, was ich über ihn herausfinden könnte, meine Gefühle für ihn ändern würde. «Das wäre mir egal.»

«Das kannst du nicht wissen.»

«Doch, ich kenne dich», flüsterte ich und streckte die Hand nach ihm aus, aber er zuckte zusammen und wich aus. Unter dieser Ablehnung zog sich mir das Herz zusammen. Mir brannten die Augen.

«Nein, Baby. Nein. Wenn ich dich jetzt anfasse», sagte er mit rauer Stimme, «dann wirst du das Haus nicht verlassen, eine ganze Weile nicht. Darum werde ich dich nicht umarmen und nicht küssen. Obwohl ich es möchte. Geh mit dem Wissen, dass ich dich will.»

In meinem ganzen Leben hatte mich noch nie jemand wirklich gewollt, außer vielleicht meine Mutter in einem tiefen Winkel ihres Herzens. Hoyt ganz sicher nicht. Aber ich glaubte Dylan, wenn er das sagte, und ich klammerte mich mit aller Kraft an sein Bedürfnis.

«Ich will dich auch», sagte ich.

Er nickte einmal knapp, und dann ging er. «Ich hole Margaret.»

Er hätte sie zweifellos anrufen können, aber ich wusste, als er zur Tür hinausging, dass er nicht wiederkommen würde. Und das war gut so. So war es besser. Leichter.

Mein Magen geriet in Bewegung, und mir wurde erneut speiübel. Ich rannte ins Bad. Aber ich hatte nichts in mir außer Angst und Bedauern und einer halben Flasche Champagner. Ich spritzte mir kaltes Wasser ins Gesicht und wusch mir die Hände. Mein Körper roch nach Sex und nach Dylan, und ich war noch nicht bereit, mich davon zu trennen, darum widerstand ich dem Sirenengesang der Dusche.

Als ich wieder in die Küche kam, war Margaret da. Sie packte das übriggebliebene Essen in große Gefrierbeutel und diese dann in eine Einkaufstasche.

«Geht es Ihnen gut?» Sie musterte mich verständnisvoll.

Ich nickte nur, weil ich wirklich nicht wusste, was ich sagen sollte.

«Fertig?»

«Ja», sagte ich leise. Sie steckte noch zwei Flaschen Wein und ein paar andere Dinge aus dem Kühlschrank in den Beutel. Erdbeeren. Eine Melone. Käse. «Bitte sehr», sagte sie und hielt mir den Beutel hin. «Darin sind Plätzchen und Zimtschnecken. Etwas Wein. Der gute Schinken. Ich habe auch alles Obst eingepackt, das sollten Sie bald essen, damit es nicht verdirbt. Etwas von dem Käse und einen Haufen Cracker.»

«Ich … das ist nicht …»

«Oh, das landet sonst nur im Mülleimer, Liebes. Nehmen Sie es ruhig.»

«Margaret …»

«Bitte. Er wird sich in der Werkstatt einschließen und behaupten, es gehe ihm gut, obwohl jeder sehen kann, dass das nicht stimmt. So war er immer. Hat sich zurückgezogen, wenn er litt. Deshalb sind wir alle auf diesem Berg gelandet.»

«Wegen dem Unfall?»

«Er hat schon lange vorher gelitten, Liebes. Und er ließ niemanden an sich ran. Also, lassen Sie mich Ihnen etwas Gutes tun. Nur ein bisschen. Nur damit ich das Gefühl habe, etwas zu tun.»

Ich war außerordentlich froh, dass Dylan sie an seiner Seite hatte. Jemanden, dem er wichtig war. Ich nahm den Beutel, weil ich nicht sicher war, ob ich jemandem unten im Trailerpark wichtig war. Also nahm ich alles an Zuwendung, Trost und Zimtschnecken, was mir angeboten wurde.

Ich wollte gern glauben, dass Joan, Ben und in gewissem Maße auch Tiffany etwas an mir lag. Aber ich hatte meine Zweifel. Das Leben da unten war ziemlich elend, und jeder hatte genug mit sich selbst zu tun.

Also nahm ich das Essen an.

Und als ich ins Auto stieg, summte mein Handy. Dylans Nachricht mit der angehängten Kontaktinformation:

Das ist mein Anwalt. Terrance ist ein guter Kerl, und er rechnet mit deinem Anruf. Ich erwarte, dass du mich anrufst, wenn du mich brauchst. Aber ich erwarte auch, dass du tough und stark genug bist, das allein zu tun. Und das bist du.

Ich zog daraus Trost. Ich klammerte mich daran, drückte das Handy an meine Brust, damit es mir Kraft für die vor mir liegenden Tage gab.

Margaret ließ mich in dem schwarzen Mercedes hinten einsteigen. Sie bestand darauf.

«Damit Sie sich ausstrecken können», sagte sie. «Wir werden eine Weile unterwegs sein.»

Ich wusste nicht, wie lange die hektische nächtliche Fahrt zu Dylans Berg gedauert hatte, aber ich machte es mir auf dem weichen Rücksitz bequem, erschöpft und trotzdem hellwach.

Die ersten Blätter verfärbten sich hier, und der dichte Laubwald würde bald die Farbe lodernder Flammen annehmen. Die neue Jahreszeit kündigte sich an.

Wir fuhren den kiesbestreuten Fahrweg hinunter, wo ich die anderen Gebäude sah. Ein bezauberndes Haus im Wald, in dem wohl Margaret wohnte. Und ein Stück weiter eine hangarähnliche Halle, vor der Lkws parkten.

Das muss die große Werkstatt sein, dachte ich und drehte mich im Vorbeifahren danach um, bis ich durch die Heckscheibe blicken musste.

Dylan stand draußen und trat auf die Straße, um uns hinterherzusehen. Er trug eine schwarze Fleecejacke, und die späte Nachmittagssonne schien ihm ins Gesicht.

Ich drückte die Hand an die Scheibe, als könnte ich ihn berühren, und wollte verzweifelt glauben, dass es kein Abschied für immer sein würde.

Aber ich würde mir nichts mehr vormachen.

29

Der Flowered Manor Trailerpark war noch derselbe und doch völlig anders. Was mir zuvor daran gefallen hatte, als ich verängstigt nach einem sicheren Versteck suchte, kam mir jetzt verwunderlich vor. Abstoßend in gewisser Weise.

Er war sehr klein. Eine winzige Insel mit Wohnmobilen und Wohnwagen in einem Meer von Bäumen und Kudzu. In der verregneten Dämmerung sah alles traurig aus. Zerbrechlich. Als wären die Blech- und Kunststoffwände, hinter denen die Leute lebten, nur ein lächerlicher Schutz.

Als könnte ein kräftiger Windstoß alles hinwegfegen.

«Hier soll ich Sie absetzen?» Margaret klang ehrlich entsetzt.

Ich lächelte matt. Fast hätte ich geantwortet, das sei mein Zuhause, aber mein Zuhause befand sich tausend Meilen weiter nördlich. Ein zweigeschossiges Farmhaus, umgeben von Ackerboden und Maisfeldern und weiß-blauem Himmel, so weit das Auge reichte.

Es hatte mir nicht gefehlt, und ich konnte nicht behaupten, dass es mir jetzt fehlte, aber ich empfand es ganz deutlich als mein Eigentum.

«Sie können hier halten», sagte ich, als wir bei Kevins Büro ankamen. Jetzt fiel mir erst auf, dass es ein umgebauter

Schuppen war, ähnlich dem, in dem die Gartengeräte aufbewahrt wurden.

«Sind Sie sicher, Liebes?»

«Ganz sicher. Und vielen Dank … für das Essen und die Heimfahrt.» *Und dafür, dass Sie sich so gut um Dylan kümmern.*

«War mir ein Vergnügen», seufzte sie. «Ich liebe den Jungen über alles. Als wäre er mein eigener. Aber er ist nicht einfach. Und er trägt eine schwere Last mit sich herum, unter der er irgendwann zusammenbrechen wird. Und das ist ihm noch nicht mal bewusst.»

Das war mir klar. Vielleicht war es auch das, was uns anfangs zueinander hingezogen hatte. Beide wussten wir irgendwie, dass wir unglaublich schwer an etwas trugen.

«Und manchmal», sagte Margaret weiter, «wünsche ich mir, er würde eine Frau kennenlernen. Eine wie Sie. Eine, der sein Geld und seine Narben egal sind. Oder seine Vergangenheit. Eine, die ihn gernhat, die ihn zum Lächeln bringt und aus der Werkstatt zieht, in der er praktisch lebt. Und dann denke ich … nein. Wenn er eine kennenlernt, die ihn liebt, wird sie auch unter der Last zusammenbrechen.» Sie wandte mir das Gesicht zu. «Kommen Sie nicht wieder zu uns, Annie.»

Sprachlos blickte ich sie an.

«Es schmerzt mich, das zu sagen, aber Sie sind ein braves Mädchen. Suchen Sie sich einen unkomplizierteren Mann und kommen Sie nicht wieder zu uns.»

Ich taumelte aus dem Wagen, meine Gourmet-Naschtüte schlug mir gegen die Beine. Zum Abschied hob sie die Hand, dann wendete sie den Wagen. Der Morast spritzte nach allen Seiten. Mir brannten die Augen. Meine Kehle schmerzte, und mein Körper war wund von Dylans Händen.

Anstatt zu meinem Wohnwagen zu gehen, wo ich doch nur auf dem Bett liegen und an Dylan denken würde, betrat ich das Büro. Wo es Ablenkung gab.

Die Glocke bimmelte über der Tür, als ich sie aufdrückte. Kevin spielte Solitär vor dem Gebläse der Klimaanlage.

Wie immer. Als wäre ich gar nicht fort gewesen.

Dylans Angebot, in sein Strandhaus zu ziehen, wusste ich zu schätzen, aber wenn ich mich von Hoyt scheiden lassen wollte, musste ich auf eigenen Beinen stehen. Und das hieß im Trailerpark bleiben. Hier arbeiten und wohnen. Die Stunden bei Dylan waren ein Traum. Ein schöner Traum. Aber es war Zeit, aufzuwachen.

«Hallo», sagte er und blickte von seinem Spiel auf.

«Will mich nur nach den Sturmschäden erkundigen. Soll ich etwas tun?»

«Wir haben im hinteren Teil tonnenweise umgestürzte Bäume. Einer der Wohnwagen wurde beinahe zertrümmert. Wir werden eine Kettensäge brauchen.»

«Im Schuppen ist keine», sagte ich. Erleichtert wollte ich mich in die Arbeit stürzen. Harte körperliche Arbeit würde mir einen klaren Kopf bescheren. Mich wieder ins Lot bringen. Auf jeden Fall würde ich damit meine Zeit ausfüllen können.

«Ja, darum müssen Sie nach Cherokee fahren und eine mieten. Kommen Sie morgen früh her, dann gebe ich Ihnen das Geld dafür.»

«Danke, Kevin.» Ich ging wieder nach draußen. Die Türglocke klingelte wieder genauso. Es war egal, ob man kam oder ging. Ich fand diese Einheitlichkeit tröstlich. In der offenen Tür blieb ich stehen und überlegte kurz, ob ich ihn wegen Dylan fragen sollte. Was er über uns wusste. Aber eigentlich spielte es keine Rolle.

Ein *uns* gab es nicht mehr.

Ich ging zwischen den Familienwohnwagen hindurch. Ein paar Leute räumten draußen abgebrochene Äste aus ihrer Einfahrt und von ihren Dächern. Tiffany war auf dem Spielplatz und räumte mit ihren Kindern auf. Oder jedenfalls hob sie Zweige auf. Die Kinder fochten mit Stöcken.

«Schluss jetzt, Kinder», sagte sie. «Sonst verletzt sich noch jemand.»

«Hallo», grüßte ich im Vorbeigehen.

«Hallo.» Sie strich sich die langen Haare aus dem Gesicht. Sie schaute ein wenig erschrocken. Als hätte sie nicht erwartet, mich noch mal hier zu sehen. «Du bist wieder da!» Sie trug Arbeitshandschuhe in Männergröße, durch die ihre Handgelenke und Arme zerbrechlich wirkten. Noch zerbrechlicher als das Reisig, das sie gesammelt hatte. «Du hast den Sturm woanders abgewartet?»

«Ja, bei einem Freund. War es schlimm hier?»

«Unheimlich. Zumindest ein bisschen. Die Kinder hatten furchtbare Angst, aber Phil war hier, und er hat uns alle ins Bad gesteckt. Hat dafür gesorgt, dass wir uns sicher fühlen.»

Ich wollte wirklich ein neutrales Gesicht wahren, aber meine Augenbrauen schnellten in die Höhe.

«Kein Mensch ist nur schlecht, Annie», sagte sie mit wütendem Blick und verkniffenem Mund. Damit sah sie verbittert und gemein und alt aus. Älter, als sie sollte. Unendlich alt.

«Manche sind schlecht genug», erwiderte ich. Ich dachte daran, wie ich Dylan benutzt, belogen und in meine Misere hineingezogen hatte. Das war schlecht genug, um das Gute – die Lust und die Freundlichkeit – aufzuheben. «Schlecht genug, dass das Gute nicht mehr zählt. Das wissen wir beide.»

Vorher hätte ich niemals den Mut aufgebracht, das zu ihr zu sagen. Vor ihr zu stehen und den Blickkontakt zu halten, bis sie wegschaute.

«Ich bin da», sagte ich. «Wenn es wieder schlimm wird.»

Ihre Wangen waren knallrot, und die Kinder beobachteten uns, die Spitzen ihrer Stockschwerter schleiften durch den Sand.

«Mom?», fragte der Junge und trat vor, als wäre er bereit, mich mit dem Stock zu vertreiben.

«Hey, Baby?» Bei der vertrauten Anrede aus dem Mund eines Mannes zuckte ich zusammen. Und meine Sehnsucht erzeugte eine klaffende Leere in mir. Aber da stand nicht Dylan. Dylan würde mich nicht mehr so anreden. Nicht in nächster Zeit. Vielleicht nie mehr.

Es war Phil, der über den Weg zum Spielplatz kam. «Seid ihr fertig?», fragte er. Dann musterte er mich höhnisch grinsend, meine Pyjamahose, die Kapuzenjacke, die Hausschuhe, die Margaret mir gegeben hatte. Obwohl ich bekleidet war, fühlte ich mich nackt. Das konnten Kerle wie Phil richtig gut: eine Frau ihre Verwundbarkeit spüren lassen.

Ich straffte die Schultern und hielt seinem Blick stand.

«Ja», antwortete Tiffany mit strahlendem Lächeln. «Lasst uns aufbrechen, Kinder. Daddy führt uns zum Essen aus.»

Die Kinder ließen die Stöcke fallen und rannten zum Wohnwagen. Tiffany warf ihre Zweige auf den Haufen, den sie jenseits der Rutsche aufgeschichtet hatte.

«Bis dann», sagte ich und verfolgte die befremdliche Szene familiären Glücks. Ja, jetzt war Frieden und Restaurantessen angesagt, aber Tiffany wusste, es würde wieder umschlagen, und der Mann würde erneut die Hand gegen sie erheben. Oder gegen die Kinder.

Unausweichlich.

Dylan hatte recht. Es gab Dinge, die dort draußen im Dunkeln nur auf uns warteten.

Ich wandte mich ab, um zu meinem Wohnwagen zu gehen.

«Annie», rief Tiffany und stoppte mich so. In ihrer Stimme lag ein panischer Unterton. Ihr Blick huschte an mir vorbei zum Rhododendronstrauch. «Es tut mir leid.»

«Was denn?»

«Tiffany!», brüllte Phil, und Tiffany zog den Kopf ein und lief zu dem blauen Dodge, der auf sie wartete.

Als ich an dem Rhododendronstrauch vorbei war, sah ich meinen Wohnwagen dunkel dastehen. Dahinter Ben, der in seinem Garten die Sturmschäden beseitigte.

Ich ging mit meinem Beutel zu ihm hinüber. «Hallo», grüßte ich beim Näherkommen.

Er richtete sich auf. Er hatte wieder Farbe bekommen und sah viel besser aus als gestern, als er, alt, gebrechlich und grau im Gesicht, von Max zur Seite gestoßen wurde. Von seinem Sohn. Nach und nach löste sich das Rätsel um Ben. Seine Reue galt unter anderem Dylan, den er immer wieder gekränkt hatte.

«Geht es dir gut?», fragte ich und musterte ihn, um herauszufinden, ob er verletzt worden war. Ob Max ihm etwas getan hatte.

«Ausgezeichnet.»

«Gestern Abend ...»

«Das war ein Streit. Mehr nicht. Wo bist du gewesen?» Er band die Schnüre für die Feuerbohnen wieder an den Zaun, obwohl die Pflanzen nicht mehr zu retten waren. Offensichtlich hatte er einiges, was der Sturm entwurzelt hatte, wieder eingepflanzt. Aber die Bohnen konnte man wohl vergessen.

«Bei Dylan», sagte ich rundheraus.

Die Schnur entglitt seiner Hand, die plötzlich zitterte.

«Wusstest du, dass er in der Nähe lebt?», fragte ich, und er nickte. Sein Adamsapfel bewegte sich langsam, als ob er etwas Großes zu schlucken hätte. Etwas Hartes.

«Weißt du, dass ihm der Trailerpark gehört?»

«Ja», antwortete er leise. «Das ist kein Geheimnis. Die meisten, die hier wohnen, wissen das. Phil, dieses Arschloch, ist vor einigen Wochen von ihm gefeuert worden.»

Das haute mich fast um. Phil war der Kerl, den Dylan entlassen hatte?

«Wusstest du, dass ich ein Auge auf dich halten sollte? Er hat mich darum gebeten.»

«Ich hab's mir gedacht. Er hat schon seit einer Weile einen Spitzel auf mich angesetzt. Bisher war keiner so wie du.»

«Was heißt das?»

Er lächelte mich an. «Keiner hat mir Nudelsoße gekocht.»

«Er hatte mir befohlen, mich von dir fernzuhalten.»

«Tja, du hast nicht darauf gehört, was?»

«Er meinte, du seist gefährlich.»

Ben saugte die Wangen zwischen die Zähne. «Verständlich, dass er das sagt. Er hat mich nicht anders erlebt. Seid ihr jetzt zusammen?»

Ich schüttelte den Kopf.

«Ist besser so, denke ich.»

«Warum?»

Ein paar Augenblicke lang sah er mich an und schüttelte schließlich den Kopf.

«Weil er mein Sohn ist. Und der Apfel fällt nicht weit vom Stamm.»

«Dylan ist nicht gefährlich.»

«Wenn du das wirklich glaubst, dann kennst du nicht die ganze Geschichte.»

«Ich kenne Dylan.»

Wieder sah er mich lange an, als versuchte er, sich etwas auszureden. Oder sich zu etwas durchzuringen. «Du darfst ihn nicht weiter für etwas halten, was er nicht ist. Du darfst nicht glauben, dass er … harmlos ist.»

«Wenn du mir etwas Bestimmtes sagen willst, Ben, dann tu es einfach. Ich habe ein paar anstrengende Tage hinter mir.»

Ben holte tief Luft und ließ sie langsam entweichen. «Er wurde verhaftet, als er noch jünger war. Mit sechzehn. Er und sein Bruder hatten Autos geklaut. Illegale Rennen gefahren. Dylan ging in den Knast. Jugendknast. Er sollte nur eine kurze Strafe absitzen, er war … ein guter Junge. Hatte bis dahin nie was ausgefressen. Aber im Knast hat er sich verändert. Er prügelte sich. Reichlich. Immer brutaler. Bis er einen Jungen erstach …»

«Du lügst.» Ich hob die Hand, als würde er dann den Mund halten. Als könnte ich ihm das Gesagte wieder in den Rachen stoßen.

«Nein, ich lüge nicht. Er hat es dir nicht erzählt, nicht wahr?»

«Sei still, Ben! Hör auf. Du willst nur … das ist ein Spiel von dir. Eine grässliche Art, um Dylan zu bestrafen. Um dafür zu sorgen, dass ich ihn nicht mehr mag. Irgend so was …»

«Es geht mir am Arsch vorbei, ob du ihn magst. Ich sag dir nur, trau ihm nicht. Trau dir selbst nicht, wenn's um ihn geht.»

Ich wollte ihn anschreien, das sei eine Lüge, ich würde Dylan kennen, wissen, worauf es ankäme, seine Herzensgüte kennen. Dylan und Ben waren vielleicht verschlossen und verbargen ihre Freundlichkeit, weil sie der nicht trauten.

«Er ist nicht wie du. Was du getan hast, dazu wäre er nicht fähig.»

Ben sah mich aufmerksam an, mit den gleichen tiefliegenden Augen und schweren Lidern wie Dylan. Mit Augen, denen nichts entging.

«Frag mich. Ich weiß, das willst du schon seit einer Weile.»

«Wusstest du, dass noch ein Mädchen im Haus war? Damals?»

Er schüttelte langsam den Kopf. «Nein.» Und nach einem

zittrigen, rasselnden Atemstoß: «Ich wünschte, ich hätte es gewusst. Ich wünsche mir nichts so sehr wie das.»

Mir war klar, dass ich willentlich Dinge glaubte, die mein Leben einfacher machten, und ja, es war leichter zu glauben, dass Ben – ein Mann, den ich mochte, Dylans Vater – das Mädchen nicht kaltblütig hatte sterben lassen. Ich hätte vielleicht an meinem Glauben zweifeln sollen. An meinem Vertrauen.

Doch das tat ich nicht. Ich glaubte, dass Ben die Wahrheit sagte.

Hieß das, ich musste ihm auch glauben, was er über Dylan sagte?

Ich war hin und her gerissen. Mein Puls ging heftig. Mir tat das Herz weh.

«Dylan glaubt nicht, dass du von dem Mädchen wusstest.» Ich fragte mich, ob ihm das half, seinen Frieden zu finden. Oder mir.

Was brauchte ich, um Frieden zu finden?

«Du siehst so müde aus, als würdest du gleich umkippen», sagte er. «Geh dich hinlegen.»

«Aber ...»

«Geh. Wir können später noch reden.»

Klar. Okay. Es war zu viel. In den letzten Tagen war zu viel passiert, und ich war eindeutig überfordert. Als ich mich langsam abwandte, schlug mir der Beutel gegen das Bein. «Oh. Ich habe einiges mitgebracht. Möchtest du ...»

Ich holte die in Frischhaltefolie gepackte Melone halb hervor. Ein kleines Stück von Dylans Welt an diesem unpassenden Ort. Ich bot es Ben an.

«Nein, Mädchen. Behalte es. Ich habe alles, was ich brauche.» Genau das hätte auch Smith gesagt, und ich nickte mit einem Kloß im Hals. Warum waren die Männer in meinem Leben so geübt im Verzicht? So geübt darin, die Dinge, die sie wollten, höchstens auf Armeslänge an sich ranzulassen?

Sogar Hoyt in gewissem Maße. Er hatte etwas wirklich Furchtbares in sich und versuchte, es zu verbergen. Zu verleugnen. Bis es aus ihm herausbrach.

«Dann bis später», sagte ich und ging weiter. Bei Joans Wohnwagen hielt ich an und klopfte an die Tür. Es blieb still. Vielleicht war sie zur Arbeit gefahren. Ich wusste nicht mal genau, welcher Tag gerade war. Sonntag? Montag?

Es spielte keine Rolle.

Es spielte keine Rolle.

Vielleicht weil ich zu erschöpft war. Vielleicht weil ich Dylan endlich meine Geheimnisse gestanden hatte. Vielleicht weil Ben mir endlich die Wahrheit gesagt hatte.

Oder vielleicht begriff ich bei dem Schock ... was ich immer gewusst hatte ... über mich selbst, über Dylan, über mein Leben.

Wenn wir bis an unsere Grenzen getrieben werden, sind wir zu allem fähig. Überleben ist das Einzige, was dann zählt.

Ich wusste nicht genau, was Dylan erlebt hatte, aber er hatte überlebt.

Auf dem Lehmweg zwischen meinem und Joans Wohnwagen blieb ich stehen und zog das Handy aus der Hosentasche. Sein Gewicht war mir so vertraut. Ich mochte, wie es in meiner Hand lag, wie es für mein Gleichgewicht sorgte. Mich mit dem Ich verband, das ich sein wollte. Mit Dylan.

Mit der Zukunft.

Hastig schrieb ich ihm eine Nachricht:

Ich weiß von deiner Haftstrafe. Ich weiß, was passiert ist. Das ändert nichts. Für mich bleibst du derselbe. Wenn die Angelegenheit erledigt ist, wenn ich damit fertig bin, komme ich zu dir. Um die Geschichte von dir selbst zu hören. Um zu vollenden, was wir angefangen haben.

Ich zog die Lippe zwischen die Zähne. Nach allem, was zwischen uns passiert war, fühlte ich mich aus irgendeinem Grund jetzt am mutigsten. Am verletzlichsten. In diesem Moment.

Wenn du mich haben willst.

30

Dylan

Dylan? Hey, Erde an Dylan!»

Dylan fuhr auf, als Blake ihn gegen die Schulter stieß.

«Was denn? Was soll das?», schnauzte Dylan. Er hatte einen Schraubenschlüssel in der Hand und wusste nicht, wieso. Das Getriebe lag auseinandergenommen vor ihm, aber er konnte sich ums Verrecken nicht erinnern, was er bis eben getan hatte. Ob er es auseinandernahm oder zusammenbaute.

Hör auf. Hör bloß auf. Ich wurde herumkommandiert, in einen Wagen gedrängt, in eine Bergfestung gebracht, zu … dir. Du, Dylan, du hast Schluss gemacht, und trotzdem bin ich jetzt hier. Bei dir!

Das hörte er als Endlosschleife im Kopf.

Sie war unvermeidlich gewesen, von Anfang an. Seit sie seinen Anruf entgegengenommen hatte, führte sie jeder Weg zueinander.

Und jetzt … jetzt waren die Wege verlassen. Und die Arbeit, die ihn immer zufriedengestellt, die ihn bisher aus jedem Scheiß rausgezogen hatte, weg von den Geistern, die ihn quälten, lag vor ihm und interessierte ihn nicht.

Er würde sie für den Rest seines Lebens vermissen. Jeden Augenblick würde sie ihm fehlen. Er würde von einer Einsamkeit verzehrt werden, die er geglaubt hatte, nie wieder zu fühlen.

Nicht seit Max. Seit seinen Eltern. Seit den langen, furchtbaren Nächten hinter Gittern.

Das war die Einsamkeit, die man empfand, wenn einem jemand Bestimmtes fehlte.

Er verstand es meisterlich, möglichst wenig zu fühlen, und das schon sehr lange, aber das schartige Loch, das Annie mit ihrem Abschied gerissen hatte, spürte er umso deutlicher.

Und er wusste nicht, ob sie zurückkommen würde.

Für den Rest seines Lebens würde ihn das nicht mehr loslassen.

Er fühlte sich wie nach dem Unfall. Mit seinen Verbrennungen. Als er vollgepumpt mit Schmerzmitteln an seinem Körper heruntergeschaut hatte, als wäre er ein Stück Fleisch. Als wäre er irgendwo in diesem Körper verborgen oder schwebte außerhalb davon, als gehörte er nicht mehr dazu.

Er gehörte nirgendwo mehr dazu.

«Mach, dass du rauskommst», sagte Blake. «Du bist völlig durch den Wind.»

Das war er. Durch den Wind. Er warf den Schraubenschlüssel hin und verließ die Halle. Blake und seine Leute würden allein zurechtkommen. Niemand brauchte ihn.

Ich brauche dich. Bitte. Ich brauche dich.

Er würde zum Trailerpark fahren. Sich vergewissern, dass

sie dort sicher war. Dass er keinen Fehler gemacht hatte, als er sie allein gehen ließ, bloß mit dem Handy und der Nummer seines Anwalts.

Aber sie hatte darauf bestanden, und das hatte er respektiert.

Scheiße.

In der Hosentasche summte sein Handy, und er angelte es heraus. Sein Puls setzte aus, als er Annies Nachricht sah.

Ich weiß von deiner Haftstrafe. Ich weiß, was passiert ist. Das ändert nichts. Für mich bleibst du derselbe. Wenn die Angelegenheit erledigt ist, wenn ich damit fertig bin, komme ich zu dir. Um die Geschichte von dir selbst zu hören. Um zu vollenden, was wir angefangen haben.

Und dann:

Wenn du mich haben willst.

Eine leise Hoffnung glomm in ihm auf und breitete sich aus wie ein Lauffeuer. Und mit einem Mal war er wieder eins mit seinem Körper.

Die Hoffnung verwandelte sich in ein Glücksgefühl.

Seine innere Stimme warnte ihn lautstark, doch er ignorierte sie. Zu lange schon lebte er allein mit seiner Reue. Er wollte nicht, dass er wegen Annie noch etwas zu bereuen hatte.

Ich bin dir noch ein paar Stunden von deinem Geburtstagswunsch schuldig, schrieb er, aber das löschte er wieder, weil er es nicht nötig hatte, so zu tun, als wäre es ihm nicht wichtig. Als wäre es nicht bedeutend.

Stattdessen schrieb er:

Ja. Ich werde dich immer haben wollen.

Annie

Ja. Ich werde dich immer haben wollen.

Mein Glücksgefühl, meinen Jubel legte ich zur Seite, versteckte ihn hinter meinen massiven Sorgen. Über die nächsten Schritte. Über meine Zukunft.

Aber die Hoffnung heiterte mich auf, und innerlich wurde mir warm. Die Zukunft war nicht mehr ganz so beängstigend. Nicht mehr völlig unsicher. Wenn all die schrecklichen Dinge überstanden waren, wartete etwas Gutes auf mich.

Etwas Erstaunliches.

Dylan.

Die Tür meines Wohnwagens war nicht abgeschlossen. Ich hatte gestern Nacht keine Zeit gehabt, nach meinem Schlüssel zu greifen, geschweige denn, hinter mir abzuschließen.

War das erst gestern Nacht gewesen? Wirklich?

Wie schnell sich alles verändert hatte! In meinem bisherigen Leben war ich langsam gewesen wie eine Schnecke. Hatte ewig gebraucht, um zu wissen, was ich wollte. Um mich zu verändern. Das war jetzt vorbei. Ich veränderte mich mit jedem Atemzug.

Ich stellte meinen Beutel vor den Herd und drehte mich zur Tür um. Ich knallte sie gleich beim ersten Mal zu, damit sie nicht wieder aufsprang.

«Hallo, Annie.»

Die Stimme brachte mein Blut zum Gefrieren. Die Welt geriet ins Wanken. Instinktiv blickte ich zu den Autositzen, die ich nie benutzte, nur um zu prüfen, ob mir mein erschöpfter, überforderter Verstand einen Streich spielte.

Aber da saß er in seinen ausgeblichenen Jeans und dem dunklen, kurzärmligen Hemd mit den Perlmuttdruckknöpfen. Sein schweißfleckiger, staubiger Hut lag auf dem Sitz neben ihm.

Hoyt.

In meinem Wohnwagen.

Die Sekunde, die ich zum Begreifen brauchte, war eine zu viel, und bis ich zum Türöffner griff, um hinauszuspringen, weg von ihm, da hatte er mich schon gepackt.

Er hielt mich am Oberarm fest, drückte die Finger auf der Innenseite bis auf den Knochen. Sofort wurde meine Hand taub. Mit der anderen Hand hielt er mir den Mund zu. Sie war so groß, dass sie mir auch die Nase zudrückte und ich keine Luft mehr bekam. Ich konnte nicht mal atmen.

«Annie», flüsterte er. Sein Lächeln brachte den schiefen Eckzahn zum Vorschein und den Schneidezahn, von dem seit seiner Rodeozeit ein Stückchen fehlte. «Bitte, mach das nicht noch schlimmer. Du musst jetzt brav sein.

Nicht schreien. Kannst du das für mich tun? Für mich brav sein?»

Sein Atem roch nach Kaffee und Hustenbonbons. Die lutschte er in einem fort, und der Geruch, vertraut und Übelkeit erregend, versetzte mich in Panik. Ich stemmte mich gegen ihn und biss ihm fest in die Hand.

«Das heißt also nein.» Sein Gesichtsausdruck wurde hart, schrecklich, und ich wusste, was mir bevorstand.

Vielleicht stand es mir schon die ganze Zeit bevor. Obwohl ich geflohen war. Obwohl ich dabei alle möglichen Haken geschlagen hatte. Obwohl ich mich nur vor ein paar Stunden darauf eingeschworen hatte, ihm die Stirn zu bieten, ihn von meinem Land zu vertreiben und für seine Taten bezahlen zu lassen.

Schon vor alldem hatte mir dieser Augenblick bevorgestanden.

Es gibt Dinge, vor denen kann man nicht weglaufen.

Er schlug mich so hart, dass ich mit dem Kopf gegen die Herdkante knallte.

Und die Welt wurde schwarz.

Fortsetzung folgt ...

Danksagung

Mein Leben ist reich an Freunden, die mich inspirieren und mir helfen. Meine Dankbarkeit ist grenzenlos.

An Maureen McGowan, Ripley Vaughn und Stephanie Doyle: Ihr seid das Fundament so vieler großartiger Dinge in meinem Leben. Ich danke euch.

An Bonnie Staring, Shari Slade und Carolyn Crane: Danke für eure Kommentare und Unterstützung – eure Hinweise haben die Bücher so viel besser gemacht. Es ist eine Ehre, von euch unterstützt zu werden.

An die Toronto Romance Writers, die Western New York Romance Writers und die Ottawa Romance Writers: Eure Workshops und die daraus entstandenen Aha-Momente haben diese Bücher möglich gemacht.

Simone St. James, mit Bier und Schreiburlaub haben wir da wirklich etwas Gutes am Laufen.

Pam Hopkins, meine Agentin – ein großartiger Kompass, der mich immerzu in die richtige Richtung lenkt.

Shauna Summers, Gina Wachtel, Sarah Murphy und der Rest des unglaublichen Teams bei Bantam: Eure harte Arbeit und euer Glaube an diese Bücher hat mich demütig werden lassen und inspiriert.

Und an meine Leser: Ich bin einfach so gesegnet. Vielen Dank.